本书系教育部人文社会科学研究青年基金项目
“中国当代大型文学期刊与文学经典的生成研究”（22YJC751035）
阶段性研究成果

武兆雨 著

《当代》的现实主义文学建构与生产

中国社会科学出版社

图书在版编目(CIP)数据

《当代》的现实主义文学建构与生产/武兆雨著. —北京：中国社会科学出版社，2022. 12

ISBN 978 - 7 - 5227 - 0407 - 4

Ⅰ. ①当…　Ⅱ. ①武…　Ⅲ. ①中国文学—当代文学—文学研究

Ⅳ. ①I206. 7

中国版本图书馆 CIP 数据核字(2022)第 107680 号

出 版 人　赵剑英
责任编辑　张　玥
责任校对　赵雪姣
责任印制　戴　宽

出　　版　中国社会科学出版社
社　　址　北京鼓楼西大街甲 158 号
邮　　编　100720
网　　址　http://www.csspw.cn
发 行 部　010 - 84083685
门 市 部　010 - 84029450
经　　销　新华书店及其他书店

印　　刷　北京君升印刷有限公司
装　　订　廊坊市广阳区广增装订厂
版　　次　2022 年 12 月第 1 版
印　　次　2022 年 12 月第 1 次印刷

开　　本　710 × 1000　1/16
印　　张　18. 5
插　　页　2
字　　数　261 千字
定　　价　99. 00 元

目　录

前　言

一　论题的提出及研究意义

从《新青年》《创造》《晨报》《语丝》到《太阳》《骆驼草》《大公报·文艺副刊》《新月》《现代》《抗战文艺》，再到《文艺报》《人民文学》《诗刊》《收获》《十月》《当代》，期刊作为文化的中介在上百年的变迁中扮演重要角色，在整个20世纪的中国文学史中都留下了它们的深刻印迹，它们是文学思潮的推动者和构成者，是作家的塑造者和成就者，是文明的媒介者和传播者。文学期刊对于整个20世纪乃至今日的文学都具有深重意义，通过文学期刊还原真实的历史现场，我们才能真正认识到历史本身的丰富性和复杂性。

对期刊意义和价值的重视源自学者代际相传的文化传统，胡适于1922年3月发表的《五十年来中国之文学》通过对《申报》的研究，记载五十年新旧文学过渡时期的短暂历史。阿英编纂的《中国新文学大系·史料索引》是"五四"以后最系统的文学期刊汇编。现代文学开创者王瑶先生"强调研究者必须阅读报刊，而不能仅限于作家文集，一是有感于现代作家常常根据时世变迁不断修改自家作品，不能以日后修订本解说作家当初的精神状态；二是阅读报刊，可使研究者对那一时代的文化氛围有更为直接的了解。"① 陈平原认为"对于史学家来说，理论框架可以改变，但借助某种手段而'触

---

① 陈平原：《文学史家的报刊研究——以北大诸君的学术思路为中心》，《中华读书报》2002年1月19日。

摸历史’，尽可能进入当时的规定情境与历史氛围，却是必不可少的‘起步’。在这方面，阅读报刊等大众传媒，可以发挥十分积极的作用。”①

对中国现代文学期刊的关注可追溯至1935年的《中国新文学大系》，茅盾在导言中描绘出当时文学社团和文学期刊的形势图，其《史料·索引》系统地开列了几种具有重大影响的杂志编目，汇集了若干重要期刊的发刊词，至今还是现代文学期刊研究中不可或缺的重要材料。20世纪五六十年代，张静庐在中华书局出版了《中国现代出版史料》及其《补编》，其中辑录了关于现代文学期刊的史料多种。山东师院中文系编印的《1937—1949主要文学期刊目录索引》和上海文艺出版社出版的《中国现代文学史资料丛书（甲种）：中国现代文学期刊目录（初稿）》和《中国现代文艺资料丛刊》，提供了多种期刊的目录、发刊词以及期刊介绍，成为现代文学期刊最集中、最有价值的一轮深度发掘和系统整理。同一时期，上海文艺出版社和上海书店开展现代文学期刊影印活动，集中影印现代文学第一个十年有关社团流派的刊物。“文化大革命”期间，山东师院中文系的《鲁迅主编及参与或指导编辑的杂志》介绍了从《新青年》到《海燕》共17种期刊的简介、目录和发刊词、终刊词、复刊词等。“文化大革命”结束后，中国社科院文学研究所现代文学室主持、陈荒煤主编的《中国现代文学史料汇编》（甲、乙、丙编）掀起全国范围内现代文学史料整理和抢救高潮。此后，索引、目录、汇编等成果不一而足，构成现代文学期刊的基本轮廓。② 20世纪90年代以来，期刊研究逐渐变成一种“显学”，学术界出现大量以期刊为中心的研究论文。仅以现代文学专业博士毕业论文为例，自1997年汤哲声的《中国近现代通俗文

---

① 陈平原：《文学史家的报刊研究——以北大诸君的学术思路为中心》，《中华读书报》2002年1月19日。

② 参见刘增人《现代文学期刊的景观与研究历史反顾》，《中国现代文学研究丛刊》2005年第6期。

学期刊史论》开始至2012年期刊研究论文共97篇，数量上呈逐年递增趋势。①

就目前的研究现状而言，现代文学期刊研究成果更为丰富、细致和系统化，根据笔者对现代文学期刊研究的考察，现代文学期刊研究成果可分为以下六种。

一是对于现代文学期刊的研究，从宏观上把握的整体性研究成果主要有雷世文《现代报纸文艺副刊的原生态文学史图景》、朱晓进《论三十年代文学杂志》、汤哲声《论40年代上海“方型刊物”》、刘增人《40年代文学期刊扫描》、刘晓丽《1939—1945年东北地区文学期刊研究》，目前此类整体性研究成果较少；二是从杂志文化身份、文化品格、自身面貌及后世影响等方面的梳理和把握。如巴彦《三十年代的大型文学杂志——〈现代〉月刊》、李延《三十年代的〈申报·自由谈〉》、王晓明的《一份杂志和一个“社团”——重识“五四”文学传统》、陈平原《思想史视野中的文学——〈新青年〉研究》（上、下）、初清华《关于期刊〈人间世〉的几点思考》等。三是文学期刊与文学流派的形成和发展。如张德林的《〈现代〉与中国现代派的创建》、陈旭光的《〈现代〉杂志的“现代”性追求与中国新诗的“现代化”动向》、葛飞《新感觉派小说与现代派诗歌的互动与共生〈无轨列车〉、〈新文艺〉、〈现代〉为中心》、高恒文《〈大公报〉文艺副刊在京派发展史上的意义》、江南《从三十年代〈大公报〉“文艺”副刊看京派文学》；四是编辑与刊物的关系。在编辑与刊物的双向同构中考察期刊是一个有效的突破口，如董丽敏《想象现代性（上）——重识沈雁冰与〈小说月报〉的关系》《现代性的异响（下）——重识郑振铎与〈小说月报〉的关系》《〈小说月报〉1923：被遮蔽的另一种现代性建构——重识沈雁冰被郑振铎取代事件》，张生《从施蛰存的编辑理念看〈现代〉杂志的特征》、辛实《徐志摩主编时期的〈晨报副刊〉——

① 参见洪亮《1984—2012年中国现代文学博士论文提名一览表》，《中国现代文学研究丛刊》2013年第7期。

"自由主义热"中的冷思考》、吴福辉《现代文化移植的困厄及历史命运——论胡适与〈现代评论〉〈新月派〉》；五是对期刊某一方面的聚焦式研究。如吉明学《激民气之暗涌，开诗歌之新体：〈晨报副刊·诗镌〉》、丁晓原《诗意的私语：〈小说月报〉散文的话语类型》、刘震《新青年与"公共空间"——以〈新青年〉"通信"栏目为中心的考察》、李宪瑜《"公众论坛"与"自己的园地"——〈新青年〉杂志"通信"栏》；六是文学期刊与出版传媒的双向共生研究。吴福辉的《作为文学（商品）生存的海派期刊》和《海派文学与现代媒体：先锋杂志、通俗画刊及小报》，涂晓华的《上海沦陷时期〈女声〉杂志的历史考察》，申朝晖、李继凯的《〈新青年〉在中国西部的传播——以川陕为考察中心》等研究论文均在传播学视域下对现代文学期刊进行了深入细致的研究。

相对于现代文学期刊的深度研究情况，当代文学期刊的研究则略显薄弱。洪子诚先生在《问题与方法》一书中提到包括文学机构、文学报刊，写作、出版、传播、阅读、评价等环节的文学生产机制和文学生产方式问题，认为在当代这一部分的研究并未进行深度学术化的展开。尽管文学期刊研究呈现上升趋势，研究角度表现出多样化特征，但由于这个研究领域相对较新，学科积淀和研究成果尚未成熟。"成果大多是一些零碎的个案研究、纯粹以现成印刷资料为依据的材料汇编与印象式文字，缺乏必要的资料准备与系统研究，急需更加深入而系统的学术推进，对相关史料的发掘、整理与甄别是尤其薄弱的环节。"① "在重返80年代的背景下，有关80年代的文学论述，我们已所见多多，但相关史料的征集、挖掘、披露乃至据此对当时文学的重新分析，却鲜有人做。这也是当代文学研究作为一门学科的缺憾之处。"② 据目前所见研究文章，对于当代期刊的研究大致分为对某一期

① 黄发有：《媒体制造》，山东文艺出版社2005年版，第3页。

② 陆雪琴：《文学史的见证与参与——论文学期刊在文学生产中的作用》，《小说评论》2008年第2期。

刊或某一时期的整体性研究，对文学刊物某一板块的聚焦性研究，文学刊物与主流意识形态之关系研究，文学刊物与文学潮流和现象的发生研究和文学刊物与生产传播研究等几个重要方面。按照历时性线索考察，我们发现对于1949年至1978年的文学期刊的切入点着重在文学与政治之关系上，这一时期的文学期刊受到政治环境的影响极为深刻，20世纪80年代的文学期刊研究重点在于文学期刊和这一时期的文学潮流、文学现象之间的彼此推动和影响，对20世纪90年代以来的文学期刊研究则更倾向于对文学期刊生产改制的现象和根源的分析，各类研究之间存在相互交叉的情况，难以彼此剥离。

文学期刊作为当代文学生产制度的基础性环节，承载和记录着当代文学的生产活动。文学期刊组织理论探讨、艺术争鸣，发起了当代文学场域的诸多文艺潮流，推动当代文学的发展；中国主流文学界仍遵循传统的生产模式，文学期刊在新媒体时代的权威性在其选择中被进一步确认，传统作家仍以在重要文学期刊发表作品为象征资本；文学期刊的审美标准与艺术格调使它对于优秀作品的发现更为敏锐，有效推进文学内部的自我更新；文学期刊的文学场域的经典性权威使其审美趣味和艺术追求反向介入作品的创作。文学以组织和选择的方式生成并记录着一个时期的主流文学面貌，当代文学创作格局的形成、当代文学思潮的发生及当代生产机制的运行均与文学期刊有着不可分割的联系。在复杂的关联性中，当代文学期刊为当代文学提供了丰富的史料，为当代文学制度的考察提供了有效样本，因此从文学期刊角度考察文学史复杂面貌，从文学期刊发展状态来观照文学的发展事实和发展态势是研究当代文学的一种必要性工作。

二　论题的研究现状

《当代》是国家级出版机构人民文学出版社下属的文学刊物，1979年6月创刊号问世，起初为季刊（1979年出版3期，1980年出版4期），1981年改为双月刊。自1979年6月至2019年12月，共出版

《当代》250期，《当代》增刊20期，《当代·长篇小说选刊》96期。

《当代》的刊物定位是大型综合性文学杂志，每期五十万字左右。凡文学作品的各门类——小说、诗歌、戏剧、散文、小品、评论兼收并蓄，无所不容，以发表中型以上的作品为主，着重发表长篇小说、中篇小说和部分戏剧文学。《当代》的选刊标准是从宽不从严，希望题材多样化、主题思想多样化，要求作品艺术性。在总体把握上，强调面向当代，面向生活，面向艺术；在具体的判断上，要求作品有形象感，能牵动读者的感情，给人美的享受，并有相当的思想启迪意义，能引起读者对重大社会问题的积极思考，同时，在真实的大前提下要求掌握好选稿标准的辩证关系：既新颖又深刻，既尖锐又准确；《当代》的办刊主张是“直面人生、贴近现实”，突出时代性、现实性和群众性；《当代》的编辑方针是要体现正气、志气、朝气、勇气和锐气；《当代》的特色栏目是长篇小说与纪实报告文学，前者容量巨大且最能体现一个时代的文学水平，后者则最能及时反映广大读者所关注的社会热点问题。

《当代》曾获中国国家期刊奖、中国政府出版奖、中国百强期刊奖、中国百种社科期刊奖等奖项。共刊发作品近6000部/篇，其中有8部获得茅盾文学奖，包括古华的《芙蓉镇》、莫应丰的《将军吟》、刘心武的《钟鼓楼》、刘白羽的《第二个太阳》、王火的《战争与人》、陈忠实的《白鹿原》、阿来的《尘埃落定》、麦家的《暗算》。其他在文学史中产生重要影响的长篇作品有：王蒙的《活动变人形》《失态的季节》《踌躇的季节》《狂欢的季节》、柯云路的《新星》《夜与昼》《衰与荣》、蒋子龙的《蛇神》、陆天明的《桑那高地的太阳》、张炜的《古船》《家族》《能不忆蜀葵》《刺猬歌》、刘心武的《栖凤楼》、张宇的《疼痛与抚摸》、周梅森的《人间正道》、柳建伟的《突出重围》、孙惠芬的《歇马山庄》《上塘书》、阎真的《沧浪之水》、王跃文的《梅次记事》、尤凤伟的《泥鳅》、程青的《恋爱课》、董立勃的《白豆》、王刚的《英格力士》、王海鸰的《中国式离婚》《新结婚时代》，阿来的《天火》，史铁生的《我的丁一之旅》、杨志军的《藏獒》、刘醒龙的《圣天门口》、铁凝的《笨花》、严歌苓的《第九个寡妇》、贾平凹的《高兴》《古炉》《老生》、曹征路的《问苍茫》、于晓丹《一九八〇的情人》、徐贵祥《马上天下》、周大新《安魂》等；中短篇作品有冯骥才的《雕花烟斗》、路遥的《惊心动魄的一幕》、蒋子龙的《赤橙黄绿青蓝紫》、陈国凯的《代价》、郑九蝉的《能媳妇》、郑义的《老井》、张炜的《秋天的愤怒》、王朔的《浮出海面》《永失我爱》、夏天敏的《好大一对羊》《冰冷的链条》、孙惠芬的《民工》、方方的《水随天去》、王安忆的《爱向空虚茫然中》、范小青《钱科钱局》《科长》、宋剑挺的《麻钱》、徐则臣的《花街》《还乡记》《逆时针》、卢江良的《狗小的自行车》《村里的两条狗》、曹征路的《那儿》《霓虹》、迟子建的《第三地晚餐》、胡学文的《命案高悬》、罗伟章的《最后一课》、肖江虹的《百鸟朝凤》等；报告纪实文学有郭宝臣、杨匡满的《命运》、程树榛的《励精图治》、张锲的《热流》、鲁光的《中国姑娘》、赵瑜的《强国梦》、霍达的《国殇》、冯骥才的《一百个人的十年》、邓贤的《中国知青梦》《流浪金三角》《中国知青终结》、陈桂棣、春桃的《淮河的警告》《中国农民调查》、长江的《矿难如麻》、朱晓军《高官的良心》等。

作为“四大名旦”[①]之“正旦”的《当代》是当代现实主义文学重镇，然而相较于《人民文学》《收获》《萌芽》《钟山》《上海文学》等国内一流文学期刊，学界对于《当代》的研究则略显薄弱。多数研究仅停留于对发表在《当代》上的某个作家作品的分析考察，涉及期刊研究的专著仅有黄发有《媒体制造》第三章专章论述《当代》与现实主义。学位论文方面有河南大学顾记芳的硕士学位论文《“当代性”的意义与局限——〈当代〉（1979—2011）研究》，从“创刊”“作品·栏目”“活动与编辑理念”几个方面分析“当代性”给刊物带来

① 1981年1月在镇江金山寺举行的全国27家文学期刊编辑会议上，上海的《收获》、北京的《当代》《十月》和广州的《花城》被并称“四大名旦”。其中，《收获》以其老成持重称“老旦”，《当代》以其理直气壮称“正旦”，《十月》以其清新洒脱称“青衣”，《花城》以其婀娜多姿称“花旦”。

的意义与局限。新疆大学王堆的硕士学位论文《〈当代〉（1979—1989）研究》，采用史料学搜集整理史料和文本细读相结合的研究方法分析20世纪80年代《当代》的发展历程和运行策略。期刊论文有周根红《媒体互动与〈当代〉转型》从网络文学探索、新闻化倾向和影视化生存三个方面具象分析《当代》新世纪的转型。蔡兴水、郭恋东《宏大的叙事样本——阅读〈当代〉(1979—2000)》认为《当代》由于与意识形态强势话语的共谋关系，解构了刊物所应有的独特品位和艺术情趣。李虹《文学=克隆真实？——与〈当代〉杂志编辑部商榷》从文学真实性入手，认为《当代》提倡文学贴近生活、贴近真实的时间不能以理论上的偏执作为代价。目前，《当代》杂志的研究成果寥寥可数，相对于其他已走向成熟的期刊的学术研究，《当代》的研究还刚刚起步，这也为本书提供了写作的可能性。一份文学期刊对一个时代文学的影响，并没有某种必然性，其优秀或非优秀文学作品的发表也带有一定的偶然性，期刊所发作品与当代文学思潮之关系，期刊生产与当代文学生产机制之关系，以及文学作为大众传播媒介与意识形态之关系均有其难以涵盖的复杂性，本书的写作立足于通过以《当代》为样本的考察，为当代文学历史的研究提供一种路径和方法，在《当代》范围内述说一份文学期刊之于当代文学的意义。

三　研究方法及创新之处

本书力图“以刊窥史”“以刊证史”“以刊丰史”，做到“史刊结合”。在对《当代》个案进行微观研究的同时，目光扩大至对整个当代文学的分析和考察。在研究过程中采取内部研究与外部研究相结合的方法，既把《当代》中刊发的作品当中独立的文本个体来研究、论述，考察《当代》作品与中国当代现实主义文学之间的互文性关系，通过《当代》辨明当代现实主义文学的构成和嬗变过程，同时又将《当代》放在社会和历史的角度加以阐释，把文学研究的视野从文本研究的基础上扩展开去，关注文本生成的潜隐结构，考察文学生产制度内部的权力构成，通过文学期刊去考察一个阶段文学史生成的复杂面貌，对文学期刊进行重新审视，在梳理其演变过程的同时实现对当代文学历史进程的观照。另外，本书在研究中发掘、整理和甄别历史资料，通过史料还原历史现场，在资料准备方面进行深入的学术推进，为重述和丰富当代文学历史提供可能，也可为后来研究者提供一定意义上的参考。

第一章 《当代》的文化品格

“2019 年，适逢新中国创立 70 周年之际，《当代》杂志迎来了自己的创刊 40 周年。40 年间，《当代》杂志始终秉承初衷，持现实主义精神，为读者奉献了一部又一部珍贵的精神食粮，也为中国当代文学史树立了一座又一座值得铭记的丰碑，被业界誉为‘中国文坛最具现实主义精神的刊物’。40 年里的中国，进行了无比艰辛的探索和不屈不挠的改革，开始了举世瞩目的历史转折和民族振兴。能够亲眼见证中国的努力和坚持，能够忠实记录中国的顽强和进步，能亲身感受中国波澜壮阔的腾飞，是时代和文学赋予《当代》的责任，更是《当代》的幸运”①。

第一节 《当代》的创刊

1979 年 7 月 6 日，《光明日报》《新华日报》《文汇报》同时以 762 字的小篇幅刊登了一则新华社七月五日电讯——大型文学杂志《当代》创刊：“在我国社会主义的文学园地里，又开放了一朵新花，一个综合性的大型文学季刊——《当代》创刊号即将出版。”在数年后的各类文艺大事记中，这个事件被记载为“文学（综合），中直，

① 《当代》编辑部：《文学记录中国》，《当代》2019 年第 6 期。

当代”[①]，“大型文学刊物《当代》在北京创刊”[②]，“本月，大型文学刊物《当代》在北京创刊，由人民文学出版社主办”[③]，以上记载显示，《当代》的创刊被化约为简短的表达。这个看似并不重大的文学史事件和简短到用一句话便可以记录的历史事实，其后潜藏着各方力量的分野、交锋和整合，通过这一事件向前追溯及向深挖掘，能够发现是新时期甚至更早的政治、社会、文艺脉流的涌动与变化共同推动并促成了它的产生。

一　创刊背景：社会转折时期的文艺新生

首先，文艺政策的逐步调整。在《当代》创刊之前的多年时间里，文艺的脉流便已缓缓地、以循序渐进的方式为它产生的那一刻做了大量的积蓄与准备工作。1975 年，在“文化大革命”接近尾声的历史时期，党和国家领导人有意识地恢复和调整文艺政策。1977 年年末，《人民日报》《解放军文艺》《人民文学》多次组织座谈会，发表批判“文艺黑线专政论”的文章，从理论上批判了“三突出”“主体先行”论、“题材决定”论等违反艺术规律的创作方法，批判后期已涉及恢复党的文艺方针的问题，但由于“两个凡是”的禁锢，此次讨论并未完全肃清“文艺黑线专政论”的流毒。1978 年下半年，全国范围内开展了关于“实践是检验真理的唯一标准”的大讨论，复刊仅 3 个月的《文艺报》作为文艺界的思想阵地，首先召开“实践是检验真理的唯一标准”座谈会，进而推及整个文学界并发展至文艺政策的领域，提出“坚持实践第一，发扬艺术民主”的口号。该讨论在文艺界的全面展开从方法论的角度为文艺政策的恢复、调整和文艺思想的转型做出了充分的准备，奠定其思想和理论基础。1978 年 12 月 18 日至

① 中国文艺年鉴社编：《中国文艺年鉴 1981》，文化艺术出版社 1982 年版，第 1221 页。

② 孟繁华：《1978：激情岁月》，山东教育出版社 1998 年版，第 264 页。

③ 王蒙、王元化总主编：《中国新文学大系 1976—2000》（第二十九集 · 史料索引卷一），上海文艺出版社 2009 年版，第 942 页。

22 日召开的党的十一届三中全会，实现了具有重大意义的历史转折。会议从根本上否定了“文化大革命”，确立了“解放思想、实事求是”的思想路线，将工作重点转移到“社会主义经济建设”上来，包括文学界在内的整个中国社会已做好迈入新的历史时期的准备。1975 年至 1979 年，在中央的倡导、引领和各机构的实践探索中，错误的文艺政策拨乱反正，流毒被肃清，逐渐恢复了“百花齐放、百家争鸣”的文艺方针，将“文艺为工农兵服务、文艺为无产阶级服务”的方针调整为“文艺为人民服务、为社会主义服务”，开创了文学艺术民主的新局面，为《当代》的创刊提供历史机遇。

其次，出版政策的调整。相对于文学政策恢复、调整的起始时间，我国出版政策的调整更早一些，可追溯至 1971 年 3 月 15 日。北京国务院第一招待所中召开了全国出版工作座谈会，这次会议是“文化大革命”以后召开的第一个全国性的意识形态方面的会议，参会各方代表共 126 人。计划会期两周，实际前后共计开会一百八十三天[①]。会议拟定了未来两三年内的图书出版计划，并提出出版部门应当健全各级“三结合”领导班子，创造条件实行三分之一人员坚持工作，三分之一人员调查研究，三分之一人员下放劳动的“三三制”。1971 年 8 月 13 日，中共中央发布毛泽东批示的《关于出版工作座谈会的报告》（中发〔1971〕43 号文件），这是“文化大革命”六年以来，第一次有意识地恢复文化出版工作。报告的第三部分“全面规划、积极做好图书出版工作”中提出了恢复期刊出版工作，“根据需要和可能，逐步恢复和创办一些理论、文学艺术、科学技术、学术研究、文教卫生、体育等期刊，首先要注意恢复和创办工农兵、青少年迫切需要的期刊。属于社会科学方面的期刊，报中央组织宣传组批准，属于文学艺术方面的期刊，报国务院文化组批准，其他方面的期刊，报国务院有关部门批准”。全国出版工作座谈会及其报告对“文化大革命”中几近停

① 由于“文化大革命”后需要解决的问题太多，重要问题需请示中央决定，会议一再延期。

顿的出版工作的恢复起到一定程度的积极作用①。根据中国出版年鉴资料统计，1969 年我国仅有 20 种期刊出版，为历史最低点。随着全国出版座谈会的召开，期刊出版逐渐恢复，1971 年增至 79 种，1972 年达到 194 种，发展到 1979 年已达到 1470 种，呈逐年递增趋势。

再次，人民群众文化心理的变化。文艺政策和出版政策的调整是以权威力量“引导”方向，通过规范为新格局开路，是一种自上而下的调整、延伸和推广。事实上，广大人民在长期的压抑中，自身早已积蓄了无尽的对自由的渴望和对历史的思索，“文化大革命”时期的地下诗歌、手抄本小说等便是例证。当 1976 年社会政治环境回暖、文艺界解冻时，人民群众所积郁的悲伤、愤怒、沉痛和新的历史时期所带来的欣喜、激情、热望融成强力的热流，以井喷之势迸发。群众需要通过一种方式将无处释放的情绪准确、完整地表达出来，文学成为大众选择的重要载体。当然，文学之所以成为承担和表达的介质，也来源于权威力量的授权和导向，可以认为是两种力量的共同需求造就了新时期初期的文学样态。单就普通大众方面而言，“文化大革命”期间无法令人满足的文化生活使他们热切地渴望文学的给养。费正清在《剑桥中华人民共和国史》中指出“1976 年以后文化生活和公众习俗的发展趋势显然比过去积极得多。前十年中对文学艺术的愚蠢控制以及迫使人们接收严格的社会主义清规戒律的压力，形成了一种无法令人满足的文化生活，并强迫城市居民放弃了他们珍爱的习俗和行为方式。当这些清规戒律在 1976 年后被有节制地放松后，其效果是巨大而明显的”。② 人民群众普遍的政治文化心理客观上呼唤着文学艺术的复苏，原有的文化产品远远无法满足普通大众如饥似渴的阅读需求，大量文学作品不断涌现，逐步带动期刊出版事业的发展。

---

① 该文件是在中央分管宣传和文教工作的姚文元修改、张春桥定稿，因此在对出版工作产生积极作用的同时，“文艺黑线专政论”在出版界巧妙地被“合法化”，带来消极影响。

② ［美］罗德里克·麦克法夸尔、费正清主编：《剑桥中华人民共和国史（1966—1982）》下卷，上海人民出版社 1992 年版，第 831 页。

最后，人民文学出版社优秀作品积压，无法及时印装。人民文学出版社作为国家级专业文学出版机构，新时期之初收到的投稿数量多、质量高，因“文化大革命”期间出版业和印刷业发展的阻滞导致书籍印装速度慢、周期长，难以及时将优秀稿件印装出版以满足人民群众所需。为解决此问题、使优秀作品尽快面世，人民文学出版社需要开发启用相应载体以推动文学艺术繁荣。文学期刊印装速度较快、出版周期较短，且容量较大，符合人民文学出版社的需求。“我们是文学书籍出版社，收到的稿件越来越多，其中够水平的好作品可谓不少。但由于印装条件差，周期长，出书慢，远不能满足读者要求。哪个作家不愿意自己的辛勤劳作早日问世？哪个读者不希望多读到一些新作品？因此，为了满足广大读者的愿望，繁荣我国社会主义文学，我们想办个刊物，把一些亟应出来而不能很快出来的好作品发表，为广大的作家开辟发表作品的新园地。”①

在“文化大革命”中后期，意识形态的变迁、文艺政策和出版政策的调整、人民群众文化心理的变化等各方因素在话语实践中断裂、拒斥、扭结、缠绕，形成了独特的话语形构和文学样态。在股股潜流交汇融合冲决而出形成后“文化大革命”时期的新局面时，文学在社会语境的复苏中作为思维的载体，承当了介入现实的入口。正如本雅明所言：“舆论对于社会生活的庞大机器来说宛如机油与机器之间的关系：人们并不是爬上涡轮机往里面倒机油，而只需往看不见但必须知道的铆钉接口里注入机油。”② 尽管我们无法看到机油是如何进入发动机的，但是由接口注入的机油可以沿着汽车内部设置好的系统准确地进入能够发挥效用的地方。基于这种常识推断，只需要找到一个社会系统的入口便可有效地发挥其社会效用，文学正是这个卓然有效的入口。文学介入现实的有效性必然带来文学的繁荣，新时期初期文学的繁荣可以用爆炸性作为前缀，这必然形成大量载体的需求。

① 《当代》编辑部：《发刊的几句话》，《当代》1979年第1期。

② ［德］本雅明：《单行道》，王才勇译，江苏人民出版社2005年版，第1页。

二　创刊过程：历史推动中的全社共建

新时期文学艺术春天到来，大批新作家新作品纷纷涌现，国内原有的文学出版体制和文学期刊格局不适应文艺发展的潮流和趋势，人民文学出版社作为全国最权威的文学出版机构在这种形势之下及时做出反应，创办了《当代》。“在时代潮流的推动下，在社会生活迅速变化和作家强烈创作欲望的涌动中，《当代》的创刊应运而生。”[①]“《当代》创刊于党的十一届三中全会之后。当时，我国新时期文学破除‘左’的禁锢迅速发展起来，被压抑多年的文学生产力像火山一样迸发出来，‘伤痕文学’‘反思文学’不断出现震撼人心的作品。人民群众经历了十几年文艺饥渴，表现出强烈的阅读愿望，所有的文学出版物都供不应求，印刷量动辄以几十万计。文学发展的形势呼唤文学期刊的产生，一九七八年七月，北京出版社率先创办了大型文学刊物《十月》，紧接着上海的《收获》在一九七九年一月复刊。形势逼人，作为全国最大的文学出版机构的人民文学出版社不能无所作为，于是《当代》应运而生。”[②]

历史的必然性会以偶然的形式表现，创办一个大型文学刊物是历史的必然，创办《当代》最初的建议是由编辑孟伟哉偶然提出的。“我还记得第一次谈话是 1978 年 11 月，当时韦君宜和屠岸同志都在，是我提出了这个建议。”[③] 时代嗅觉敏锐的编辑家们在创办刊物的问题上不谋而合，屠岸也向韦君宜提出要创办一个大型文学刊物的建议，“我还向韦君宜同志提过，要成立一个大型刊物。她听了之后很高兴，说还有同志已经提过，大概就是老孟”。[④] 孟伟哉和屠岸的表述有细微出入，但通过二人的回忆可以看到编辑家们对创办这个文学刊物的积

---

① 胡德培：《当代人的〈当代〉》，《新文学史料》2009 年第 1 期。

② 朱盛昌：《全社办〈当代〉》，《当代》2009 年第 4 期。

③ 孔令燕：《记忆，在叙述中重显——纪念〈当代〉创刊二十周年往事回顾座谈会》，《当代》1999 年第 3 期。

④ 孔令燕：《记忆，在叙述中重显——纪念〈当代〉创刊二十周年往事回顾座谈会》，《当代》1999 年第 3 期。

极态度，正如孟伟哉所说：反正总有人会提出来，当时的气候就是这样的。创办刊物的建议初步提出时，刊物的名字并没有确定。后由出版局陈翰伯、王子野敲定“当代”为刊名。[①]《当代》创刊建议由孟伟哉提出，人民文学出版社社长严文井、总编辑韦君宜和党委书记周游是《当代》成立的重要决策人，出版局领导陈翰伯、王子野对其大力支持，选择了在文艺界很有威望，担任过《文艺报》和《人民文学》执行主编的秦兆阳作为《当代》的主编。1979年7月，《当代》创刊号问世，起初为季刊（1979年出版3期，1980年出版4期），后应读者要求缩短刊期，于1981年改为双月刊。《当代》作为人民文学出版社的一面旗帜，整个出版社各个部门都积极投入期刊的出版工作中。“创刊之初，出版社领导们考虑到我们出版社有充足的稿源和健全的编辑机构，认为用不着另设专门的机构就可以把刊物办出来，便确定了一个由孟伟哉负责的三人兼职小组来负责刊物的编务（另两位是小说北组李景峰和少儿组叶冰如），稿件的提供和编辑加工则由全社各编辑部门分别来做。”[②] 现代文学编辑部提供中长短篇小说，诗歌散文报告文学，现代文学编辑部的小说南组提供港台文学作品，外文部提供外国当代作品，戏剧编辑室提供话剧和电影剧本[③]，首期《当代》由老出版家卞祖纪负责版式设计、美编室资深美编沈荣祥（柳成荫）设计封面、中央工艺美院的何建民书写“当代”二字，各方力量的共

① 当代刊名的确立有很多版本：一是韦君宜在病中回忆说：“《当代》的名字还是我起的呢”。二是严文井与看望他的同志们谈到《当代》的名字是他起的。三是朱盛昌回忆，“《当代》创刊时不叫‘当代’，叫‘丛刊’。为此还开了一个会，大家意见不一。我提议叫‘文学’。后来有人说太泛了，加两个字吧，叫‘当代文学’”。四是屠岸回忆，“当时把《当代文学》报到出版局，王子野同志大笔一挥，就把‘文学’两个字去掉了。”五是孟伟哉回忆，“当时创刊之后征求我的意见，我就写了一个报告，提了两个名字，一个是‘当代’，另一个是‘当代文学’或‘作家作品’之类的。孟伟哉的《当代，一个美好的回忆》一文确认，向出版局上报的报告上拟提两个刊名《当代》和《当代文学》，陈翰伯、王子野电话通知韦君宜同意，赞成用《当代》为刊名”。根据目前掌握的资料，第五个版本应该是比较准确和权威的。见孔令燕《记忆，在叙述中重显——纪念〈当代〉创刊二十周年往事回顾座谈会》，《当代》1999年第3期。

② 朱盛昌：《全社办〈当代〉》，《当代》2009年第4期。

③ 1981年，外国文学作品由人民文学出版社创办的《外国文学季刊》刊登；戏剧出版社恢复，戏剧编辑室不再为《当代》提供稿件。

同努力构成了杂志丰茂的初期面貌（附录一）。

三 创刊号的定位意义：反映当代生活、实行百花齐放

对于任何一家刊物而言，其创刊号都具有重要研究价值，首期内容基本确定了刊物的基本格局和整体风格，创刊号呈现出的面貌是编辑成员预估判断杂志面世后的反应和影响，权衡各方力量组织编辑而成，《当代》创刊之初集中一切优势力量办刊，其精良程度和定位性意义不言自明。

卷首刊登了由韦君宜书写的《发刊的几句话》[①]，阐明《当代》创刊的动机、刊物特点、选篇标准，初步定位刊物宗旨。《当代》的刊物定位是大型文学杂志，凡文学作品的各门类——小说、诗歌、戏剧、散文、小品、评论兼收并蓄，无所不容。以发表中型以上的作品为主，着重发表长篇小说、中篇小说和一部分戏剧文学。同时，以培养新作家、扶持新作家为己任。选篇标准从宽不从严，希望题材多样化、主题思想多样化，要求作品艺术性。

创刊号辟有“剧本”“短篇小说”“报告文学”“长篇小说选载”“散文回忆录”“诗歌”“台湾省文学作品选载”“杂文小品”“外国文学”“文艺论坛”等栏目，共包括十多位新老作家的作品。创刊号的头题作品为青年作家赵梓雄的话剧《未来在召唤》，通过《当代》杂志日后的发展，不难看刊物工作重心在于长篇小说与纪实类文学，创刊至今刊登剧本寥寥几部，为何《当代》杂志创刊号的头题作品选择了剧本《未来在召唤》？根据创刊时期筹办人员的回忆，“赵梓雄的话剧《未来在召唤》当时在北京演出反响强烈，稿子由戏剧编辑室的资深编辑曲六乙推荐，孟伟哉临时找个办公室把相关的编辑找来，集中读稿子，大家没有意见，就算通过”。[②] 这段对创刊号头题小说选择过

① 《发刊的几句话》是在孟伟哉的邀请下，韦君宜以给出版局的报告为基础修改而成的文章。

② 何启治：《〈当代〉：迎着春风绽放》，《编辑学刊》2009 年第 4 期。

程的历史叙述，似乎在高效、灵活的工作背后显出了一丝选择上的草率。事实上，作品的选择远比叙述慎重，对于创刊号头题作品的选择显然需要经过一些权衡考虑，使其具有一定先导性意义，在多年后编辑部的话语中透露出一些端倪：“第一期的第一篇作品恰好是《未来在召唤》——表现新与旧的斗争，迎接新的时代。”① 尽管刊登这篇头题作品的决策过程极快，但并不影响《未来在召唤》所担负的意义价值，其选择绝非偶然。首先从文本外部分析，《未来在召唤》是作者赵梓雄应某文工团的邀请将剧本由青海带至北京，在此过程中受到主管部门某些领导的否定，被视为“毒草”② 且被停止排练。作者几经努力，获得北京有关部门的肯定，作品才得以排演。这部经历波折的作品在中央实验话剧院上演后，得到了人民群众的肯定和赞扬，引起广泛反响。《未来在召唤》在短期内由所谓的“毒草”变为“鲜花”的过程，映照着《在桥梁工地上》《本报内部消息》《组织部新来的青年人》等经历二十年封杀的“社会主义大毒草”终成“重放的鲜花”的艰辛历程，这种头题安排有可能是对“双百”时期被误判为“毒草”作品的致敬和对其重放所表达出的感怀。由上海文艺出版社汇集成册的《重放的鲜花》第一版第一次印刷时间为 1979 年 5 月，此时《当代》杂志正值创刊筹备过程，《重放的鲜花》这个具有里程碑意义的文学事件对《当代》创刊的稿件选择产生了一些影响。加之《重放的鲜花》中有一部分作品是“双百”时期担任《人民文学》副主编的秦兆阳所选发的，而此时秦兆阳正在筹备《当代》创刊，由此推断《未来在召唤》的选择有可能与此存在微妙的关联。《未来在召唤》短暂的“毒草”和“鲜花”的转变历程也包含着时代的普遍性特征，因此我们分析《当代》选择《未来在召唤》作为头题作品带有一种缅怀

① 《当代》编辑部：《创刊十周年的一点表白》，《当代》1989 年第 3 期。据何启治的《〈当代〉：迎着春风绽放》一文中确证《创刊十周年的一点表白》出自当时的主编秦兆阳之手。

② 陈骏涛：《文艺要勇于干预生活——从话剧〈未来在召唤〉的演出所想到的》，《文学评论》1979 年第 4 期。

和致敬的意义。另外值得注意的是，《当代》发表《未来在召唤》时，作品已经排练公演并广受好评，而在《发刊的几句话》中杂志则明确地表示要“把一些亟应出来而不能很快出来的好作品发表”，发刊词的表述和本篇选稿实践中似乎存在矛盾。《从未来在召唤》已经上演并引起各界讨论，在《当代》的刊发时间与话剧上演时间相距较短的事实中，体现出杂志“当代性”和“现实性”，它能够及时把握社会现实发展和时代动态，迅速地对当下现实做出反应，以文学的方式参与至社会脉流之中。由创刊号头题作品所展现出的关注现实的刊物特征延续至今，成为刊物的稳定风格。另外，《未来在召唤》公演后获得了大众的好评如潮，《当代》杂志选取这样一部已被广泛肯定的作品作为头题小说在一定程度上显示出其保守的性格。集中优势力量创办的大型文学刊物，其创刊号的头题作品理应一鸣惊人，选取已被大众知晓的作品缺少新鲜感和果断的魄力，由此所显示出的保守性在日后《当代》的办刊实践中一直有所体现。

作为一本文学类杂志，创刊号头题作品的选择显然不能仅从文本外部去考虑分析，否则便会本末倒置。在《当代》创刊的时代，文艺界已经解冻，文艺与政治的关系逐步合理化和正常化，办刊的自由度大大增强，因此《当代》选择的头题小说必然着重考虑文本的内部意义。《未来在召唤》以矛盾论、实践论为支撑书写新题材，塑造新人物，反映新主题，被称为实践是检验真理的唯一标准的艺术教材。作品以试制新型飞机为背景，塑造以梁言明为典型的敢于破除陈规旧习、以实践作为检验真理唯一标准的领导干部，和以于冠群为代表的因循守旧、思想僵化、以现代迷信阻碍发展的领导干部，通过典型人物的塑造反映二者之间思想路线的矛盾斗争。《未来在召唤》同时通过青年女工玉兰因打碎石膏像被定为反革命、判处七年徒刑，揭露出“文化大革命”给人民造成的精神创伤。作品既包含了对于历史的控诉、反思，又不沉湎于愤怒悲伤的非理性情绪，以科学理论观照当下现实做出理性思索与选择，同时带有对未来社会建设道路的期望，表明一种理性化的判断："现在对我们来说最重要的不是评功，也不是论过，而是要往前看！"[①] 在 1979 年上半年的历史语境中，文艺向前看的论调引起不同反应，歌颂与暴露的争论逐渐升级，《未来在召唤》中对于精神创伤的揭露是《当代》杂志在两种文艺态度的论争中表达其对文艺自由、文学自主的要求与想象。1979 年第 6 期《河北文艺》发表署名李剑的《"歌德"与"缺德"》，将文艺论争转化为尖锐的政治批判，当年第 3 期《当代》杂志发表廖沫沙的《"歌德"与"缺德"的功过》以史为镜表明对"缺德"文艺的支持。由此可见，《当代》在歌颂与暴露、"歌德"与"缺德"之间的一贯选择及其对"文艺民主"的追求。另外，如何解放思想、实现现代化是我们国家在新的历史时期所面临的全民性思索，选择哪条道路是新时期建设应解决的首要矛盾，《未来在召唤》触及了现实生活中人民群众切实遇到的问题，勇敢地面对现实、大胆地反映生活，恢复了"五四"以来戏剧的现实主义战斗传统。这部"干预生活"的剧作所表现出的对现实生活的观照，与《当代》"直面人生、贴近现实"的品格定位准确契合，表现出现实主义的批判精神和探索意识。根据文本内容及其现实主义精神内涵，《当代》选择《未来在召唤》作为创刊号的头题作品其来有自。时移世易，这部头题作品在如今的文学史视野里已渐被湮没，鲜有提及，以普通读者的视角考察它也可轻而易举地辨识出它的艺术瑕疵与带有二元对立思维特征的种种印迹。但将作品放置在 1979 年 6 月，一个社会正处于蜕变转型的关键时期，肩负着自身使命的新生文学刊物在这样的社会语境中第一次与世界交流，它的头题小说的选择应是审慎、安全、不失风范、突出特色且蕴含着对未来的美好想象，《未来在呼唤》的出现便在情理之中。

创刊号中另外一篇值得注意的文章是"台湾省文学作品选载"栏目中白先勇的《永远的尹雪艳》，这篇文章成为两岸文学汇流的一只

① 赵梓雄：《未来在召唤》，《当代》1979 年第 1 期。

“报春的燕子”[①]，带来中国文学的结构性变化。1979年元旦，叶剑英《告台湾同胞书》发表后出现了台港地区的回乡潮流，政治大气候的回暖为台港文学的发表提供了契机。负责操办创刊事宜的孟伟哉准备在创刊号中发表台湾作品，人民文学出版社小说南组的编辑刘玮向其推荐《永远的尹雪艳》，认为作品艺术细腻、真实、寓意深刻，达到一定审美高度。作者白先勇为国民党大将白崇禧之子，其特殊身份使作品的发表带有某种政治上的指向性，并且《当代》杂志隶属人民文学出版社，地处政治中心北京，加深了读者对《永远的尹雪艳》背后政治风向的猜测和推断。据此，有外国媒体发表通讯，推测《当代》的出版及《永远的尹雪艳》的刊发似乎表明“中共文艺方面的新动向”。[②] 这篇文章的刊发成为出版界的一个重要新闻事件，因人民文学出版社的权威地位和其高度政治敏锐性，使得国内的出版界开始有信心与胆略发表、出版、传播台湾地区作品。孟伟哉先生在叙述此事件时表达了类似观点，“由于《当代》是由国家出版社创办，由于事例发生在北京，它好象产生了某种‘风向标’的作用，使得编辑出版界对台港澳文学与海外华文作品有了更客观、更理性、更宽容、更开放的态度，因而相关的刊物和出版物也随之多了起来”[③]。《永远的尹雪艳》在《当代》发表后，在海外华文文学界产生广泛反响，海外华文作家主动寄去作品或亲自将作品送到编辑部以期发表。从这些投稿中能够看到《永远的尹雪艳》之于中国文学结构变化的开拓性意义，甚至之于两岸政治的“报春”价值。《永远的尹雪艳》的刊出成为文学史和出版史上一个具有特殊意义的新闻事件，它的发生远远没有外界

---

① 学者在追溯台湾文学研究原点时，倾向于将《永远的尹雪艳》视为“第一只报春的燕子”，如刘登翰《走向学术语境——祖国大陆台湾文学研究二十年》一文便有论及（文章误将其发表时间叙述为1979年2月）。

② 约1979年7月，新华社“参考资料”转发西方通讯社发自北京的述评报道。几位编辑在回忆《当代》创刊和《永远的尹雪艳》时均有提及，因史料原因笔者并未查找到该通讯，但根据研究文章能够判定其真实性。

③ 孟伟哉：《白先勇〈永远的尹雪艳〉刊出始末——关于〈当代〉答博士生颜敏问》，《出版史料》2007年第4期。

所揣测的那样隐秘与复杂，其出版的全部过程中仅由两位编辑具体操作，并未向社长与总编请示，也没有任何上级部门的授意，孟伟哉认为该文的发表得益于当时改革开放、思想解放的历史语境。当然，编辑自身的政治敏锐度和长期以来形成的思维模式必然使文章的刊发包含了对于意识形态因素的考虑，《永远的尹雪艳》所表现出的台湾“上流社会”的虚伪、浮华和自我麻醉的生活相，以及白先勇对此的厌恶嘲讽和对没落人生的批评情绪，为台湾地区人民的思乡怀旧和“批判蒋家王朝”提供了多维度理解的可能性。

创刊号的作品还包括老作家秦牧的短篇小说《残雪》和周自生的《路》，两篇文章均从普通人的日常生活入手，反映“文化大革命”十年倒行逆施给普通中国人带来的“后遗症”和精神创伤。长篇小说有马识途的《夜谭十日》中的《破城记》，杨纤如的《伞》和盛农的《猛士》，杂志所刊均为小说节选，这三部作品为历史题材。其中，《破城记》作者马识途以革命家和文学家双重身份完成对民国社会的批判和讽刺，通过阶级斗争推动情节发展，以阶级身份解释人物，将革命叙事包含在民国叙事之中。《伞》书写1925—1927年的北伐革命浪潮，作品中反面人物违法乱纪、枉杀无辜，中间人物悲观失望、精神痛苦，正面人物艰苦斗争、慷慨激昂，其大时代中轰轰烈烈的斗争场面以及革命加恋爱的时代特征表现出明确的“革命现实主义”倾向。青年作家刘亚舟《男婚女嫁》选段《山湾屯人物记》，以1976年东北完达山农村为背景，描绘农民的家庭生活，再现党和人民群众同极“左”路线斗争的场景，生活气息浓厚，激情歌颂社会主义。创刊号两篇短篇小说和四部长篇小说从历史和现实两个视角，通过艺术形象书写今日之世界，作品所展现出的现实主义特征与《文学，应该象生活一样丰富多彩》中的理论来源相吻合，加强了杂志力图形成的现实主义印象。诗歌方面，创刊号刊登了张志民的《写给赵树理》、邓拓《记田其昌》等六首，周良沛《大路之歌》，屠岸《攀枝花》等和纪宇《高尚的爱情》。张志民的《写给赵树理》是诗歌栏目的第一篇作品，以加粗字体标示，该长诗缅怀“文化大革命”中被迫害致死的赵树理，以朴质的诗人情感沉痛地控诉四人帮对赵树理、对普通中国人的伤害和对中国社会的破坏，以愈合历史文化伤痕为职责，诗歌所标示的伤痕特征，使之融会到新时期之初伤痕文学的主流中。与此同时，诗歌主人公赵树理的命运遭际和历史评价的波诡所隐含的意识形态复杂性，使诗歌具有某种标示作用，它指向的不仅是 1978 年得到平反的赵树理本人，还包含对革命的现实主义创作立场的肯定与复归。邓拓的六首诗歌创作于 1938 年至 1942 年，书写神州大地革命的激越并歌颂革命战争中的英烈，诗歌雄浑大气、浩然磅礴。周良沛的《大路之歌》创作于 1957 年，颂赞共产党和红军于水火之中救助劳苦百姓，为中国社会开辟光明之路。屠岸的《攀枝花》等三首是极具前瞻性的工业题材诗歌，作者以满腔热情颂赞工业改革的如荼场景，饱含对未来社会发展的礼赞。纪宇《高尚的爱情》和《关于美的探讨》以革命加恋爱为叙事动力，充满对全新生活的美好想象以及对党和国家领导人的赞美。根据几篇诗歌的内容和时间线索，可以勾勒出自抗日战争开始至新世纪的全部图景，由“工人阶级必须在战场上争得自身解放的胜利”发展至“经济建设为社会发展助力”，既有对于历史战争的英雄主义歌颂和建立新中国卓绝战斗的回顾，也有对于“文化大革命”时期的痛彻思索，还包含新时期初期国家建设的热烈场景和对未来社会的热切期待。另外值得注意的是五位诗作者中有四人在不同程度上受过迫害，受害者的歌哭包含着对过去错误的否定和反拨，他们的憧憬则意图构建大众对新意识形态的认同，论证新意识形态的合法性。

创刊号的其他作品还包括理由的报告文学《她有多少孩子——记著名妇产科专家林巧稚》，萧乾的散文《未带地图的旅人》，罗马尼亚话剧《权力与真理》，美国短篇小说《乡下丈夫》，陈允豪的《从陈老总一段话引起的联想》，陈子伶《阿 Q 与现实主义》，郭因的《艺廊思絮》等。总体而言，《当代》创刊号所刊登的作品并未在文学史中留下多少争鸣，能够象征《当代》杂志权威资本的作品都并未出自该期。这些作品主要是为迎合当时意识形态规范与刊物自身定位的双重需求，是作为《发刊的几句话》和《文学，应当象生活那样丰富多彩》所倡导的典范而登上杂志的，自然无法产生经典作品。但创刊号的旗帜意义是经典作品无法替代的，回看1979年第1期的《当代》杂志，门类广泛、作品多样，长篇小说、短篇小说、报告文学、剧本、诗歌、散文、杂文均有涉及。选稿地域范围包括中国大陆地区、台湾地区，以及海外其他国家，如美国、东欧①等。作品题材内容包括革命斗争、农民生活、工业建设、知识分子命运等。创刊号为《当代》塑造了视野宽广、胸襟博大的形象，突出了反映当代生活、实行百花齐放、活跃读者思想、开阔读者眼界的特点。

四 基本格局的确立：文学种类齐全、长篇纪实突出

创刊号确定了《当代》杂志的基本格局，尽管随着时代和杂志自身的不断发展略作调整，但它的基本成规、布局、面貌和基调并未产生明显变化。《当代》的栏目设置分为五个主要部分：

一是文艺理论与批评，其内容包括文艺思潮讨论和文学作品批评。因所处历史时期的开放性、文艺的自由程度以及杂志自身属性，《当代》的文艺理论批评板块的意识形态功能被解放，该板块多见自由的思潮讨论、创作谈和所刊文学作品的独立批评。纵观之，该板块比重逐年下降，功能性渐弱。

二是小说，文体类型包括长篇小说和中短篇小说。小说是文学期刊的主体，大型综合性文学期刊各类文体均能兼顾，其中小说的比重远远高于其他文体类型。《当代》对小说的重视也显而易见，四十万

---

① 《权力与真理》是罗马尼亚当代政治题材剧本代表作，作品反映社会主义建设中权力与真理两者间的复杂关系，两者间的矛盾和发展关系社会主义建设成败，关系个人命运。《当代》编辑部认为这部剧本的刊登对我国社会主义建设具有借鉴意义。创刊号的“苏联及东欧政治笑话”发表在中苏关系僵化的历史条件下，具有政治讽刺意味。

字左右的篇幅中，小说部分占据60%—80%比例。随着时间不断推移，部分栏目内容取消和削弱，小说所占篇幅日益增加。在小说文体中，《当代》杂志偏重长篇。因其依托人民文学出版社创办，创刊目的之一即为人文社优秀长篇发表提供平台，长篇小说成为《当代》杂志的重要特色。为达到综合性文学期刊的平衡，在着力发表长篇的基础上，各期均有中、短篇小说刊出，并时有亮点。

三是纪实类文学，如报告文学或纪实回忆。纪实类文学是《当代》杂志另一特色品牌，自创刊号起便辟有相关栏目并延续至今，纪实性文学的现实主义特征能够很大程度地代表《当代》的时代感和现实性特色。

四是散文、诗歌。《当代》杂志的定位是大型、综合文学期刊，在选择稿件时兼顾散文、诗歌等文体类型。由于其工作重心在于中长篇小说与纪实类文学，因而散文、诗歌作品在一定意义上作为点缀和补白存在。2004年后，《当代》杂志不再接收诗歌来稿，取消诗歌栏目。散文部分表现出偏重纪实性倾向，专门设置“往事”栏目。

五是画页。画页之于文学杂志看似并不重要，然每一幅画作的选用都有其用意，尤其在《当代》创刊之初的历史背景下，一些画页为配合内容存在。如创刊号的封二画页《屈原》，其作者黄永玉在“文化大革命”中被指控为“反动学术权威”，这一画作的选择包含“虽九死其犹未悔”的信念和“吾将上下而求索”的决心，作者的特殊身份则标示着“文化大革命”受难者的复归和反拨，画作内容与创刊号的文字内容相配合形成整体基调。第二期封二的木刻画《周恩来同志》恰与当期头题作品书写四五运动的《命运》内容吻合。随着时代发展，画页与意识形态和文本内容的联系日渐减小，作为艺术品欣赏的成分增强。

第二节 《当代》的现实主义立场：直面人生，贴近现实

一 话语资源：革命现实主义

自创刊之日起，《当代》便旗帜鲜明地倡导现实主义，现实主义是它的风格、它的底色、它的旗帜，甚至是它的生命线。刊首《发刊的几句话》简单明确地介绍创刊目的和刊物特点，紧随其后的文章是《文学，应当像生活那样丰富多彩》，该文署名为时任人民文学出版社社长的严文井，实为人民文学出版社理论组罗君策执笔，罗君策参考严文井在全国部分中长篇小说作家座谈会上的讲话整理成文，又经屠岸修改补充后送交严文井过目认可。文章为《当代》的刊物主张、特色和选稿标准进一步定位，为刊物此后发展提供理论参照，可以被视作《当代》杂志的创刊“宣言”。该文讨论了文学与生活的关系以及现实主义文学的创作原则和方法。首先，该讨论的理论前提是对于既定意识形态规范的遵守。《当代》创刊时期普遍的文艺自由氛围建立在政治意识形态革新之下，政治场域限制、规约和影响着文学场域，因此这篇纲领性的文章将对于政治意识形态准则的遵循摆在首位，即“坚持社会主义道路，坚持无产阶级专政，坚持马列主义、毛泽东思想”。在“文艺自由、文学自主”的社会语境中，文章依然热切地将文学与政治紧密相连，以代表人民和党作为历史使命，“我们的文学，是人民的文学，是无产阶级的文学，是社会主义的文学，是党的文学”。以上表述中，坚定的政治路线成为《当代》倡导文学方向的前提，进而奠定了杂志的主流地位。其次，作为文学期刊的《当代》关注文学相关问题，在《文学，应当象生活那样丰富多彩》中讨论了文学与生活的关系。文章标题和开篇均表明杂志对二者关系的态度，即“文学，应当是生活的镜子。生活，是文学的唯一的源泉”。文学来源于普遍的现实生活，当代的生活现实即“亿万人民为了美好的未来正

在进行英勇的斗争和忘我的劳动”，文学应当“踏着时代的步伐，和生活的脉搏一起跳动”。在文学与生活的关系中，重视表现当下鲜活的现实，成为倡导“当代性”的理论来源。最后，文章中对现实主义文学及其创作原则和方法做出了深入探讨，申明杂志的现实主义立场，“毛泽东同志所倡导的革命现实主义和革命浪漫主义相结合的创作方法，始终是我们应当遵循的原则。但在这两者之间，我们认为革命现实主义是基础”，“历史反复证明：人民需要现实主义”。在坚定、明确的现实主义立场的指导下，该文对现实主义作品提出了新历史语境下的新要求，作品主题要广泛多样，应以马克思主义、毛泽东思想的立场表现人民群众的“胜利的喜悦”与“挫折和痛苦”，“揭示光明必然战胜黑暗这个人类社会发展的客观规律”。还要求作品要塑造典型人物形象，并具体规定如何塑造先进人物、中间人物和反面人物。从宣言的整体内容而言，对现实主义的倡导与要求贯穿全文始终，这份纲领式的宣言对《当代》发展产生了重大且深远的影响，在此后三十多年的风雨历程当中，现实主义理论基础一方面保证了杂志稳定的风格和气派，另一方面也在《当代》在多次的市场经济的冲击下保障其生存和发展。

如果我们仔细甄察，能够发现在《文学，应当象生活那样丰富多彩》深层所蕴藏的毛泽东《在延安文艺座谈会上的讲话》（以下简称《讲话》）文艺思想的精神。《讲话》是毛泽东在继承恩格斯现实主义理论的基础上，吸收苏联社会主义现实主义的经验，论述革命现实主义问题。现实主义真实反映现实生活的特征受到时代和阶级制约，在恩格斯的论述中，无产阶级革命现实主义要反映工人阶级的斗争生活。毛泽东的《讲话》继承和发展了这一思想，倡导革命现实主义要表现“新的人物，新的世界”，在现实主义发展历程中真实反映时代生活，帮助人民群众推动历史前进，以歌颂为主体，个别题材可侧重于批判与揭露生活的消极现实。《文学，应当象生活那样丰富多彩》一文继承了《讲话》中积极反映生活的理论，将文学写作的主要题材定位为反映如火如荼的社会主义现代化建设的“新的世界”，和建设中的亿万人民创造出的光辉事迹。在歌颂与暴露的问题上，既提倡歌颂推动历史前进的平凡的英雄人物，塑造广大人民群众中的英雄形象，同时不排斥对于黑暗势力的揭露和讽刺。《讲话》中论述革命现实主义典型化的问题，指出革命现实主义的文艺创作应通过作家的主观分析判断，集中、概括、生发、改造具有典型意义的生活现象，塑造典型环境中的典型形象，达到高度的艺术真实。《文学，应当象生活那样丰富多彩》论及典型化问题时认为要尊重生活真实，塑造出丰富化、多样化、生动化的各类人物形象。《讲话》在讨论文艺与政治关系时，认为革命现实主义文学需要达到艺术真实与先进政治性的高度统一，要求创作者正确的政治立场和科学的世界观，作家要站在无产阶级与人民大众的立场。在这种文艺观的指导和影响下，《当代》所宣称的“人民的文学”和“无产阶级的文学”由此找到了话语资源传统。

总体而言，“宣言”中对于革命现实主义话语资源的借鉴和表现在坚定当中带有些许含混。在文学与生活关系的论断上，“宣言”倡导文学来源于真实、客观社会生活的态度是极其明确的，将现实主义作为刊物发展及当代文学发展的主流和方向。在文学与政治的关系上，“宣言”显然肯定着文学与政治的同一性，只是随着社会大环境的思想解放与文艺界的解冻复苏，文艺思想也随之发展和丰富，对于革命现实主义的理解和深化使文艺与政治间的高度统一不断消解，“文艺为政治服务”的观念日益被置换为“文艺为人民服务”，因此“宣言”将以政治意识正确性和意识形态规约的前提包含在一种策略化的表达中。“宣言”中以主流意识形态规范为基准的论述，的确显示了在新的历史时期社会和人民的拳拳热情，对于国家民族和新文艺建构的热切想象。同时，它也客观上造成了《当代》发展的一些“症候”，在一定意义上阻碍着期刊的发展。

二 理论建设：广阔的现实主义

根据《文学，应当象生活那样丰富多彩》一文的理论主张，我们发现《当代》杂志对革命现实主义话语资源的借鉴。伴随文艺理念的深化和发展，《当代》在理论建设中探索一条多样、丰富、广阔的现实主义之路。纵观《当代》现实主义发展逐渐走向广阔的过程，杂志社屡次进行必要的理论倡导与探讨，在争鸣和探索中逐渐丰富和完善，以理论带动实践发展，拓展了现实主义的生存空间。

第一，广阔现实主义的历史继承。与思想解放的政治语境相适应，《当代》在强调现实主义的同时追求文学的多样性和艺术性，它对广阔现实主义的倡导和探索来自一种历史承续。其源头是20世纪五六十年代对现实主义广阔道路的探寻，曾写出《现实主义——广阔的道路》的秦兆阳[①]担任《当代》主编后提出明确的办刊方针：要坚持现实主义的文学主张，突出时代性、现实性和群众性，奠定了杂志的现实主义基础，且呈现出一种丰富化、多样化的现实主义指向。他在1956年提出“现实主义文学既是以整个现实生活以及整个文学艺术的特征为其耕耘的园地，那么，现实生活有多么广阔，它所能提供的资源有多么丰富，人们认识现实的能力和艺术描写的能力能够达到什么样的程度，现实主义文学的视野，道路，内容，风格，就可能达到多么广阔，多么丰富”。[②] 现实的复杂性给作家提供了广阔的创作空间，现实形态的丰富性决定了现实主义作品的丰富性，现实形态的变化影响着反映现实的作品的内部变化，秦兆阳对现实主义的动态和丰富的认识为二十年后《当代》的办刊提供了一种理论性的指引，《人民文学》期间组织发表的一系列还原现实多样性的作品提供了成功的实践依据。在这种广阔现实主义精神的承续之下，《当代》多年的办刊实

① 20世纪50年代，秦兆阳在担任《人民文学》副主编期间组织发表了刘宾雁的《在桥梁工地上》《本报内部消息》、王蒙的《组织部新来的青年人》、耿龙祥的《明镜台》等正视现实、直面人生的“干预生活”的作品。“文化大革命”后，自1979年年初筹办《当代》至1994年去世，秦兆阳在《当代》主编的岗位上工作了15年，基本确立了杂志的现实主义品格，虽然在文学思潮的不断革新当中，秦兆阳所坚守的现实主义表现出了局限性和滞后性，但其关注现实，立足现实的文学观念贯穿了《当代》杂志办刊的始终。

② 何直：《现实主义——广阔的道路——对于现实主义的再认识》，《人民文学》1956年第9期。

践中保持着对现实主义的开放探索，尤其是其编辑队伍不断更新对现实主义的深入思考，“现实主义不是僵化凝固的概念，应该是流动的，开放的。她在同其他流派平等发展和互相竞争中不断吸收它们的积极成果以丰富完善自己。我们提倡的现实主义是多样化的现实主义，因为现实本身就是多样化的”。[①]“对现实主义状况有两个基本估计：一是多元化对现实主义不是削弱而是丰富，二是现实主义需要超越的不是现代主义和后现代主义，而是现实主义自身。”[②] 现实主义必须随社会的发展而不断发展，现实流动的形态决定了现实主义的变化，坚守原则而不封闭，关心他人而不排斥自我是《当代》对现实主义的丰富性、广阔性和开放性的基本认识。从编辑的认识和阐释中，我们看到杂志在坚守现实主义基础的前提下不断调试，赋予了现实主义更为丰赡的含义。当然，无论是秦兆阳还是其他编辑，都存在对于现实主义理解角度的不同和对现实主义边界认知的不同，而这些细微的差异和微妙的界限也给《当代》的现实主义实践带来了一定程度的限制，我们将在后文论述。总体而言，秦兆阳形成于 20 世纪 50 年代的广阔现实主义理念为《当代》探索和更新现实主义提供了历史来路，对《当代》杂志产生了深远的影响。

第二，现实实践的引导和探索。以现实主义为明确编辑方针，《当代》组织发表系列讨论现实主义的文章，坚持倡导现实主义的主体地位，在现实主义面临纷繁的文艺思潮的冲击时清醒地意识到其发展的艰难，并力图构建开放的现实主义激发其生命活力。“我们将一如既往，执行一贯的办刊方针，坚持四项基本原则，坚持为人民服务、为社会主义服务的总目标，以现实主义为主，切近生活，直面人生，着重反映当代社会，表现当代人的风貌。同时，兼收并蓄，力求形式多样，艺术上继承与借鉴并重，使尽可能多的读者乐意接受。”[③] 在各

① 《当代》编辑部：《本刊召开现实主义问题座谈会》，《当代》1997 年第 1 期。
② 《当代》编辑部：《本刊召开现实主义问题座谈会》，《当代》1997 年第 1 期。
③ 《当代》编辑部：《编者的话》，《当代》1987 年第 2 期。

类文学潮流和创作方法涌入文学界并蔚为大观时，《当代》杂志在编者的话中立场明确地表示出对现实主义的坚守，杂志所选发的文艺理论类和文学批评类文章带有强烈的现实主义倾向，在作家受到新兴创作方法的影响并希望借此突破现实主义束缚时，《当代》组织刊发评论文章力证现实主义的稳定性和重要性。顾言的《从“假托性”构思法谈开去》[1] 一文针对一些作家希望通过带有象征性、幻想性因素的“假托性”构思“突破现实主义束缚”做出了自己的判断，文章认为现实主义“过时”的说法是不科学的，现实主义具有长久的生命力，反映现实的现实主义将会“随着现实的发展和艺术实践的发展而发展”。现实主义的丰富之处在于“从生活真实到艺术真实之间，有发挥作家创作才能的广阔的回旋余地”。文章呈现出对现实主义动态发展的理论认识，是在现实主义受到大肆冲击时有力的理论反拨，此种阐释和理解也为面临困境的现实主义注入了新的生长点。包括洁泯的《漫说现实主义四题》[2] 也反映了在坚守现实主义主体的同时注重对其广阔性的理解，“不管当前文学创作变化得如何纷陈繁列，但是现实主义依然是主流。不过如今现实主义的内涵有了变化，有了拓展。……现实主义必须不断吸取新的历史经验和艺术经验去丰富自己的艺术体系”。[3] 除纯粹理论文章外，《当代》所组织和选发的作品评论文章中也包含了诸多的现实主义理解，《当代》试图通过这些文章的刊发构建或重述一种广阔的现实主义理论体系，当然，构建一种体系并非易事，杂志尚未达到一种严谨的、科学的和完整的理论建设，但是它在不断述说中客观地达成了对广阔现实主义的强化和传达，为现实主义文学找到了可靠的立足点。此外，《当代》还专门召开了关于现实主义问题的座谈会，会议指出“由于时代变迁，社会发展，当代的现实主义已经同古典的现代的现实主义有了不少变化，它需要以更开放的

① 顾言即秦兆阳，该文刊于《当代》1985 年第 5 期。

② 洁泯即许觉民，该文刊于《当代》1988 年第 6 期。

③ 洁泯：《漫说现实主义四题》，《当代》1988 年第 6 期。

姿态吸收各种文学流派和各种探索的积极成果，使得自己心胸更博大，思想更深化，道路更广阔，以便孕育更优秀的现实主义作品”。[①]《当代》在构建广阔现实主义的实践当中，将现实主义从僵化的理解中解放出来，倡导开放的、多样的现实主义，在新的历史条件下再度激活了现实主义文学的生命活力，也使杂志本身产生了更多发展的可能性。

三 现实主义实践的“当代性”

“当代性”一词最早出现在别林斯基的《论巴拉廷斯基的诗》一文中[②]，文章清楚地表述“在构成真正诗人的许多必要条件中，当代性应居其一”。[③]王东明在《关于文学的当代性的思考》一文中认为，“所谓当代性，是作为一种具有整体意义的有机性的特质贯穿于作家创作活动的全过程的。它不仅反映在这个过程的结果——作品上，而且与全过程紧密关联。因此，当代性首先而要主要指作品的现实感和时代感，同时也包含了在与时代和生活相适应的审美理想支配下，进行与最广大的人民群众的审美趣味和欣赏心理相一致的艺术创造这样一层涵义”。[④]由以上阐释我们可以理解为，当代性体现为以深邃的历史意识为指导，对现实关系的变化有清醒的认识和理解，对社会生活有准确的体察和把握，真实地揭示各种社会矛盾。当代性的题材首先要反映当代正在进行的现实生活，描写当下现实中的人生世相。渗透当代审美意识与艺术观念，并以历史意识指导当代生活的历史题材文学也具备当代性特质。在这种逻辑下，不难察觉到当代性与现实主义的关联，以此为逻辑起点，《当代》杂志的当代性表现便得以辨明。

显而易见，《当代》杂志在命名上已经显示出其对当代性的追求，

---

① 《当代》编辑部：《本刊召开现实主义问题座谈会》，《当代》1997 年第 1 期。

② 参见王东明《关于文学的当代性的思考》，《文学评论》1984 年第 1 期。

③ ［俄］别林斯基：《论巴拉廷斯基的诗，别林斯基选集》第 1 卷，满涛译，上海译文出版社 1979 年版，第 216 页。

④ 王东明：《关于文学的当代性的思考》，《文学评论》1984 年第 1 期。

在创刊号的“编后小记”中，编辑部宣称“本刊取名《当代》，其用意之一，正是想多发表一些时代精神强烈、反映当代生活的作品”。[①]《当代》将反映当代生活放在最重要的地位，其取名的用意正在于此。同时，《当代》对于当代性的理解并非狭隘和窄化的，它将当代性建立在百花齐放的追求上，不拒斥以历史题材观照生活的作品，编辑部在“编后小记”中表达了对于当代性的丰富、深刻的理解，显示出一家重量级文学期刊的气度及其在文艺潮头的先锋性，“我们注重反映当代生活的作品，却并不想在题材和风格上有什么局限和偏见，而是坚持百花齐放”。[②] 创刊号的实践已经辨明《当代》对于当代性的理解和甄辨：当代性是一种广阔而开放的概念，可确认的流动、连续的状态，它与历时性相关又直接指向当下现实生活。具体来说，是以包括现实生活题材和革命历史题材的作品为载体，融会鲜明的时代精神和深邃的历史指导当下文学生活。

在《当代》的办刊实践中是否真正地践行了其当代性追求，当代性对于《当代》而言是否是一种有意味的符码？事实上，《当代》杂志的现实主义风格在不同的场合和不同人物的口中被诠释为时代感和现实性的融合，也有时被表述为“当代性、现实性”或“直面人生，贴近现实”，这些诠释中关于当下现实人生的理解指向了一个词——“当代性”。1999 年，《当代》杂志创刊二十周年纪念，经历了二十年的岁月沉淀和历史淘滤，活跃于当代文坛的作家们回望历经锤炼的《当代》，表达了对于《当代》与“当代性”的回顾和理解，蒋子龙说：“《当代》问世的时候，我曾赞赏这个刊名起得好。‘最重要的是今天’。没有当代，就没有未来；当代是一切希望的根基”。[③] 赵德发回忆道“我所认识的文学圈之外的《当代》订户称，他们就是要通过

① 《当代》编辑部：《编后小记》，《当代》1979 年第 1 期。

② 《当代》编辑部：《编后小记》，《当代》1979 年第 1 期。

③ 《当代》编辑部：《获奖作者的话》，《当代》1982 年第 3 期。

《当代》了解当代。所以说，《当代》的当代，造成了当代的《当代》”。[①] 李国文的表述一语道破二者关系的核心：“《当代》的功能，就在于它的当代性上。”[②] 以上这些表述者同时拥有作家与读者的双重身份，这种特殊的身份在一定程度上具有代表性作用。由此，我们看到“当代性”在多年的办刊实践中确实取得了效果，得到一定范围内的确认。既然《当代》的“当代性”意义的合理价值得到印证，那么这种“当代性”意义以何种方式显现出来，“当代性”符号意味如何通过种种因素的组合而不断深化？

第一，《当代》的“当代性”表现为对当代现实及时、真实的书写，为读者提供当下生活的全景式扫描。《当代》的“当代性”在于及时敏锐地捕捉社会生活事件，反映时代节奏，产生社会效应。在所有文体当中，报告文学与现实生活关联最为密切，这一文体以极大热忱反映时代生活的脉搏，报告文学的当代性特征使其成为《当代》杂志贴近当下现实的重要载体。例如，1981 年第 5 期，《当代》发表鲁光的报告文学《中国姑娘》，作品记录了中国女子排球队艰苦、曲折的成长足迹和顽强拼搏的战斗风姿，塑造了女排姑娘勇攀高峰的英雄群像。1981 年 11 月 16 日，中国女排第一次夺得世界杯冠军，“《中国姑娘》的发表正及时赶上全国上下万众欢庆的历史时刻，海内外几十家报刊、广播电台和电视台先后加以转载或播映，一时间竟掀起了‘《中国姑娘》热’，影响空前强烈。”[③] 因其产生的振奋人心的力量和轰动性效应，日本文化出版社将《中国姑娘》翻译出版，更名为《中国女排传奇——红色的魔女们》。《中国姑娘》所反映的中国女排顽强、奋发的意志品质投射出当代人民的愿望、要求和精神风貌，女排的精神成为新时期之初中华民族的时代精神象征。再如，1985 年 7 月 31 日，新华社发表一则通电——《严肃处理海南岛大量进口和倒卖汽

① 赵德发：《当代的〈当代〉，历史的〈当代〉》，《当代》1999 年第 4 期。
② 李国文：《〈当代〉的当代性》，《当代》1999 年第 3 期。
③ 胡德培：《当代人的〈当代〉》，《新文学史料》2009 年第 1 期。

车等物资的严重违法乱纪事件》，报告文学家理由根据此事件调查走访创作《“世界第一商品”》（1986 年第 1 期），对事件做出客观的反映和陈述。作品的刊登时间与事件发生时间相隔不足半年，这期间还包含作者的创作时间、编辑的审稿时间和杂志的排版印刷时间等，因此从迅疾度而言，《当代》对于当下事件的反映在文学领域是极为突出和高效的，显示出《当代》的“当代性”优势。在《当代》历史上，迅疾地反映当下生活中的重大事件和重要变化的报告文学作品还有乔迈的记录大兴安岭火灾救援工作的《大兴安岭森林大火灾》续篇《到大兴安岭火区去》（1987 年第 4 期）和正篇《漠河大火记》（1987 年第 5 期），记叙全国各族人民为帮助失学儿童，实施举世瞩目“希望工程”动人事迹的黄传会的《“希望工程”纪实》（1993 年第 1 期），陈桂棣关注淮河水域污染和治理的《淮河的警告》（1996 年第 2 期），迎接香港回归而作的杨继仁《绝无仅有——写在香港’97 回归之际》（1997 年第 3 期），周振天《香港人物掠影》（1997 年第 3 期），叙写河北张家口地震救援工作的张建术、杜卫东《天佑中华——’98 中国第一救援行动》（1998 年第 5 期）。编辑部在关注到一些在人们日常生活中产生重大影响的事件后也尽力促成其成文，乔迈书写大兴安岭火灾的报告文学正是在编辑部的强烈邀请之下形成的。杂志根据不同时期人们关注点和社会环境的变化策划能够即时应景的文章，以文学的形式作为社会现实生活的切入口。尤其在网络并不发达的 20 世纪八九十年代，报告文学的即时性为《当代》杂志及时关注当代社会生活的事件提供了实践的可能性，为广大读者提供洞悉重要社会事件发生发展的参照。

除报告文学外，能够即时反映时代脉搏跳动的作品还包括一部分长篇小说，1988 年和 1996 年所推出的几部长篇小说至今仍为《当代》编辑所津津乐道，何启治在谈及《当代》的“当代性”问题时指出：“在创办《当代》杂志的过程中，我们也在实践中逐渐形成了自己的特色：‘直面人生，贴近现实。’对照一下 1988 年和 1996 年《当代》

发表的长篇小说，就可以看出这八字方针的执行情况了。”[1] 1988 年，《当代》连续推出三部长篇小说，分别是柯云路的《衰与荣》（《京都》第二部），钱石昌、欧伟雄的《商界》和俞天白的《大上海沉没》[2]。《衰与荣》以我国政治、文化中心北京为背景，表现当代京都的纷繁多姿的生活画面，揭示了改革大潮中旧事物解体、新生的阵痛，时代的艰难迈进等矛盾纠葛。《商界》选取经济改革第一线的广州、深圳地区，描写了 20 世纪 80 年代中期中国南部城市的社会生活场景，反映出商品经济对现代化建设的冲击和影响，是“第一部正面反映当代中国商品经济发展的长篇小说”。[3] 俞天白的《大上海沉没》以我国最大的金融和工业中心上海为背景，选取十户人家几十个人物的生存轨迹，展示了在改革深化的关键时期，占全国收入六分之一的大上海所面临的重重困难和濒临衰落之态，该作是改革关键期清醒有力的警告。这三部作品叙述的背景地区分别为北京、广州、上海，主题关键词均与改革、经济相关，全局性地阅读三部作品，即可概览全中国的重要城市经济发展的全貌。1988 年《当代》杂志长篇小说形成了一幅当下中国经济改革的缩略图，及时地反映了当时社会生活的发展和变化，广阔、深刻、有力。“我们认为，把最重要的篇幅提供给这样的作品，是以‘紧扣生活脉搏、反映现实斗争，表达群众愿望，弘扬时代精神’为办刊宗旨的《当代》杂志应尽的责任，想会得到广大读者的理解和认同。”[4] 1996 年，《当代》发表了刘心武的《栖凤楼》、俞天白的《大都会》、邓一光的《我是太阳》和周梅森的《人间正道》四部长篇。《大都会》为俞天白的“大上海人”系列之三，与 1988 年的

---

① 何启治：《文学编辑四十年》，人民文学出版社 2001 年版，第 62 页。

② 作品发表后立即在海内外引起巨大反响，除分别于 1989 年 1 月 21 日在上海和 3 月 29 日在北京先后举行了作品讨论会外，日本 THK 电台和《每日新闻》都派记者访问了俞天白，并作了专题报道，在美国的华文报纸《世界日报》1989 年 2 月 11 日也及时作了报道，上海前市长汪道涵邀请俞天白面谈、交换意见（后由作者整理成为，作为《上海：性格即命运》一书的代序）。见何启治《谱写大上海乐章的高手——从长篇小说〈大上海沉没〉说起》。

③ 《当代》编辑部：《编者的话》，《当代》1988 年第 3 期。

④ 《当代》编辑部：《编者的话》，《当代》1988 年第 5 期。

《大上海沉没》具有接续关系。小说把金融作为透视现实的切入口，围绕金融斗争展开生活画面，将背景放置在国际经济下的产物——上海，表现上海人对于时代经济积极参与的画面，用经济理性观照都市人生，以艺术的形式真切展现时代大背景下经济改革的机制和社会生活态势。刘心武的《栖凤楼》以北京为背景展示了20世纪90年代中国日趋国际化的都市的庞大身躯，表现在市场经济发展的都市生活中不同人的灵魂和追求。《大都会》和《栖凤楼》分别展示出两大中国最重要的城市的经济生活和都市日常，反映出市场经济给中国社会带来的新变。通过1988年和1996年的几部长篇小说，我们能够看到不同时期的市场经济下的中国社会生活的差异，并从中看到中国经济发展的一丝轨迹，从而使《当代》具有一种紧扣时代脉搏的意义。

《当代》所具备的"当代性"具有指向当下的意义，书写当下社会现实生活的作品可能会呈现出一定的现时性与新闻化的特征，随社会潮流不断向前推进与更迭，其时的新闻逐渐成为旧闻从而消解了其永恒性意义与经典性价值。但是值得注意的是，"当代性在今日，也许是不起眼的文学；在明日，则有很大可能成为史。当代性在今日，也许不被象牙之塔里的不食人间烟火者看重；在明日，说不定成为研究20世纪后半叶的一份形象记录。当代性在今日，也许是对今日中国人的一份交代，文学尽了义务，没有把背冲着他们；在明日，正因为尽力而为过，对后来人也就无所愧疚。……涌动的生活之流，鲜活的生命之力，跳跃的时代节奏，奔逐的竞争脚步，便成为文学当代性的特征。如果写出了这一份活蹦乱跳的中国，即使速朽，又有何妨?"[①]在浩繁的所谓速朽的文学中呈现出时代的印迹，构成鲜活的社会历史记忆，建成后世通向过去的窗口，是《当代》的"当代性"意义所在。

第二，在广阔的艺术视野中去把握"当代性"，把现实关系运动置于历史长河的宏阔背景中加以考察和开掘，在正确地把握文学与现

① 李国文:《〈当代〉的当代性》,《当代》1999年第3期。

实生活审美关系的同时把握文学与历史的纵向关联。革命的历史对当下中国社会和文化生活的意义不言自明，革命叙事构成了关于历史的完整镜像。在此逻辑基础上，在历史和革命题材中所展现的当代精神和价值意义也是“当代性”的重要构成因子，将时代精神投射至历史和革命题材指导当下生活丰富和延展了《当代》的“当代性”。共和国诞生五十周年之际，《当代》1999 年第 1 期选发了茅盾文学奖得主王火的《霹雳三年》。小说以 1946 年至 1949 年三年间的上海和南京为人物活动的主要舞台，真实描绘了人民解放战争节节胜利的背景下国民党“首都”和大都会发生的经济崩溃、民不聊生，颂赞地下共产党人的英勇奋斗和爱国民主人士、热血青年的奋起抗争。作者王火在上海南京等地的三年记者生活和人生经历使其对历史题材的把握更具真实性，其丰富独特的生活历练形成了“指向历史，掠向现实”的写作标示，作品中有许多历史沧桑的感慨和直面现实与未来的凝重思考。《当代》在发表这部作品所附按语也表明这一历史题材创作对当下社会现实的价值意义，“《霹雳三年》是历史的一面明亮清晰的镜子。以史为鉴，可以明是非，辨美丑，知兴废，尔后方可选择正确的道路，创造中华民族美好的今天和更辉煌的未来。”[①] 邓一光的《我是太阳》（1996 年第 4 期）也表现出相似的“当代性”意识，父辈的英雄气概与坚定革命信仰是反向标示当代的精神家园。在世俗逻辑的社会生活语境中，个体精神信仰显现出混乱与无根的特征，在此背景之下，现代中国革命所留下的精神沉淀，在整个民族历史实践中凝结而成的群体经验与理想对当代社会的信仰“症候”进行净化，从而使革命历史记忆中关于家国和民族的想象被重新注入当代生命个体，现实在被放置于历史意识之中被重新结构。以统摄全局的、发展的历史意识考察特定时期的个别形态，并将历史意识与现实生活素材融合为有机的统一体，指导当下现实生活，“当代性”内涵通过历史性得到进一步的

① 《当代》编辑部：《〈霹雳三年〉编者按》，《当代》1999 年第 1 期。

丰富和深化。

第三，《当代》杂志的“当代性”依赖于所刊作品表现出的现实主义创作手法与现实主义精神内涵，作品以批判精神、审美立场和人文关怀关注当下、推动历史，具有强烈的时代感、现实性。现实主义文学精神要求作家有拥抱现实的热情、直面人生的勇气和开掘生活的冷静，陈桂棣、春桃的《中国农民调查》（2003 年第 6 期）历时三年时间跑遍安徽乡村调查重大涉农事件，以第一手资料为根据，展现农村税费改革的艰难曲折过程，透视中国农村的种种黑暗现象和中国农民的沉重生活，用文学的方式参与当下公共事务。作品所显示出为民请命的正义感和不畏强权的勇敢精神，以及对于农民命运深切关注和同情的情怀，映射出现实主义的基本的精神尺度和价值操守。《中国农民调查》最初作为重头文章刊载于《当代》，因作品展现出的严谨的调查态度，生动真实的第一手材料，及其所揭示的触目惊心的农村现实，引起了强烈的轰动效应，人民文学出版社发行单行本后迅速成为畅销书。

第二章 《当代》与当代文学思潮

新时期以来，文学随着外部社会的错动、变革和发展以及自身的内部演进，产生了纷纭复杂的潮流。作为新时期初期便诞生的大型文学期刊，《当代》在三十余年的历程中与这些潮流间建立起结构性关联，在其办刊实践对各种文学潮流或取或舍，或重或轻，在取舍轻重之间凸显杂志的现实主义审美追求，构建、推动并丰富了中国现实主义文学，《当代》的办刊实践与当代文学构成独特的互文性关系，本章将要考察的问题便是《当代》在纷繁的文学潮流中如何通过自身实践确立并丰富其现实主义品格，以及在何种程度上、以怎样的方式结构了当代文学。

第一节 《当代》与八十年代文学思潮

20 世纪 80 年代，中国的政治、经济、社会状况发生重要变化，文化界随之清理和反拨由来已久的极“左”路线，以巨大热情批判文革，呼唤人道主义，为改革开放寻求现实依据，追求艺术上的突破，产生伤痕反思文学、改革文学、现代派文学、寻根文学、先锋文学等接续性的潮流，《当代》积极参与其中几种文学潮流，为当代中国文学开掘了扩大的叙事空间，准确地把握时代的整体节奏，在取舍之间坚定地践行并丰富当代中国的现实主义文学。

一　伤痕反思文学：阔大叙事空间的开掘

在文学界复苏和解冻的新时期之初，最为重要的文学潮流即“伤痕文学”和“反思文学”。伤痕文学的提法源于对“文化大革命”灾难的描述和揭露，主要表现文革与极左主义给人带来的心理与精神创伤。反思文学在暴露“伤痕”的同时侧重对悲剧原因的追溯和后果的反思，因此有评论者认为“伤痕文学是反思文学的源头，反思文学是伤痕文学的深化”[①]。事实上，尽管这两种文学潮流的概念和提法出现略有先后，但二者之间的界限并不十分清晰，这两个概念均指涉了“文化大革命”对现代化的阻滞和压抑，涉及对精神痛苦的表达以及痛定思痛的思索，二者间共通的精神内核使之成为新时期初期创作的一种概述。在经历历史沉淀的今天，伤痕与反思的边界已经被打破，因此笔者在论述这一重要的文学潮流时不将二者作以分别，在伤痕反思文学的共同范畴内讨论《当代》杂志是如何参与并构建新时期之初的文学。

当代研究者一度重返20世纪80年代重述文学历史，伤痕反思文学的代表作品却并未在重述中动摇，几乎所有的文学史版本在列举伤痕反思文学样本时都要提到刘心武的《班主任》、卢新华的《伤痕》、王亚平的《神圣的使命》、冯骥才的《铺花的歧路》、郑义的《枫》和《老井》、遇罗锦的《一个冬天的童话》、竹林的《生活的路》等。将这些作品投射至期刊当中，我们发现在伤痕反思文学潮流逐步发展的历史时期，《当代》的创刊丰富并壮大了这股潮流，并且，在伤痕反思文学潮流以中短篇小说为重要创作实绩和经典范例的情况下，通过长篇小说与报告文学为这股文学潮流做出填补空白的独特贡献。

在当代文学史领域，许多研究者将1976年的天安门诗歌运动视为新时期文学潮流的源头，“如果要追溯新时期文学潮流的源头，就一

① 何西来：《历史行程的回顾与反省》，载王蒙、王元化总主编《中国新文学大系1976—2000》，上海文艺出版社2009年版，第712页。

定要从‘四五’运动诗歌算起。正是在这里，才最清楚地表现出现实主义文学和历史变革的必然要求的内在联系。”[①] “追溯新时期文学的潮头，1976 年 4 月，震惊世界的天安门事件产生的天安门诗歌事实上已经吹响了新时期文学的前奏，拉开了它悲壮的序幕。”[②] 天安门诗歌运动是中国民众在长期压抑与悲痛中产生的具有自发性质的文学运动，它最早触及了国家和社会的悲剧题材，促发了伤痕反思文学思潮的产生。天安门事件是返归新时期文学潮头的初源，其中所包含和透露的悲剧与“问题”延续而下被伤痕反思文学所继承，在这个意义上伤痕反思文学与天安门诗歌运动是相互指向且趋向重叠的。《当代》杂志发表的杨匡满、郭宝臣《命运》（1979 年第 2 期）在伤痕反思文学潮流中记录和书写天安门事件，建立起本源事件与文学潮流之间的联系，是二者彼此指向的范例，这篇报告文学“从若干新的侧面，反映了一九七六年四月发生于首都天安门和其他地方的人民革命运动，不只写了当天的群众斗争，而且注意刻画了运动中的人物，表现了他们的思想境界、真切感人”。[③] 作者以蘸满热情的笔端书写周恩来总理逝世后全国人民在高压的社会政治环境中坚韧而勇敢地进行悼念活动，在中华大地上展开争取自由和良知的搏战，刻画了著名诗人郭小川，青年画家范曾，贺龙女儿贺捷生以及青年工人、科技人员、医生、战士等人物形象，流露出对于革命正义感的呼唤和革命豪情的激荡。《命运》记录了这个历史阶段对人的言论、行动自由的控制和践踏达到了极致，参与天安门悼念活动的民众因各种莫须有的理由被调查、谈话和逮捕，其波及面之广甚至到了凡是到过天安门的人都必须登记、交代。“在北京市公安系统，因同情人民群众、拒绝执行镇压群众的命令而受到拘捕、隔离的就有十五人，受到各种追查的多达六百余人……自然，更不必说对那些曾在广场上勇敢地张贴诗词，发表演说，和敢于同前来镇

① 何西来：《新时期文学思潮论》，江苏文艺出版社 1985 年版，第 8 页。
② 孔范今主编：《二十世纪中国文学史》，山东文艺出版社 1996 年版，第 1247 页。
③ 《当代》编辑部：《编后小记》，《当代》1979 年第 2 期。

压的军警民兵搏斗的人了。书信检查、跟踪、绑架、使用微型照相机……十八般武艺无所不用。为了对付一个赤手空拳的曹志杰，出动了五辆警车、一百多人；为了对付一个贺延光，四百人的小厂株连了一百多人。”①中国民众在高压、恐怖的政治氛围中，目睹法制被肆无忌惮地践踏，经历个体和群体的自由正义被剥夺，形成了深入精神内部的集体无意识的伤痕。我们可以将《命运》视作一部普通人民英雄的颂歌，这种昂扬激荡背后隐存的则是对沉默着的精神压抑的反拨。激越的叙事背后隐藏着一种革命与反革命、正义与非正义、自由与反自由间的矛盾斗争，十年间的压抑与苦闷、痛苦与觉醒冲决而出，长久以来对人民行动的控制和对人民渴望的压抑给中国人民带来的精神创伤在激昂的基调中被反向标示。在时代交迭之时，杨匡满和郭宝臣以《命运》记述着一个个真实的人物背后的真实故事，记述着一个伟大民族的精神创伤，在这个维度上，《命运》对于伤痕的揭示融入伤痕——反思文学潮流当中，成为这股文学思潮在报告文学领域内的创作实绩。

1979 年第 3 期，《当代》刊登莫应丰的长篇小说《将军吟》（第一部），该作品获得首届茅盾文学奖。“《将军吟》是迄今为止第一部正面再现‘文化大革命’一个长过程的大书。尤其是它写了军队内部的‘文化大革命’，这是极难驾驭的题材。然而，它毕竟较形象地展示了‘文革’发生、发展并必将覆灭的命运。应该说，作家对历史进程的洞察和预见，还是相当深刻，高瞻远瞩的。”②《将军吟》叙写了“文化大革命”对中国人民的肉体和精神伤害，同时饱含着一种深刻的历史反思与自我审视。作品表达出一个创作者在个人与历史交互中的决心、勇气和理性的价值判断，它以长篇小说的形式宣判“文化大革命”的错误，“我要把人民对‘文化大革命’的判词喊出来。你说喊了就得死，我说，死也要喊。与其窝窝囊囊地活着，不如大喊一声，

① 杨匡满、郭宝臣：《命运》，《当代》1979 年第 2 期。

② 谢望新：《〈将军吟〉的再认识》，《当代作家评论》1984 年第 5 期。

暴烈地死去。”[①] 这部在黑云压顶时期创作的长篇小说通过对三个将军不同命运的书写，真实反映了“文化大革命”运动中尖锐、复杂的矛盾斗争，从而对其进行彻底的否定，作品深切表达了人民群众的内心愿望。主人公彭其面对敌人顽强的堡垒无所畏惧，豪迈英武，但是面对几十年风雨同舟、生死与共的战友受到侮辱、摧残，他不能施救，不能表露自己的情感。革命时期的英雄在和平年代痛苦地变成“懦夫”，是“文化大革命”带来的精神摧残和折磨。文中许多单纯的青年被引入迷途，“文化大革命”的现代迷信使青年的精神异化，失去自我，幸而最终在父辈的启迪和事实的教育下觉醒，选择正确的生活道路，以独特的方式向恶势力进行抗争，从将军到青年在“文化大革命”中心灵历程的真实呈现提供了一面帮读者审视自我审视历史的镜子。伤痕反思文学潮流中出现的大部分文学作品文体形式为中短篇，中短篇小说创作的迅捷性以及情感积蓄、爆发过程的短暂性使其成为这种文学潮流中的主流形式，《将军吟》的出版发表一方面补足了伤痕反思文学潮流中长篇小说的缺席；另一方面其四十六万字的长篇幅和大容量使之对历史的书写更具全面性、深刻性和复杂性。小说对宏大革命斗争发生、发展的叙述较之中短篇小说更为从容，它在斗争之余将其延伸至日常家庭关系层面，线索的缠绕和叙事的转换形成了多元立体的叙事结构。在多层和广大的叙事框架中，人物的精神和行动变化拥有足够的叙事空间从而能够最大限度地达到真实性书写，革命场景也在广阔的叙事空间中得到全面和深入的呈现，动乱中的风云变幻与人物命运浮沉在这种结构和空间中恣意生长，对“文化大革命”历史的判断、思索和否定在这种维度上表现得自然、平缓和理性。

从小说的创作和公开发表的时间看，它可以被视为新时期第一部揭露和否定“文化大革命”的长篇小说。伤痕——反思文学思潮其来有自，以文学的方式叙述并反思“文化大革命”，事实上在“文化大

① 转引自薛说《评长篇小说〈将军吟〉》，《人民日报》1980 年 10 月 29 日。

革命”还未结束时便已开始。20世纪60年代活跃于“地下”的青年诗歌，以及手抄本小说等已然书写了中国知识分子对革命和现实生活的情感反应。莫应丰回忆说：“我从1972年开始，就对亲身经历过的那场运动从正面、反面和侧面进行回忆与思考，也从正面、反面和侧面重新认识记忆中的种种人物。横观全国的大局，纵观历史的由来和趋向，谨慎地寻找我所要写的主题，坚定写作的信心……所有这些努力，都是为了达到真实。”① 于“文化大革命”的正确性还未得到质疑的历史时期创作的《将军吟》属地下文学，地下文学对现实的批判和反思意识引导了反思历史的现实主义复兴浪潮。《将军吟》是其中最有自觉性、预见性的清醒认识历史的创作，它以即时的情感反应和朴素的理性思考书写历史实录。在阴暗压抑的年代，作者目睹极“左”思潮给中国民众和中国社会带来的扭曲，以一个亲历者的身份从正在进行的历史事件中抽离出来，以理性思维和目光考量历史、现在和未来的轴线，思索和质疑所谓“革命”运动的价值意义。作品创作于社会并未开禁之时，作为一种地下式的暗流等待时机冲决喷涌而出。当伤痕反思文学还未形成一种有影响力的思潮时，《将军吟》已创作完成等待拨云见日，作为新时期开端和序曲的伤痕、反思文学的全部思想和艺术的因子和萌芽都孕于其中。“用今天的眼光来看这部作品，它的意义也许不在或不全在于它在艺术上是否取得了重大的成就和突破，而在于它在当代文学史上尤其是新时期文学中所处的地位和作用……《将军吟》完全应当被看作是新时期文学历史起点的标志和新的文学时代到来的信号。”② 在这个意义上，《将军吟》与新时期的伤痕——反思文学思潮存在一种结构性的关联，它的价值也远远超过了作者身当乱世秉笔直书惨烈现实的不屈与勇气，在历史的分水岭上，《将军吟》对现实的批判精神和对历史的反思意识成为两个时代之间巨大的文学

---

① 莫应丰：《关于〈将军吟〉的创作》，http：//wx. cclawnet. com/maodunwxj/。

② 於可训：《历史转折时期的艺术见证——重读茅盾文学奖获奖小说》，《当代作家评论》1999年第2期。

界石。

新时期初期，《当代》发表伤痕反思的作品还包括胡月伟、杨鑫基《疯狂的节日》(1981 年第 1 期)，古华《芙蓉镇》(1981 年第 1 期)，秦牧《残雪》(1979 年第 1 期)，周自生《路》(1979 年第 1 期)，张志民《写给赵树理》(1979 年第 1 期)，杨匡满、郭宝臣《命运》(1979 年第 2 期)，史铁生《法学教授及其夫人》(1979 年第 2 期)，莫应丰《将军吟》(1979 年第 3 期)，陈国凯《代价》(1980 年第 1 期)，朱文华《复活》(1980 年第 1 期)，岑桑《如果雨下个不停》(1980 年第 1 期)，龙世辉《小柳》(1980 年第 1 期)，何鸣雁《洁白的山茶花》(1980 年第 2 期)，遇罗锦《一个冬天的童话》(1980 年第 3 期)，韦君宜《洗礼》(1982 年第 1 期)等，因这一时期大多数作品都与伤痕反思相关，故不一一胪列。《当代》之于伤痕反思文学的意义在于它提供了独特的文本类型从而丰富新时期之初蔚为大观的这股文学潮流，建立了报告文学和长篇小说这两种文体的典型文本与新时期文学的必然联系，《命运》所书写、反映的天安门事件可以被视作新时期文学的起点，《将军吟》所包含的伤痕、反思文学的艺术因子使之成为新的文学时代到来的标志。

二　改革文学：时代整体节奏的把握

1978 年召开党的十一届三中全会，全会扭转了以阶级斗争为纲的政治方向，将工作重心转移到现代化经济建设上来。改革成为那个时期最强烈的愿望，中国知识分子“齐家治国平天下”的追寻使之在崭新的历史时期重新燃起对于国家和民族的希望，社会主义现代化目标的确立赋予知识分子为社会和现实寻找出路的信心，中国作家用文学为社会、政治和经济改革推波助澜，以理想性诉求建构新时期现实。事实上，改革并非一帆风顺，改革初期所面临的种种阻力使之表现出焦灼之状，文学肩负开辟道路的责任，强烈地表达着历史诉求及人民需要，“改革文学”被人民寄予厚望，人们从改革文学中探询历史的希冀。“就社会思潮而言，‘改革文学’是中国人在打碎精神迷梦之后的产物，这个刚从迷狂中惊醒过来的民族，需要知道它是否还有救，是否还能振兴起来。政治家们已做出了明确的预言式答案：改革就是希望！与此同时，人们需要重构精神信仰，重建精神家园，重新树立民族的自信心，这一切，似乎又成为文学工作的责任。”[①] 人在对过去的怀疑和反思中寻找到光明的力量，将目光指向未来。反思历史和展望未来是当时人生活的常态，过去的失落和痛楚强烈地照亮了人对未来的巨大期待，希望是支撑起人们热切生活的力量。“文化大革命”期间人的希望在于对终结日期来临的企盼，改革过程中的希望是人们对崭新社会面貌的愿景。在一个转折和改革的时代，文学明确地与历史实践紧密结合，蒋子龙的《乔厂长上任记》（1979 年第 7 期《人民文学》）大胆暴露“文化大革命”对我国工业战线造成的创伤并揭示了新的历史时期出现的新问题和新矛盾，开启了“改革文学”的先河。此后，除旧布新、反映改革现实的作品相继问世，《当代》编辑部表达了对于改革文学作品的洞见，“在党中央的正确路线的指引下，我们的国家正在阔步前进。我们非常高兴，人民的、党的前进的事业，吸引着越来越多的作家的关注，激发其越来越多的作家的热情，使他们写出一篇又一篇反映这种新的现实的新的作品”。[②]《当代》在这一时期积极参与至“改革文学”潮流中，并有意识地推动改革文学不断发展，在 20 世纪 80 年代最初的几年间，《当代》“编者的话”中“改革”一词出现的频率显示出杂志在选择和发表文学作品时对改革题材的倾向性。“今年的春天，祖国大地，四面八方，改革之风吹得人的心里热乎乎，真是一春更比一春好呀！……改革是不容易的，它有许多困难；在改革的道路上，需要勇气，也需要智慧，更需要科学；然而，改革的潮流是不可阻挡的，我们的希望正在于改革。如果读者能够从杨昭远、丁雪君（《跋涉者》）和马长风（《无名小卒》）等人物

① 陈思和：《中国当代文学史教程》，复旦大学出版社 1999 年版，第 230 页。

② 《当代》编辑部：《编者的话》，《当代》1982 年第 5 期。

的经历中意识到，我们的国家为了今天的改革曾经付出了多少代价，今天的改革是多美值得庆贺又多美宝贵，从而获得某种奋斗的启示。”[①]《当代》之于改革文学潮流的独特之处与其之于伤痕反思文学思潮相同，即在报告文学和长篇小说的贡献，这种特征也与《当代》一直所重视和主推文体类型相一致。较之于中短篇而言，反映改革的长篇作品对改革语境下社会生活的书写更加全面和广阔，所提出的问题更具深度，纵向深化了改革文学的表象状态，对改革危机、困境的解释及新旧观念交叠的阐释使之成为改革文学文本的重要构成。

在文学史的叙述中，《当代》1984 年增刊三所刊发的柯云路的《新星》被视为长篇改革小说的扛鼎之作，“1984 年，柯云路的长篇小说《新星》把改革文学推向高潮，这部长篇小说长期被看成新时期中国改革文学的里程碑”。[②] 1986 年，《新星》被拍摄为 12 集同名电视连续剧，形成了全国上下万人空巷看《新星》的热烈场面，掀起“新星”热潮，“在 1986 年，《新星》的主人公李向南曾是全中国人在饭桌上和客厅里议论的话题；由屋及乌，甚至连载电视剧《新星》中扮演李向南的周里京也顿时成了影视界的一颗新星。”[③] 当时甚至将这部电视剧作为整党教材，还有无数观众写信给主演周里京请他去当县委书记或诉说冤情。《新星》在 20 世纪 80 年代所产生的影响遍及全国，关注农村、关注改革的群众在《新星》中找到了对于社会改革的信心。“从小说到电视连续剧，柯云路、批评家以及一大批匿名的读者把自己关于‘改革’‘文学’的想象不断地投射和附加到《新星》上，最终生成了一个复杂同时又缝隙丛生的‘改革叙事’。”[④] 柯云路在谈及《新星》创作时说：“在我们当代的社会生活中，一方面是文明和科学的生气勃勃的发展，形势喜人，令人感奋；另一方面，愚昧、保

① 《当代》编辑部：《编者的话》，《当代》1983 年第 2 期。

② 陈晓明：《中国当代文学主潮》，北京大学出版社 2013 年版，第 297 页。

③ 李书磊：《〈新星〉的英雄主义基调批判》，《文学自由谈》1988 年第 5 期。

④ 杨庆祥：《〈新星〉与“体制内”改革叙事——兼及对“改革文学”的反思》，《南方文坛》2008 年第 5 期。

守和陈旧的曾经使整个社会几乎窒息的消极面顽固地守卫着它们的阵地。这既是对比，也是斗争。它在各个领域都在越来越深地展开着，有着无数的层次。中国正处在一个伟大的、非常的变革时期。……我始终关注着当代社会生活。我一直想对其进行全景式的描绘和概括。于是我写了《新星》。”① 《新星》在广阔的社会空间中深刻地表现了社会改革和当代现实，作品描写的历史时段为1981年到1982年，这一阶段是新时期社会改革的最初阶段，即由人民公社到农村联产承包责任制、包产到户。在改革面临阻力及困境的现实语境下，《新星》以文学为出口介入当下现实，描写了一场激烈的政治斗争及其后包含的经济、道德、伦理、思想等方面的矛盾斗争，小说所描写的政治斗争事实上是集体和个人、干部和群众、现代与传统等各种矛盾相互交织彼此纠缠的整个国家的缩影，作品在现实中提出是否需要改革及如何改革的问题。主人公李向南（一说原型为吕日周）作为全省最年轻的县委书记在古陵上任，此时冤假错案遍布县城：一位寡妇因大队干部在实行包产到户时土地分配不公提出意见遭到打击报复，屡次上访未得到解决；中学教师因告发举报县委常委子女走私银元案件而受到“制裁”；农民因抓住领导亲属偷盗粮食而被诬陷为盗贼被逼致死。这些在社会改革进程中出现的严峻的社会问题反映出当时的官僚主义问题，干部机构臃肿、效率低下，部分干部脱离群众、以权谋私。作品以尖锐和严厉的笔触将当时社会的积弊毫无掩饰地呈现出来并由此揭示改革的必要性。《新星》及其他改革文学的意义不仅限于对社会问题的揭示和暴露，它建立了一种在尖锐矛盾展开发展中探索解决问题切实途径的装置，该装置的价值在于构建了“改革就是希望”的群体精神信仰。在《新星》和众多改革文学中表现为青天式、英雄式形象的树立，我们看到改革作品中的主人公均具有一种破釜沉舟的魄力和雷厉风行的锐气，《新星》中的李向南正是这类改革者的代表，他现

---

① 缪俊杰:《改革题材创作的深化——〈燕赵悲歌〉与〈新星〉比较谈》，《小说评论》1985年第1期。

场会审平反冤假错案，处理撤换不务实事的干部，大胆启用被打击的人才，并制定了古陵县的改革规划，包括要让古陵县富裕起来，稳定家庭联产承包责任制，发展农副业、旅游业，完善教育、治安、养老等配套社会改革，建设社会主义精神文明，等等。李向南对于古陵的全面规划及其政治魄力与20世纪80年代初期主流群众的内心呼唤正相一致，对于铁腕人物廓清社会政治局面的期待、对制度变革的渴求以及对国家发展和个体人生的英雄主义想象，是改革之初中国群众的主流潜意识。塑造李向南这样的新型政治家，在政治舞台上大刀阔斧改革的理想化英雄主义人物是对当时特定的历史时期群体心理的一种自然回应，这意味着多数人对于改革者的唤询及将改革希望放置、投射在某个英雄个体上的集体误解。当我们抽离出当时的历史语境便不难看到，李向南的能够进行改革的执行力来源于优越阶级背景下的个人能力，他对于古陵改革的全面规划则来自对于现实政策的移植与图解，他所做出的变革通过行政权力对职务的撤销、升迁等变动为核心，以权威话语决定组织机构成员的构成和分配，却并未触及对社会结构模式的思索和调整。当然，在20世纪80年代之初，对于改革理解的局限性及作品所显示出的政治意识形态规约的明显痕迹都能够被理解与认同，以《新星》为代表的改革文学真切地反映了人民的历史诉求并叙述了20世纪80年代热火朝天、群情激昂的改革场景，构建出一个众望所归的民族国家想象。

随着改革的不断深入，改革面貌的逐渐复杂化和多样化，对于改革的想象向纵深发展，改革文学在话语机制范畴中走向深化。人道主义话语资源融入文学改革内部，20世纪80年代中后期的改革文学话语体系中的“人性”因素被激活、改造、重组，使改革文学具备了全新的构成成分。同时，改革文学被推进至文化层面，促成文本中的人道主义与文化观念的联姻，渐次深化文学改革的外延和内涵。张炜的《古船》（《当代》1986年第5期）表现出文学改革不断深化的特征，作品的部分内容书写了中国农民在社会经济改革的大语境下文化观念的艰难转型，及转型过程中个体对于物质利益的追求而导致的人性变异。它既满足了热情拥抱经济改革的全民想象，同时深入人性和文化层面，“环顾今日文坛，能以如此气魄雄心探究民族灵魂历程（主要是中国农民的），能以如此强烈激情拥抱现实经济改革，又能达到如此历史深度的长篇巨制，实属罕见。所以，我把它称作民族心史的一块厚重的碑石。”① 在《古船》纵贯四十年的叙事时间中，对应新时期初期社会经济改革的部分表现出作家主体对于改革本身的探询和思索。整个洼狸镇在改革时期的经济发展陷入了一种家族斗争的旋涡当中，是以经济改革为外衣遮蔽着小生产意识的家族斗争，通过貌似合理的革命性行动达成个体的竞争目的与私有目的。在现实生活的震荡中，形成和涌现了不同类型的社会改革者，隋见素野心勃勃、机敏巧智，为达到个人目的不顾廉耻、不择手段；赵多多则表现出封建式的专制。在这里，商品经济利益原则激发出个体意识，作家主体表达出对于社会经济发展与人类道德进步之间的裂隙的思索。《古船》是同时期改革文学中难得一见的有力笔触，它深刻地触及着在经济领域变革震荡下的精神震荡，并融入了家族和文化的复杂构成，使改革文学形成了一种新的话语结构和艺术高度。当然，在不回避和掩饰社会历史发展的矛盾、复杂和曲折的基础上，作者依然表现出了中国知识分子的家国情怀和责任担当，表达出对于社会进步的坚定信念和拳拳热情，芦青河地下的水流即将涌入已经干涸的河道，人们听到了标志着历史前进脚步的河水的声音。

由于改革文学的丰富性和现实性特征，这种文学思潮在文体上也显现出多种类型共同融合的特征。现实革新的速度要求一种新型的表述方式以适应其告诉的发展节奏，报告文学的文体优势使之能够真实、生动且快捷地反映社会改革现实，报告文学的再现功能对改革现实的记录和书写更具一种实时性直面当下的特征。改革文学所反映的主题

---

① 雷达：《民族心史的一块厚重碑石——论〈古船〉》，《当代》1987 年第 5 期。

契合报告文学的文体特征，报告文学文体也显现出比小说更为广阔的包容性，尤其是对于主流意识形态话语的接纳，由此，改革主题的报告文学成为改革文学潮流中的另一种重要构成因素，丰富了改革文学的话语结构和文体构成。以长篇小说和报告文学见长的《当代》杂志积极地策动了改革报告文学的发展，“我们的时代处在剧烈的变化之中。改革已成为我们生活的主潮。改革中出现了许多鼓舞人心的新事物，涌现了大批当代英雄。文学应当描写他们”。[①] 1980 年第 2 期《当代》头题位置刊登程树榛的《励精图治》，这篇应《当代》编辑部邀请创作的报告文学发表后在全国范围内引起强烈反响，开启改革文学先声的《乔厂长上任记》的作者蒋子龙多次表示《励精图治》的主人公宫本言与乔厂长的一致性，是理想性的改革人物在现实中的投射，“谁说我写的乔厂长是生活中不存在的理想的人物？宫本言就是现实中的乔光朴嘛!”[②] 富拉尔基重型机械厂厂长宫本言以魄力和胆识改造濒临瘫痪的工厂，坚持按劳分配，实行多劳多得的政策，改变了企业的生存面貌，将一重打造成为工业改革的样板。张锲的《热流》以热切的笔调描写了河南省在改革初期的社会嬗变，在工厂实施扩大企业自主权，农村地区推行生产责任制，干部制度废除终身制等改革措施，颂扬了一批勇立潮头、励志图新的改革者，这些生动的改革者形象构筑起当代中国的民族脊梁，给亿万人民以鼓舞，在一幅宏伟的改革画卷和真切生动的改革者形象的共同构建下，《热流》奏出“激越而深情的改革者之歌”[③]。20 世纪 80 年代初期，《当代》所刊发的以改革文学为题材的报告文学数量众多，除前述两篇外还包含梅汝凯《幸福之路》（1980 年第 4 期），陈祖芬《活力》（1981 年第 6 期），程树榛《励精图治续记》（1982 年第 2 期），冯夏熊、罗来勇《国土·民族·

① 《当代》编辑部:《编者的话》,《当代》1984 年第 3 期。

② 程树榛:《现实中的乔厂长走了——〈励精图治〉与宫本言》,《当代》2012 年第 1 期。

③ 王戈:《一曲改革者的赞歌——报告文学〈热流〉引起强烈反应》,《当代》1981 年第 2 期。

士兵》（1982年第2期），李君旭《啊，龙！》（1982年第3期），刘宾雁《应是龙腾虎跃时》（1982年第5期），焦祖尧《心儿向着明天》（1982年第5期），鲁光《东方的爱》（1982年第6期），韩少华《继母》（1982年第6期），张佳邻、单复《事业催促着他——记新型企业家陆东明》（1983年第2期），张天来《黄河的儿子——记杨联康徒步考察黄河》（1983年第2期），杨志杰《选拔》（1983年第3期），褚水敖、费良琼《奋进之路》（1983年第6期），张锲、陈桂棣《主人——来自工业改革第一线的报告》（1984年第3期）、李德复、郭晨《张旋风》（1984年第4期），杨鑫基《寻找通向未来的路》（1985年第2期）等。20世纪80年代的《当代》对于改革的书写着墨颇多，反映改革小说还包括：张锲《改革者》（1982年第5期），焦祖尧《跋涉者》（1983年第2期），苏叔阳《故土》（1984年第1期），刘小兵《积极叔》（1980年第1期），洪洋《工程师的一段恋爱史》（1980年第4期），郑九蝉《能媳妇》（1981年第2期），蒋子龙《赤橙黄绿青蓝紫》（1981年第4期），胡正《几度元宵》（1982年第1期），陈冲《厂长今年二十六》（1982年第6期），杨镰《走向地平线》（1982年第6期），浩然《老人和树》（1982年第6期），陈继光《1001公里》（1982年第6期），刘同兴《威风乡人》（1983年第1期），蒋法武《矿东村0号》（1983年第2期），张炜《秋天的愤怒》（1985年第4期），水运宪《雷暴》（1984年第2期），曾宪国《嘉陵江边一条街》（1984年第4期），东黎《紧闭的黑街门敞开了》（1984年第4期），陈炳熙《西边的小树林》（1984年第4期），俞天白《儿子》（1984年第6期），彭东明、彭见明《万元户主和猫》（1984年第6期）等。

纵观《当代》反映改革现实的作品，既有对农村经济改革的书写，也有对城市经济改革的描绘，这些作品中既包含着对于改革的拳拳热望和坚定信念，也夹杂着对过去“伤痕”的回望和对改革进程的深入思索。随着改革日渐发展与深化，作家和杂志都在探索着改革叙事的新的奥义，以期构建一种能够与改革进程节奏相一致的话语结构，从而准确、深刻地反映出社会改革大潮的图景。在改革已取得初步进展的1988年，《当代》编辑部表达了对于改革和改革文学的思索，“改革日益深化，要求反映改革的作品也要深化，表层地、平面地反映改革已经不够了。在深化改革的过程中，新旧体制的交替，利益关系的调整，各种观念的碰撞，引起极其错综复杂的矛盾，呈现极为丰富纷繁的景观；社会生活的各个方面，包括人们的精神世界和交往关系都受到改革的深刻影响。只有敢于和善于表现这些复杂的现实生活情景，才能既深刻又准确地反映改革的主潮。”[①]《当代》杂志通过反映改革现实的作品及时对社会变革做出反馈，表现出强烈的参与意识，保持着在时代潮流中的先锋姿态，在蔚为大观的改革文学潮流中起到了重要的构建和推动作用。

三 寻根文学：与“改革”黏合的倾向

在伤痕、反思、改革等产生轰动效应的文学主潮之外，新时期文学潜动着一股更为平缓和深沉的潮流，这股潜流有着一个既含混又确切的命名——“寻根文学”。1984年12月，在杭州举行的“新时期文学：回顾与预测”会议上，文坛中几位干将，如韩少功、李陀、郑义、阿城、李杭育、郑万隆、李庆西等共同唱出“寻根”的主调，无意中命名了这股含义丰富、影响深远的文艺潮流。其中，韩少功《文学的“根”》一文被视为寻根文学的宣言，“文学有根，文学之根应该深置于民族传统文化的土壤里，根不深，则叶难茂”，认为我们的责任，就是“释放现代观念的能量，来重铸和镀亮”“民族的自我”[②]。在此后关于寻根文学的讨论中，不同主体对于寻根文学的表述互有差异，但其中包含这一个重要的共同点：“中国文学应该建立在广阔而深厚的‘文化开掘’之中，开掘这块古老土地的‘文化岩层’，才能

① 《当代》编辑部：《编者的话》，《当代》1988年第1期。

② 洪子诚：《中国当代文学史》，北京大学出版社1999年版，第321页。

与世界对话。”①

寻根文学潮流似乎在一次会议上横空出世，事实上，寻根作品的出现要早于其概念的产生，一些具有文化寻根意味的作品在 1982—1983 年就已面世，尽管不同论者对此有不同的界定，但一致的观点是寻根文学在其概念形成前已暗流涌动，后随着理论界的推动进一步发展成为 20 世纪 80 年代的重要文学潮流。在诸多文学史和研究论文的表述中，李杭育的《最后一个渔佬儿》是较早出现的具有文化寻根意味的作品之一，被视为寻根文学的代表作。作品刊登于《当代》杂志 1983 年第 2 期，它与《葛川江上人家》《沙灶遗风》《人间一隅》等作品构成了吴越文化的“葛川江系列”，《最后一个渔佬儿》是“葛川江系列”的起始点，也是该系列中最出色、最有影响的作品。在现代化生活方式以潜移默化的方式入侵传统的葛川江时，人们因岸上现代生活的诱惑而迁移至岸上生活，老渔民福奎在选择以传统的生活方式留守葛川江，执拗地等待“从前的运道再来”。在滚滚向前的历史洪流当中，福奎扮演着因循守旧的落伍角色，这个落后的时代参照物在作者的叙述中倾注着同情与欣赏，在福奎悲剧性选择中，发现了他原始的、野性的人类力量，于贫困孤独中执拗坚守的“末路英雄”的风姿。“如果从现代工业社会要求纪律和效率的角度看，福奎的这种天真任性的生活习惯无疑是一种落后的东西。但是，如果从人自身获得自由发展的人类远景来看，从大都市里‘上班族’的生存苦闷的消除来看，不能不承认福奎那种‘活法’中有着属于未来的因素。”② 葛川江沿岸传统的人伦风情和秀丽风光的自然神气与福奎坚守传统的精神品格融为一体，在现代文明冲击传统生活方式时，福奎这“最后一个渔佬儿”的意义在于对现代化的偏执抵御，以及在执拗却失败的抵御中延续下来的文化价值。1985 年前后，《当代》所刊登的寻根作品对“根”表现出复杂和暧昧的态度，既包含了对民族劣根的沉痛思索与

① 洪子诚：《中国当代文学史》，北京大学出版社 1999 年版，第 321—322 页。

② 曾镇南：《南方的生力与南方的孤独——李杭育小说片论》，《文学评论》1986 年第 2 期。

批判，如“最后一个渔佬儿”在现代化生产方式冲击中的守旧、落伍，又蕴藏着对于传统的自由、拼搏、强悍、勇敢的优良素质的肯定和对原始、传统的自然人伦状态的发掘。郑义的《远村》（1983 年第 4 期）和《老井》（1985 年第 2 期）均被研究者视为寻根文学的不可忽视的代表作品。寻根作家各自在笔端构建不同的地域文化风景，郑义的文学地理版图以山西太行山区为营盘，描写太行山区农民艰苦的生活方式、生存境遇，表现农民不屈、顽强的精神品格和生命活力，浓郁的抒情笔调与地方色彩，使郑义的小说表现出质朴而抒情、静穆而壮美的艺术风格。《远村》真实质朴地反映出一个普通的太行山民杨万牛的痛苦、欢爱、寥落和希望的生活历程，当他从朝鲜战场立下功勋回乡的时候，深爱的杨叶叶已嫁作四奎之妇，对爱情的朴素和纯真的追求使他决定为张四奎家“拉边套”，与张四奎共同承担起抚养家庭的责任，建立起一种畸形的生活关系。二十年被家族冷落、内心煎熬的“拉边套”的苦难生活并未泯灭他对于生活的美好憧憬，他以太行山子民坚韧的毅力和博大的情怀颇有滋味地咀嚼着苦难的岁月。在畸形婚恋状态的格局中，《远村》唱出了中国农民屈辱的精神生活的哀歌，在凄凉的底色里，牧羊犬黑虎顽强、剽悍、孤傲的个性象征着中国农民的旺盛生命力和自由不屈之灵魂。如果说《远村》以太行山民的伦理生活发掘了他们坚韧独立的精神品格，那么《老井》则在更大的格局中进一步扎扎实实地书写农民的庄严与伟大、信念的朴质与纯真、生命强力的自然与原始。孙氏家族在干旱的土地上世代为全村人寻水打井，无法割断与这片贫瘠土地的情感联系，孙家后代孙旺泉“无法挣脱他的理想和故土。在这理想和这干旱的群山，曾哺育了几十代人，使他们在任何绝境之中，都保有生活的下去的勇气”。“意识到自己的根太深了”，“他没有力量把它拔出来，而且，拔出来他也就死了。”[①] 万般缺水也绝不背井离乡映射的是世代老井人找到不竭之

① 郑义：《老井》，《当代》1985 年第 2 期。

水的理想，呈现出在生活绝境中的绝望、忍耐、坚韧和信念。在郑义的《远村》《老井》里，不难看到其寻根文学的精神内核，即农民在现代社会的冲击下迈着艰难的步履与过去的生活方式告别，在这整体性的迁移和蜕变当中呈现出民族文化精魂对于当下的固守意义和之于未来的传承价值。

研究《当代》与“寻根文学”的关联，能够明确地在其中找到寻根文学的代表作品，并由此发现杂志在寻根作品上的审美趣味和艺术倾向，包括前文改革文学部分论述的《古船》，尽管它并不是刻意寻根的作品，但其鲜明的文化意识及对人类生活和命运的观照，呈现出文化寻根的精神内核，“也被推为寻根文学的代表作”①。编辑部在1985年的作品选择上透露出一些对于“寻根”“乡土”类作品的倾向，但总体观之，在寻根文学发展至高潮阶段的几年，《当代》杂志对这类作品的组织和刊登在数量上远远无法与该潮流的热度相匹配，杂志之于寻根文学的意义也许在于发掘了几篇艺术价值较高的代表作，却并未积极融入这股横扫文学界的浪潮当中。原因在于这一时期《当代》将大部分精力放置在改革文学文本的组织和策划上，从而忽视了对寻根文学的关注。在1985年第2期的扉页上，有对于当期几部作品的介绍，编辑部认为几部中篇小说“共同的都试图对我们民族性格、精神文明形成的轨迹，进行反思”，“分别写当前农村、工厂的变革生活”。值得注意的是，编辑部在作品推介中都将其划分至改革题材的领域之内，在改革的范畴内讨论其民族化和乡土化意味，被编辑部归为改革主题小说中便有寻根文学的代表作《老井》。尽管这种表述并无不妥之处，伤痕反思改革寻根等因子和质素却同时出现在不同的文本中，并因这种构成的复杂性而显现出更为丰赡的文化含义和艺术价值。但我们在编辑部此种表述中似乎触探到《当代》在这种文艺脉流中的含混态度，一方面，由于寻根文学在理论界产生的重大不可忽视

① 陈晓明：《中国当代文学主潮》，北京大学出版社2013年版，第333页。

的影响，《当代》杂志必然无法忽视它的存在并有必要对此做出一些反应，因此在1985年间刊发了几篇具有寻根意味的作品，如郑义的《老井》，李锐的《红房子》《古墙》，贾平凹的《西北口》；另一方面，与寻根文学相比，改革文学对当下现实生活发展变化的反映和关注最大限度地符合杂志“直面人生、贴近现实”的风格，因此便出现了在寻根文学潮流席卷文学界的1985年前后，《当代》依旧勤恳地耕耘着改革文学领域，杂志直至1988年还在努力地探索改革文学的多种样态并试图使之丰富、深化。

四 现代派文学：浅尝后的离场

20世纪70年代末期，当伤痕反思文学作为中国文学的主流形态时，一部分知识分子和作家在思想解放运动的启发下意图寻求一种新的文学观念和表现手法，西方的现代主义文学资源为其提供了可能性。我国最早介绍现代派的文章是朱虹的《荒诞派戏剧简介》（《外国文学动态》1978年第1期）和《荒诞派戏剧述评》（《世界文学》1978年第2期），同年徐迟在《文艺与“现代化”》一文中提出我们将实现社会主义的四个现代化，并且到时候将出现我们现代派思想情感的文学艺术。1979年3月，中国社会科学院外国文学研究所组织“外国现代资产阶级文学评价问题的讨论”。与此同时，萨特的《禁闭》、奥尼尔的《琼斯皇》、卡夫卡的《城堡》、加缪的《鼠疫》、波德莱尔的《恶之花》等作品被翻译出版，现代主义通过理论评介与文本翻译两条途径在中国范围内产生影响。在中国作家群体中，最早尝试现代艺术形式创作的是王蒙，他在1979年至1980年发表六篇带有意识流色彩的小说，被称为“集束手榴弹”。“在中西文化落差最悬殊的岁月里，意识流文学是首批从西方驶入中国文学内湖的红帆船。随着当代文学的当代化，很快在中国也形成了一支东方式意识流小说脉流。”[①] 王蒙

① 宋耀良：《意识流文学东方化过程》，《文学评论》1986年第11期。

"集束手榴弹"中最早的一篇《布礼》发表于《当代》1979 年第 3 期，作品讲述一个忠诚的年轻共产党员钟亦成因发表一首小诗《冬小麦自述》被评论界的新星解读为"发泄他们对党和人民的刻骨仇恨，变天的梦想，反攻倒算的渴望……对社会主义祖国的强大的无产阶级专政的极端阴暗、极端仇视、极端空寂的即将灭亡的反动阶级的心理。"① 因此，曾做过地下工作、十五岁入党的"少共"被打为"右派"，开启了二十余年的自我信任危机和以其忠诚化解危机的心路历程。在当时通行的叙述话语中，《布礼》颠覆了传统以故事情节来结构作品的叙事传统，通过主人公的意识、感觉的流动和跳跃构建文本内部结构，开创了中国意识流的先河。主人公钟亦成心绪常处于流动、变化、芜杂和无序之中，其多变的心理意识跳跃、分散，整个文本在意识的流动中形成无焦点的叙事形态。同时，传统作品的线性叙事时序被完全打乱，所有叙述被分散在难以厘清、无规律可言的断裂时间带中。"王蒙创造了一种在当时文学潮汐中最富弹性和活力的艺术形式，诸如时空大幅度跳跃剪接，极其活跃的自由联想，意识的流动与迁移，感觉、印象、幻觉的爆炸、叠加和重新组合，万花筒般引人入胜而又万花筒般易使人迷失。"②

几乎所有对现代派的史学描述中都提及了王蒙的《布礼》，该文本之于中国当代文学现代主义的意义不言而喻，它刊发在《当代》上似乎显现出杂志对于西方文学资源的接纳和对于新兴文学潮流的敏锐感受与发现，杂志在构建开放性现实主义的路上仿佛已迈出了第一步。然而随后的事实却证明，《当代》对现代派的接纳仅止于此，"集束手榴弹"中的其他篇目均未再出现于《当代》之上，《夜的眼》刊登于 1979 年 10 月 21 日《光明日报》，《蝴蝶》刊登于 1980 年第 4 期《十月》，《春之声》刊登于 1980 年第 5 期《人民文学》，《风筝飘带》刊

① 王蒙：《布礼》，《当代》1979 年第 3 期。

② 郜元宝：《当蝴蝶飞舞时——王蒙创造的几个阶段与方面》，《当代作家评论》2007 年第 2 期。

登于1980年第5期《北京文学》，《海的梦》刊登于1980年第6期《上海文学》，除王蒙的作品外，其他具有现代艺术形式的探索性作品也未再见于《当代》之上。在这个阶段，其他文学刊物则对具有现代派特征的文本显示出更大的包容性，《人民文学》先后刊登了高行健的《路上》（1982年第9期），李陀的《自由落体》（1982年第12期）等；《收获》有张辛欣的《在同一地平线上》（1981年第6期），张洁的《方舟》（1982年第2期），陆星儿的《啊，青鸟》（1982年第2期）等；《上海文学》更发表了系列讨论文章，如冯骥才的《中国文学需要"现代派"》（1982年第8期），刘心武《需要冷静地思考——给冯骥才的信》（1982年第8期），李陀的《"现代小说"不等于"现代派"》（1982年第8期）；《文艺报》发表王蒙等的《文学表现手法探索笔谈》（1980年第9期），陈燊的《也谈现代派文学》（1983年第9期）；《小说界》刊登王蒙的《致高行健》（1982年第2期）。在以上文学刊物频繁地刊登探索现代叙事形式的作品，进行现代主义争鸣的同时，《当代》除却《布礼》外则悄无声息，甚至在理论争鸣正酣之时刊登了曾镇南的一篇题为《清醒严峻的现实主义》（1982年第2期）的文学评论，这种热烈与悄然的对比微妙地表达出《当代》对于现代主义的态度。如此回溯，不禁使人疑惑，对现代主义并不热衷的《当代》为何会刊登意识流的滥觞作品《布礼》？事实上，尽管《布礼》显示出对现代主义艺术形式的探索，但终究是以现实主义作为基础的，书写的是社会变迁与历史发展，表达对布尔什维克的"忠亦诚"的敬礼。且王蒙在新时期复出后与《当代》主编韦君宜保持友好的交往，前者几乎所有长篇作品都交给了《当代》，再加之王蒙的特殊文化身份，使《当代》刊登《布礼》具备了其合理性，然而合理性并不一定会带来持续性，王蒙的其他探索现代艺术形式的中短篇小说就并未刊在《当代》。毕竟这些作品与《当代》所追求的现实主义风格并不相符，而究竟是《当代》婉拒了王蒙还是王蒙经多方考虑而向其他刊物平均分配了这些作品，其具体过程、情形和原因我们无从得知，但最终的确造成了《当代》对现代派及现代主义艺术形式浅尝辄止后的悄然离场。同时，在伤痕反思文学、改革文学集体表达新生经验和社会想象且成长为官方文学的表征时，现代派文学以个人主体重新界定新生的社会理性，它意图从这种革命的、历史的统一体中脱离出来，甚至表现出对意识形态国家机器所生产出的虚伪性的蔑视和对官方表征性话语的拆解。在这个意义上，现代派文学的内在精神与《当代》所严格遵循的官方规范性话语和其所坚信的社会象征统一体之间相互偏离。现代派文学在《当代》的昙花一现不仅是两种文学风格和两种创作形式之间的差异，更是两种基本立场间的抵牾。《当代》关于中国革命、关于社会主义话语和关于社会共同体的文学建构必然使之难以接纳现代派文学关于现代本质的重新表述和对阶段性现代话语的穿越。

五　先锋文学：彻底的缺席

1985 年前后，当代文学出现了“向内转”的趋势，文学回到自身去寻找创作资源，在关注人的情感、心理的基础上，更加注重文学的表现形式和语言风格，试图在艺术形式方面开创一条全新的道路，这种基于现代主义意愿与动力的创新，在中国语境中被称为先锋文学。先锋文学的代表作家以群体的形式不约而同地出现在文坛，包括马原、洪峰、余华、格非、扎西达娃、叶兆言、孙甘露、北村、吕新等人，尽管这些作家并非属于一个有组织的流派，但都表现出共同的创作特征，如重视“叙述”，关心故事的“形式”，进行叙事方法的实验，以及拆除事件、细节与现实世界的联系等。在先锋文学的产生及其发展的过程中，文学期刊扮演了极其重要的角色，在期刊的策划和推动下，先锋文学才得以成为当代中国文学史中不可或缺的重要潮流。

居于边缘之地的《西藏文学》是先锋文学的起源地，1984 年第 8 期《西藏文学》刊登了马原的《拉萨河女神》和《叠纸鹤的三种方法》，其中《拉萨河女神》没有中心情节，以叙述驱动故事的发展，这种独辟蹊径的叙述方法成为当代文学转型的重要标志。1985 年第 6

期，《西藏文学》推出“魔幻小说特辑”，精心组织发表了扎西达娃的《西藏，隐秘岁月》、色波的《幻鸣》、刘伟的《没有油彩的画布》、金志国的《水绿色衣袖》和李启达的《巴戈的传说》。这个魔幻特辑孕育了中国先锋文学的萌芽，《收获》编辑程永新在其启发下策划了先锋文学专号，他回忆说：“《西藏文学》曾出现过一个西藏魔幻现实主义专号，我读了之后有些激动，分别给那些我并不相识的高原朋友写了信。马原说西藏的朋友收到我的信也很激动，他们没料到专号还会在内地引起反响。”① 《西藏文学》激活了内地先锋小说的潮流，1985年第5期《收获》刊登马原的《西海的无帆船》和莫言的《球状闪电》，1986年、1987年、1988年连续三年的第5、第6期上集中策划组织发表青年作家作品，开设了“先锋专号”，先锋文学作家作品集体亮相，其中包括马原的《上下都很平坦》《虚构》《错误》《死亡的诗意》，洪峰的《极地之侧》，格非的《迷舟》《青黄》，余华的《世事如烟》《难逃劫数》，苏童的《1934年的逃亡》《罂粟之家》，等等。《人民文学》也对先锋文学潮流表现出了高度的敏感性，在1985年第3期发表刘索拉的《你别无选择》，同年第7期发表徐星的《无主题变奏》，1987年第1、第2期以合刊形式集中刊载一批重视叙述方式的作品，比如莫言的《欢乐》，马原的《大元和他的寓言》，以及一些当时尚未有名气的作家作品，孙甘露的《我是少年酒坛子》，北村的《谐振》，杨争光的《土声》，姚霏的《红庙二题》等。1989年第3期集中发表了格非的《风琴》、苏童的《仪式的完成》、余华的《鲜血梅花》等具有形式探索精神的小说。同一时期，全国各地的文学刊物都显示出追逐先锋文学潮流的态度，格非、苏童、余华、马原等人的作品常见于《上海文学》《北京文学》《钟山》《作家》《花城》《天涯》《大家》《山花》等刊物上，包括东北地区的一些小型刊物如《北方文学》《鸭绿江》《春风》等也积极响应着全国范围内的先锋文学热潮。

① 程永新：《八三年出发》，云南人民出版社2004年版，第168页。

在时代共唱先锋之时，高举现实主义旗帜的《当代》却在这股潮流中寂然无声，如果说提及现代派作品，我们尚可举出《布礼》作为实例的话，那么到了先锋文学潮流中，我们可以认定《当代》的彻底离席，在文学史所记述的先锋文学代表作品无一篇刊于《当代》，在20世纪80年代中后期集体亮相的先锋作家中，只有洪峰在杂志上发表了一篇《生活之流》(1988年第5期)，该篇虽然重视虚构及叙事形式，但并非洪峰最优秀的作品，也并未在先锋文学历史中留下痕迹。《当代》此时的策划重点还在于传统现实主义文学，当《上海文学》这样的杂志积极策动关于文学新形势的争鸣之时，《当代》刊发的秦兆阳、涂光群、胡德培、洁泯等人的理论文章均以现实主义为核心。在1987年第1期，《当代》刊出了《多研究些问题，少标榜些“主义”》，文章指出“这两年，创作界和理论界有一种急急忙忙抛出新‘概念’、打出新‘旗号’、标榜新‘主义’之风，愚意意味似不宜提倡，而似应酌情劝阻……时下的中国文坛，尽管纷纷标榜现代意识，但给人的实际感觉却是农业文明意识的抬头和工业文明意识的萎缩”。[①] 尽管《当代》不一定对现代形式存在抵触态度，但其所组织的文学评论文章确实仍围绕着作品的政治感、历史感和现实感，其选发作品的倾向依旧是要深入、广泛地反映社会人生，这一时期的《当代》作家的主要构成是柯云路、俞天白、蒋子龙、陆天明、焦祖尧。《当代》必然注意到了先锋文学潮流的存在，也对其热度有着精准的认识，然而二者之间的差异使杂志决定舍弃先锋文学而坚守现实主义。毕竟先锋文学将叙事本身作为审美对象，及其对作家个性化感觉和体验的发掘，与《当代》所坚守的现实主义文学之间存在巨大的差别，即便杂志意图构建一种广阔的现实主义，但这种广阔性必须建立在社会关切的基础之上。

纵观20世纪80年代的《当代》，我们看到从创刊至1985年，《当

① 何新：《多研究些问题，少标榜些“主义”》，《当代》1987年第1期。

代》杂志对当时流行的几种文学潮流做出了比较及时的反应，尤其是在伤痕——反思和改革文学潮流中，不仅为文学史贡献了经典的代表作品，也积极地策划和推动思潮的持久性发展。到1985年以后，杂志的脚步似乎有些沉滞，如果我们认为它对寻根文学的态度已稍显含混，那么在现代派文学和先锋文学等潮流中更未表现出多少兴致。或许，《当代》在1985年以后的迟滞在一定意义上限制了它的丰富和发展，它并未在后期纷繁复杂的潮流中引领潮头或迅速反应，且固执守旧地坚守它的现实主义尺度成为一些研究者的诟病之处。然而，当历史车轮不断向前发展，度过了城头变幻主义旗的时期，《当代》的这种迟缓恰恰稳定和固化了它独特的艺术风格和精神内涵，并使之在后期众多期刊岌岌可危之时得以屹立不倒。

第二节　《当代》与九十年代文学思潮

20世纪90年代的文学潮流似乎无法像20世纪80年代一般分条缕析、界限分明地分辨而出，文学潮流的淡化是20世纪90年代重要的文学现象之一。尽管如此，文学界仍然存在一些潮流性的命名，用以概念的阐释来辨明不同创作之间的差异，如“新历史主义文学”“新生代文学”“新写实文学”“新状态文学”“现实主义冲击波”“官场文学”，等等，《当代》在20世纪90年代选择性地参与了部分文学思潮，在选择和忽略间更明确地显现出杂志的风格特色。

一　新历史主义文学：潮流式微中的强势爆发

产生于20世纪90年代前后的新历史主义文学[①]是一个外延丰富且

① 学界对其的命名包括“新历史主义文学”“新历史文学”，因其主要以小说文体为主，又被称为“新历史主义小说”“新历史小说”。尽管命名相异，但这几个名称共同指向了具有相同创作表征的文学现象，在本章讨论范畴内，“新历史主义文学”与其他概念可等同置换。

概念模糊的文学概念，我们借鉴陈思和先生在《中国当代文学史教程》中的论证对新历史主义文学作以一定解读："'新历史小说'与新写实小说是同根异枝而生，只是把所描写的时空领域推移到历史之中。就具体的创作情况来看，新历史小说所选取的题材范围大致限制在民国时期，并且避免了在此期间的重大革命时间……新历史小说在处理历史题材时，有意识地拒绝政治权力观念对历史的图解，尽可能地突现出民间历史的本来面目。"① 据此描述，新历史主义文学事实上是对于回到民间视角的历史小说的总称，在文学的意义上重新叙写传统正史，挖掘民间历史，以哲学思想置换政治思想对历史的理解。在陈思和先生的论述之中，新历史主义小说初期面貌的形成是由新写实小说变化而来，由此我们认为新写实小说潮流的演变是新历史主义文学潮流的构成因素之一。事实上，先锋派作家基本与新写实作家同时遁入"历史"的书写，当形式实验式微，先锋派便转向了对历史的开掘，因此"新历史主义文学"这个在20世纪90年代初期最值得记忆的文学现象来源于先锋派与新写实流派的共同演进，公认的新历史主义的代表作家包括苏童、格非、叶兆言、莫言、吕新、须兰等人。据此分析，《当代》或许将在这个文学潮流中出现适应危机，我们基本可以确认先锋派和新写实小说在《当代》的缺席，这意味着杂志并不具备新历史主义文学潮流形成的土壤。当然，事实也正是如此，在"当代文学历经了一个最富有变异与转折色彩的'新历史主义时期'"② 时，《当代》杂志对新历史主义文学的呈现是极为有限的，我们可以认为在这种文学潮流的鼎盛时期并没有《当代》在内的推动与参与。之所以将新历史主义文学潮流单独讨论，是由于在这种潮流临近末期（1992年前后），新历史主义文本文化意蕴愈加稀薄、娱乐倾向越发加重的语境下，新历史主义在长篇小说领域凸显强大的生命力，以长篇

① 陈思和：《中国当代文学史教程》，复旦大学出版社1999年版，第309页。

② 王蒙、王元化总主编：《中国新文学大系1976—2000·文学理论卷二》，上海文艺出版社2009年版，第813页。

小说为特色的《当代》在此领域内爆发出活力，发掘并刊登了新历史主义力作，研究者那里屡被提及的重要作品如陈忠实的《白鹿原》(1992年第6期、1993年第1期)，张炜的《家族》(1995年第5期)，阿来《尘埃落定》（1998年第3期）均出自《当代》。在新历史主义文学潮流长篇小说文本的范畴内，发于《当代》的《白鹿原》《家族》《尘埃落定》都代表着这股文学思潮的高峰[①]，这三部作品分别获得第四届、第五届和第八届茅盾文学奖。

以上作品共同呈现出的特征是以近世历史情境为基础，在此背景下不依托真实的事件与人物进行虚构创作，通过对宏伟历史叙事的逆向标示，揭示出近现代史中民族生存的细微图景，重新结构、阐释和判断历史。《白鹿原》以白、鹿两个家族的百年变迁展现半个世纪中国风云变幻的历史进程，展现出在主流历史叙事遮蔽下的民族的生命史与心灵史。《尘埃落定》在20世纪初中期广阔的现代化进程历史背景下，以土司傻儿子的视角描述康巴麦其土司家族从权力巅峰和经济鼎盛时期走向的衰落的过程。《家族》是以曲、宁两个家族的命运遭际为主线，通过历史与现实两个层面结构而成，以家族化介入历史表述，打破意识形态对于历史的安排，表达出一种全新的历史姿态。“在我们几年来悉心关注新历史小说，为它们在历史空间中所进行的有惊无险的探求、体验和娱乐的智慧给予了充分的肯定，对它们的技巧与方法的新潮抱以惊叹和激赏的同时，是否对它们的一个共同的缺点——对现代历史的有意疏离和避讳（这是否是一种怯懦?）——却未曾给予认真的批评与分析。就此而言，那些敢于切入现代乃至当代历史，并表现出卓然高迈、深谋远虑的史识作家，便不能不使我们肃然起敬，而在这种秉笔直书中让自省、反思、追问和审判的声音直接诉诸我们耳廓的，就更加稀有可贵。这，正是张炜的《家族》所给予

① 其中《尘埃落定》并未首发于《当代》杂志，人民文学出版社出版该作单行本前在《当代》节选发表。《家族》为第八届茅盾文学奖获奖作品《你在高原》的第一部分。

我们的。"①《家族》与之前表现同类革命历史的作品的相似之处在于主题的选择，不同之处在于革命历史小说对国共两党的界限划分，以两个阵营间的尖锐矛盾构建二元对立的叙事结构，《家族》无以回避地以国共两大阵营的基本矛盾为背景，建立了一种以道德理想为标准而划分出的两类人的矛盾结构，将个体化的思索注入了宏大历史之中，以"家族"切入革命历史，以人性、精神、血缘等多重观照审视历史的复杂性，这种对历史富有新意的思索构成《家族》的核心部分。在《家族》中，中国近百年的历史如五四运动、土地革命、抗日战争和解放战争这些构成中国现代时空主体的历史事件都处理得相当模糊，历史被放置在遥远的身后，以家族历史浓缩社会变迁，作者的深刻之处在于在饱经历史苦难的土地上挖掘出一种世代相传的精神，构建起面对现实生存的诗意。在新历史主义小说这里，历史的标明仅是一种叙事手段，作家挖掘个体历史记忆，以主观化的理解和细节化的处理重新建构和梳理历史语境。它颠覆了主流历史的桎梏，以心灵史、欲望史取代了二元对立的阶级斗争历史，塑造一幅隐秘而又波澜壮阔的民间历史画卷。

二　现实主义冲击波："艰难"的共同"分享"

自20世纪80年代中期到90年代初期，当代文学对主体意识的强调和向内转的艺术取向，使文学创作日趋疏离于对中国社会变革的整体性把握，有效反映社会现实面貌的作品缺席。面对中国社会市场化转型中出现的矛盾、问题和现象，强调个体意识且避免现实主义创作方法的作品显然无法与社会发展变革的进程相适应，在作家自觉地描摹社会现实和主流意识形态引导的双重作用之下，现实主义冲击波成为20世纪90年代中期发生的一个重要文学现象。该潮流的主要代表作家包括何申、谈歌、关仁山、刘醒龙、李贯通等人，其作品"对正

① 张清华：《历史的坚冷岩壁和它燃烧着激情的回声——读张炜的〈家族〉》，《理论与创作》1996年第4期。

在运行的现实生活，毫不掩饰地、尖锐而真实地揭示以改革中的经济问题为核心的社会矛盾，并力图写出艰难竭蹶中的突围。它们或写国有大中型企业，或写家庭化的私营企业，或写一角乡镇，全都注重当下的生存困境和摆脱困境的奋斗，贯注着浓重的忧患意识，其时代感之强烈、题材之重要、问题之复杂以及给人的冲击力之大和触发的联想之广，都为近年来所少见。"①

在文学史的记述中，现实主义冲击波出现在 1995 年，在这一年同时出现了创作手法一致、表现主题相似的几部作品，并有研究者判断这种集体登场来自主流意识形态的组织和倡导。事实上，在 1993 年第 5 期《当代》发表的何申《下海》已初现这股现实主义冲击波文学潮流的端倪。作品以在基层事业单位工作的郑德来为主人公，叙写基层单位在市场经济大潮的冲击也诱发下通过"下海"搞副业创收，在此历程中呈现出了当时中国社会的现实面貌。在 1996 年至 1999 年，《当代》上呈现出的现实主义冲击波主要作品包括谈歌《雪崩》（1996 年第 4 期）、何申《穷人》（1996 年第 4 期）、关仁山《老陵》（1997 年第 3 期）、何申《乡村英雄》（1998 年第 1 期）等。谈歌小说多以工厂企业生活为题材，表现国营大工厂在市场化转型的过程中的阵痛，《雪崩》叙写了有三千工人的东风啤酒厂申请破产的过程，揭露了官场的权力之争和国有企业资本的流失以及国企与民营企业之间的斗争冲突。由毛主席题写厂名的东风啤酒厂，经过几年不善经营和内部蛀噬已负债累累，账面债务七千多万元，潜隐亏损四千余万元，技术科科长向大跃接任厂长后决定申请破产。这个大型国有企业的申请破产遭到了多方力量的反对和阻挠，黄副市长因即将召开人代会害怕影响选举而不同意东风厂破产，轻工局局长苦于无法安置大量下岗工人，建行行长担忧东风厂的两千多万元泡汤而反对破产，更重要的是，工厂破产关涉三千多位工人，他们一方面与工厂有着深厚的情感关联，

① 雷达：《现实主义冲击波及其局限》，《文学报》1996 年 6 月 27 日。

另一方面则忧虑未来生活保障。在各种力量的反对声中，东风厂依旧申请破产，厂书记谢光因工厂破产自杀并留下了这样的遗言：“东风厂是真的完了吗？我一直弄不明白，你那样热衷破产，好像破产就能使得东风厂寿终正寝似的。可是东风厂破产是破东风厂的产，还是破东风厂工人的产？”“东风厂破产受害最大的是三千职工。这一下要砸了他们的饭碗。我不知道市委如何安排这三千名职工的出路和生计。”① 谢光所提出的问题事实上正是在市场经济改革中的国企所面临的后续问题，一些摇摇欲坠国有企业与民营企业结合，探索自救的出路，然而依靠其生存的众多职工的出路在何方则是国家和社会必须面对且亟待解决的问题，现实主义冲击波的意义正在于对现实矛盾的揭示和思索。

现实主义冲击波呈现出社会建设中的矛盾和问题，表现出干预现实的艺术勇气，同时塑造励精图治的改革者形象，将“分享艰难”作为解决问题的策略，这在一定意义上符合主流意识形态的价值期待，因此得到了高度认可与积极推崇。当然，这股文学潮流也凸显了一些局限性，比如有论者认为“格局狭小是他们的普遍问题，看不出大气象、大手笔的苗头。而且他们的美学目标的定位还比较暧昧，风格追求的界限也比较模糊，个性化色彩不甚鲜明与强烈”。② 童庆炳和陶东风更严肃地指出了核心问题，“这些作品的作者虽然熟悉现实生活的某些现象，但他们对现实缺少清醒的认识，尚不足以支撑起真正的历史理性精神”。③ 也许正因为现实主义冲击波作品“对现实缺少清醒认识”与艺术追求上的暧昧，《当代》杂志所发表的这类作品数量上并不多，且并无几篇能够写入文学史的代表之作，在编辑理念上也未显示出对这一潮流的热切推动。我们之所以将这个《当代》参与程度并

① 谈歌：《雪崩》，《当代》1996 年第 4 期。

② 肖复兴、朱向前：《’96 收获与’97 展望——关于“现实主义小说回流”的对话》，《文艺报》1997 年 3 月 4 日。

③ 童庆炳、陶东风：《人文关怀与历史理性的缺失——“新现实主义小说”再评价》，《文学评论》1998 年第 4 期。

不高的文学潮流单独讨论，事实上源于它本质上是一种社会问题小说，这与《当代》所积极参与并推动的新时期早期文学思潮（如伤痕反思文学和改革文学）具有内在的一致性。不同于向内转的强调个人意识的文学思潮，现实主义冲击波与社会变化保持着同构的姿态，表现出文学干预现实的是艺术勇气，与作家群体的社会参与感与责任感，这种内在的现实主义精神将《当代》的20世纪80年代与20世纪90年代缝合在一起，并贯穿了整个杂志发展的始终。

三 官场文学：激浊扬清与洞幽探微的全面登场

在现实主义冲击波尚未落下帷幕之际，出现了20世纪90年代的另一个重要文学思潮——官场文学。官场文学构成一种重要的文化现象是毋庸置疑的，但官场文学这一概念是含混和多义的，因其创作题材的敏感性以及所涉及的政治、历史、文化问题的复杂性，使之在一定限度内被研究者“忽视”。官场文学的文本内涵似乎指向了两个极端，一方面是对于反腐浪潮的书写与歌颂，宣扬主流意识形态的价值理念，得到文化领导部门的“奖励”；另一方面则是反思权力体制，强力关注社会现实，游走于意识形态所规约的界限间，稍有不慎则被“规训”。有人将官场小说与反腐小说混为一谈，认为“以反腐倡廉现象为审美对象的小说，即‘反腐倡廉小说’（有的又叫官场小说或新官场小说）”。[①] 也有人坚持辨明二者间的差异，陆天明认为“现在反映官场生活的作品越来越多，不能把所有涉及官场的作品都归类为‘官场小说’。揭露官场黑暗的才是‘官场小说’，我们更愿意称之为‘反腐文学’”。[②] 事实上，官场文学的内涵较之反腐小说更为广阔与丰富，因此便在讨论这类小说时引入了前者的概念，笔者无意于在此厘清这个复杂的文学概念的归属，仅意在将文本放置在一个更广泛和客

① 顾凤威：《反腐倡廉小说的社会学、文化学透视——兼论“依法治国”、“以德治国”方略》，《桂海论丛》2001年第5期。

② 郑燕峰：《中国老百姓最爱看官场生态小说》，《中国青年报》2009年4月30日。

观的范畴内进行讨论，本章所指涉的官场文学即“以官场为主要叙事背景并对权力进行了描写的文学作品”。[①]

官场文学的产生与20世纪80年代的改革文学潮流有着不可隔断的渊源，当我们梳理出由改革文学到官场文学的一条发展线索，便不难得出《当代》能够成为官场文学重要阵地的缘由。改革文学反映社会转型时期的改革生活，包含改革所产生的变化、所面对的困境和未来的出路，在其度过黄金时期发展到1985年以后，作为一种创作现象的改革文学逐渐式微，“作家们已不再满足于仅仅表现一部分人的改革热情或铁腕行动，改革精神也更多地成为普通劳动者的自觉要求，存在于他们的日常生活的情态之中，这些作品在题材的开拓上，更趋于生活化和多视角，从历史文化的角度，写改革与人心事态、风俗习惯的变化。与前两个时期相比，描写改革已经很少那种理想主义的色彩。二是交织着多种矛盾和斗争，具有更加强烈的悲剧性。其实从文学发展的整体来看，‘改革文学’已无法涵盖许多新的现象”。[②] 逐渐削减的改革文学并未完全消失与隐匿，改革的大政方针政策作为我国的基本国策在实施过程中，对社会生活不断形成影响，渐次更新和丰富着文学表现改革的文本内容和价值内涵。20世纪90年代中国社会步入转型时期，国家关于经济政策的调整，市场经济的展开和体制的改革为80年代改革文学的延伸和发展提供了物质条件。我们从改革文学文本内部分析，该潮流标志性的叙述方式是书写权力结构内部领导层之间的路线斗争，《乔厂长上任记》《赤橙黄绿青蓝紫》《改革者》《新星》等改革文学代表作品无不遵循着这种叙事规律。改革文学改革派与保守派的斗争在祛除以改革的外衣后，依然包含着具有普遍意义的权力机构内“派系”斗争内核，改革进程必然触动某些个体或某个小团体的利益，危及其经济利益和政治前途，因而使用不正当手段和政治权谋与对立方进行斗争。这些关于斗争的描述以及对官场组织

① 杨剑龙：《新世纪初的文化语境与文学现象》，中央编译出版社2012年版，第187页。

② 陈思和：《中国当代文学史教程》，复旦大学出版社1999年版，第233页。

混乱、官场陋习的批判，以及对权力运作过程中的各种纠葛事实上包含了90年代官场文学中的大部分因子，官场小说所表现腐败、权钱交易等问题以及对于官僚主义作风的批判在改革文学中早有涉及。我们认为，随着社会现实的不断变革，改革小说在不断丰富和深化的过程当中以潜隐的方式发展出官场文学的脉流，二者均以现实主义的写作方法描述社会面目，并试图揭示现实生活中的问题及探索社会的出路。改革文学与官场文学紧密的内在关联决定了《当代》杂志能够发展成为官场文学的重要阵地，在改革文学式微且多种文学思潮冲击文学界时，《当代》始终坚持刊登以改革为主题的文本，执着地反映当下现实生活，成为改革文学扎根的沃土，在这种深厚的基础之上，官场文学的滋长和发展便水到渠成。同时，《当代》直面人生、贴近现实的艺术风格要求杂志及时对现实生活做出准确的反应，而90年代经济改革带来的权力运作的变化成为当时最为重要的社会现象，官场小说在《当代》的出现也成为一个必然的历史命题。

就官场小说的文本内容分析，“大致可以分为两类：一是着意揭开官场权力密码、揭示权力异化现象背后的文化土壤，如王跃文的官场批判系列小说；二是切入现实腐败问题，以正剧的方式展示官场腐败与反腐败的斗争，具有主旋律的宏大叙事特点，如张平、周梅森、陆天明的作品”。[①] 本章对于《当代》官场文学文本的分析基本建立在这两重维度之上。第一，表现腐败与反腐败斗争的主旋律叙事文本。在这类文本中，通过个体或部分廉洁改革派官员与腐败分子的斗争表现正义一方不为利诱、不惧强权的高尚人格，达到弘扬正气、激浊扬清的叙事目的。周梅森的《人间正道》（1996年第6期）便是这一类型的代表作品之一，作者深入处于改革大潮中的中国城市，实际考察发展中的中国社会所面临的问题，在正视改革过程中的斗争、矛盾的同时将目光探向正气凛然的公仆形象，颂扬公平正义并赋予改革以坚

① 杨剑龙：《新世纪初的文化语境与文学现象》，中央编译出版社2012年版，第190页。

定的信念和热切的期望。在一些评论者那里已经建立起《人间正道》与20世纪80年代改革文学的关联，并对《人间正道》的理想主义表达出激动与喜悦，“掩卷《人间正道》，几天来令我想了许多，想到了70年代的《乔厂长上任记》，想到了80年代的《新星》、《夜与昼》，总有许多人间真情的画面令我潮湿双目。恢宏、凝重、苍茫的历史感，形成一幅幅处于改革深入进行时艰难跋涉中的城市到乡村包括社会各阶层的生活画卷。作家以力透纸背的如椽巨笔，也触入了老生常谈的官场内幕，但主格调是用含泪的双目去表达改革先锋战士‘押上身家性命’为民造福的豪气，所以，没有读《乔厂长上任记》的忧虑感，更无读《新星》、《夜与昼》后的困惑，却有无限阳光在一个响晴的早晨洒满人间正道”。[①] 作品以平川市为背景，平川市委书记突然逝世，城市建设过程中矛盾集中凸显，新任市委书记吴明雄在这样严峻的形势之下临危受命，肩负起带领平川市脱贫致富、改革开放的艰巨任务。平川市的改革中存在两种思想和路线的激烈斗争，即以吴明雄为代表的勇往直前、不计得失、为民造福的改革一派与以肖道清为代表的明哲保身、利欲驱动的反对派间的较量。这意味着，平川市的改革不仅要面对自然环境恶劣、经济底子薄弱的阻碍，还要解决在权力机构内部的政治阻力，善于使用政治手腕玩弄权术的一方对社会改革所形成的反向作用力甚至可能成为改革的最大障碍，吴明雄以“把自己的身家性命都押上去”的决心和豪情破除重重阻力，他针对平川市现状提出“解放思想、负重前进、自加压力、水陆并进”的改革发展方针，吴明雄筹资发动由一百余万民工参加的南水北调工程大会战，从根本上解决了平川地区的历史性缺水问题；同时上马贯通十车道的环城公路工程，解决平川地区的交通问题，改善其投资环境；组织开办了纺织机械集团、国际工业园、亚太民营企业等促进平川的经济发展与腾飞。在以吴明雄为代表的改革一派的带领下，平川市进行了大刀阔斧、

① 牛殿庆：《艰难跋涉中的恢弘画卷——评周梅森的〈人间正道〉》，《当代文坛》1997年第4期。

除弊兴利的改革，实现了经济的腾飞和城市社会的发展。作品同时塑造了平川市上自市委书记下至普通百姓的无数人民群众在改革过程中齐心协力艰难走出困境，以众志成城的热情和坚定不移的信念迈向现代化进程的壮阔的画面。在这个意义上，《人间正道》是一部以腐败与反腐败斗争为叙事动力，颂赞开拓与献身精神，代表广大人民利益、高扬主旋律的作品。

第二，着意揭开官场权力密码，表现官场中人宦海浮沉的人生历程。这类作品并无设置腐败与反腐败的二元对立的情节结构，也不以反腐败斗争为主要叙事线索，而是在市场经济的大背景下刻画官场百态，洞幽探微官场中复杂微妙的关系和官场生存状态，大多以个体的在官场步履维艰向官场上层攀爬的过程为叙述主线，以此辐射权钱、权权交易的官场生态。在诸多研究者那里，都将王跃文的小说作为这一类型的代表作品。《国画》（1999 年第 1、第 2 期）被视为官场文学的里程碑，它在 1999 年掀起官场文学风潮，因揭示官场现实的残酷和深入程度而一度被禁。作品主人公朱怀镜财经学院毕业后，在家乡乌县任职，因出色的工作成绩，从科员升迁到副县长只用了十年时间。这个在仕途上一帆风顺的干部因一个偶然机会调至荆都市，任职政府办公厅综合处副处长，在这职务上的三年却无半点升迁希望。朱怀镜并无可以仰仗的政治靠山，也无显赫的家庭背景，在一个以背景、资本和“队伍”为判定标准的官场体系中，朱怀镜的才干无处施展，处境凄然。这个位卑权轻的官员，在熟稔官场的游戏规则后走上了一条玩弄权术的投机钻营之路。朱怀镜借乌县的高阳水电站项目与皮市长建立起联系，随后摸透领导的习性并投其所好，向位于权力中心地位的各个领导进行感情投资与金钱投资，最终升任财贸处处长。随朱怀镜不断与掌握权力的几个领导的合谋，帮助他们获取更多的经济利益，他最终被纳入了所谓的权力圈子，手中掌握了财政、人事、党务等大权。当然，这样一个以权力、金钱和美色网罗各方面关系的政治投机分子在其靠山倒塌之后，又被排出了权力核心。朱怀镜的宦海浮沉历程向外界展示了官场内部的游戏规则，通过他的口中诉出了一些诡秘的官场生态，“他们用国家的钱，结私人的缘；靠私人的缘，挣手中的权；再又用手中的权，捞国家的钱。如此循环，权钱双丰”。[①] 钱与权的交互循环使彼此不断增殖，在隐秘的官场游戏规则当中，道德标准不断地更新着它的下限，人性的贪婪和欲望被毫无掩饰地呈现。在《国画》中，没有腐败与反腐败的分野以及改革派与保守派的较量，它将一个普通的中国基层官员放置在庞大的官场体系中，让独立的个体在这纷繁的结构体系当中自生自灭，如丛林法则般适者生存。它更复杂之处在于偶然性与残酷性，苦心经营的社会关系网络有可能瞬间坍塌，功亏一篑。《国画》对于官场生态的揭示是冷峻且残酷的，赤裸裸地揭开丑陋的官场众生百态，它深刻地探入当代中国权力机制，以批判性的态度反思问题所在。《国画》对官场时弊的揭露或许颇显偏执，时隔几年之后《梅次记事》（2001 年第 5 期）的问世表现出作者对官场生态进一步的成熟思索。《梅次记事》被认为是《国画》的续集，在主人公朱怀镜身上呈现出作者与前不同的写作姿态，丧失原则只为升官的朱怀镜逐渐拾回自己的原则和底线，任梅次地区副书记的朱怀镜在收到贿赂后将其捐献给慈善机构，因为他退回贿赂将影响贿赂者的工作积极性，将贿赂款交给纪检部门则给自己的仕途增加不必要的麻烦，捐献贿款的无奈之举呈现着官场游戏规则给个人带来的困惑和矛盾，更客观地表现出官场常态与人性常态以及二者之间颉颃的内在张力。从《国画》到《梅次记事》是作者的一个成长历程，也代表着当代官场小说的发展历程，作者从看到官场黑幕而如鲠在喉，不吐不快地揭露官场的恶浊，到以平常的心态去观察官场，洞悉体察官场中人的内心犹疑与矛盾，理性、客观地反映官场的状态，使之更具深邃的现实性。

世纪之交的几年时间，官场文学不断丰富文本内涵和价值意义，

① 王跃文：《国画》，人民文学出版社 1999 年版，第 154 页。

这一文体类型的着眼点由最初对主流意识形态所引导价值观的描摹投射，逐渐深化至官场体系内部，又由此深入官场中个体的精神历程，这个发展历程表明官场文学的丰富与成熟。官场文学的发展一直延伸至新的世纪并表现出更为丰赡的意义和更高的艺术追求，我们将官场文学的讨论放置在20世纪90年代这个历史背景之中，主要由于官场文学在这一时期产生并形成高潮，延伸至21世纪的官场文学作品依旧在我们的讨论范畴之内。阎真的《沧浪之水》（2001年第4期）是讨论官场文学时无法忽略的一部作品，它的意义在于在呈现官场生态的结构基础上追问当代知识分子的痛苦复杂的心路历程，深入剖析知识分子与权力秩序的复杂关系。尽管《沧浪之水》超越了官场文学的格局而进入知识分子的精神思辨层面，但其知识分子主题建立在权力主题之上，将权力主题和官场背景抽离出来，知识分子精神的讨论则无法成立与展开。贺绍俊在论及《沧浪之水》时认为“小说以官场为主要舞台，展现的是身陷官场的知识分子的心路”。[①] 在这个意义上，我们对《沧浪之水》的分析考察建立在两个维度之上，一是官场内部的权力斗争，这是整个文本的逻辑起点与逻辑归宿；二是知识分子在官场生态中的精神困境。主人公池大为中医学院研究生毕业后被分配至省卫生厅工作，他受到父亲的影响而葆有中国传统知识分子的精神追求和价值信念，因此无意在官场中有所作为，而致力于潜心进行专业研究。在面对官场的权力斗争与现实世俗生活的艰难碰壁之时，池大为保持着一种倔强执拗的反抗姿态。然而，他的倔强无法解决现实生活所提出的问题，当这个清高的知识分子被调动到清水衙门中医学会时，位卑权微的他对爱人的工作调动束手无策，孩子上幼儿园需要费尽周折地求人，甚至连孩子生病住院都无法妥善安排。池大为所无能为力的世俗生活问题在权势者那里则被轻而易举地解决，权力与金钱的力量吞噬着他所信奉的价值观念并由此走向了他的妥协之路。价值

① 雷达：《当代知识分子的精神困境——笔谈〈沧浪之水〉》，《书屋》2002年第3期。

观念坍塌以后的池大为在官场中如鱼得水，左右逢源，终于官至厅长。在这过程中，池大为痛苦的心路历程是更具思辨意义的，我们引用《〈当代〉文学拉力赛》读者评委的一段话来概括这部作品，“《沧浪之水》是那种标准的官场小说。作品最大的特点是以近于残酷的写实笔法，让一个原本无意为官的年轻知识分子，一边进行内心的自我批判，一边使用不可告人的权术手腕，直到最后做了高官，仍在承受着一种心灵的煎熬。”[①] 一个普通读者读出了池大为在做了高官后所承受的内心煎熬，品味出一个普通的青年知识分子在权力和金钱面前的迷失和困惑。评论家在讨论《沧浪之水》时也更为注意文本所表达出的知识分子精神困境的意义，“读阎真的《沧浪之水》，有种天机被泄露的感觉，人们在日常生活中有所察觉却又朦胧莫辨的某些东西给挑明了。作者写了当代知识分子的精神迷失，努力追问迷失者之所以迷失的文化根因”。[②] 池大为的从坚守信仰到妥协动摇，再到主动迎合的整个历程书写了知识分子在现代社会的心理挣扎和精神错动的痛史。池大为的父亲池永昶作为其精神导师的面目出现，他在《中国历代文化名人素描》后面的自画像中写道：“高山仰止，景行行止，虽不能至，心向往之”[③]，这句《史记》中赞颂孔子的诗成为池永昶的人生信条。当他在父亲坟前不无悲痛地忏悔道：“现在是我，你的儿子，站在这里。也许，在这个世界上，我是唯一能够理解你的人。虽然我并没有以你的方式面对世界。而我，你的儿子，却在大势所趋别无选择的口实之中，随波逐流地走上了另一条道路。那里有鲜花，有掌声，有虚拟的尊严和真实的利益。于是我失去了信念，放弃了坚守，成为了一个被迫的虚无主义者。”[④] 这段自白表明池大为对自我妥协的清醒认识，表达一种被动的无力感，在父亲坟前烧掉作为精神信仰的《中国

① 王石：《当代“拉力赛”2001 年总决赛评委评语》，《当代》2001 年第 1 期。

② 雷达：《当代知识分子的精神困境——笔谈〈沧浪之水〉》，《书屋》2002 年第 3 期。

③ 阎真：《沧浪之水》，人民文学出版社 2001 年版，第 3 页。

④ 阎真：《沧浪之水》，人民文学出版社 2001 年版，第 522 页。

历代文化名人素描》，显示出对传统知识分子精神的告别，当我们把池大为的精神导师由池永昶追溯到孔子那里的时候，小说中多次喊出“孔子死了”的口号，作为至圣先师的孔子的死亡意味着一种独立人格自由思想的精神价值的断裂和消亡。

《当代》中对官场现状和官场生态描摹的作品还包括王大进的《欲望之路》(2000 年第 5 期)，作品书写了农村出身的大学生邓一群在权力机关中挣扎，并最终获得“成功”的故事。刘醒龙的《痛失》(2001 年第 1 期) 直击乡村基层权力龃龉，用人机制缺陷，揭示道德水准的痛失。自 1996 年至 2001 年，《当代》所刊登的长篇小说约有三分之一以官场为主题背景，且每一部都被纳入文学史范畴。从横向维度考察，《当代》所刊发的几部官场小说基本涵盖了官场小说潮流中的主要类型，即包含了主旋律的反腐文学和揭示官场黑暗，反映官场生态的文学。从纵向维度考察，这几部作品勾画出官场文学不断深化发展的丰富历程，从对官场暗浊的揭露挖掘到人性的层面，显示出官场文学不断趋向理性与哲性的动态过程。在这个意义上，我们认为《当代》对社会转型时期出现的问题，对政权的激烈的权力斗争和对官场对人性的腐蚀都进行了深刻的揭示，描摹和反映了相应时期的社会现象，具有一种介入社会生活的现实主义价值。

四 “新写实”和“新生代”：现实主义审美差异下的有效舍弃

在 20 世纪 90 年代，以“新”命名的文学潮流共同构成了多元的文化格局。这一阶段最初崭露头角的文学潮流是新写实小说，新写实潮流的形成来自文学期刊的推动。洪子诚认为“‘新写实小说’的提出，既是对一种写作倾向的概括，也是批评家和文学杂志‘操作’形成的文学现象”。[①] 1989 年第 3 期的《钟山》开辟了“新写实小说大联展”专栏，在卷首语中基本概括了新写实小说的概念和特点，“所

① 洪子诚：《中国当代文学史》，北京大学出版社 1999 年版，第 340 页。

谓新写实小说，简单地说，就是不同于历史上已有的现实主义，也不同于现代主义‘先锋派’文学，而是近几年小说创作低谷中出现的一种新的文学倾向。这些新写实小说的创作方法仍以写实为主要特征，但特别注重现实生活原生形态的还原，真诚直面现实、直面人生。虽然从总体的文学精神来看，新写实小说仍划归为现实主义的大范畴，但无疑具有了一种新的开放性与包容性，善于吸收、借鉴现代主义各种流派在艺术上的长处”。[①] 自 1989 年第 3 期到 1991 年第 3 期的两年中，“联展”共举办 7 期，推出 23 位作家的 26 篇作品，其中包括赵本夫的《走出蓝水河》、王朔的《千万别把我当人》、刘震云的《故乡天下黄花》、吕新的《雨季之瓮》等。按照目前所见文学史的既定叙述来看，新写实小说的代表作家作品为方方《风景》《祖父在父亲心中》《桃花灿烂》，池莉的《烦恼人生》《不谈爱情》《太阳出世》，刘震云的《一地鸡毛》《新兵连》《塔铺》，刘恒的《狗日的粮食》《伏羲伏羲》。事实上，《钟山》在新写实的名号下集结了许多作家，但这些作家的风格并不统一，甚至其创作特点与新写实的概念特征也并不吻合，其策划组织的“联展”中也并未出现新写实小说的代表作品。尽管如此，新写实小说在《钟山》的策划和推动下在 20 世纪 90 年代初期登上了历史舞台，成为叙写当代文学史的重要资源。

《当代》历来标举追求开放的、广阔的现实主义，在现实主义的基础上寻求叙事方式的多元化，新写实小说善于吸收和借鉴现代主义流派的技巧，又划归在现实主义的大范畴之内，显然满足了《当代》开放现实主义的条件，然而在《当代》中却并未看到新写实小说的影子，原因何在？在美学风格上，新写实小说对于平庸的俗世现实表现出极大的兴趣，注重描写琐屑的俗世，关注饮食男女的自然生活形态，主张还原生活本相，却始终黏滞于细琐的日常层面，它不企图完成任何宏大的时代命题，也不想提供历史的本质规律。而《当代》所推崇

① 《钟山》编辑部：《卷首语》，《钟山》1989 年第 3 期。

的现实主义美学风格是宏阔的，注重表现深厚的社会历史内容，追求一种阔大的整体性观照，实现对历史现实的总体性概括。新写实小说日常化、平民化和个人化的美学追求与书写格局显然与《当代》的现实主义要求相去甚远。在写作态度上，新写实小说倾向于不做主观预设地呈现生活的原始状态，以“零度”精神还原日常生活本相，这种还原式的写作然消解创作中的主观倾向，也意味着新写实小说出创作者们放弃了20世纪80年代初期及五四时期的知识分子们所坚持的批判、介入和干预生活的姿态。《当代》则在其现实主义中灌注了关于人生、社会的博大精神，在现实生活中抽离出理性见解，在历史内容中达到文化升华，追求一种理性感与历史感。在内置精神上，新写实小说在日常生活形态的叙写中，还原了普通人生活中的烦恼、生存的艰难和个体精神的孤独，以及人在生活困境中无可奈何的情绪，而《当代》在这一时期还意图在颓靡的人类精神中注入英雄主义与理想主义，建立起人与社会的关系，顽强地表现出人类的精神追求。在细琐与宏大、客观与主观、情绪与精神间的差异，使带有明显现实主义印迹新写实主义小说未被纳入《当代》的选稿范畴，《当代》没有盲目地随时代风潮而动，坚定自身的文学立场，在舍弃中获得了自身现实主义风格的稳定性。

在新写实小说之后，文坛围绕后起创作群体进行了各种“新”命名，如“新状态”“新市民”“新生代”“新表象”“新生存主义”等，这些概念大多比较宽泛、模糊，理论界定不清晰。目前被学界广泛使用的主要是“新生代”这一概念，用以指代20世纪60年代出生、90年代中期登上文坛的青年创作群体，这一群体在创作上强调对存在的个人自我经验的体认。与新写实小说相同，新生代作家群体在文学史上的亮相源于文学期刊的策动。《钟山》1994年第4期开始推出“新状态文学专辑”，共连续8期，刊登了韩东的《西安故事》、朱文的《食指》、何顿的《太阳很好》、张旻的《情幻》等。杂志在宣言中对新状态概念的界定未免模糊，但确实为90年代进入文学界的新人提供了集中展示的舞台，新生代作家也由此以群体的方式进入公众视野。

从1995年第3期开始，《钟山》《作家》《大家》《山花》举办“联网四重奏”，将目光锁定在20世纪90年代崭露头角的作家身上，同期刊登同一作者的不同作品。“联网四重奏”活动历时6年，通过文学期刊集中推出了一批文坛的新生资源，包括韩东、朱文、鲁羊、刁斗、东西、李冯、何顿、述平、邱华栋，等等，这些作者正是新生代作家群体的主要构成。四家刊物的“联网四重奏”规模浩大且影响甚广，新生代成为文学史叙述中不可或缺的潮流。当我们考察同一时期（1994—2000）的《当代》时，我们发现为数众多的新生代作家无一人的名字出现在《当代》上，此时活跃于《当代》上的作家包括尤凤伟、杨黎光、张长弓、马识途、陆颖墨、邵振国、向本贵、申力雯、谈歌、何申等人，在作家构成中得见《当代》对新生代群体的忽略。新生代作品放弃价值、提倡个人叙事、细致入微地探析人的隐秘心理，带着直接的经验和生机勃勃的欲望书写多元化的、不同姿态的个人意识，而不带有任何历史负重感，这显然与《当代》介入、干预现实的现实主义并不相符，《当代》对新生代文学的回避在现实主义的逻辑范畴内具有其合理性。

在多元化的20世纪90年代，文学潮流纷繁复杂，《当代》对几种“新”的潮流参与程度并不高，也鲜见此类作品的刊登，其原因在于这几类潮流个人化书写的格局与《当代》所青睐的宏大美学风格间的裂隙，加之这几种“新”潮流缺乏对社会问题的关注和介入从而与《当代》“直面人生、贴近现实”的追求相距较远。通过“新历史主义文学”“现实主义冲击波”和“官场文学”的参与，我们看到《当代》更青睐于广大、宏阔、雄浑的美学风格，并时刻葆有对时代历史和社会现实的理性分析及批判意识，这种带有介入感的现实主义追求使整个90年代的《当代》显现出一种宏大的气派。

第三节　《当代》与新世纪文学思潮

“20世纪90年代末21世纪初，无论是在大的文化语境还是文学思潮上，都有一系列的新变化。尽管其新变往往非常微妙乃至容易被论者忽略，但其嬗变律动与其实质指向都与 90 年代的文化/文学思潮表现出本质的区别。”[①] 21 世纪以来的文学表现出与 20 世纪 90 年代不同的样态，但因其与当下的距离之近，使我们对文学现象和文学潮流的概括和描述显得并不客观与全面，在具有碎片化特征的繁复的文学现象当中提取出具有共同特征的文本并将之归纳命名为各种文学潮流并非易事，且恐难成体系，因此本文仅就目前文学现实中比较突出且备受关注的几种潮流作以讨论。

一 生态文学：自然伦理的即时关怀

我们将生态文学纳入讨论范畴，首先明确对这一文学潮流/现象的定义，目前学界对生态文学的主流定义基本采用王诺在《欧美生态》文学一书中的阐释：“生态文学是以生态整体主义为思想基础、以生态系统整体利益为最高价值的考察和表现自然与人之关系和探寻生态危机至社会根源的文学。”[②] 生态文学在中国社会经历了一个相当长的发展历程，自 20 世纪 70 年代末 80 年代初的一些知青小说与寻根小说对人与自然复杂关系的探索起，生态文学在新时期以来的三十余年间不断发展，到 21 世纪以后达到了高潮期。在学术研究领域，生态文学以及生态批评被完整、系统化地引入中国，在意识形态话语体系中，生态文明建设成为社会发展的一种重要理念。因此，“生态”是 21 世纪社会发展的一个重要关键词，它同时作用于文学领域，从而使生态文学获得了前所未有的广泛关注。作为文学思潮的生态文学在潜隐了近三十年后冲决而出，成为 21 世纪以来的重要文化现象。生态文学的基本分类包括生态责任小说与生态启示小说两类，生态责任小说指“作家从物质和精神上考察自然和人之间的关系，探寻人类发展模式

① 张光芒：《论中国当代文学的第三次转型》，《当代作家评论》2004 年第 5 期。

② 王诺：《欧美生态文学》，北京大学出版社 2003 年版，第 10 页。

造成生态危机的各种根源，通过小说确立人类对自然的义务和责任”。[①] 在生态责任小说的范畴内可分为地域生态小说和动物生态小说；生态启示小说是指“以虚构文本为特征，通过臆想故事或预测未来的方式来批判、警示人类的小说”。[②] 目前国内创作当中，这一类型的生态文学作品所见较少，暂不纳入讨论。尽管以上分类以小说为分析主体，但其特征和内涵的概括同样适用于其他文体类型，本章仅以生态责任小说的两个类型作为依据来分析《当代》文本与生态文学潮流之关系。为了辨清不同文本的类型归属，更为明确地观察与分析每一种潮流之间以及《当代》与各种文学潮流之间的关系，我们只在狭义的生态文学领域内进行讨论。

首先，以确立人类对自然的义务和责任为叙事目的，反映地域生态问题的文本。在这一部分，我们将陈桂棣的《淮河的警告》（1996年第2期）作为讨论样本，虽然我们将《当代》与生态文学的讨论放置在21世纪的历史范畴之中，但这股文学潮流的持续性是无法被割裂的，20世纪90年代中期在《当代》上已经出现了具有显明生态文学特征的文本，《淮河的警告》是研究者在考察生态文学时必然提及的一部作品。作者陈桂棣历时一百零八天，行程一万余里，走遍四十八座城市，走访上千人创作出这部八万字的报告文学。作品沉痛地记录我国四大水系之一淮河的生态状况的变化，流传在淮河流域的歌谣不无心痛地勾画出淮河在几十年时间中日益成为害河的历程，“50年代淘米洗菜，60年代洗衣灌溉，70年代水质变坏，80年代鱼虾绝代，90年代身心受害”。[③] 陈桂棣在报告中列出了一系列触目惊心的数字，以实证的方式警示着淮河流域污染的严重性，其污染程度已经达到“全流域一百九十一条较大的支流中，百分之八十的河水已经变黑变

① 杨剑龙：《新世纪初的文化语境与文学现象》，中央编译出版社2012年版，第25页。

② 杨剑龙：《新世纪初的文化语境与文学现象》，中央编译出版社2012年版，第25页。

③ 陈桂棣：《淮河的警告》，《当代》1996年第2期。

臭；三分之二的河段完全丧失了使用价值”。[①] 作者在淮河水域环境危机的背后探寻其成因，在淮河触目惊心的污染背后是社会经济高速发展所带来的生态失衡，“在一个相当长的时间里，这个地区工业的布局几乎到了随心所欲的地步。完全不顾地理环境的特点，不顾人民群众的生活和健康，在水源的上游，在城市的上风口，在居民区、文教区乃至风景名胜区，到处布有污染危害的工业项目……特别是大量的乡镇企业采用原始的、极其落后的工艺进行生产，这就把乡镇的环境污染与城市的环境污染联成了一片”。[②] 作品犀利地披露了一些污染的实例，比如淮河流域的“小造纸”工业，“小造纸”以麦秸为原料生产纸张，工艺简单且利润丰厚，在经济利益的驱使下其屡禁不止，由此带来的废水、废气和废渣污染给淮河流域造成严重的生态危机。《淮河的警告》深入揭示造成污染的原因，并对淮河污染的程度以及根治污染的出路和对策做出阐释。作品发表后在全国范围内引起强烈的反响和震动，在1996年7月23日召开的“报告文学《淮河的警告》研讨会”中，时任国家环保局污管司司长的臧玉祥出席了这个文学讨论会议，可见作品的现实意义之大。《淮河的警告》出版单行本的后记中这样记述：“作品对淮河生态现状的批判及对策的探讨引起了中央领导的重视，治理淮河的水污染遂成为当时中国的热点；国家环保部门认为，《淮河的警告》为我国全面治理淮河的决策提供了依据，吹响了前奏，并对全国江河湖泊的治理都起到了极大的促进作用。”[③] 作品对于生态危机的揭示以及对其原因的探询的深入挖掘为淮河流域乃至所有中国水系的污染和治理问题敲响了警钟，在这个意义上，作品的价值便不仅限于文学层面，而是拓展至整个社会领域，它以文学的方式引起社会各界对于生态问题的关注并试图确立人类对自然的义务与责任。

其次，以人与动物关系为主题观照和启示生态伦理，由自然生态

① 陈桂棣：《淮河的警告》，《当代》1996年第2期。
② 陈桂棣：《淮河的警告》，《当代》1996年第2期。
③ 陈桂棣：《淮河的警告》，人民文学出版社1999年版，第481页。

抽象升华至精神生态。杨志军的《藏獒》（2005 年第 5 期）借助塑造“父亲”汉扎西的形象表达人与獒、人与自然和谐的生态内涵。“父亲”怀抱善良之心，善待世间一切生命，他不顾生命危险多次救下大獒冈日森格，在经历过激烈斗争战胜邪恶的化身饮血王党项罗刹后，人们竭力主张将它处死，“父亲”挺身而出保住它的生命。从小被主人复仇意识所控制的藏獒在父亲的感召下感受到人类的温情与爱意，从而消弭仇恨摆脱恶性。“父亲”是一个生态整体主义的践行者，他将人与自然界的关系理解为亲密、平等，自然界中的生物既不为人类而诞生也不应为人类所征服与统治，“父亲”以自我的道德和行为在高原上树立起和谐的丰碑。除“父亲”外，在西藏草原上的牧民和僧侣等也与藏獒保持着和谐亲密的关系，他们将獒视为朋友和家人，獒的忠诚使之在人类受到侵扰和威胁时能够挺身相救。在西藏草原文化中的人与獒，人与自然生物亲密关系的建立试图向世界传达出一种健康的生态伦理，消弭人与动物之间的不平等关系，从而追求一种生态的整体和谐状态。与此同时，高原生态环境的日益恶化和生物族群的不断灭绝标示了人类活动对大自然的破坏，同处于生态链条的人类事实上也受到了环境危机的影响和侵犯，作品由此提出了人类生存的生态伦理和自然道德问题，在颂赞藏獒的优良品质时也反向呼唤着人类的生态道德意识。《中国虎》（2007 年第 1 期）是作者李克威耗时十余年时间了解和搜集大量有关中国虎的资料，深入走访浙江、江西、湖南等地的华南虎自然保护区，根据当事人与知情者提供的资料、讯息和传说，并长期居住在森林中的山民和猎虎家里深入实境创作而成的一部作品。《中国虎》以百山祖仅存的野生中国虎“祖祖”为主角，包括虎类专家、虎类爱好者、偷猎者和反偷猎者之间开启了一波三折、跌宕起伏的关于发现、保护的叙事。偷猎者彭氏兄弟的残忍手段导致“奎奎”死亡和幼虎被毒杀，这归结于其对金钱物质的贪婪占有，二人对经济利益的私欲以中国虎这一珍稀物种逐渐灭亡为代价。资本逐利的意识形态渗透至人类的道德准则是作者对当下生态危机的反思和批判。“在全球气候急剧变暖的今天，人类已开始受到大自然的惩罚。万物相似而相生，众生相依而存，中国虎是中国自然生态平衡的标志性动物，它的灭绝，表明中国生态的失衡，若这一趋势不可逆转，将给人类带来灭顶之灾。”① 作者说“若再给我三年时间，让我在森林多住些日子，让我能和人工饲养的虎朝夕相处，这本书就能写得更好看。不是我没时间，也不是出版社催促，更不是市场使然，而是命悬一线的中国虎等不起了！”② 拯救命悬一线的中国虎是目前最为紧迫的问题，这个艰难复杂的工程必须引起社会的关注，各界人士进行全方位的努力。《中国虎》所呈现的食物链条的崩溃和逐利主义盛行给濒危物种带来的危害，从中国虎群体灭迹的表层问题引出愈演愈烈的生态危机，引起社会的警示并确立了人类对于自然生物的责任和义务，试图建立起人类世界的生态道德意识。

以上考察的两类生态文学样本并不能涵盖全部生态文学的种类，也无法全面地阐释出生态文学的丰赡内涵，本章仅着意于《当代》中所出现的文本与生态文学潮流所构成的互文性关系，通过以上分析我们可以认为《当代》以几个独特文本切实参与到了生态文学潮流当中。并且，当我们扩大生态文学的外延，一些学者也将张炜的《刺猬歌》（2007 年第 1 期）、阿来的《天火》（2005 年第 3 期）、王华的《桥溪庄》（2005 年第 1 期）等作品放置在生态文学的讨论范畴，事实上，如果我们引入广义的生态文学，那么讨论人与人、人与世界相互关系的文本也可以纳入其中，由此延伸向下便出现了另外一种文本类型——“平民”文学。

二 “平民”文学：强势潮流的热切推动

21 世纪以来，关于平民的书写形成一股迅猛的文学潮流，并进入

① 李克威、宋强：《维护万物和谐的自然——关于〈中国虎〉的对话》，《出版广角》2007 年第 6 期。

② 李克威、宋强：《维护万物和谐的自然——关于〈中国虎〉的对话》，《出版广角》2007 年第 6 期。

公共领域。2004 年第 6 期《天涯》推出底层问题的专栏，包括王晓明的《L 县见闻》、摩罗的《我是农民的儿子》、顾铮的《为底层的视觉代言与社会进步》、吴志峰的《故乡、底层、知识分子及其他》，知识分子对底层人群现实生活的关注体现出知识分子群体的担当，并因此拓展了当代文学的文化视野。2004—2006 年，包括《文艺争鸣》《上海文学》《北京文学》在内的文学期刊和新浪网等新闻媒体发起组织了数次与底层文学相关的对话、论争，使之成为文艺界的焦点。在文学长久地“失去轰动效应”之后，没有任何一种文学现象超越了“平民”文学所受到的关注，关于平民的写作成为 21 世纪以来的热点。

（一）以《那儿》为标志的典型文学事件

21 世纪以来关于书写平民的文学争鸣极为敏感和激烈，论争的各方对其的涵盖范畴、理论资源的来路、代言的可能性、文本的文学性等诸多方面各持意见。但讨论的各方，都毫无争议地将曹征路的《那儿》视为其代表作品，或开端的标志。“2004 年，曹征路的中篇小说《那儿》在《当代》第 5 期发表，引起轰动性的影响”[①] “这个小说不但是 2004 年《当代》杂志最重要的一部作品，也是这一时期最具代表性的现实主义力作。它不仅揭示了重大现实问题，而且在艺术上颇有力量，能给人以强烈的震撼。”[②]

《当代》为书写平民的文学提供了代表性文本《那儿》，使之进入了研究领域和大众视野。《那儿》的出现及围绕它所展开的讨论，与当下的中国现实、中国思想界和文学界关心的问题密切相关，并成为其转折的一个标志。一部中篇小说受到如此多的关注和讨论，是 20 世纪 80 年代中期以后所未曾有过的事情。《那儿》是如何作为一个“平民”文学的典型事件和潮流的发源处，以及《那儿》如何与“平民”文学相互关联，需要我们重新回顾一下《那儿》的发现过程和关于它

① 雷达：《近三十年中国文学主潮》，兰州大学出版社 2009 年版，第 283 页。

② 李云雷：《新世纪文学中的“底层文学”论纲》，《文艺争鸣》2010 年第 6 期。

的种种讨论。首先注意到《那儿》的价值的是青年批评家李云雷，他最早在“北大评刊”中对作品做出了较高的评价，认为“曹征路的《那儿》（中篇）不但是本期《当代》最重要的一部作品，也堪称这一时期最具代表性的现实主义力作。它不仅揭示了重大现实问题，而且在艺术上颇有力量，给人以强烈震撼。能够及时推出这样的作品，再次现实了《当代》杂志‘直面现实’的可贵传统”。[①] 新锐学术网站左岸（www. eduww. com）对《那儿》进行了专题讨论，集合了季亚娅的《“左翼文学”传统的复苏和它的力量》、李云雷的《新“左翼文艺”的力量及其可能性》、张志忠的《对艰辛现实的干预和承担》以及曹征路的个人创作谈《是逃避，也是抗争》，由此引发了在论坛中关于“《那儿》真是好小说吗?”的讨论。这是最早对《那儿》进行的一次讨论活动，其价值在于将《那儿》与左翼文学传统相联结，肯定其在21世纪、新时代的继承性意义，并及时发现了《那儿》之于文学史的重要意义。随后，乌有之乡网站邀请了韩毓海、贺桂梅、邵燕君、李云雷等人召开了一次自发性的讨论会，参会人员除文学研究者还有经济学家，从经济学的视角解读作品所涉及的经济学问题。《那儿》不仅受到了文学界的聚焦，更多行业的从业者也关注到这部与日常生存环境息息相关、承担了一定社会学意义的作品。20世纪80年代以后，文学再一次进入了大众视野和公共讨论领域，其契机便是这一部中篇小说。

《那儿》发表于2004年第5期《当代》，被《小说选刊》《北京文学·中篇小说月报》选载，后又被台湾《人间》杂志转载。小说描写了矿机厂工会主席朱卫国试图阻止企业改制中国有资产流失，以失败告终后自杀身亡的故事。它不同于20世纪80年代改革文学对于现代性神话的热切期盼，也与90年代自觉分享现代化进程中的“艰难”相异，到了《那儿》这里，对于现代性和现代化进程的质疑和反思成

① 《看〈当代〉》，http：//www. eduww. com/pkupk/ShowArticle. asp？ ArticleID =9690。

为主要的精神观照，曾经身处“领导地位”的“工人阶级”随着现代社会的发展流动至社会边缘，退出历史舞台的中心，成为“底层群体”。经历了裂变和阵痛的“工人阶级”在自身利益得不到维护的情况下扮演着“沉默的大多数”的角色，以个体的力量消化一切苦难。《那儿》以杜月梅夜遇罗蒂（“小舅”女儿的宠物狗）为开端，罗蒂突然窜出吓坏了杜月梅，夜半的呼救声也暴露了她“霓虹灯下的哨兵”的身份。杜月梅是主人公“小舅”美好初恋感情的寄托者，原是矿机厂的工人，因国企改制经济窘迫女儿生病急需药费，不得不依靠白天推车卖蛋糕面包，晚上不定期卖淫来维持基本生存。一条宠物狗的出现，将杜月梅的生活幕布冷不防地揭开，暴露了一切需要隐藏的秘密。面对罗蒂所诱发的杜月梅“爱与美”的毁灭，“小舅”做出的第一个决定便是将罗蒂送走，“小舅”起初将怨气转移到了罗蒂身上，被女儿月月指责“捏不住鼻子揪耳朵”。沉默了数日后的小舅突然“失踪”，去省政府汇报工厂的情况，此时的“小舅”对罗蒂的怨怼经过冷静思索后锁定在国企改制、国有资产流失的现状，试图通过此种“上访”的方式求助于高层机构，纠正工厂官员所作出的“错误”决定，扭转局面。随着数次努力的抗争，“小舅”越发清醒地意识到必然失败的命运，他的抗争如鲁迅先生所言“于浩歌狂热之际中寒”，作为工会主席被质疑代表工人的资格，省级劳模和副县级干部的身份并不完全属于普通工人群体，他一方面无法得到所上访机构的承认，另一方面也不能完全被普通工人所信赖，“小舅”所倡导的工人联名签署的倡议书只有寥寥几人签名，还有一些事后被偷偷擦掉。当小舅最后一次试图阻止工厂被卖时，他劝说工人抵押自己的住房合伙买下工厂，却被莫名其妙地赋予了 3% 的工厂股份，事实便巧妙地被改变为“小舅”的一切努力只为自己获得利益，并以牺牲其他工人的利益为代价。小舅的悲剧在于，他为普通工人群体争取公平正义的追求最终被斗争的双方所误解，将他的努力化约为对个人利益的寻求，而背上了出卖工人群体的骂名。小舅只得以极端的方式用自己曾经获得无限光荣的锤子敲破头颅，死在他一生热爱并为之奋斗的工作中，证明自己的清白。《那儿》为小舅的对抗提供了历史的必然性与合法性，小舅祖辈工运英雄的家庭出身和血统使得在社会转型时期的抗争具有鲜明的阶级立场和历史来由。他脸上所映射出的神性的光辉，来源于祖辈的传承，因而在现实中为工人谋求利益的他在某种程度上被视为工人阶级的“救世主”，代表大多数人而非精英群体的反叛。小舅的觉醒与反叛带有孤独英雄的悲剧意味，尽管他对于工人群体利益的诉求以失败而终结。但小说结尾处的叙述缝合逆转故事的结局，贪腐官员被查，工厂停止出卖，小舅的死到底唤起了人的思考与反省。小舅的来路和归途质询着“英特纳雄奈尔”所代表的社会公平和正义，是否还能作为一种具有保护性力量的历史资源为当下的社会发展寻找一种新的可能性。

总体来看，《那儿》对社会和现实的思索、质疑和挑战，对中国工人群体生存困境的体察和洞见，以及对社会主义社会理想的追问和质询，为已经“忘却”的文学注入了一种活力，提供了一种新的、悲壮的记忆方式，遥远地呼应着知识分子和文学对于社会和时代的承当。

(二)《那儿》以后的《当代》如何书写当下

以《那儿》为标志，《当代》在底层文学领域推出诸多具有实绩的中短篇作品。包括向本贵《农民刘兰香之死》(2004 年第 1 期)、夏天敏《银簪花》(2004 年第 2 期)、宋剑挺《麻钱》(2004 年第 2 期)、卢江良《狗小的自行车》(2004 年第 3 期)、飞花《卖米》(2004 年第 6 期)、夏天敏《土里的鱼》(2005 年第 1 期)、刘庆邦《车倌儿》(2005 年第 2 期)、张庆国《子弹》(2005 年第 4 期)、卢江良《村里的两条狗》(2005 年第 6 期)、曹征路《霓虹》(2006 年第 5 期)、夏天敏《冰冷的链条》(2006 年第 6 期)、铸剑《小羊的家》(2006 年第 6 期)、王松《审贼》(2006 年专号一)、马叙《安装技工程高峰》

（2006 年专号一）、徐则臣《伪证制造者》（2006 年专号一）、罗伟章《最后一课》（2007 年第 2 期）、徐则臣《还乡记》（2007 年第 4 期）、龙懋勤《本是同根生》（2007 年第 5 期）、胡学文《逆水而行》（2007 年第 6 期）、马笑泉《梅山》（2008 年第 3 期）、王祥夫《驴肉球》（2008 年第 3 期）、孙方友《吴嫂进城》（2008 年第 3 期）、宋剑挺《高客》（2008 年第 3 期）、周崇贤《杀狗》（2009 年第 1 期）、向岛《声名飞扬》（2009 年第 3 期）、胡学文《向阳坡》（2009 年第 3 期）、韩永明《移民风波》（2009 年第 4 期）、王华《回家》（2009 年第 5 期）等。

其中，《霓虹》被视为《那儿》的姊妹篇，延续了曹征路一贯的现实主义风格，作品中下岗女工杜月梅在国企改革的大背景之下沦为了“霓虹灯下的哨兵”，《霓虹》则回答了当了“哨兵”之后的杜月梅们会走向怎样的道路。作品以勘察报告、侦查日志、谈话笔录和日记的形式重现了一个下岗女工沦为暗娼的生活，女主人公倪红梅原是出色的绢纺女工，技术过硬，政治先进，先后当过小组长、团支书，得过厂先进和市先进生产者。倪红梅被赋予了与《那儿》中的“小舅”相似的个人经历和家庭传统，她的父亲因抢救工厂的财产牺牲，临死时还饱有着为保护工厂而冲锋陷阵的热情，是那个时代的英雄。倪红梅的丈夫死于工伤，得不到赔偿，她以超越一切的集体主义精神体谅工厂的困难，陪着工厂“共渡难关”。而渡过难关的工厂却把她扔进了无底的深渊，这位出色的技术工人，温情善良的女性落得一个下岗失业的结局。生活的重压不止于此，婆婆瘫痪在床需要照顾，女儿生病急缺手术费，为了维持一个摇摇欲坠的家庭的基本生活，支撑起风雨飘摇的弱残之家，美丽自尊的倪红梅被迫自愿成为暗娼。美的事物终于被毁灭，逼良为娼的故事被置换到一个现代的语境当中。成为“霓虹灯下的哨兵”后的倪红梅的自尊被一层层剥离、摧毁，以此为代价所努力维系的脆弱的家庭终于在她被杀害后也轰然坍塌。事实上，《霓虹》不仅提供了一重关于下岗女工的苦难叙事，倪红梅的生存空间的参照物，与她共同从事暗娼事业的姐妹们不同的遭遇构成了底层女性的生存图景。下岗女工被抛离至城市边缘，农村女性大规模由传统的农村迁移至现代城市的“边缘”，共同形成城市中心之外的边际化生存体验。倪红梅的同伴阿红被“大人物”性虐待，浑身烫伤却只能默默忍受，在倪红梅带领下去讨回公道却受到种种威胁。这些无助的底层女性势单力薄，终在置之死地的时候“如孤雁追上了队伍，是溺水者看见了海岸线”般，得到了“组织”的支援，她们的身后站着一个巨大的底层群体与之共苦难同分担，以沉默的集体凝结的力量面对困厄，寻回尊严。在这重叙述中，既存在对英雄精神和集体主义的回望，也试图在寻找一种用“那儿”来解答困惑的努力。在现代性话语体系的映照之下，社会逐渐分化出不同的阶层，从而产生了一种深刻的精神对峙，这种对峙超越了左翼意义上的阶级的分化和对立和革命的精神。尽管《霓虹》的影响力和讨论价值不及《那儿》，但是它保持了曹征路作品一贯的精神指向，即对于平民生活处境的书写，对普通百姓的关切和对于苦难与绝望的反抗。从这种意义上，《霓虹》不仅提供了一种对下岗女工来路与归途的思索，也不止于对现实命运的苦难书写和深切同情，它还包含了一种对现代性的反思，和对未来的质询以及未来出路的迷惑和寻找。

如果说《那儿》和《霓虹》关注的是现代化进程中工人的处境和对改革的反思和质询，那么到了《命案高悬》（2006 年第 4 期）里关注的则是新的社会语境下乡村和农民所面临的困境。“乡村这个词一度与贫困联系在一起。今天，它已发生了细微却坚硬的变化。贫依然存在，但已退到次要位置，困则显得尤为突出。困惑、困苦、困难。尽你的想象，不管穷到什么程度，总能适应，这种适应能力似乎与生俱来。面对困则没有抵御与适应能力，所以困是可怕的，在困面前，乡村茫然而无序。”① 对当下农民生存状态以及农村基层权力的运行方式的细致书写和深入思考使胡学文的《命案高悬》被诸多评论家视为

① 孟繁华：《“到城里去”和“底层写作”》，《文艺争鸣》2007 年第 6 期。

2006年小说中值得重视的上乘之作①。《当代》封面的作品简介为“美丽村姑，惨死乡政府，区区乡长一手遮天。很寻常的故事，不寻常的真相”。《命案高悬》以一宗“高悬”的命案为叙事线索，表达诚恳而切实的乡村感受、丈量生活的距离。吴响是一个带有“流氓无产者”气息的乡村浪者，他以蛮驴、六亲不认而闻名乡里，也因此获得了护林员、护坡员的工作，并享受着村干部待遇。他利用自己的职务，或受得两盒烟，或三五块钱，或罚得女人脱了裤子，这样的吴响更接近于一个地痞流氓，以权力威胁和绑架着村民。随着事件的发展，吴响这个人物则逐渐显示出一些个体的光芒。钟情于尹小梅的吴响，试图将草场作为圈套，占有尹小梅，固执的尹小梅不仅没有就范反而被乡长毛文明带走，再次获得关于尹小梅的消息便是她已经突发急病死亡。对此，吴响被深深的难过和自责所纠缠，他认为尹小梅的死与自己的圈套有极大的关系，便用酒麻痹自己，稀里糊涂的逃避关于尹小梅的任何消息。当他偶然在相好处得知尹小梅的死绝非那么简单，乡里给他配的新摩托车只为封住他的嘴时，吴响的良知在那一刻得到复苏，他用那种与生俱来的执拗投入到对尹小梅死因的追查当中。他把调查的突破口放在了黄宝爹、黄宝和独眼周身上，从黄宝爹口中得知毛文明所承诺的八万块钱已经到手，又发现黄宝在城里开了水果店后，吴响想从黄宝口中撬出尹小梅的死因。这次对于黄宝的调查不仅没有得出结果，反而受到了毛文明的警告。表面上对毛文明毕恭毕敬的吴响并没有打消追查尹小梅死因的念头，反而因为这警告加重了对事件的怀疑。接下来的种种调查，都在毛文明的掌握之中，吴响因为调查这“高悬”着的命案被抓进派出所，无故背上一个嫖娼的罪名，又被设计圈套落得个捉奸在床，不仅交付了数额不菲的罚款导致身无分文，

① 孟繁华在《在“守成”和边缘洞穿世事——评2006年的中篇小说》中认为“青年作家胡学文的《命案高悬》（《当代》2006年第6期）是特别值得重视的”。贺绍俊在《肩负现实性和精神性的蹒跚前行——2006年的中短篇小说述评》中认为“在大量缺乏创新的底层写作的小说中，仍然有一些上乘之作，如胡学文的中篇小说《命案高悬》、曹征路的短篇小说《真相》”。

而且失掉了能够给他提供生存资本的工作。这样倔强的吴响，去质问毛文明的时候，毛文明却已“云淡风轻”地不在乎他是否在调查案件，因为毛文明深知一个吴响绝不可能以他个人微弱的力量撼动权力的场域。吴响最终也并未获得命案的真相，而这真相到了最后似乎也并不重要，更重要的是在其背后有多少真相在权力的保护之下不为人知，依旧高悬。“一桩命案，并不会改变生命秩序，但它却是一面高悬的镜子，能照出形形色色的面孔与灵魂。很难逃掉，就看有没有勇气审视自己，审视的结果是什么。”① 吴响对于命案的调查，是一个“并非记忆中的温暖”的乡间浪者对权力阶层侵犯伤害弱势群体的反攻，是一个民间英雄对于密不透风的基层权力网的挣扎和对抗，然而对立的双方力量是如此的悬殊，所有的真相都被权力、舆论、习惯势力的铁网所掩盖。《命案高悬》的批判性不仅在于对乡村基层权力的批判，我们同时可以看到黄宝和黄宝的父亲为了维护既得的利益三缄其口，并为此时刻承受来自内心的不安和煎熬。甚至，在某种意义上，黄宝成为权力的“合谋者”，对权力的妥协与“合谋”决定了他们放弃了追求公平正义的权力。

“平民”文学作为一种重要的文学潮流，在21世纪以来无论是从理论的倡导上还是文学创作的实践中都取得了难以忽视的成就，其作品由发轫期的中短篇小说逐渐扩展至长篇领域。这些长篇小说的出现一方面得益于整个底层文学潮流的推动，关于平民的苦难的叙事穿越了由狂欢、暧昧、悬疑等构成的屏障，为当代中国文学的书写提供了一种全新的关于力的可能。长篇作为第一小说文体则提供了一种厚重和沉淀的质感，它的体量庞大涵容了丰富的时代生活内容，长篇小说所呈现出的有别于中短篇小说的容量和内涵，丰富了书写平民生活文学潮流。对现实社会的观照与关怀弱者之情怀，在更早的时间里便有显现，尤凤伟的《泥鳅》（2002年第3期）便是一例代表，陈思和在

① 转引自孟繁华《“到城里去”和“底层写作”》，《文艺争鸣》2007年第6期。

分析《泥鳅》时就将其引向了"文学如何面对当下底层现实生活"的讨论，认为作品为当代的精神审美提供了一种新的经验，表现出文学对于社会现实生活理解的精神深度。除此之外，反映和书写底层的长篇作品还有孙惠芬的《上塘书》（2004 年第 3 期）、王华的《桥溪庄》（2005 年第 1 期）、楚荷的《苦楝树》（2007 年第 2 期）、贾平凹的《高兴》（2007 年第 5 期）等。

"平民"文学得以形成一股潮流，一方面来源于书写平民的文学文本的支撑和结构，另一方面文学期刊的策划编辑对其有倾向的推动也是 21 世纪"平民"文学蔚为大观的重要原因。回顾《那儿》的发表过程便可看到《当代》杂志在"平民"文学的推动上所作出的努力。2003 年暑期曹征路着手写作《那儿》，直至当年春节完稿并投向《当代》，曹征路回忆说："小说是 2003 年暑假写的，写完已经过春节了。寄给《当代》半个月就有了答复，当时说第 3 期发，后来因种种原因，到第 5 期才发出来。《当代》非常不容易。"[①] 当曹征路将稿件投向《当代》后，编辑吴玄在众多的自然来稿中发现《那儿》，他认为作品适合杂志的现实主义风格便郑重地向编辑部提交，当时常务副主编常振家、副主编洪清波、周昌义、杨新岚等掌握发稿权的几位编辑都为发现《那儿》感到兴奋。然而当送交至社长刘玉山处时，稿件被退了回来。人文社对所发表的稿件极为慎重，《那儿》所表达的强烈的工人情绪使决策者感到担忧。被退回的稿件中显露一丝生机，刘玉山在文稿中所加注的红批意味着稿件修改之后还有发表的希望。曹征路根据出版社意见对文稿进行了修改又返回出版社送至社长处终审，这种重复修改与审稿的过程耗时大半年时间且前后重复三次，但稿件终审始终没有通过。曹征路对《当代》也许存在着一种特殊的信任，在三次被拒绝之后依旧坚定地要将稿件发在《当代》上，同时杂志社的周昌义、洪清波等人也认为失去《那儿》对《当代》而言将是

① 曹征路：《曹征路访谈：关于〈那儿〉》，《文艺理论与批评》2005 年第 2 期。

一个损失。因此，《那儿》被第四次送到社长刘玉山那里终审，终于通过。《那儿》原名为《英特纳雄那儿》，“‘英特纳雄耐尔就一定要实现’是几代人唱了很多年的歌词，对普通老百姓来说，这个词的准确含义恐怕很难说清楚。他们热泪盈眶地唱着它的时候，是把它当作幸福的彼岸来想象的”。[①] 在刊发过程中，编辑部建议将富有左翼色彩的“英特耐雄那儿”改为“那儿”，曹征路在回忆此事所谈到的“《当代》非常不容易”包含着杂志为保全和刊发《那儿》时的为难与不易的体察。《那儿》这部大胆地反映工人阶级伤痕的作品能够发表，与期刊各编辑对优秀作品的珍视和对现实社会的关切密切相关。

随着“平民”文学引起的关注度越来越高，《当代》在选择和刊登作品时有意识地推进底层文学潮流向前发展，杂志在推出《桥溪庄》时配上这样的文字：“文坛不缺作家，不缺才华，只缺关怀。不缺自我关怀，只缺众生关怀。”夏天敏《冰冷的链条》（2006 年第 6 期）的介绍词为“农民作家夏天敏写农民，真是一绝。先给公路垫雪结冰，再给过往汽车装防滑链挣钱。农民兄弟穷疯了，竟成黑心路霸。但善良如此顽强，一不小心，还会从石头缝里冒出芽来”。龙懋勤《本是同根生》（2007 年第 5 期）“很难想像，民工静坐讨薪的悲壮背后，竟会有如此的阴谋和陷阱!”以《那儿》为标志和起点，“平民”文学成为一股重要的文学潮流，《当代》杂志因其“直面人生、贴近现实”的现实主义精神内核而助力与推进“平民”文学，成为其的重要阵地。

三 非虚构文学：暧昧的到场者

在 21 世纪，非虚构是不可忽视的文学现象，无论是非虚构作品的出现还是关于非虚构的理论探索，都在如火如荼中为 21 世纪文学提供

① 曹征路：《曹征路访谈：关于〈那儿〉》，《文艺理论与批评》2005 年第 2 期。

了一种新的可能性。我们以为，在自媒体发达的时代，在科技改变了文学内部肌理的今天，传统纸媒在文学生产中的作用日渐式微。然而事实上，非虚构文学这个正在进行和生长中的潮流，这个可能改变文学内部结构的新的叙事方式，仍旧来自传统纸媒的策划和推进。2006年第2期，《中国作家》增加纪实文学专刊，设置“非虚构论坛”栏目。2009年第1期，《厦门文学》开设“非虚构空间”栏目，刊登散文杂记。这两家刊物的策划并未引起重视，非虚构文学真正走进大众视野并步入主流文学殿堂的起点是2010年第2期的《人民文学》，当期《人民文学》设置“非虚构”专栏，刊登了韩石山的《既贱且辱此一生》。同年，《人民文学》启动“人民大地·行动者”的非虚构写作计划，公开征集写作项目并提供资助经费，《人民文学》同时增设“非虚构类奖”和“特别行动奖”以鼓励非虚构文学创作。此后，《人民文学》的非虚构专栏还刊发了祝勇的《宝座》（2010年第5期），梁鸿的《梁庄》（2010年第9期），慕容雪村的《中国，少了一味药》（2010年第10期）、郑小琼的《女工记》（2012年第1期）、丁燕的《到东莞》（2013年第2期）等。随着《人民文学》的推介，非虚构文学浪潮展开，《钟山》于2010年第6期至2012年第6期设置“非虚构文本”栏目，发表了王彬彬的《有人破坏样板戏，你知道不知道》《杨明斋：一个山东农民的理论雄心与悲剧命运》，金学种的《我的饥饿记忆》《今月依然照故人》，程树榛的《忏悔——一种心灵的安慰》，丁帆的《民粹主义乌托邦的幻灭：车尔尼雪夫斯基的政治理想与文学批评》，李敬泽的《重耳外传》等作家学者的历史散文。《收获》也注重推介非虚构作品，如2014年第4期薛舒《远去的人》被归为“非虚构”专栏。文学期刊、主流媒体、作家、批评家以无限热情涌入“非虚构”这片肥沃的土地，发掘新兴的文学资源。非虚构文学目前处于生长时期，不同期刊、不同论者对非虚构的内涵外延的理解互有不同，目前也很难对其做出明确的属性判定和概念界定，但各方共同认定了非虚构文学的现实性特征，《人民文学》主编施战军认为“现实的针对性永远是非虚构的主调"[①]"'非虚构'写作在创作方式和创作手法上都属于现实主义"。[②] 最早将"非虚构"引入中国的王晖认为"非虚构文学的'真实'，是一种内在的、动态的相似，确切地说，即是'形态真实'与'关系真实'。"[③] 张文东指出："非虚构写作的理想和现实的可能性都在于：在尽可能模糊的文体界限中营造一种特殊的叙事策略，以某种'中间性'的创新模式打破传统文学（小说）叙事的存在样态，使历史或史诗在被最大限度还原的基础上成为一种新的文学景观。"[④]"非虚构"的创作方式和创作手法被归属为现实主义，加之非虚构作品通过真实事件介入当下生活，建立起文学与现实的联系，这意味着，作为现实主义创作的非虚构作品与《当代》"直面人生、贴近现实"的办刊方针具有内在的一致性，可以认为非虚构文学完全符合《当代》的审美标准及刊物品格。

然而，在非虚构如大潮般涌向文学领域的时候，《当代》的文学板块并未发生变化，2010 年全年均以"纪实"和"纪事"两个专栏刊登纪实回忆类文章，2011 年刊登此类文章的栏目名为"长篇纪实"和"纪事"，2012 年为"纪实""往事"，2013 年为"纪事""往事"，2014 年为"纪事""往事"。《当代》办刊以长篇小说和报告纪实文学为特色，在《当代》上发表的报告纪实文学作品无论是从艺术水准还是社会功能上，均能代表当代中国报告纪实文学的高度，许多经典报告纪实作品都首发于《当代》，而报告纪实文学正是"反"虚构的创作方式，在这个意义上，《当代》对非虚构文学具有其发言权，也最应该参与其中。《当代》甚至具有发起和推动非虚构文学潮流的必要

---

① 施战军：《文学应从具体的人，对全人类进行思考》，http：//cul. qq. com/zt2014/szj/index. htm。

② 施战军：《现实荒诞虚构平淡，非虚构写出世道人心》，http：//blog. sina. com. cn/s/blog_665525250102e7fo. html。

③ 王晖：《非虚构文学：影响、异议、正名与建构》，《中国作家》2006 年第 8 期。

④ 张文东：《"非虚构"写作——新的文学可能性——从〈人民文学〉的"非虚构"说起》，《文艺争鸣》2011 年第 2 期。

条件，其现实主义追求，其切近社会现实的勇气，其“反”虚构的叙事方式，以及经营多年的报告纪实文学阵地，包括《人民文学》几年间的报告文学空白，都为《当代》策动非虚构文学提供了可能性。然而事实正如我们看到的一样，发起非虚构文学的荣誉属于《人民文学》，这是否意味着《当代》并不具有非虚构的理论敏感？2009 年第 4、第 5 期《当代》“长篇纪实”栏目刊载了王树增的《解放战争》，人民文学出版社编辑脚印在 2009 年第 9 期《出版广角》中发表《用非虚构方式书写的战争大书——谈王树增的〈长征〉〈朝鲜战争〉〈解放战争〉》一文，人文社在对《解放战争》的评介中应用了“非虚构”，而此时非虚构文学还未被《人民文学》推出，由此看来人文社或《当代》对“非虚构”一词并不陌生，也即证明人文社和《当代》的非虚构意识并不迟滞于《人民文学》。但是，《当代》并未积极地将非虚构文学理念引入刊物，没有进行非虚构文学的任何策划，更不要说发起和推动这股文学潮流。《当代》2012 年第 4 期刊登了芦苇的《一个高中女生的社会调查》，作品以一个高中女生的视角，通过“乡村叙写”的方式讲述了四年没电的乡村生活和农村土地拆迁遇到的问题，文章刊出后，许多报纸媒体和网络媒体以《〈当代〉首次刊载 90 后高中生非虚构作品》为题发表报道。这样一篇以调查为方法的非虚构特征明显且被媒体定性为非虚构文学的作品，《当代》仍然执着地将其归属在“纪实”栏目中。直到 2013 年第 5 期，《当代》才开辟了“非虚构”专栏，刊登了丁三的《精卫填海》，值得注意的是，在《当代》2013 年总目录中这篇属于“非虚构”栏目的作品被划归到了“长篇小说”栏目中，与程青的《最温暖的寒夜》、王华的《花河》、徐则臣的《耶路撒冷》等并置。由以上细节，我们看到《当代》对非虚构文学的态度是摇摆而暧昧的，它一方面发表具有非虚构特征的作品，另一方面又不打出鲜明的旗号推动和响应非虚构文学主张。《当代》这种暧昧态度的产生也许能够在其对报告文学的态度上刊出一些端倪，如果从广义上讲，报告文学属于非虚构文学的范畴之内，《当代》对报告文学的态度便能说明一些问题。2003 年第 5 期刊登邓贤的《中国知青终结》，编者按语写道：“小说把假的写成真的，报告（纪实）文学把真的写成假的……不仅把真的写成假的，还把假的写成假的。”2005 年第 3 期陈桂棣、春桃的《包公遗骨记》的“责编手记”指出：“报告文学所以应运而生，那滔滔不绝的慷慨陈词所以让我们热血沸腾，那义正词严的报告文学家所以让我们敬仰。二十来年过去了，现如今，我们已经不蒙昧了，至少以为自己不蒙昧了，连北京的出租司机都能够滔滔不绝，会是什么感觉？会觉得自己傻还是报告文学傻？或许，这就是我们反感报告文学的理由？”《当代》一方面乐于刊登报告文学，另一方面又不断地解构着报告文学，而这种态度又顺其自然地被承续到了非虚构文学这里。非虚构文学在《当代》究竟会向何种方向发展，我们不得而知，毕竟它还在进行时，仅就目前所见，《当代》并不回避具有非虚构特征的作品，同时也并不积极倡导推动非虚构文学，这种暧昧的态度也许表明“它既承诺客观的‘真实’，又想得到虚构的豁免”。①

纵观《当代》三十余年的历程，杂志参与到几种重要的文学潮流当中，以自身的编辑实践参与了当代文学史的部分建设。根据前文对几类文学思潮的考察分析，笔者着墨较多的几种思潮分别是 20 世纪 80 年代的改革文学、20 世纪 90 年代的官场文学和 21 世纪以来的底层文学，从中能够发现对社会问题的关注是一条贯穿三个时代和三种潮流的内在线索，《当代》现实主义的精神内涵由此显现。在这个意义上，《当代》所构建的不仅是各成一派的文学潮流，它也丰富当代中国文学现实主义一脉的力量。同时，尽管将其作为研究对象代表着对这一杂志价值的肯定和认同，但是必须客观地认识到一些思潮在《当代》中的缺席。对此，有研究者严正地批评：“《当代》无视文坛思潮迭起，作家雀跃，不倡导思潮，不随风转，不参与造势炒作运动，在

---

① 《报告文学 VS 非虚构文学：竞争还是并存?》，http：//culture. gmw. cn/2014 – 08/25/content_ 12766090. htm。

赶潮逐浪中处于观望、彷徨状，看似本色、天然，孤高决绝，傲视群雄，其实有时则是闭目塞听，它的观念陈旧，思想落伍，气量偏狭，志趣枯涩，手法背时，'过分求稳''迟疑不决''动作迟缓、反应迟钝'，使得它在竞争中日渐现出颓势。不参与竞争就不会创新，不创新就将停滞不前，封闭自锁的结果就会被淘汰，这是必然的。"① 这段批评文字距今已十五年，《当代》在这期间依旧没有完全随文坛思潮的变化而动，仍坚定地践行着它的现实主义，并以此为标准参与和倡导一些符合刊物风格的文学潮流。但是《当代》并未像这段批评所预言的那样被社会淘汰，事实上，在并不景气的文学期刊市场，众多文学期刊纷纷宣告破产或变脸，能够像《当代》一样保持岿然不动的期刊寥寥无几，这恰恰印证着《当代》所坚持的道路具有自身的生命活力。

---

① 蔡兴水、郭恋东：《宏大叙事的样本——阅读〈当代〉（1979—2000）》，《文艺争鸣》2001年第5期。

第三章　《当代》的现实主义流变

在三十余年的发展历程中，《当代》始终坚守现实主义的精神，时刻葆有一种宏阔地反映时代的历史意识和对社会人生真诚观照的现实意识。现实主义文学的基础在于现实，当现实发生变化，镜像现实的现实主义作品随之呈现不同的面貌，作为现实主义文学期刊的重镇，《当代》对于现实主义叙事方式的探索和发展在一定程度上折射出中国文学现实主义发展的脉流和轨迹，现实主义随时代变化而发生自我更新和演进，使它不断发展成为能够负载复杂世界的一种文学形式，其自我更新和自我建构的意识使之成为当代社会最重要的文学样态。

第一节　人物塑造：从类型化的典型性到经验化的真实性

成功地塑造典型环境中的典型人物是传统现实主义创作的一条根本性原则，恩格斯在《致玛·哈克奈斯》中有一段经典论述现实主义典型性的观点，“据我看来，现实主义的意思是，除细节的真实外，还要真实地再现典型环境中的典型人物”。[①] 典型性的创作方法是将生

① 《马克思恩格斯选集》（第四卷），人民文学出版社 1995 年版，第 683 页。

活当中个别的、独特的人物、事件集中起来，通过分析与高度概括、提炼，加以艺术加工改造，创造出具有鲜明特征又能呈现生活本质规律的典型形象。对于典型人物与典型环境的关系，恩格斯认为“主要出场人物是一定的阶级和倾向的代表，因而也是他们时代的一定思想的代表，他们的动机不是来自琐碎的个人欲望，而正是来自他们所处的历史潮流”。[①]“我相信，如果把各个人物用更加对立的方式彼此区别得更加鲜明些，剧本的思想内容是不会受到损害的。”[②] 在此种理论原则的影响下，新时期之初我国文艺作品的人物形象特色鲜明，具有典型性和代表性，“所处的历史潮流”造成了“出场人物是一定阶级和倾向的代表”，使这一时期的人物形象类型明显、壁垒清晰。《当代》在1981年第1期刊发的《芙蓉镇》是在新时期初期形成广泛影响的重要作品，它获得官方的茅盾文学奖和广大民间读者的双重肯定，基本可以代表同一时期文学作品所能达到的艺术高度[③]，作品对人物形象的塑造遵循现实主义的典型性要求，并将典型人物划分为三种不同的类别作为区分，以显示不同典型之间的差异、对立。

《芙蓉镇》以“芙蓉姐”胡玉音为核心横向编织了六位主要人物，将多数非主要人物虚化、模糊，运用将其放置至远景的处理方法，突出展示具有代表性的六个人物的命运遭际，“借人物命运演乡镇生活变迁”。在传统现实主义的架构下，作品所塑造的人物被明晰地划分为受难者形象、罪恶者形象和普通人形象。其中，受难者形象以胡玉音和秦书田为典型，胡玉音是普通平民代表，秦书田是知识分子的代表，一个勤劳、守法的小经营业者和一个儒雅、真诚的知识分子均在

---

① 《马克思恩格斯选集》（第四卷），人民文学出版社1995年版，第558页。

② 《马克思恩格斯选集》（第四卷），人民文学出版社1995年版，第558页。

③ 作品甫经问世即引起轰动。在其后的一年里，作者和编辑部共收到三百余封读者表示赞扬的信件。《光明日报》《中国青年报》《作品与争鸣》《小说选刊》《文汇报》《文艺报》和《当代》等报刊都先后发表了评论。1981年11月由人民出版社发行单行本书籍，后被译成英、法、俄、德、意、日等多种语言出版。作品还被陆续改编为电影、歌剧、话剧和多种地方戏曲。1982年12月，《芙蓉镇》获得第一届茅盾文学奖。1986年，由谢晋执导改编的同名电影获得国内的“金鸡”奖、“百花”奖，并在捷克、法国、德国等地获得多个国际电影奖项。

波诡云谲的政治运动中成为被孤立和批斗的对象，二人在非理性的政治斗争中精神肉体受到双重戕害。作者塑造此类受难者的形象意在书写荒唐岁月中无辜者的悲剧命运，非理性的极“左”政治对于个人自由、平等和尊严的践踏与摧残，受难者因追求普世幸福与个体自由而经历的坎坷人生真实且生动地再现了喧嚣猖獗的年代中国人民的苦难命运，表达出时过境迁后痛定思痛的反省。罪恶者形象以“政治女将”李国香和“运动根子”王秋赦为代表，这两个极致的典型形象表现出极“左”政治的本相。在作者构建的芙蓉镇的空间之内，全部的社会灾祸和罪恶基本由李国香与王秋赦一手编制而成，“政治女将”李国香在芙蓉镇无休止的政治运动中通过个人手段与家庭背景支持而获得芙蓉镇的最高的领导权力。王秋赦是典型的乡村流氓无产者，由于懒惰而形成的个人生活贫困与政治的纯洁性产生了奇诡的关联，一个不出力耕田种地却变卖土改果实吃喝享乐，各家各户蹭吃食的破落户，参与政治运动的唯一目的在于不劳而获地重新分割胜利果实。当我们仔细甄察他们的人生经历和精神性格，可以辨明这种极“左”政治运动中掌权者的复杂构成，并通过这种并不纯洁的组织构成否定其正确性。作者塑造这类形象一方面为了揭露和鞭挞政治斗争中向无辜者伸出黑手的罪恶者，又从其斗争动因质疑斗争的合理性。另一方面，作者又指涉了罪恶者的受难层面，极“左”政治运动诱发并培养了李国香的政治野心，为其实现个体虚荣与利益的满足提供了温床，助长了人性丑恶的渐次暴露，王秋赦由不务正业的无产者到政治运动的掌权者再到叫喊着“阶级斗争，你死我活”的幽灵，他的盛衰一个侧面折射出中国社会的动荡与变换，这样一个流氓无产者在极“左”时期的大权在握肆意横显露出一个历史时期的吊诡。当有序的社会环境提供了一种理性的思维方式与人生准则，人将遵循一种正向的规范以合理合法且合乎道德的形式追寻个体价值的实现。然而他们所处的社会语境恰与其反向相对，当社会政治脱离了正确的轨道也将对人的行为与人的道德产生恶性影响，构成非良性循环。因此，罪恶者典型性还在于启示着社会的动荡与无序给人性带来的冲击，非理性的社会环境对人性罪恶的开掘与滋养，在这个意义上，作品对于政治运动、政治体制与缺陷人格互为生成的关系的思索使反思进入更为深刻的层面上。在受难者与罪恶者之外，存在更多的是世俗的普通人形象，于乱世稳度余生是普通世俗百姓的信条，黎满庚所扮演的正是在深层文化结构中显露出世俗人格的角色。与其他人物形象始终如一的表现相比，黎满庚的复杂性在于形象的不断变化及由此产生的内心的犹疑与挣扎，而这种在政治运动中避害自保的外部行为与是非观念判断下的灵魂煎熬，是无休止的政治运动中绝大多数普通百姓的真实写照。在无序的社会环境之中，罪恶者以政治强权向无辜者施以迫害，平凡百姓在这吊诡的历史时期将世间的公平正义与人生的希望寄予民间正义，“北方大兵”谷燕山代表着一种公平、正义的民间力量，在特殊的历史语境中以非政治性的权威为芙蓉镇民提供精神依托。

通过对《芙蓉镇》六个重要人物的考察，基本可以认定三种人物类型分别对应正面人物、反面人物和呈进步趋势的中间人物，这种完整的对应关系显示出《芙蓉镇》的人物塑造对传统现实主义创作方法的遵循，以及对社会主义现实主义思维方式的承续。事实上，人物塑造典型化和类型化的叙事方式常见于新时期初期的各类文本中，比如莫应丰的《将军吟》（1979 年第 3 期），该作品与《芙蓉镇》同获茅盾文学奖，其颁奖词指出：“《将军吟》以饱满的政治激情，歌颂了老一代革命者彭其坚持革命原则、与错误路线做斗争的高风亮节和英雄气概；也刻画了赵大明、陈小炮、彭湘湘等在斗争中成长起来的青年一代形象。”[①] 在以上叙述中，《将军吟》中的人物形象已被无形地划分为坚持革命原则的老一代革命者、走错误路线的落后者以及呈上升和进步趋势的一代青年，尽管各个典型形象存在差异，但其叙事方式及人物塑造的基本套路与《芙蓉镇》并无二致，其人物形象均可归结

① 《〈将军吟〉颁奖词》，http：//www. mdwxj. com/portal. php。

为类型中的典型。如果我们仔细甄察20世纪80年代初期的文学作品，此类将典型化与类型化糅合，以近乎对立的方式区分彼此的人物形象基本覆盖了绝大多数文本。包括第一届茅盾文学奖的其他获奖作品，如周克芹的《许茂和他的女儿们》（《红岩》1979年第2期）中许秀云、郑百如和许琴的人物形象，李国文《冬天里的春天》（人民文学出版社1981年出版）中于而龙、芦花，王纬宇和廖思源等形象均呈现出统一的人物叙事范式，由此可见，新时期初期文艺作品对人物的塑造基本遵循类型化与典型化的标准。以上几部重要作品的人物形象呈现出共同的特征绝非偶然，此种类型化的典型在特定历史语境中有重要的存在意义，人物的典型化描写符合其时的社会生活环境且能够恰切地表达当时人民群众的内心情感，人物的划分实际上遵循了广大人民固有的思维方式，可以说，新时期初期的现实主义作品人物塑造的方式很大程度上是根据社会现实调试而成的。

伴随着历史转变与现实发展，文学话语逐渐脱离原有的框架，面向日常生活中的人，从而获得真实的内在规定性，现实主义作品人物形象的典型性开始弱化。1989年第3期《钟山》推出“新写实小说大联展”，这一时期的新写实作品中初步显现了放弃典型的特征，“它又果断地颠覆了现实主义的‘典型化’原则，使庸常芜杂的生活碎片和各种现代主义技法拼贴在一起”。[①] 新写实文本中的人物只代表独立的自我或个体，而不代表任何类型和任何群体，不考虑个人的阶级属性，更加不指向历史发展的逻辑。典型化的弱化和告别，是当代中国文学的一个显著变化，新写实文学改变了现实主义文学的一些叙事方式和表现手法，从而酿就了一种新型的文学经验。这种文学经验也影响了同一时期其他风格和类型的作品，如陈忠实的《白鹿原》（1992年第6期、1993年第1期），尽管其人物形象依旧建立在典型性的总体架构内，但其对自然人性的追求和对道德人格层面的探询远远超越了新时

① 洪治纲：《多元文学的律动：1992—2009》，广东教育出版社2009年版，第83页。

期之初的文艺作品。从同为《当代》刊发且均获得茅盾文学奖的《白鹿原》和《芙蓉镇》的纵向比较中，能够清晰地看到现实主义作品在人物塑造层面上产生的变化。《芙蓉镇》中人物塑造是在重大历史事件的规定性冲突当中，受到既定历史结论的规约和指引，将人物划分为几个矛盾冲突、壁垒分明的类型，这些典型人物在某种意义上是历史事件的形象性注释，具有一定的工具性特征。到了《白鹿原》这里，在真实形象地再现历史环境和人物时，作品不仅限于创造艺术形象符号化的典型性意义，而且注入了更丰赡和深蕴的心理人格与文化心态，作品关注浸透了文化精神的人格，在对这种富有文化价值人格的开掘过程中透视出支配中国社会几千年的人伦精神、思维方式、文化传统及民族精魂。

如《白鹿原》中白嘉轩的形象，作为农耕社会中以血缘关系为纽带的宗法家族中的领袖，他以传统文化道德教化乡民，信奉“耕读传家”“学为好人”的家族制度规范，以之作为治家、治族的根本方略。在白嘉轩身上，民族文化精魂在线性时间发展和多重角色中被逐步剥析，作为传统农民的白嘉轩勤恳躬耕，坚信自身与土地和劳动之间的必然联系，终生不脱离劳动。作为封建地主的白嘉轩达观宽容，以“仁义”待人。作为族长的白嘉轩以勤俭、仁义、宽厚等传统道德理想塑造古朴厚重的乡风民俗，他组织乡民修祠堂、建学堂，翻修祠堂孝敬祖宗传承家族历史，兴建学堂教孩童以念书识字，授之以礼义达理，上孝祖宗下教万代。这个浸润着浓厚传统人文精神的族长，以“德业相劝、过失相规、礼俗相交”治理着白鹿家族，在他身上投射出的是传统人格和古老文化的巨大力量。作为“革命者”的白嘉轩以独立人格和兼济情怀不屈不挠的挣扎反抗，白嘉轩所信奉的文化和所恪守的戒律在另一重维度上产生了对出格行为的压制，形成对人墨守秩序的惯性规约，然而白嘉轩却在这约束中磨炼出一种勇于斗争的独立人格。在风起云涌的政治斗争面前，他始终遵循自身的民间立场与政治集团保持距离，但当政治集团的苛政严重影响百姓的日常生活，破坏稳定的民间秩序时，敦厚的封建族长白嘉轩代民立言为民请命，秘密组织“交农”运动反抗国民党政府的横征暴敛。白嘉轩身上表现着仁义、敦厚、进取、自尊、顽健的性格特征，他以传统伦理为懿范修身齐家典型地表现出传统中国人的文化意识，投射出作者的文化选择与历史思考。再如朱先生，如果说白嘉轩的多重个体角色及其生产方式与行为方式展现出典型的中国传统文化影响之下农人“修身齐家”的道德理想，那么朱先生的形象则是对白嘉轩的一种引领和补充，关中大儒朱先生的道德理想超越“修身齐家”的个体追求，达到“治国平天下”的宏远层面。作者在农人白嘉轩和知识分子朱先生的融合当中铸造了其价值判断体系内的理想人格，既有“修身齐家”的自律顽健的文化人格，兼具“治国平天下”的济世情怀。白嘉轩和朱先生在历史与社会的碰撞和消长中以个体人格中浓缩和凝聚着传统文化精神的本真，中华民族的历史由他们的文化品格作为栋梁和柱石，他们以互为完善的文化人格构筑了民族的精魂。通过人物白嘉轩和朱先生，我们看到新时期以来现实主义文学在塑造典型人物上的变化，日益发展的现实主义文学告别了类型化人物塑造，不以阶级和善恶作为划分人物类型的标准，赋予个体以独立意义，并在追求自然人性的基础上表现人物的主体文化人格。

到了21世纪，现实主义作品的人物塑造较之20世纪八九十年代又产生新变，在告别类型化的典型性基础上呈现出一种经验化的真实性倾向。当然，无论是《芙蓉镇》时期或是《白鹿原》时期，现实主义文艺作品对真实性原则的遵循始终如一，比如，胡玉音形象的原型是古华在采访过程中听说的一个真实人物，以此人为基础并加以一定的融合和艺术改造才生成这一典型形象。《芙蓉镇》典型形象的真实性更在于，受难者在文本中能够找到自己的影子，作品出版后，一个内蒙古中学教员专门找到古华泪水盈眶地说他就是书中的秦书田，他说：“老古同志，我就是你写的那个秦书田……我因一本历史小说稿，‘文革’被揪斗个没完没了，坐过班房，还被罚扫了整整六年的街道……”[①] 我们所强调的21世纪现实主义的作品所表现的真实性与其不同之处在于经验性的融入，这种经验性更倾向于鲜活的日常经验，因此在21世纪以来的一些作品中，常常出现主要人物的典型性削弱，且表现出个体的、日常的审美特征。此种叙事方式的艺术特征似乎与新写实小说有重合之处，但其区别在于21世纪以来的现实主义作品虽然塑造了日常经验中的人物，贴近其与现实生活的关系，但并未放弃对于广阔生活含量的观照，且坚守着一种传统现实主义的理想情怀。徐则臣的《耶路撒冷》（2013年第6期）不存在一个突出的典型主人公，作品塑造了五个具有并行、平等关系的人物，有与女友租住在未名湖边小房里的北大博士初平阳，伪证制造者易长安，做水晶生意的杨杰，住地下室的电梯小姐秦福小。无论是住地下室、住合租床位、挤公交地铁、天桥下唱歌发广告的奔袭小人物，还是经营公司、私车代步、渐学风雅的中产阶级，或是苦读清高的知识分子，不同生存状态、不同阶层和不同性格的普通人生活分离、交叉、融会，编织成一个巨大的生活网络，这些生活在首都的普通人是构成作者基本生存环境的人物，是作者真实经验中的生活，“这些年写了一些跟北京有关系的小人物的小说，无意拉着京漂大旗，也没想做什么底层叙事，我只是写了我经验到的、思考到的生活，碰巧背景是在首都，碰巧这群人都是边缘的小人物；我只熟悉这个城市，它是我的日常生活，我也更理解这些小人物，他们构成了我基本的生存处境”。[②] 在《耶路撒冷》中，初平阳、舒袖、易长安、杨杰、秦福小有各自不同的身份、出身和生活，他们各自代表自我而无法代表任何类型和群体，切实的生活和当下的经验共同形成了作品的真实性表达，但这些普通个体形象的意义又不止于此，这些普通人组成的群像形成了一个开阔的考察视野，他们各自对应了这个时代的精神状态甚至是病象，同时，这几个不同的形象又具有某种共性，共同建立起与时代的关系，展现

① 古华：《芙蓉镇》，人民文学出版社2005年版，第206页。

② 徐则臣、张艳梅：《我们对自身的疑虑如此凶猛》，《创作与评论》2014年第3期。

时代中人的命运侧影。《耶路撒冷》通过普通人物叙写在现实的生活流，袒露了一代青年的真实精神困境，与此同时又建立起一种突围的可能性，发掘这一代人精神深处的内核，他们的回归、自救、忏悔和理想、信仰、希望，在丰富和复杂的世界中，这些坚硬的内核支撑着一代人的精神生存，形成强悍的力量指引心灵方向，在作品中人的来路和去路中完成“到世界去”的想象，在向深处的延伸的过程中触摸到了这个时代应有的精神内核，构建起一代青年的自我意识。

通过对《当代》20 世纪 80 年代、20 世纪 90 年代和 21 世纪三个时期的考察，本章认为《当代》的现实主义作品在人物塑造上呈现出从类型化的典型性到经验化的真实性的流动和变化，从 20 世纪 80 年代初期作品中对典型人物的极度突出并明晰分类，到 20 世纪 90 年代弱化类型化的典型并将赋予主要人物以道德和文化意义，再发展到 21 世纪出现多个人物形象并置，强调人物日常经验的真实性，又注入超越日常经验的宏大精神意义。事实上，作为现实主义重要特征的真实性和典型性在近三十年的现实主义作品中始终从未离场，文本对人物形象的塑造始终围绕着二者发生，其流变的核心在于不同时期对于真实性和典型性的不同追求，新时期初期的作品追求类型化的典型以贴合广大群众的思维方式，21 世纪之后的作品则逐渐弱化强调典型，追求一种日常经验的真实性，其实质也是为了与社会民众的思维方式保持一致。从纵向维度来看，现实主义人物塑造的方式总体趋势是向前发展的，它在不断演进中更加关切生命个体，并赋予个体形象以超越阶级的属性以及丰富的精神意义。

第二节 结构形式：从对立到共生

三十余年来，《当代》现实主义作品的人物形象发生了由类型化的典型性到经验化的真实性的变化，这种变化是易于察觉的。当我们发现人物形象的变化以后，必然会思索它是如何生成的，沿着此种轨迹向前摸索，我们发现文学作品的结构形式也悄然发生变化，结构形式的变化存在造成人物形象变化的必然性。讨论“由……到……”的变化最有效的方式是建立一种时间性的线索，因此还是不可避免地在整体性地观念下将各个时期区隔开，以考察各时期典型文本总体特征进而甄察出其结构形式的流动。

新时期伊始，《当代》所刊的《未来在召唤》《将军吟》《芙蓉镇》《代价》《一个冬天的童话》《洗礼》等作品均构建起壁垒清晰、界限分明的正反面人物形象，中间人物多呈现正面倾向，形成了受难/施虐、正义/邪恶、正确/错误的对比，且人物类型的碰撞以正面的一方获得最终胜利为结局。因而，在新时期初期的文艺作品中，在人物形象的背后存在着一种二元对立的结构形式。如果我们将视域范围扩大，考察同一时段内的《人民文学》《上海文学》《收获》《十月》《北京文艺》等刊物，无论是文艺方向的引领者或是后来的现代主义文学、先锋派文学的推崇者，无论这些刊物的办刊观念多么新锐或如何重视写作形式和技巧，在这一阶段内均表现出对二元叙事结构的接纳及赞赏。若具体到作品上，刘心武的《班主任》、卢新华的《伤痕》、茹志鹃的《剪辑错了的故事》、方之的《内奸》、王亚平的《神圣的使命》等，都呈现出了一致的对立结构形式。这种二元结构在特定的历史时期存在其合理性与有效性，当人们重返公共生活时，需要通过“反左”来构建一种新的生活秩序，对极“左”话语的反拨则建立在一种“左”与“非左”的对比话语的基础上。把这重建的秩序放置在个人身上，便得到了个体身份的重新确认，“对立”而造成的“颠倒”身份属性是其有效途径，因此，《代价》中的徐克文由“劳改犯”变为“自由人”重新恢复研究工作，邱建中由呼风唤雨的“领导”变为“罪犯”而获得应有的惩罚；《芙蓉镇》吃尽苦头的“右派”秦书田平反昭雪，“运动根子”王秋赦破衣烂衫疯疯癫癫；《伤痕》被女儿痛恨的“叛徒妈妈”冤情得雪，“四人帮”被定为冤案真凶。“内奸”“特务”“叛徒”“走资派”等被强加的人物在与极“左”的对立中获得了完全相反的阶级属性，重新确认其革命身份，这种阶级属性的翻转和身份的重新指认是极“左”运动中被错误划分的结果。因此，这一时期文艺作品所呈现出的稳定的对立结构事实上来源于社会中对错误的极“左”批判和反拨而达到正确秩序的现实伦理。此外，尽管新的现代性话语对于失败的旧的现代性话语进行了全面的清算，理论上开启了一个全新的历史时期，但过去年代的思维方式和想象方式，尤其是“十七年”时期的历史记忆和生活经验，仍然以无形的方式参与了新的文学的建构和想象，新的文学作品中所呈现出的二元结构实际上承续了过去的叙事模式。当然，在此种结构中仍然闪烁出一些新时期初期特有的思想光芒，《代价》中的余丽娜再嫁邱建中，受到误解、冷落和嘲讽，事实上却是以婚姻为代价保全家人和重要资料，当新的现代性话语进入其应有的秩序，这个在旧的历史中忍辱负重的悲剧人物的命运并未遵循善恶伦理向前发展，反而以自杀作为最终结局。我们的确可以将之理解为极“左”的政治运动对人的戕害是深刻而持久的，余丽娜的死亡深化了文本自身的批判和反思意义，但同时，当这个形象超越了一种善有善报恶有恶报的正/反、善/恶的伦理时，不难看到此时期的创作者超越二元结构的尝试。再如《芙蓉镇》中的李国香，这个“政治女将”在历次政治运动中因个人恩怨与一己私欲向胡玉音施虐，她搅动了整个芙蓉镇，然而这个利用社会机制缺陷而苦心钻营的政治投机分子最后嫁给了省里的干部，在极“左”政治运动中歹行多端的罪恶者最终平稳着陆，在透露出作者深深隐忧与理性反思的同时显示出模糊二者间绝对对立的意图。对立之外的思想光芒是细碎、模糊和不成气候的，但正是这些逸出的光芒激活了文学的发展，为后期多元结构的生发提供了最初的来源。总体而言，此时的反“左”话语与主流意识形态之间存在着共谋关系，写作者的探索仍有其限度，对于历史的讲述仍存在明确的话语方式的述说规范，一旦有所逾越则将被剥夺话语权力。当言说历史的方式被确定下来，编者的工作就在于保障规范的执行度。在二元对立的结构中，由恶向善、由反向正的趋势是被允许和鼓励的，而与之相反的走向则被尽量避免。比如，《芙蓉镇》原稿中黎满庚，原来是一个正直的复员军人，后在四清运动中出卖朋友、投靠权势，发生了由正向反的转换，编辑龙世辉说“我没有见过任何作品中这样写人物变化的”，“正直的、真挚的黎满庚一下就变成一个出卖灵魂的小丑”[①]，龙的意见主要在于人物形象转变缺乏必然性和合理性，但字里行间透露出对由正向反的变化的拒斥之意，以及对正面人物的拯救和对正面立场的绝对坚守，他说“黎满庚这个人物得救了！”同时他也明确认识到“这种人物、情节的增添与改动，在艺术上是否成功与可取，可以进一步探讨。”[②] 龙世辉理性地提出了“艺术上是否成功与可取”的问题，侧面证明了对黎满庚形象提出修改建议的原始出发点似乎并非完全停留在艺术层面。从一个人物形象修改的事例中，我们看到新时期之初的文学生产过程中，二元对立结构被重复地引导和鼓励。

当时间不断推进，伤痕和反思话语日渐式微，对立结构却并未完全走出历史舞台，如新时期之初一般，过去的思维方式及话语范式仍旧照射在历史大幕之上，因此20世纪80年代中前期文本的基本结构仍然是对立性的。蒋子龙的《乔厂长上任记》、李国文的《花园街五号》、王润滋的《鲁班的子孙》、水运宪的《祸起萧墙》、张锲的《改革者》、柯云路的《新星》等作品呈现出共同性的叙事逻辑，即着力塑造改革者的突出形象，当改革者在某一领域进行大刀阔斧改革时，一定会出现反对力量阻滞其行动，改革者随之运用策略和方法应对进程中的阻力从而获得总体成功。显然，这种叙事轨迹内置了两个派别和两种力量的斗争，改革与阻滞、先进与保守、崇高与卑鄙构成两个端点而形成对立的结构形式。从本质上讲，这种对立形式与伤痕反思等文学作品的结构存在内在的一致性，因此我们认为，在20世纪80

① 龙世辉：《关于古华和〈芙蓉镇〉》，《编创之友》1983年第4期。

② 龙世辉：《关于古华和〈芙蓉镇〉》，《编创之友》1983年第4期。

年代中前期的文学作品中，二元对立是最基本和最广泛的结构形式。此种共同性的话语结构在《当代》中持续的时间较之其他杂志更为持久，根据第二章对《当代》改革文本的分析，我们发现杂志对改革文学的重视远远超过了同期的其他文学潮流，甚至当《人民文学》《收获》《上海文学》等杂志纷纷向内转，发起和推动更多元化的文学潮流时，《当代》还在固守改革文学的热土。从时间上看，改革文本在《当代》出现的时间持续到20世纪80年代末期，这也意味着二元的、对立的结构形式在《当代》中也一直延续到同一时期。

如果将时间线索再向后延伸，《当代》20世纪90年代中期的部分文本，如谈歌的《雪崩》，何申的《穷人》《乡村英雄》，关仁山的《老陵》等作品，尽管在内在结构上仍然存在某种对立的倾向，但已然失却了20世纪80年代中期的浪漫主义倾向，即在先进与保守的斗争中以先进的一方势如破竹地取得胜利为终点，将现实社会简单化和理想化。这一时期的文本中注入了更多真实性的元素，包括对于现实生活困难的正视和思索。当先进与保守之间构成对立性话语之时，先进的力量不只代表光明，而保守的力量也不一定黑暗，绝对的正/反之间的差别被消弭，非黑即白的伦理被破解，因此不同力量之间的较量成为一种探索而非只为传达既定结论。从人物形象的角度考察，这些作品中的主要人物褪去了“英雄式”的外衣，他们被注入了普通人的思想情感、生活方式，较之“李向南”时期更加具体化、真实化和鲜活化。加之整体观照，人物性格的多重化和复杂化必然意味着较量双方的力量和属性发生丰富变化，那么原有的明晰且稳定的二元对立结构将因两方的变化而动摇。比如谈歌的《雪崩》，虽然作品的基本架构在于斗争，但斗争的力量可以被分化为官场之间不同官员的权力斗争、国有企业内部人员间的斗争、国有企业和民营企业的斗争，而这几种斗争的各方力量又是缠绕且难以剥离的。同时，在争斗间无法获得非对即错的结论，东风啤酒厂的破产及与民营企业结合显然是历史前进所经历的必然阵痛，但在这进程中的无数人的命运是否真的应该被无情左右，解决困境之路又在何方是文本更加关注的问题。社会在日渐发展中变化得更为复杂，简单地以二元的对立话语书写社会似乎难以再现动态、多元的现实，因此在这一个时期文学结构内部的对立形式被动摇、理想主义被弱化。

从新时期之初的伤痕反思文学到20世纪90年代中期的现实主义冲击波包括部分官场文学，事实上都沿着一条共同的线路向前推进，这些现实主义文学作品的书写围绕着一个共同的主题，即对于国家民族的现代性想象，当这种核心主题被确立，那么其书写必然遵循着既定的话语方式，对于叙事规范的一些挑战是在艰难探索当中步步推进的。因此，我们看到发展到20世纪90年代末期的时候，想象国家民族的现实主义作品虽然呈现出了某种多元化的特征，但仍旧没有完全超越原有的叙事格局。当然，在并非颠覆性的变化背后，我们能够确证，即使是与政治意识形态关联紧密的作品，其叙事话语、表述方式在不断探索中发生了变化，这无疑证明了新时期以来的现实主义文学的结构形式确处在流动发展的状态之中。

新时期以来的中国现实主义文学题材经历了由政治向文化历史的转变，如果我们按照这种思路在政治层面之外再考察文化历史层面的话，现实主义作品结构形式的变化将会更加明晰。20世纪80年代中期寻根文学出现，它从文化的角度观察文学与社会，开拓出区别于政治题材的新题材，拓展了文学的深度与广度。郑义的《远村》《老井》，阿城的《棋王》，韩少功的《爸爸爸》，王安忆的《小鲍庄》等作品均表现出与20世纪80年代初期文学结构的相异之处。当文化意蕴与历史意识在文学中扎住根后，在20世纪90年代初期出现了历史文化题材作品的集大成者——《白鹿原》，前文曾论述白鹿原的人物形象不以阶级作为主要属性，而是浸透了文化精神。当人物形象发生这样的变化，其内部必然超越了二元对立的结构模式，历史和文化的丰富性决定了结构的多元性。“《白鹿原》虽然追求‘史诗’风格，但不是站在‘先验’的立场来审视历史和现实，也不像一般小说家那样，把自己的眼光囿于特定阶段的表层的人生世相，而是超越了阶级对垒的历史结论，在‘本真历史’‘家族恩怨’‘性意识冲动’等复杂因素组合的‘平台’上观察历史演变，洞悉人生无常……这一切的‘无常’，终于给了读者一种非常强烈的历史虚幻、命运难以把握的感觉。”[①] 国家、民族、家族、历史、现实等因素相互交织所形成的“虚幻”“无常”和“难以把握”显现出“元”的多重性，它区别对立话语的相对而提供了可以放置所有“元”的平台，这些“元”在彼此交错互渗中共同生长，在结构形式上完整地呈现历史现实的错综复杂。同时，它并不意在得出一种明确的历史结论，其初稿中有这样一段“‘噢！这下是三家子争着一个鏊子啦！’朱先生超然地说，‘原先两家子争一个鏊子，已经煎得满原都是人肉味儿；而今再添一家子来煎，这鏊子成了抢手货忙不过来了。’”[②] 在超然遗世的朱先生这里，共产党、国民党与土匪这三家子争白鹿原，几者之间的斗争、革命与农民在鏊子上烙饼相似，不过翻过来又倒过去，加之文本其他几处“翻鏊子”的说法，《白鹿原》提供了政治阐释的新的可能性。作品对历史多义性的观照使其超越了二元对立结构，而获得了对生活的多重维度的透视，在文本所构建的广阔空间内，不同的人物，代表各个派别的力量，对于历史的差别理解和所涵盖的文化意义共同存在并相互交织，在这里，作品对于各种差异性的包容使文本最终呈现为多元共生的结构形式，以多元的内在架构映照出历史和生活的无限复杂性。正如研究者所言，“多元结构的小说通过人物复杂和场景变化多的手段向读者提供透视生活的多重角度，充分表现人们对事物认识的多样性，揭露现实中的矛盾。如果说，那种以人物命运、感情纠葛来吸引读者的作品多半显示了作者编排故事的本领，那种揭示人物内心深处的细微变化的心理小说多半表现了作家细致而深刻的观察和表现力，那么表现人们不同生活经历和不同观念的多元结构的小说则显示了作家机智、

① 孟繁华、程光炜：《中国当代文学发展史》，人民文学出版社 2011 年版，第 344 页。

② 陈忠实：《白鹿原》，《当代》1992 年第 6 期。

透彻而冷峻的眼光，广泛深刻地展现历史和社会现实”。[①] 多元共生的文本结构形式最终达到对广阔历史和社会现实的展现、阐释，从《白鹿原》对重大历史事件与军阀混战、抗日战争、解放战争等政治事件的交错编织，投射出关中地区乃至整个中国大地浓墨重彩的历史影像，述说“一个民族的秘史”的最终样态来看，《白鹿原》的内部结构形式确是多元共生的，传达出对于历史和现实的深入思索。

20 世纪 90 年代以来，当代中国文学越发日常化，人物形象显现出经验化的真实性。非典型的、普通的、琐碎的个体形象四散于文本之中，在彼此并行、交错中共同存在于一个平台上共同生长，映射着现代社会的生活形态。这类作品着意表现平凡无奇小人物的特殊魅力，在寻常的事物和事件中寻找妙趣，探询生活中的种种变动，而无意于进行道德评断和政治导向，它恰如其分地以多元的形式表现了这个时代的美学趣味和生活方式。如贾平凹的《高兴》，我们认为《高兴》属于底层文学范畴，底层文学借鉴和继承了左翼文学的思想文化资源，这意味着《高兴》有可能呈现社会阶层的对立，然而文本中并未出现剑拔弩张的相对，不同社会阶层之间的距离和各自生活状态的差异仅作为整体结构的一个方面出现，在全部结构中容纳了不同的可能性，表现出生活的多重样态和丰富本质。拾破烂的刘高兴和五富生活贫穷却并不仇视社会，他们甚至努力在城市中进行自我认同，以积极态度面对现实的困境，以饱满的热情在琐细的生活中寻找个体幸福。在这个以阶层差别作为整体背景的文本中弥散着乐观和温情的气息，提供了对于现实生活不同的理解面向，在多个面向中建立起多元共存的内部结构，映照着现实社会的无限复杂性。再如徐则臣的《耶路撒冷》以多个普通人的命运轨迹勾勒一代人的心灵史，孙惠芬的《上塘书》描绘当代中国乡村，程琳的《警察与流氓》展现警察与流氓之间微妙而特殊的关系等，这些文本的题材、内容、情节千差万别，但都显现

① 童燕萍：《多元对立和多元结构小说》，《清华大学学报》（哲学社会科学版）1998 年第 4 期。

出了多元的文化含义，从而表明多元共生是当下文学的总体性特征。“从总体来看，多元结构小说并不要求读者在黑与白之间选择其一，证明到底是意识决定存在还是存在决定意识，也不是要通过艺术形式证明一个真理。”① 显然，多元共生的内部结构超越了二元对立式的判断，更能恰切地表现和反映真实社会生活的丰富本质，更广阔地展现社会和历史。

在《当代》这里，由于某些文学潮流的缺失，如新写实文学，包括先锋文学、现代派文学、新生代小说等，这些潮流所提供的写作方式及思维路向并未在杂志中最大化地产生影响，加之对一些潮流的固守，使杂志现实主义叙事方式的转变稍显迟滞，《当代》现实主义变化的细节与当代中国现实主义文学的变化存在些微的差异。当然，这并不影响我们所得到的结论，即 20 世纪 80 年代中期以前以二元对立的形式为主流，当现实主义文学不断自我更新，新的文学结构模式在摸索中逐渐产生，多元共生的结构在 21 世纪以后成为最基本的内部形式，这种从二元对立到多元共生的过渡是《当代》现实主义作品结构的大致流向，也基本代表了新时期以来现实主义文学结构形式的整体趋向。不过，应当注意的是，二者之间的过渡经历着漫长的过程，并非存在一个明确的界限从而立刻产生本质上的转换，尽管我们明确地认识到多元共生结构形式的丰富性和先进性，但对于二元对立模式的剥离仍非易事，现实主义文本结构形式的变化还处于并未全然完成的进行时。

第三节　艺术技巧：从借鉴到融合

任何一种变化的产生都源于其内部机构的破坏、衍生、重组和整

① 童燕萍：《多元对立和多元结构小说》，《清华大学学报》（哲学社会科学版）1998 年第 4 期。

合，我们对现实主义艺术技巧变化的考察正建立在这种思路之上，当现实主义自身的叙事方式受到冲击，它将采取相应的措施调适自我，在调适中必然形成与以往相区别的形式，在各种新形式的选择、淘汰中生长为新的样态。新时期以降，现实主义受到的第一次冲击来自西方现代主义文学潮流，我国改革开放初期思想领域获得有节制地放松，人们抱有了解外部世界变化的急切渴望，并产生掌握新的知识与新的思想方法的整体意识，在实现现代化的时代精神的鼓励之下，西方现代主义思想成为新时期初期最有活力的新兴思想资源。“新的思想构成崛起的创生文化，会与主导文化产生冲突，但也作为主导文化可容忍的新兴文化，推动时代思想前进。”[①] 作为创生文化，现代主义思潮与20世纪80年代的主导潮流存在矛盾和冲突，但现实主义自身的开放性容忍了新兴潮流的入侵，虽然现代主义创作实践的潮头不可遏制，但在现实主义的自我调适下，它成为激活和重塑现实主义文学重要资源。

在现代主义的史学论述中，王蒙的几篇意识流作品被视为中国当代现代主义的滥觞，他在作品中寻求现代主义艺术形式，比如《布礼》（《当代》1979年第3期），《蝴蝶》（《十月》1980年第4期），《春之声》（《人民文学》1980年第5期），《杂色》（《收获》1981年第3期）。受到现代派的译介作品、作家介绍和理论文章的影响，越来越多的作家在创作当中进行艺术上的实践，此后出现了张辛欣的《在同一地平线上》（《收获》1981年第6期），张洁的《方舟》（《收获》1982年第2期）。到了1985年前后，文学创作技巧发生了大规模的变化，《人民文学》《北京文学》《收获》和《上海文学》等杂志以主题和专栏形式大力推动具有现代主义创作倾向的作品，尤其是刘索拉的《你别无选择》（《人民文学》1985年第3期）和徐星的《无主题变奏》（《人民文学》1985年第7期）让现代主义形式“崭露头角”。在

① 陈晓明：《中国当代文学主潮》，北京大学出版社2013年版，第319页。

新的创作形式的冲击下，现实主义文学必然需要做出调整，尤其是现实主义文学的意识形态想象力被发挥到了极致，它需要在艺术本体方面做出有效的探索，而现代主义形式正为其提供了有效的经验。《当代》作为新时期初期的重要文学期刊，显示出与自身地位相匹配的敏锐嗅觉，比如呈现为伞状意识流结构的《布礼》就刊登在创刊初年，《布礼》总体上属于现实主义文本，意识流现代技法的使用最终为更完整地表现生活服务。王蒙说“《布礼》中可能有意识流的色彩，但它与西方标准的意识流小说恐怕不是一回事。西方意识流侧重于写人的心理的深层，特别是性心理。我写的《布礼》《蝴蝶》等还是写道社会的变迁和历史的发展，恐怕不完全一样。在《布礼》中我把时空打乱，无非是为了产生更强烈的对比，强化这种对比，比如欢迎解放的欢欣，很快就转入反右斗争中被批判、被斗争的场面”。[①] 从作者主观出发，《布礼》《蝴蝶》所蕴含的意识流技法是对现代主义艺术形式的选择性借鉴，甚至，这种现代性的技法只是作者众多借鉴中的一种，“我不否认我有所借鉴，不仅对外国文学有所借鉴，而且还对李商隐和李贺的诗，对侯宝林和马季的相声有所借鉴”。[②] 王蒙作为悟性极高且敏锐性极强的作家，作为新时期初期现代主义潮流的引领者，其对现代主义艺术技巧的态度也只是在众多艺术形式中的选择性借鉴，这意味着，这一时期的当代文学对现代化的艺术手法虽然显出包容、开放，但作家仍显示出并不全盘接受的尝试态度，而文本本身所呈现的最终样态整体上也是非现代主义的，现代形式仍处于尝试和探索的初期，之于处于主导地位的现实主义，它刚刚起到了打破后者封闭结构的作用。

1985 年以后，各种文学理论和文学潮流纷纷涌入中国，作家创新的欲望更加强烈，“不再固守传统的现实主义法则，而是在坚持现实主义原则的前提下，吸收和借鉴一些非现实主义的技巧，以丰富和发

① 王蒙：《王蒙讲稿》，上海文艺出版社 2001 年版，第 24 页。
② 王蒙：《漫话小说创作》，上海文艺出版社 1983 年版，第 27—28 页。

展自己的表现方法，使现实主义得到了开放性的发展”。[①] 从叙事视角、叙事空间、叙事技法等方面逐步实现由20世纪80年代初期的局部借鉴到对西方艺术技巧的融会贯通，尤其是现代主义及后现代主义创作技法深入中国当代作家的创作肌理，形成对中国作家文学表达和文学观念的渗透，使其审美话语范式和审美心理发生双重改变。首先，在叙事视角的层面上。《当代》20世纪80年代中前期所刊登的作品，包括屡获奖项的《将军吟》《芙蓉镇》《代价》这样的经典作品，都尚未脱离“十七年”时期的叙事习惯，均持有一种稳定的、持续的全知全能视角，叙述者掌握了作品人物的所有情况，并对其过去未来有明确的认识及把握。与80年代初期的作品相区别，《当代》在20世纪80年代中后期以来，其叙事焦点呈现出多样化的形态，出现了内外聚焦、灵活多变的叙事焦点，以及陌生化、非常态的叙事视角。阿来的《尘埃落定》（1998年第2期）提供了一种全新的叙事角度和叙事经验，在当期编者按语中，《当代》表现出对这种叙事探索的激赏，并表达了对于作者汲取中西文学经验的发现，“作者的叙述既有局内人的真切、生动和准确，又有局外人的冷静、超然和无奈……他年轻却善于借鉴、学习中外一切有益的文学新观念与新经验，这就使他对故事的叙述既充满激情又不乏理性和冷静”。[②]《当代》编者认为《尘埃落定》提供了局内人和局外人两种叙事感知，事实上正是作品叙事视角交错越界所产生的艺术效果。在《尘埃落定》中，作者以康巴土司的傻瓜儿子的视角结构文本，这种“白痴叙事”傻瓜视角一方面使叙事产生的自我限制，一个傻子的叙述可以是超乎逻辑、出离正常的，它的非确定性和不可靠性为文本叙事冲脱日常逻辑提供了一种可能性，从而延展了文本的叙述空间。同时，傻子的视角又具有一种超越性，作者赋予其上帝般的全知全能，他能够预见未来之事的发生，也可洞

① 金汉、冯云青、李新宇：《新编中国当代文学发展史（第二部）》，浙江大学出版社1997年版，第493页。

② 《当代》编辑部：《编者按》，《当代》1998年第2期。

察他人的心理。傻子视角在这种限制与全知之间进行转换、混合，形成了多重叙事视角的叠置。《尘埃落定》的叙事视角映射出福克纳《喧哗与骚动》中白痴班吉的影像，从这相似之中印证了中国当代作家对于西方叙事理论的接纳和融合，同时也显现出中国作家将西方创作技法与中国地域文化、东方审美心理相结合的努力。此外，史铁生的《我的丁一之旅》（2005 年第 6 期）也进行了打破传统常态视角的尝试，采取多重聚焦的叙事方式。作品设置了独特的叙事角色——行魂，行魂在时间和空间上不受任何限制，从而实现了在不同的结合和转换中完成叙事视角的变化，当行魂与主人公丁一合为一体，与其共同生活、行动和感知时，可以将行魂与丁一的统一体视为叙述者。当行魂跳脱丁一的感知，以带有距离感的目光观察、审视丁一时，行魂成为独立于丁一的个体，以客观视角展示事件。同时，行魂又兼具全知全能的视角，进行言说、探讨和评论。这几种视角在作品中相互转换、彼此穿梭，使叙述者时而参与其中，时而超离之外，形成分裂的叙事体系，在一体三位的叙事声音中形成争论式的对话体系，呈现为多重视角聚焦并置交互的叙事方式。我们可以做出这样的判断，《当代》作品的叙事视角伴随时间的演进而日益多元化、复杂化和奇特化，显示出中创作主体试图打破原有叙事视角以获得对纷繁事象和内在情绪体验的相应表达。

在叙事空间上，《当代》的现实主义作品在作家的实践、探索下呈现出特异的、丰富的、交错的或碎裂的空间结构。巴赫金在讨论陀思妥耶夫斯基诗学问题时认为，“即使是一个个阶段本身，他也力求从同时性的角度，用戏剧的方式把它们加以对比和对立，而不是排列为一个形成和发展的过程。对他来说，研究一个世界就意味着把这个世界的一切内容都作为同时性的东西加以思考，识破其同一个时间横断而上的相互关系”① 历时性的叙事逻辑所形成的线性的、流畅的叙

① ［苏联］巴赫金：《陀思妥耶夫斯基诗学问题》，钱中文等译，生活 · 读书 · 新知三联书店 1988 年版，第 4 页。

事空间的复杂性和叙事张力小于共时性叙事逻辑所生产的叙事空间，因此将时间性的叙事切断并将其最大限度地压缩、放置在一个断面上，以交错、重复甚至对立的形式构建复杂的话语空间是构建现代小说叙事空间的重要手段。在当代中国最早借鉴西方艺术技法的作家王蒙在日后的创作中进一步探索，对过往的艺术创作进行凝聚综合，其过往的艺术经验全部被引入了新的探索之中。他的《失态的季节》（1994 年第 3 期）、《踌躇的季节》（1997 年第 2 期）和《狂欢的季节》（2000 年第 2 期）冲破传统的现实主义叙事方式，破解经典现实主义的整合、封闭且相对迟滞的叙述空间，割断连贯性、整体性的情节逻辑，代之以破裂的碎片化的画面，以叙述之流隔绝各个碎片间的关联，在“季节”系列的三部小说中，实体感知的世界被对话、叙述、议论、感叹打断并难以黏合，但叙述主体滔滔不绝的感慨、评论和讲解却形成了一股连续、持久兼的整体，作者一反传统小说笔法抽空“说话”的技法，将语言之流与意识之流两相融会，构建起破碎、窄仄的特异叙事空间。与之类似的还有史铁生的《我的丁一之旅》，作品以多变叙述主体的思索、探询、追问、辩论等语言之流冲断整体性，使全文以碎片化的空间连缀而成。在《当代》中，创作主体对于新艺术形式的探索是的代际相传的，新一代的青年作家在前辈叙事探索的基础上同样做出了自身的努力。青年作家徐则臣在《耶路撒冷》（2013 年第 6 期）中构置了一种立体的、交叉的、咬合的叙事空间，形成了具有特殊内在规律的完整的“小说格式塔”，它既与布拉德米歇尔的《2666》有相似之处，又具有略萨所说的总体小说的特征，存在无边无际的如潮水般的叙事空间。“世界已经由历时的线性结构变成了共时的、复杂的网状结构，所谓世界是平的，是透明的；要把这个世界和人心瞬息万变、纷繁复杂的现实及物地表现出来，就不该像传统小说一样，为了保留一条自圆其说的强悍的逻辑链，人为地把旁逸斜出的、众多我们一时难以甄别的那些看似偶然性的因素全部删掉，去削足适履地对这个世界建立某种整体观，而是要尽可能地呈现出这个世界的复杂性与可能性。”① 在作品的内部存在两套叙事系统，一套是比较显明的由六个人物名字命名的奇数章节，另一套是以初平阳所做的十个专栏文章的名称命名的偶数章节，这两套系统既各自独立又相互补充，扩展小说的阐释空间。奇数章节呈现出对称结构，形成了奇妙的视感，既可以理解成这些对称章节呈层级式地投向中心章，在阅读中不断压缩这种整体结构，又可以视作中心章不断向外发散，使整个结构不断生长、扩大。偶数章的出现拓开了奇数章对称和循环系统所形成的闭合结构，并起到了间离奇数章的效果。在阅读奇数章的过程中，读者不得不跳离原有的叙事系统，转换原有的阅读思维，产生延续、阻隔、延续的阅读体验，对主体故事的直线型行进进行阻隔，不断撕裂顺畅的阅读，从而进入另外语境，并在不断转换中打开思维体系。同时，偶数章的专栏设置生发出对故事多角度理解的契机，当叙事未尽其意时，专栏文字补充了作者对于世界认识、理解和想象。专栏文章（偶数章）对于故事主体（奇数章）的补充、阐释和生发作为一种叙述极大地扩展了小说的叙事空间。

在叙事技法层面，象征、荒诞、变形、戏谑、寓言、隐喻、魔幻、幻想等艺术因素渗透进现实主义文学，使现实主义文学内部发生了更加深刻的变动。其中，在《当代》以及新时期以来的文学作品中，在现实主义基础上注入某些魔幻元素的艺术方法得到最广泛和成熟的使用，具体表现为吸收各族传统文化中的古老神话和民间传说，将神话与现实相交织构建虚幻世界；将现实与幻觉、梦境糅合在一起，打破现实主义叙事时序从而获得一种飘忽的奇幻氛围；借鉴欧美现代派文学中隐喻、象征、征兆等表现手法，增加作品的神秘性。比如《尘埃落定》中引入大量的古老神话传说，将历史传奇与现实相关联，充满藏族文化的神秘色彩。在罂粟花战争中神巫们通过神秘玄奥的符咒控制天象变化，双方互念咒语在空中斗法，空中时而电闪雷鸣时而一片晴空，冰雹

① 游迎亚、徐则臣：《到世界去——徐则臣访谈录》，《小说评论》2015 年第 3 期。

在神秘符咒的指挥下在云朵下纷飞。此外，作者还描写了具有浓厚魔幻色彩的占卜、梦兆和巫医等，使作品展现出迷离和虚幻之状。《尘埃落定》将魔幻情境与现实主义的场面、情节融而唯一，在现实主义的底色上抹上了一种朦胧的奇谲。再如张炜的《刺猬歌》，作者描写自然的滨海、荒原和莽林，在原始自然景观中加了亦真亦幻的精灵和异人。作品中美蒂是刺猬的后代，身上布满金黄色的绒毛，珊婆的七个儿子则全是土狼的后代，唐童的知己是只跛脚的母狐狸，其中最具传奇和神秘色彩的财主霍公一生喜爱结交雌性野物，生前在丛林中行走时总有白羊、狐狸、花鹿相随，葬后的宴席中不止一次发现醉者露出了尾巴或生出毛脸，《刺猬歌》里万物有灵、人兽转换、人神相融，光怪陆离、怪诞神奇。在《当代》的历史进程中，融入现代、后现代艺术技法的作品不胜枚举，显示出西方的艺术技巧对中国文学面貌和文学格局的广泛影响。

传统现实主义文学中融会和渗透了多元的艺术手段和方法，大大地开拓了现实主义文学的格局。在《当代》作品之外，莫言的《透明的红萝卜》(《中国作家》1985 年第2 期)、余华的《现实一种》(《北京文学》1988 年第1 期)、苏童的《妻妾成群》(《收获》1989 年第6 期)、王安忆的《纪实与虚构》（1993 年第 2 期)、李洱的《花腔》(《花城》2001 年第2 期）等不同时期文本均显露出对不同艺术技巧的应用，且越发娴熟，这表明新时期以来的当代文学作品对现代的、后现代的多元艺术技巧的运用逐渐内化。

近三十年的现实主义文学作品从借鉴西方创作技巧到日渐融合，然而，在其流变中仍有一个内核从未改变，即对于现实主义自身的坚守。王蒙作为首位尝试现代主义艺术技巧的作家，在谈及意识流等手法时说“我的试作的形式仍然来自我脚下的土壤、我们自己的生活。首先是我们的生活复杂化了，节奏加快了，尔后我的小说才变得多线条和快节奏了的”。[①]“我吸收融合一些东西不是为了它本身，而是为

① 王蒙：《漫话小说创作》，上海文艺出版社 1983 年版，第 27—28 页。

了表达我和我这一代人的思想和情感。”[①] 他的创新源于现实生活的变动，现实生活的复杂性和多元性影响了文学的表意形式，所有新形式新样态的产生最终为表达现实生活中人的心理变动和思想情感。再如完美地融合了魔幻象征等创作手法的陈忠实在创作时认真选读了国内外各种流派的小说作品，既有王蒙的《活动变人形》、张炜的《古船》，又有马尔克斯的《百年孤独》《霍乱时期的爱情》，莫拉维亚的《罗马女人》和劳伦斯的《查泰莱夫人的情人》，陈忠实做足了充分的艺术准备，对于西方文学的现代形式“总想着可以借鉴某些乃至一两点艺术手法”。[②] “现实主义者应该放开艺术视野，博彩各种流派之长，创造出色彩斑斓的线索主义；现实主义者更应该放开胸襟，容纳各种风貌的现实主义。”[③] 从陈忠实身上我们发现一个当代作家对现实主义执着与开放的姿态，一方面他将现实主义视作创作的根本与核心，即使在现实主义式微之时也并未动摇；另一方面，他并不局限于遵循传统的现实主义原则，广泛地吸取与借鉴全新的创作方法，对现实主义进行一种开放性的改造，使之能够不断丰富发展，以一种新的叙事形式来展示作家所能意识到的历史内容和现实内容，以及独特的生命体验，完成对国家民族命运的深入思考。对现实主义的坚守是每一代中国作家的精神内核，即便到了新的一代作家这里，这种执着仍未改变。比如徐则臣的《耶路撒冷》中力图探索和发掘小说的形式感，其复杂、交错、嵌套、衍生的写作技巧显现出异于传统叙事的特征。“我开始写作时就看先锋派小说，从那时就被灌输了强调小说的形式感和技巧性，这些东西也是一个作家应该具备的，像托尔斯泰这样的作家，他们的写作也是有技巧的，只是把技巧化于无形。”[④] 徐则臣更倾向于选择做托尔斯泰式的作家，在托式的写作中探索新的形式和技巧，在

① 王蒙：《王蒙讲稿》，上海文艺出版社 2001 年版，第 308 页。

② 陈忠实：《寻找属于自己的句子》，上海文艺出版社 2009 年版，第 10 页。

③ 陈忠实：《〈白鹿原〉创作漫谈》，《当代作家评论》1993 年第 4 期。

④ 田超：《专访徐则臣：每个人心中都有一个耶路撒冷》，《京华时报》2014 年 4 月 18 日。

态度和方法上寻找最恰切的表现途径，在写作中面对人类的最基本的问题，因此《耶路撒冷》的艺术形式是一种与复杂现实相匹配的叙述方式，事实上仍是现实主义话语的新探索。到了21世纪，到了新一代作家这里，现实主义在自我生长的过程中显现出了与以往不同的形态，它在世界的变化中不断更新自我从而获得了一种新的生机，但对现实社会的关切始终都是它的精神内核。

第四章 《当代》文学生产机制

与文学性质关系密切的文学体制和文学生产方式是文学格局形成、文学形态发生变化的重要原因，这些文学生产的装置内构于文学当中，在紧密相扣的运行下影响着文学的内部结构并输出文学实体。因此，我们对《当代》现实主义品格的考察不仅需要关注文学作品所呈现出的外部形态，也应当意识到杂志生产运行的内部机制对文学形态形成的必要作用，从生产机制的内部挖掘出《当代》何以形成它的现实主义风格。由装订成册的杂志向前回溯，它需要经历工厂的印刷，技术人员的排版，校对人员的核对，编辑人员的收稿、退稿、改稿等过程，而编辑人员对稿件处理的主要依据是杂志对作品思想、风格和内容的规限，在此之前，杂志所作出的规定和限制则来自主流意识形态的规约。尽管新时期以来主流意识形态所规定和强化的现实主义一统天下的文学格局被逐步打破，但它仍以潜在的形式顽强滋生。《当代》所呈现出的整体面貌受到其现实主义方向的指引，同时受到主流意识形态的规范和约束，主流意识形态所强调的作家的历史使命感和社会责任感与现实主义文学传统存在契合的部分，这种契合使杂志在主流意识形态的影响下能够顺利达成现实主义的形态。在《当代》杂志这里，它所践行的现实主义来自一种自上而下的提倡，杂志的编辑活动便投射出这种隐性的文化领导权，编辑话语和其所属的期刊、出版社的生产活动作为主流意识形态话语的中间媒介出现，直接作用于文本并接受意识形态话语的统摄和支配。主流意识形态话语作为更深层的潜话语渗透到每一个生产过程中，统摄和规约着中介话语和实践活动。当然，不可忽略的是在现实主义文学与主流意识形态之间存在的一些裂隙使杂志的生产活动获得部分自主性。

第一节　编辑话语：内外部话语多元互动

一　编辑理念：在“限度”内最大化“意义”

《当代》是人民文学出版社下属的一份刊物，人民文学出版社成立之初属文化部领导，文艺刊物直接对自己所属的管理机构负责。出版社在《当代》创刊时归国家出版事业管理局直接领导（刊物的出版和发行由国家出版事业局负责承担，文化部主要负责刊物的方针政策，1982 年出版事业管理局并入文化部合称文化部出版事业管理局），创刊初期的实际主持人则由人民文学出版社社长担任（1976 年第 1 期至 1986 年第 3 期实际主持人为严文井、韦君宜），这表明《当代》与我国最高文化管理单位间的从属关系的直接性，也意味着《当代》的编辑活动更易被规约和左右。《当代》自创刊那日起，便决定了刊物保持政治方向正确的使命感以及对作品思想性的要求，在《发刊的几句话》中明确指出：“文艺作品第一要求思想性，这是毫无疑义的。”①

编辑部是具体实施出版行为的部门，在出版体制中发挥重要的作用。我国的编辑部制度确立于 1951 年 8 月 27 日至 9 月 4 日的第一届全国出版行政会议，时任中央宣传部副部长的胡乔木在该会议上明确提出“公营出版社和私营出版社一样，没有编辑部的，如果要存在，就要建立编辑部，不然，亦在封闭之列”。② 并对编辑部的机构设置进

① 事实上，在“文化大革命”结束后创刊和复刊的刊物都严格地遵循着主流意识形态的意图，稍有差池便必须面临“惩戒”和“规训”，连“文学国刊”《人民文学》也并不例外，蒋子龙《机电局长的一天》遭到批判，编辑部和作者本人相继发表了自我批评和自我检查文章。

② 胡乔木：《改进出版工作的几个问题》，载中国出版科学研究所《中华人民共和国出版史料》第 3 卷，中国书籍出版社 1996 年版，第 255 页。

行了详细的规定，“编辑部就是要有一定的人员负责资料工作，建立编辑室，资料要可靠、正确，要有一定的人看文字，文字要通顺、合格，要有一定的人员对稿件作认真处理，有的要作者重新修改的给作者修改，自己修改了要通知作者等等，要有怎样的规定，这次会议应该加以讨论”。[①] 1983 年，为全面开创社会主义现代化精神文明建设，中共中央、国务院要求加强出版队伍建设：“编辑工作是整个出版工作的中心环节，是政治性、思想性、科学性、专业性很强的工作，又是艰苦、细致的创造性劳动。编辑人员的政治思想水平、知识水平和业务能力的高低，直接影响着出版物的质量。编辑人员对于提供有益的精神养料、防止精神污染，负有重大的社会责任。”[②] 在这个意义上，《当代》编辑恪守自身职责，将政治标准作为衡量文学作品的第一准绳，保证党在文艺方针、政策、理论上对文学生产的引导和影响。可以说，政治主持者的目光和评定标尺将编辑的活动限制在一个圈子当中，编辑所承担职责的第一步便是守好政治标准的大门。曾任《当代》主编的何启治强调“在工作中，必须认真贯彻党的方针、政策，编辑出版才会有正确的方向和准则”。[③] 另一方面，编辑不只要对作品的思想性负责，同时要注重作品的艺术性。从事文学期刊的编辑人员均有较高的文化素养并怀抱对文学艺术的热爱，在追求保证政治性的同时最大限度地保持艺术的纯粹性。事实上，所有当代文学期刊在政治标准的把握上都严格恪守，但各家期刊对艺术性的要求都不尽相同，而这重标准便成为期刊是否成功的试金石，也成为如《人民文学》《当代》《收获》《十月》等期刊在众多文学期刊中佼佼而出的根本原因。在《当代》发刊词中也出现了这样一句话：“即使思想上站得住，而艺术上很差，那样的作品，我们一定不取。”（当然，这句话背后也

① 胡乔木：《改进出版工作的几个问题》，载中国出版科学研究所《中华人民共和国出版史料》第 3 卷，中国书籍出版社 1996 年版，第 255 页。

② 《中共中央、国务院关于加强出版工作的决定》，中发〔1984〕24 号，1983 年 6 月 6 日。

③ 胡德培：《关于文学编辑工作的几点思考》，《编辑之友》1990 年第 5 期。

隐含了另外一层表述，即艺术性很强却在思想上站不住脚的作品，也一定不予取用)。对于艺术性的要求造就了《当代》成为当代文学史中不可或缺的一元，发表了《古船》《钟鼓楼》《白鹿原》《尘埃落定》《赤橙黄绿青蓝紫》《最后一个渔佬儿》《远村》《老井》《雕花烟斗》《中国知青梦》《中国农民调查》等影响一代人和几代人阅读记忆的优秀作品。

文学刊物的编辑所秉承的编辑方针便都是在审美和国家意识形态之间尽可能地平衡并达成优势资源最大化，至于采取何种方式平衡这二者之间的关系便形成了各个刊物的特色。《当代》编辑方针的特色在于其安全、压抑的表达，它尽力不越出雷池一步，只在划定好的圈子里努力跳出最好的舞蹈。《当代》编辑隶属人文社，何启治在谈及人文社编辑工作时直言："人文社编辑对众多长篇小说的贡献，大多在如何使作品在当时的背景下以更完美、更安全的形式面世方面。"[①] 在《当代》的历史上，有许多作品因其特殊性都以"不声张、不宣传"悄无声息的方式发表。它的幸运之处在于，在其诞生的年代政治与文学所追求的目标关怀和精神内涵基本趋同，政治所赋予文学的自由越发加大，因而《当代》对一些可能存在一定风险的作品的保护便显得危险性并不那么大。尽管如此小心翼翼，《当代》所刊发的作品却并非悉数平稳着陆，比如，邓贤的《淞沪大决战》(《落日》)，因作品对蒋介石、张治中、冯玉祥的书写和评断引起争议、质疑，当期《当代》被命令全部收回、就地销毁。王跃文的《国画》刊发并出书不久便遭遇停印处罚，2001 年第 5 期的所刊王跃文的《梅次记事》被迫停印。虽然《当代》编辑部一直谨慎地遵循意识形态话语所框定的规则，这种审慎是对《当代》集体的保护，但对每一个编辑个体来讲，个人的得失便会让位于作品。此时，编辑可以为一部优秀作品的面世顶着压力，献出个人的所有力量。面对那些既让编辑爱不释手又

① 何启治：《文学编辑四十年》，人民文学出版社 2001 年版，第 55 页。

可能会产生风险的作品时，我们看到编辑们在抉择的过程当中矛盾而复杂的心境，和每个个体对审美性和艺术性的无畏追求。刊物的整体面貌中留下了每一个编辑个体独特的气质、修养和智慧，保守谨慎的《当代》正由于一些编辑个体所凸显出的勇敢和创新留下了一批宝贵的作品和精神财富，形成了在保守中闪光前进，在主流意识形态限度内最大化文学意义的整体风格。

二 主要编辑：薪火相传的现实主义话语

在文学期刊生产力领域，期刊主编对期刊发展具有可持续性影响，“主编在一段时间内提出的经营方针、经营思路为文学期刊的稳定发展提供了有力保障，尤其是在主编对文学期刊的影响逐渐加大且日益突出的情况下，灵魂人物的更替对未来发展的负面影响是不可忽视的。在某种程度上，主编对期刊的经营已经深深打上了个人气质的烙印”。[①] 对于《当代》而言，主编秦兆阳是影响刊物风格的灵魂性人物，1980 年秦兆阳担任人民文学出版社副总编辑兼主持《当代》杂志工作，1987 年离休后继续担任主编至 1994 年逝世，实际主持《当代》工作共十五年。秦兆阳在任期间提出了明确的办刊思想，“他强调《当代》要坚持现实主义的文学主张，突出时代性、现实性和群众性；强调刊物发表的作品要引导读者积极向上，要在刊物上体现正气、志气、朝气、勇气和锐气；强调要不断发现和支持有发展前途的文学新人，为繁荣社会主义文艺做出贡献；强调《当代》要坚持走自己的路而不要跟‘风’跑。”[②] 在秦兆阳办刊思想的指引下，《当代》形成其稳健、正大的现实主义风格。如刘心武在《当代》创刊二十周年纪念时所言：“《当代》二十年，里面倾注着秦兆阳大量的心血……秦兆阳在某种程度上，确实象征着《当代》这刊物的性格……秦兆阳曾亲自

---

① 李明德：《仿像与超越：当代文化语境中的文学期刊》，中国社会科学出版社 2007 年版，第 71 页。

② 《当代》编辑部：《秦兆阳同志生平》，《当代》1995 年第 6 期。

设计过《当代》的封面，那风格好像一直延续到现在，真是既严肃，又文学，一望就有厚重感，也有儒雅气。”①

秦兆阳形成于20世纪50年代的现实主义理念为《当代》探索和更新现实主义提供了历史来路，对杂志的发展产生决定性的影响。秦兆阳在主编《当代》期间以现实主义为标准，选发大量具有时代感和现实性的作品，他亲自组织稿件，与作者见面讨论稿件提出修改意见，以及亲自动手修改稿件、把关编者按语。他帮助古华的《芙蓉镇》中增加反面人物王秋赦，将陈国凯《代价》中的余丽娜由忍辱负重改为拿起剪刀反抗，遇罗锦《一个冬天的童话》中“一分钟占有”的文字被他果断删掉并口述补充的相应文字。通过其编辑实践，及其对杂志的领导和把握，《当代》形成了坚定的现实主义风格，坚定不移地反映当代现实生活，名副其实。秦兆阳提出“五气”的办刊主张，强调《当代》杂志要有正气、志气、朝气、勇气和锐气。《当代》要有正气，要反映时代的风貌、人民的意愿，要在作品中表现出政治理想、社会理想和道德理想，要激励读者的生活意识，引导读者积极向上。刊物在初期发表了不少揭露现实的作品，如《将军吟》《芙蓉镇》《代价》《惊心动魄的一幕》等，这些伤痕反思文学作品因反映消极、错误的现象突出，秦兆阳要求编辑部把握好分寸，既能够批判错误，又不要影响读者对党和国家社会产出错误判断，认为此类揭露性质的作品有特色的和优秀的还需要发，但不能只将目光局限在这类作品上，容易使人产生绝望的情绪，《当代》应以鼓舞人心为己任。需要积极组织反映社会主义现代化建设和改革开放的作品，通过沸腾的建设生活和英雄形象给人民群众以信心和力量。“要对时代负责，对人民负责，帮助党推动现实前进。我们这是关心社会，反映当代人的生活、愿望和思想感情。我们就是要反映时代精神，我们的文学要走在时代前面。”② 编辑部在“正气”办刊主张的指导下，组织发表了反映改革

① 刘心武：《江声浩荡》，《当代》1999年第3期。

② 朱盛昌：《秦兆阳编〈当代〉》，《当代》2014年第3期。

生活的《改革者》《跋涉者》《新星》《赤橙黄绿青蓝紫》等作品，树立广大群众对党和国家的信心；《当代》要有志气，“表现人的价值和尊严，国家、民族的价值和尊严，是文学期刊革命的志气和骨气。”[①]刚刚迈进新时期之时，《当代》以人道主义关怀为广大人民群众立言，关注极“左”时期给人民造成的肉体及精神痛苦，重拾人的个体价值，重建人的社会自我认同。与此同时，它更关注国家和民族的价值尊严，秦兆阳在张锲反映改革的作品《热流》中提出重要修改意见，要求作者在作品结尾部分以抒情笔调展望了改革的光明场景。在鲁光的《中国姑娘》发表时，秦兆阳在编者按语中着重提出：“倘若我们各条战线上的人民都能像这样为了祖国的荣誉、尊严和富强而贡献自己的一切，那么，社会主义祖国腾飞之日还会远吗?”[②]秦兆阳通过刊物传达中华民族的志气，国家的改革必然向着光明前进，我们的民族具有战胜一切的水平和魄力，国家和民族的尊严在字里行间被建构；《当代》要有朝气，秦兆阳要求《当代》注意培养新人、发表新作，扶持起一批年轻的创作队伍，为《当代》注入青春的朝气和活力；《当代》要有勇气和锐气，尽管《当代》以给予人民群众信心力量为目标，但它并不回避现实生活中的任何矛盾，以批判性精神理性思索现实社会问题，介入现实、直面人生。秦兆阳还强调当代要坚持走自己的路而不要跟“风”跑，这种主张贯穿了《当代》发展的始终，在纷繁复杂、此起彼伏的文学潮流中，《当代》一直坚守现实主义文学旗帜，从未产生动摇。

另外，《当代》在发展过程中略显沉重，与主编秦兆阳个人的精神气质具有一定关联，20 世纪 50 年代锐意进取的秦兆阳追求广阔的现实主义，在这种追求指导下的编辑工作，也因此被开除党籍、划为右派、下放广西，长达二十年的受难生涯并未磨灭其现实主义追求，

---

① 秦兆阳：《在开拓中奋进——首都部分文学期刊主编谈如何提高刊物质量》，《人民日报》1986 年 2 月 15 日。

② 《当代》编辑部：《编者按语》，《当代》1981 年第 5 期。

反而使他更加笃定。但是在岁月和历史的磨砺中，秦兆阳的现实主义美学原则在内部发生一些转变，在《当代》的编辑工作中更注重对意识形态精神的领悟、对时代前进脉动的把握和对政治风雨的敏感。“他沿用正统的现实主义观念来领导《当代》，他的思想中既有中国传统知识分子的孤高、慎独和本分，又有‘延安精神’的深入骨髓，加以20年的谪居、放逐生涯已被磨尽了思想锋芒，习惯于孤寂沉静的自我抑制，没能在新时期获得真正的精神和思想解放，于是《当代》所坚持的现实主义方向，给人的印象总觉得偏向于守旧的、传统的、狭隘的。”① 对《当代》现实主义方向“狭隘”的评价值得斟酌，但以上论述提供了启发，秦兆阳的个人印迹已经深深印刻在《当代》之中。受难经历使秦兆阳认识到了现实主义的艰难与复杂，曾经锐气的现实主义在实践中需要做出平衡与调和。“秦兆阳以受难的代价，刻骨铭心地见证了现实主义的艰难与复杂，他晚年对现实主义的理解，已经没有了50年代的锐气，其中弥散着挥之不去的沧桑感与欲说还休的困惑。”② 秦兆阳给《当代》的现实主义注入了沉重的底色，然而正是这种沉重的力量抑制了渐入虚空的现实主义。《当代》历任主编和编委（附录二）变化主要源自内部的更迭和传承，保持着整体的稳定结构。其主编人选均出自《当代》编辑部内部，孟伟哉、朱盛昌、何启治、高贤均、洪清波、周昌义等人基本都在20世纪80年代就供职《当代》，2014年最新就任主编的周昌义已在《当代》杂志工作近三十年。这意味着历任主编都在《当代》经历了相当长时期的学习和培养，他们的编辑实践也必然带有着深深的《当代》现实主义印迹。在这种稳定的内部交替更迭中，其传统的现实主义美学方式进行的是内部的自我更新，尽管缺少了外来力量的激活，但是其现实主义话语也就是在这种内在生长中得以薪火相传。

---

① 蔡兴水、郭恋东：《宏大叙事的样本——阅读〈当代〉（1979—2000）》，《文艺争鸣》2001年第5期。

② 黄发有：《媒体制造》，山东文艺出版社2005年版，第45—46页。

三 稿件处理：文学文本的隐匿书写

“编辑过程是编辑主体按照编辑目标，运用有效的手段和途径，对编辑客体特别是文稿发生具体作用，以实现内容有序化的实践过程。”① “组织稿件、审读稿件、加工发稿，这三件事可以大体概括得了一个编辑的全部日常工作。”② 定题、组稿、审稿、加工等看似流水化作业的过程中蕴含着艰难而复杂的工作形态。编辑是作品隐匿的作者，整个编辑活动则成为文学史隐匿的书写者，每一个环节的发生都对当代文学史的书写提供了不同的可能性。或许我们可以将埃尔斯卡皮的著名论断来解释编辑的作用，“我们不论从哪个角度看，都可以把出版者的作用比作助产士的作用：出版者虽不构成生命的起源，也不是生命的孕育者和提供者，但没有他，一部构思好了的，并已脱稿的作品就不能真正作为作品而存在”。③

（一）组稿

编辑工作的第一个环节是组织稿件，按照稿件组织方式可分为来稿和约稿两种。由于《当代》办刊之初的一层动因是人文社收到的优秀稿件太多又来不及及时刊发，因而刊物拥有得天独厚的来自人文社的稿件资源。同时，《当代》积累一定的声望后，广大作者将其视为神圣的文学殿堂，面向《当代》编辑部的投稿数量众多。除广大作者面向杂志社的投稿和人文社收到的优秀作品外，编辑们还积极奔走于全国各地组织稿件。在稿件的选择上，具有明确的标准：“我们这个刊物选稿的标准从宽不从严，特别要打破条条框框，如‘四人帮’的什么‘三突出’那一套，我们毫不讳言就是要与之针锋相对……文艺

① 周国清：《编辑学导论》，湖南师范大学出版社2008年版，第67页。

② 何启治：《文学编辑四十年》，人民文学出版社2001年版，第152页。

③ ［法］罗贝尔·埃斯卡尔皮：《文学社会学》，符锦勇译，上海译文出版社1988年版，第70—71页。

作品第一要求思想性，这是毫无疑义的，但决不能忽视艺术性，艺术作品总要求有艺术。”[①] 此标准的逻辑重心在于重视作品的艺术性，但这种实践的根本前提是对文学艺术作品思想性的要求，而杂志所要打破的“三突出”的条条框框则存在于其政治合理性被否定的历史情境中。在作为《当代》宣言的《文学，应当象生活那样丰富多彩》一文中进一步强化了稿件的思想性，“欢迎同志们创造出象生活那样丰富多彩的文学作品，创造出具有革命的政治内容和尽可能完美的艺术形式的作品，使人民群众感奋起来，团结战斗，推动历史车轮前进，以期早日实现四个现代化的宏伟目标!”[②] 发刊词和《文学，应当象生活那样丰富多彩》在文学迸发出新的生机、启蒙精神复兴的历史时刻，以政治内容的正确性作为稿件选择的根本标准表明主流意识形态话语的权威性并未因启蒙话语的兴起而减弱。

1978 年冬天，人文社总编辑韦君宜到湖南组稿，《将军吟》的作者莫应丰深夜到访，讲述自己因在“文化大革命”期间所经历的种种“神圣和荒唐”，深切感受到“崇高和罪孽”[③] 而创作的小说。当时，“两个凡是”还在广为坚持，“无产阶级文化大革命胜利万岁”的标语还遍布京城，这样一篇否定“文化大革命”的小说具有很大的政治风险，莫应丰问韦君宜：“敢不敢要？敢要，就回家取！韦老太回答说：就麻烦您回家取吧。”[④] 何启治和孟伟哉在回忆中均提到了韦君宜在《将军吟》的出版上起到的关键性作用：“可以设想，如果不是韦君宜同志有胆识，对作品采取积极和热情的态度，这部作品的出版时间将可能推后，甚至不是由人民文学出版社出版了。”[⑤] “如果不是她亲自到湖南约稿，而且毫无私心杂念，冒着风险做出决断，恐怕不会有

① 《当代》编辑部：《发刊的几句话》，《当代》1979 年第 1 期。

② 严文井：《文学，应当象生活那样丰富多彩》，《当代》1979 年第 1 期。

③ 《当代》编辑部：《关于〈将军吟〉》，《当代》1999 年第 3 期。

④ 《当代》编辑部：《关于〈将军吟〉》，《当代》1999 年第 3 期。

⑤ 孟伟哉：《胆识 · 气度 · 重点——对我社四部小说荣获“茅盾文学奖”的感想》，《出版工作》1983 年第 6 期。

《将军吟》”。[①]《将军吟》的组稿显示出公共知识分子为文学献身的铮铮铁骨。但不容忽视的是，杂志社一直对作品的政治危险忧心忡忡，直到1979年9月《解放军日报》转载揭露将军大搞特权危险思想的诗歌《将军，不能这样做》，传递出部队思想开放的政治信息，这个信号的释放解除了《将军吟》的政治风险，作品的刊发才被彻底敲定。

如果说《将军吟》的组稿还处于“文化大革命”恢复期，政治对文学并未完全解缚，那么到市场经济繁荣的20世纪90年代中期《人间正道》的组稿则显示出在新的历史时期，主流意识形态话语的统摄力，并仍在某种程度上内化于作者和编辑的文学生产工作中。1995年，周梅森看到家乡徐州在改革中日新月异的变化，便产生创作一部歌颂改革成果小说的想法，江苏作协领导得知此事给予大力肯定，又通过江苏省委有关领导安排周梅森到徐州挂职。《当代》的编辑赵水金和汪兆骞与周梅森连续十几年保持密切联系，周梅森在挂职体验生活时便接到《当代》约稿。“当我从商海上岸，到徐州挂职体验生活时，他们便第一个向我约稿。文稿完成后，《当代》主编何启治同志又打破常规，和赵水金、汪兆骞两位编审一起，到徐州日夜审稿、编稿，这才有了长篇小说《人间正道》在《当代》的问世和在人民文学出版社的出版。”[②] 虽然弘扬主旋律的《人间正道》赢来一片叫好，但何启治承认作品“缺憾也很显眼，文化底蕴不足，内涵单一，最致命的缺陷是三十万字的长篇竟不涉及主要人物的情感生活，让人联想到样板戏，也是没办法的事，全书也没有塑造出堪称典型的、血肉丰满的人物。”[③] 而杂志社打破常规地审稿、编稿的原因是“时代需要《人间正道》这样直面现实的力作，我们自然要尽全力给予支持，尽一个出版社应尽的社会义务”。[④] 种种表述中，我们看到杂志社对《人间正

① 何启治、黄发有：《用责任点燃艺术》，《文艺研究》2004年第2期。

② 周梅森：《朝内大街166号》，《当代》1999年第3期。

③ 何启治：《文学编辑四十年》，人民文学出版社2001年版，第63页。

④ 何启治：《文学编辑四十年》，人民文学出版社2001年版，第69页。

道》社会意义的肯定，中宣部等各级领导机构的成员出席在京举办的作品研讨会和作品获得“五个一工程奖”更是主流意识形态话语以舆论导向和奖励制度对此类作品的肯定和鼓励。

（二）退稿

在采用各种方法看稿的基础上对稿件做出全面的判断并提出小结性的意见，是决定如何处理稿件的重要一步，“因为这决定着稿件能用与否和能改与否，或者确定稿件如何增删、修改的关键一步，在一定程度上，它决定着这个稿件的成败和优劣”。[①] 我国出版管理机构对书稿实行初审、复审和终审的三级审稿制度，审稿后决定稿件能否被选用和出版，即退稿或用稿。退稿是《当代》杂志编辑日常工作的一部分，其中《九月寓言》和《平凡的世界》的退稿是《当代》历史上具有代表意义的事件。

被誉为现实主义力作的《平凡的世界》（第一部）完成后，路遥通过陕西省作协副主席找到在山西组稿的《当代》编辑周昌义阅稿。周昌义以不合审稿规范的违规操作草率拒绝了路遥的呕心沥血之作。他认为《平凡的世界》读起来啰唆，“那故事一点悬念也没有，一点意外也没有，全都在自己的意料之中，实在很难往下看”。[②] 另外一个原因是“可惜那是 1986 年的春天，伤痕文学过去了，正流行反思文学，寻根文学，正流行现代主义……读小说，都是如饥似渴，不仅要读情感，还要读新思想、新观念、新形式、新手法。……不满足读者标新立异的渴求，就一无是处”。[③] 周的表述是当时文艺界盲目追新求异的证言，其时的审美价值体系将现实主义边缘化。何启治不无痛心地回忆说“路遥用生命的最后几年写作《平凡的世界》时，正是新潮

① 胡德培：《审稿意见是小结，也是措施——与年轻编辑谈心之三》，《编辑之友》1988 年第 3 期。

② 周昌义：《当年差点毁路遥——听老编辑说事之一》，《星火》2008 年第 6 期。

③ 周昌义：《当年差点毁路遥——听老编辑说事之一》，《星火》2008 年第 6 期。

人物纷纷拥到前台的时候。现在看来已显盲目地追新求异风一时成为主流，赢得阵阵喝彩，像是在进行一场文学革命。一个编辑在这种形势下没有足够的定力，很容易随波逐流，甚至成为新潮的忘情歌者”。[①]《平凡的世界》刊于1986年第6期《花城》，编辑部召开了作品研讨会，但是“私下的评价都不怎么高”。[②] 作品后续部分直到几年后才在《黄河》上登出。《平凡的世界》起初遭际不佳，不仅出版经历曲折，并且也未得到与它自我价值相匹配的评价，与它当前的畅销和长销的景况差别巨大。

1991年6月，《当代》编辑部的副主编何启治和分管山东的编辑洪清波向张炜组稿，因《古船》与《当代》建立深厚友谊的张炜谢绝了其他刊物，将耗费了五年心血的《九月寓言》交到《当代》。何启治审稿后认为小说“不靠情节的推进来反映生活，也不着力于艺术形象的塑造，而是在幽默、机智的调侃中创造一种庄严、沉重以至怪诞神秘的艺术氛围，从而对现实生活作出更深层次的反映并寄托作者的精神理想”。[③]“鉴于这是当前难得且有长久艺术生命力的佳作，也考虑到《当代》对直面人生、贴近现实的作品一贯重视（这是应该的），而对艺术上比较内向的作品则由于多重原因关注不足，我意应全文在今年《当代》第五期刊发《九月寓言》，并组织引导一般读者理解作品的文章。”[④] 何启治结合《当代》实际情况提出来的要适当关注艺术上内向的作品，以及政治上比《古船》更安全等争取主编秦兆阳的支持。秦兆阳亲自看过稿件之后，写下了十条批评意见[⑤]，认为作品根本问题在于“寓言的虚构与生活的矛盾；从哲学上讲则是‘抽象人性论’‘人命意识论’与历史唯物主义的矛盾；从政治思想上则是偏颇

① 何启治：《文学编辑四十年》，人民文学出版社2001年版，第73页。

② 周昌义：《当年差点毁路遥——听老编辑说事之一》，《星火》2008年第6期。

③ 何启治：《文学编辑四十年》，人民文学出版社2001年版，第436页。

④ 何启治：《文学编辑四十年》，人民文学出版社2001年版，第437页。

⑤ 何启治：《是是非非说〈寓言〉——张炜著〈九月寓言〉缘何与〈当代〉失之交臂?》，《出版史料》2004年第2期。

的思想认识的表现。”并在编辑会议上指出“最近《当代》碰到的问题是外界矛盾的反映，很复杂，说不清，但又怕出问题。一出问题，悔之晚矣!”[①]《九月寓言》的退稿是历史问题与现实问题共同作用形成的，秦兆阳50年代所积极倡导的现实主义使他付出了受难的代价，更由此失去了曾经的锐气，秦兆阳对《九月寓言》的顾虑是那一代人的普遍性心理承担。事实上，《九月寓言》发表在1992年第2期《收获》后并没有出现秦兆阳所担忧的政治问题，这也证明了他所代表的这一类文艺工作者在新的历史时期无法完全忘却沉痛的历史记忆并无法摆脱既往政治权力话语对文化的困囿。

《平凡的世界》和《九月寓言》的退稿独具代表性，一个十足的现实主义作品在现实主义边缘化的时期被年轻编辑草率退稿，一个把现代主义精神融入现实主义主体的作品不为现实主义的积极倡导者所认可，从这退稿的过程中看到现实主义文学走过从被边缘化到被滞化的一段艰难历程，其后更隐含着主流意识形态话语的深层渗透。两次退稿均属编辑个人行为，但编辑是作为中介存在于文本和意识形态话语之间的，编辑有意识或无意识地受到主流意识形态话语的影响进而作用于文本，但这种话语在细节问题上的模糊性导致了对其解读的多义化，也形成了不同编辑、不同杂志，甚至是不同权力机构对一部作品持有不同的态度。

（三）改稿

中国现实主义文学经历了批判现实主义、社会主义现实主义、“写真实”的现实主义到被边缘化和狭隘化的现实主义的发展路径，在某种程度上是国家权威意志和利益及国家正统意识形态在文学上的表征。主流意识形态话语无处不在，甚至稿件修改过程中也时刻体现权威意志。“除一些无须修改的稿件外，其他所有稿件在决定选用后，

① 何启治：《是是非非说〈寓言〉——张炜著〈九月寓言〉缘何与〈当代〉失之交臂?》，《出版史料》2004年第2期。

编辑都面临着一个如何与作者谈意见，如何对文稿进行修改的问题。”[①] 对文稿的修改要充分尊重原稿的完整性和作家的意见，考虑思想内容的正确、健康与否，对知识性和常识性的错误进行修正，同时又要对原稿有修饰和美化的作用。尽管作者对作品出现的问题“文责自负”，但编辑在审稿和改稿的过程中有明确的原则，“牵涉到政治原则、党的方针政策、国家机密、涉外及边界问题、民族关系、宗教问题等，在文艺作品里则大多是从政治思想内容方面表现出来。这些原则问题，编辑部都必须明确坚持”。[②] 对于稿件的选择和修改关系到一部作品的命运，在我国这个文化语境中，编辑需要对多方负责，摆在首位的是对国家的政治、政策的维护，还要尽量帮助作家和优秀的作品规避可能出现的政治风险，为读者提供思想性艺术性俱佳的阅读文本。

由韦君宜组来的《将军吟》在刊发之前经历了波折，编辑肯定它的价值同时又为可能面临的政治风险忧心忡忡，韦君宜表示：“这部长篇小说确实是好作品，咱们得下决心出。至于说到风险，最成问题的就是牵涉到毛主席他老人家，作品有些不恰当的描写，需要稍稍去掉一点，改一改，别的照样出。”[③] 对《将军吟》的适当修删使它既未遇风险又产生强烈反响，获第一届茅盾文学奖。同样获奖的《芙蓉镇》在编辑的努力下奠定了反思“左”倾错误、回顾“文化大革命”，展现农民命运的基调。初稿中的黎满庚是一个正直的党支部书记，四清运动态度急转，出卖朋友并投靠拥有权势的坏女人。编辑龙世辉对这个人物的形象并不满意，一是黎满庚的形象转变没有必然性和合理性，把人物和生活简单化；二是认为共产党员的正直、光辉的形象不能被破坏，否则便失却了现实主义文学所要求的典型性特征。根据这种要求，古华在作品中增加了反面人物王秋赦。“古华在未完成的初

① 胡德培：《改稿是协助，不可代庖——与年轻编辑谈心之四》，《编辑之友》1988 年第 4 期。

② 胡德培：《改稿是协助，不可代庖——与年轻编辑谈心之四》，《编辑之友》1988 年第 4 期。

③ 何启治：《当代小说编辑工作漫议》，《编辑学刊》1987 年第 4 期。

稿中，根本没有王秋赦这个人物，王秋赦这个人物初期的大部分故事都发生在黎满庚身上，黎满庚和王秋赦原是一个人，王秋赦是后来增加的人物。”① “黎满庚干的种种坏事都移植给王秋赦。王秋赦比原来半拉坏的黎满庚更丰富、更典型。揭发芙蓉姐的事由充满妒意的黎满庚妻子‘五爪辣’来承担。”② 古华又与刘炜磋商讨论并修改了作品细节，刘炜说“作为责编，我和他就作品的人物关系、情节结构、细节描写等进行了具体研究，交换意见。我还做了文字修改工作，每当他写好一章，便送给我看。我动手改一章，然后交给他抄清。这种流水程序，直至书稿完成”。③《芙蓉镇》的写作和改编，是一个意识形态编织的过程。作品被有意识地塑造和限定成了一种“集体无意识”诉说，它对历史的表述符合主流意识形态对于历史和现实的权威解释，契合主流话语对历史的权威判定。改稿既可以为政治文化话语发声，又能在某种程度上巧妙地回避这种话语的质疑。分管山东地区的编辑王建国组来《古船》（《当代》1986 年第 5 期），何启治在审读过程中认为小说存在着一些问题：“其一，小说既写了国民党还乡团的残酷报复，也直接描绘了在土改中一些农民违反党的政策，错打错杀的恐怖画面。在这个重要问题上如何掌握分寸，我还没有把握。其二，小说在艺术上似乎尚欠圆熟，有的表现在语言文字上，有的表现在塑造人物上，如多次讲隋抱朴学习《共产党宣言》寻找自己行动的理论依据，总显得有点牵强。”④ 何启治又请当时人文社副社长兼《当代》副主编朱盛昌审读第十七、十八章。何启治、朱盛昌共同认为这部分需要修改，张炜根据修改建议加了土改工作队王书记制止乱打乱杀坚决

---

① 龙世辉：《关于古华和他的〈芙蓉镇〉》，《〈芙蓉镇〉评论选集》，湖南人民出版社 1984 年版，第 16—18 页。

② 龙世辉：《关于古华和他的〈芙蓉镇〉》，《〈芙蓉镇〉评论选集》，湖南人民出版社 1984 年版，第 16—18 页。

③ 刘炜：《名作诞生记：〈将军吟〉、〈芙蓉镇〉》，《新文学史料》1987 年第 4 期。

④ 何启治：《道是无晴却有晴——从〈古船〉〈九月寓言〉〈白鹿原〉的命运看新时期文学破冰之旅的风雨历程》，《延安文学》2012 年第 5 期。

执行党的土改政策的片段。尽管王书记为贯彻党的政策主持“巡回人民法庭”，舍生取义的“高大全”形象与《古船》整体风格不协调，但这个片段的增加使张炜在面对关于农民对剥削阶级的过火行为的质疑声音时，能够坚定地回应王书记这个形象正是对土改工作的正面肯定。编辑在审读文稿时发现作品中存在的问题并及时与作者商谈、修改，增强了作品的政治保险系数，“如果没有后来那一千多字，张炜恐怕就百口莫辩了。”①

《将军吟》《芙蓉镇》《古船》都在“文化大革命”阴影没有完全退却的20世纪80年代刊发，编辑对稿件的修改是在主流意识形态话语圈定的范围内进行，作品也在一定程度上被编辑或增或删发出了权威话语的声音。这种修改在艺术水平和思想深度上不一定全然是对作品的提高。如学者用鲁迅的“救救孩子”和刘心武的“救救被‘四人帮’坑害了的孩子”比较，由此认为刘心武在结尾的处理上略显深度不足。事实上，刘心武《班主任》原稿中写的是“救救孩子”，被编辑修改之后变成现在的面貌。尽管这种修改削弱了作品本身的深度，但编辑的工作却在一定程度上为其规避了可能出现的政治风险，从而也成就了作品成为文学史经典的命运。当时的人文社和《当代》，老编辑会告诫新编辑“再看看、再删删”，潜藏了对于稿件政治问题的担忧，通过这种删减的手段保证作品的安全。如果说20世纪80年代的话语环境还存有“文化大革命”余绪的影响，那么改革开放的20世纪90年代在理论上应当为作品提供了更大的自由度。但事实上，编辑在这一时期的工作中依然在主流意识形态话语圈定的范围内进行，像20世纪80年代那样，无论以何种激烈形式呈现出的反思、质疑和批评都要在被许可的范围内进行。此时的作者也许会受到经济发展、社会开放的景象而将紧张的神经逐渐放松，开始相对自由的书写，但是编辑却时刻不忘对作品中所存在的哪怕微乎其微的政治风险的审慎。

① 何启治：《我与〈古船〉——八十年代〈当代〉纪事》，《长城》2011年第6期。

1987年《人民文学》发表《亮出你的舌苔或空空荡荡》导致主编停职事件对当时的期刊界造成很大影响，各家期刊对比较敏感的作品都保持非常谨慎的态度。《人民文学》事件表明了充满新潮文学、新潮批评的文艺界在意识形态控制之下的文学体制并没有松动。而这种稳定和牢固的控制所产生的影响一直延续到20世纪90年代，也导致编辑在思维方式和精神内质上延续了20世纪80年代甚至更早历史时期的传统。

由于主流话语的规约，改革开放以后的审稿工作中还是要首先考虑作品的合法性和合理性。编辑在审读《白鹿原》时，提到“不但看到了、充分肯定了《白鹿原》的思想认识价值和艺术魅力，而且也注意到了它存在的一些问题和可能引起责难的地方”。[①] 时任人民文学出版社副总编辑，实际主持《当代》杂志工作的朱盛昌对白鹿原的刊发意见是：“猥亵的、刺激的、低俗的性描写应当删去，不应保留……不要因小失大。”[②] 何启治的终审意见，“赞成适当删节后采用，刊《当代》今年第6期和明年第1期。请发稿编辑把文字加工工作做细一些”。(可删去五万字左右?)[③] 刊发在《当代》上的《白鹿原》的修改工作是由出版社的编辑捉刀的。陈忠实与白烨的通信也证实了这一点，“因为主要是删节，可以决定我不去北京，由他们捉刀下手，肯定比我更利索些。……原以为我还得再修饰一次，一直有这个精神准备，不料已不需要了，反倒觉得自己太轻松了。我想在家重顺一遍，防止可能的重要疏漏，然后信告他们。我免了旅途之苦，两全其美。情况大致如此”。[④] 这种主要是删节的工作可谓继承了人文社和《当代》“多删删”的传统，随之也删除了一些风险。

从《白鹿原》的改稿经历中我们发现尽管编辑时刻把政治、政策

① 何启治:《〈白鹿原〉档案》,《出版史料》2002年第3期。
② 何启治:《〈白鹿原〉档案》,《出版史料》2002年第3期。
③ 何启治:《〈白鹿原〉档案》,《出版史料》2002年第3期。
④ 人民文学出版社编辑部:《〈白鹿原〉评论集》，人民文学出版社2000年版，第349页。

和安全性作为首要考虑，但不可否认的是编辑们无法完全察觉作品中的所有问题。一方面因为编辑们的工作中，客观上并不能够完全把握和领悟权威话语的意图。另一方面，逐渐繁荣的社会和市场经济给予了更多表达的自由，导致了编辑们担忧政治问题的敏感神经出现一丝松弛。1999 年，《国画》分两期发在第 1 期、第 2 期上。《国画》是王跃文的第一部长篇小说，它的产生源于高贤均授意后编辑刘稚的主动约稿。何启治在终审意见中论证了《国画》导向问题后，补充说“如果大家都认为可用，他愿意保留自己的意见，尊重大家的意见”。[①] 其时人文社社长兼《当代》主编陈早春召集所有看过《国画》稿件的同志开会，在听取两方面的意见后，决定《当代》发刊，人文社出书，但不作宣传。《国画》刊发并出书不久，便遭遇了停印的命运。事件过后，《当代》编辑继续鼓励王跃文创作，并于 2001 年第 5 期刊发王跃文新作《梅次记事》。《梅次记事》创作意图在编辑的指引下形成的主旋律书写，然而王跃文既不是一个甘心在主流意识形态话语体系内书写的作家，又固执地采用了《国画》中的主角作为新作的主角，《梅次记事》也遭遇了和《国画》一样的命运。在《国画》停印十年后的 2009 年，王跃文的几部作品才得到许可被重新印刷出版，在历史和时代不断变迁的过程中，一些当时敏感的问题终于解除冰冻。值得注意的是，在《国画》受罚后，《当代》和人文社并没有受到事件的影响，以作品的艺术价值作为刊发尺度，不因人废文。尽管《梅次记事》同样被停印，但《当代》依然敢于刊发王跃文的作品，如《随笔三则》（2003 年第 2 期），《乡村典故》（2004 年第 2 期）。

《当代》长篇小说组稿、退稿和改稿的每一个环节都有潜话语的参与，而这种情况并不仅仅存在于《当代》，任何期刊的文本生产过程都受到潜在话语的影响。具有权威性的主流意识形态话语通过作者、编辑、报刊、出版社等中间媒介直接或间接地参与到文本生产的活动

① 周昌义：《王跃文寂寞——听老编辑说事之五》，《火星》2009 年第 4 期。

中，中间媒介既需尊重艺术雅趣，又要在二者之间寻求平衡。在作品生产和传播的整个过程中，主流意识形态话语或直接或间接地改变作品的呈现方式，在它的话语立场中以无处不在的方式构成了文学史本身。主流意识形态话语的广泛性和集体无意识性使我们在研究文学史时需要通过如编辑话语的更直接的方式去接近它本身。受到主流意识形态话语影响的编辑活动为文学历史发展提供了另外一种偶然的可能性，使文学史呈现出现今的风貌，因这无数的偶然构成了历史发展的必然。

四　编作互动：尊重作者群体

“文学期刊的主体主要有三个方面，文本层（原创文本，编辑加工的文本，文学期刊呈现的文本，读者接受的文本，文学期刊自身作为一个整体的文本），生产层（作家，编辑，读者，读者不是直接的生产层，但他们对文本的接受程度却直接影响生产），外围层（体制、机制、管理、经营等）。”① 编辑是中介，将文学期刊主体的外围层与文本层相连接，使主流意识形态话语反映到作品中；编辑也是桥梁，在生产层的内部，他们分别与作者和读者产生联系，并通过编辑活动使二者相互影响。编辑工作面对的不仅是一个个文本，更重要的是与文本背后的作者发生联系，编辑与作者的互动是编辑活动的重要组成部分，这种编作互动关系到刊物的稿源，甚至在一定程度上决定着刊物整体的水准和风格。期刊作者和编者二者关系的内涵应是“一种同志加朋友的相互信赖、默契配合，具有文化行为的出版工作关系”。② 期刊编辑者针对作者的工作主要分为三个方面，一是善于全面发现新作者；二是广泛组织和团结作者；三是重视保障作者的权益。本章从这三点出发分析编辑与作者间的互动如何将《当代》的文本层、生产

① 李明德：《仿像与超越：当代文化语境中的文学期刊》，中国社会科学出版社 2007 年版，第 60 页。

② 龚维忠：《现代期刊编辑学》，北京大学出版社 2014 年版，第 122 页。

层和外围层相互连接，形成独特的刊物品格。

第一，发现新作者。

对于整个文学生态系统而言，文学新人的发现是推动整个系统更新和发展的重要力量，甚至可以说文学不断发展的过程就是新人发现和成长的过程。依照目前的情况而言，尽管新媒介的发达使部分文学新人和新作通过网络的形式与大众见面，但绝大部分优秀的文学新人仍旧是通过文学期刊推出的。一方面，文学期刊较之网络平台更具专业性，在选稿过程中标准较严格，因而推出的新人新作水准更高，持续性更强。另一方面，文学期刊更具权威性，影响力更大，期待走向文学道路的新作家更倾向于将作品投向专业文学期刊以提升发展平台。鉴于文学新人的发现和培养是促进文学可持续性发展的必要途径，文学期刊又是推出新人新作的重要平台，因此文学期刊编辑部便承担起了发掘新作者的任务。

《当代》在创刊筹备的过程中便有成员提出了“每期发表新人新作”[①] 的建议，将培养和扶植新作家作为办刊的重要目标。此建议呈现在《发刊的几句话》中：“我们希望多发表新作家的新作品。还在30年代，鲁迅就大力提倡办文艺刊物要着重培养新作家，每期都要有新作家的名字出现，这才是文艺兴旺的现象。在我国实行四个现代化的这个伟大时代，文艺上执行百花齐放，培养新作家，扶植新作家，意义更加重大。”[②] 这个建议公开的发表，意味着要受到全体读者的监督，是编辑部的自我加压。因此在发稿过程中，每一期都要考虑到是否有新人新作，强调新人的作品重点发表。坚决执行这条发现和培养新人的措施，取得了明显的效果，《当代》创刊五周年的纪念会上，在扶植中青年作者方面得到了广泛的表扬。从编辑部的角度，发现新作家既是发展文艺事业责无旁贷的承担，也是刊物可持续发展的重要资源。作为编辑部一分子的编辑个体因此一直接受这样的训练和教育：

① 该建议的提出者是朱盛昌，见孔令燕《记忆在叙述中重显》。

② 《当代》编辑部：《发刊的几句话》，《当代》1979 年第 1 期。

"及时发现有创作潜力的新作家，是组织到优秀书稿的一个关键。同时，这也是训练编辑眼光，培养和锻炼编辑队伍的重要一环……认真做好优秀的中、青年作家的创作组织工作，及时出版他们的优秀作品，是具有长远影响和战略意义的任务。作为一个搞当代文学的编辑，也是人人心中应该非常明确并时刻牢记的一项无可推卸的职责。"[①] 对新作家的重视是人文社和《当代》一以贯之的传统，曾在编辑部供职的各位编辑身上留下了乐于发掘和培养新人的闪光印记。

被誉为"中国当代的涅克拉索夫"的秦兆阳在《当代》工作期间重视发现和扶植文坛新秀，挖掘文学新作。"作家是发现出来的，作品是加工出来的，看过了就把一个作家给耽误了，改坏了就把一篇作品给糟蹋了……因此，应该善于识辨人才，肯于倾注心血。"[②] 著名作家路遥就是秦兆阳慧眼发现的，路遥的处女中篇《惊心动魄的一幕》，在两年的时间内几乎投遍了全国的各个大型刊物，但均被退稿，路遥在绝望之中将稿件投向《当代》，他将《当代》视为最高的"文学裁判所"，如果再被退稿便将稿件付之一炬。结果路遥在投稿后不久就收到了主编秦兆阳的一封长信，信中表达了对作品的热情肯定，又对稿件提出了一些修改意见，随后立即邀请路遥到北京修改作品。《惊心动魄的一幕》是秦兆阳的指导下于编辑部内修改而成的，发于《当代》1980 年第 3 期。秦兆阳又亲自出面力争，作品获得全国第一届中篇小说奖，增强了路遥的创作自信。在忆起这段往事时，路遥说"我在内心十分感激《当代》编辑部，因为我们这些年轻人发作品是很困难的。……我永远感激您和编辑部的同志，尊敬的前辈秦兆阳同志对我的关怀，这使我第一次真正树立起信心"。[③] 路遥将秦兆阳视为他文学的"教父"，他说"秦兆阳等于直接甚至手把手地教导和帮助我走

① 胡德培：《关于文学编辑工作的几点思考》，《编辑之友》1990 年第 5 期。
② 崔道怡：《给申力雯的热线电话》，《当代》1991 年第 2 期。
③ 路遥：《早晨从中午开始》，《路遥全集》，十月文艺出版社 2013 年版，第 573—574 页。

入文学的队列”①。此后路遥又在《当代》上发表了《在困难的日子里》（1982 年第 5 期），在完成《平凡的世界》后也将稿件直接投给《当代》。秦兆阳的发现和《当代》这个平台的推动使路遥在文学界崭露头角，为这个有才华的青年人开启了创作之门；史铁生的名字最早出现在《当代》，他的一个短篇小说《之死》是在北京市崇文区文化馆内部刊物《春雨》上刊出，被孟伟哉看到，觉得不错，便将某些段落稍作推敲和修改，题目改为《法学教授及其夫人》（1979 年第 2 期），后被北京人民广播电台选播，史铁生从此引起人们的注意；围棋国手陈祖德在患胃癌后希望通过个人的成长经历记录我国二十多年围棋事业的兴衰机遇，写信向严文井倾诉，严文井立即回信表示支持，并肯定陈祖德一定能够写出一部优秀的文学自传。自 1982 年初到 1984 年末的三年时间中，陈祖德的写作得到了严文井的指导和帮助。陈祖德每写完一部分文稿就由学生送至严文井家中，严文井针对文稿提出具体的修改意见和需要注意的问题，书稿不断往返于陈祖德和严文井之间，经过数次的修改和锻造，激起一代人昂扬斗志的《超越自我》问世。陈祖德在《超越自我》的后记提到严文井时说：“我从这位文学界前辈身上获得的教益，非言语所能形容”；王朔闯入文坛的第一部中篇小说《空中小姐》经过龙世辉与章仲锷前后四次修改，从九万字精练到四万字推上《当代》；柯云路最早步入文坛的中篇小说《耿耿难眠》发表于《当代》1981 年第 5 期。“始终把我们工作的重点放在那些中、青年作家身上，目光经常注视着中、青年作家的创作。为了选准组稿对象，我们对创作队伍的现状，特别是对新出现于文坛的年轻作家的创作情况，总是不断地进行调查了解和分析研究，然后经过反复商讨，才进一步确定在某一个时期的重点撰稿人。同时，想方设法地为他们创造写作条件，帮助他们在创作上突破和提高，为他们获得新的成就和新的贡献，给予最大的帮助。”② 《当代》对于新人的

① 路遥：《早晨从中午开始》，《路遥全集》，十月文艺出版社 2013 年版，第 573—574 页。

② 胡德培：《关于文学编辑工作的几点思考》，《编辑之友》1990 年第 5 期。

发掘和培养效果是明显的，一些当时并不为读者所熟知的文坛新人，如张锲、鲁光、刘亚洲、路遥、李杭育、郑义、廖西岚、李锐、雪珂，在《当代》发表自己最有影响力的作品，由此在文坛崭露头角，受到大众的重视。陈祖德、哲中、史铁生、张曼菱、郑九蝉、王朔、吴欢、木杉、张聂尔、陈中冀、姜汤、李君旭、马泉来、郑效农、刘文忠、杨遐、杨飞等在《当代》发表处女作，叩开了文坛的大门。“如果没有人文社在关键时刻给一些作家特别是尚未澄明的青年作家以及时而有力的支持，文坛可能就见不到这部作品，甚至就没有这个人了。在这个意义上，称编辑为伯乐是可以的。”[①] 在一个编辑的心中，能够挖掘到一个新作家的欣喜甚至大于编辑一部著名作家的作品，优秀的编辑善于从堆积如山的无名作者来稿中拾英采贝，积极鼓励热情帮助，为一些颇有才华的作家开启创作之门，使粗疏之璞终成美玉。同时，对于文学新人的发现也是对作家资源的调控和配置，是一家文学刊物甚至是文学界优化作家队伍的结构，进行新陈代谢的必要手段，有利于各种文学力量的竞争与发展。

第二，广泛组织和团结作者。

在《当代》的历史中，每一篇作品背后都包含着编者和作者的互动，编辑和作家的联系是建立在作品之上的，正如编辑周昌义所说：“《当代》有个传统，老编辑总是会告诫新编辑，编辑和作家，是作品的关系。”[②] 1980 年，古华来到人民文学出版社小说表达要创作长篇小说的想法，在编辑的鼓励下进行小说创作，后将未完成的书稿交给编辑刘炜并希望能够留在北京修改稿件，面对当时并不知名的业余作者古华，编辑刘炜、彭沁阳、龙世辉先后审阅稿件，又帮助向古华工作单位发函请创作假、在社里安排食宿等。在诸位编辑的鼓励和帮助下完成茅盾文学奖获奖作品《芙蓉镇》；人文社编辑室副主任孟伟哉在《四·五论坛》上读到了遇罗锦的文章，便拨通遇罗锦的电话约她写

① 何启治：《文学编辑四十年》，人民文学出版社 2001 年版，第 56 页。

② 周昌义：《当年差点毁路遥——听老编辑说事（之一）》，《星火》2008 年第 6 期。

作，遇罗锦创作出伤痕文学的代表作品《一个冬天的童话》（1980 年第 3 期）；苏叔阳以创作戏剧、电影闻名，出版社编辑认为他有创作长篇小说的能力，便鼓励其进行长篇创作，于是出现了《故土》（1984 年第 1 期）。程琳的《警察与流氓》（2004 年第 1 期）是写信给编辑周昌义，引起了周的注意而后发在《当代》上。宁肯的《蒙面之城》遭遇多次退稿被《当代》认可，于晓丹《一九八〇的情人》经过北京、上海的几番周折，最终回到北京，落在了《当代》。获得第一届全国中篇小说奖的路遥《惊心动魄的一幕》，被多家刊物退稿，寄给刘茵一封信请《当代》裁决，后发于 1980 年第 3 期。陈桂棣、春桃用五六年的时间跑乡村、访贫问苦、整理材料创作《中国农民调查》时，编辑杨新岚一直与他们保持紧密联系。

《当代》能够长期保持稳定的作者群，与编者作者间的个人交往不无关系，一些经典作品的刊发建立在编者作者间的个人情谊上。新时期以来，一度就任《人民文学》主编的王蒙复出后所有重要的长篇小说都是由《当代》刊出并由人民文学出版社出版，《活动变人形》（1986 年长篇专刊）、《失态的季节》（1994 年第 3 期）、《踌躇的季节》（1997 年第 2 期）、《狂欢的季节》（2000 年第 2 期），他新时期的第一部中篇小说《布礼》（1979 年第 3 期）便交给了《当代》，后又发表了《郑重的故事》（1995 年第 6 期）。王蒙将韦君宜一家视为恩师、恩人、恩友，韦的爱人杨述从开始就反对王蒙戴的右派帽子，韦在“四人帮”刚垮台时就亲自给远在新疆伊犁的王蒙写信，希望他重提大笔书写时代。王蒙与《当代》和人文社保持着恒久的关系，与韦君宜和他长达几十年的亦师亦友的关系密不可分；《当代》与邓贤的合作堪称“编辑与作家合作的典范”①，邓贤在云南大学教书时在创作上海默默无闻，见到《当代》编辑洪清波表明百万巨著的写作计划，后来洪清波建议邓贤改为写二十万字的报告文学，邓贤创作出《大国

① 周昌义：《邓贤〈落日〉之日落——听老编辑说事之三》，《星火》2009 年第 2 期。

之魂》。在这以后的合作中，一直保持着邓贤先演讲，讲到编辑信心十足再下笔。侃侃而谈的邓贤听建议从善如流，因而在交流过程中编辑不满意他就不断修改，改到编辑满意为止。而《当代》编辑对于邓贤来说更多是起到鼓励和支撑的作用，每当邓贤创作到精疲力尽的时候，“我们就会去成都看稿，看已经完成部分。有时候是清波和我去，有时候是和小高（高贤均）去，有时候是我和小高去。稿子怎么评价次要，主要的任务就是打气，就是鼓劲”。[①] 编辑高贤均在重病中还关心着邓贤《中国知青终结》的创作，托人嘱咐邓贤要超越自己，高未及看到成稿便已猝然长逝。邓贤遇到发现并启发他的编辑，他说：“我喜欢人文社有两个重要理由，一是人文社的编辑有眼光……我与人文社有缘，投缘，具体说是与人文社的编辑有缘分。”[②]《当代》编辑遇上了一位绝对信任和尊重自己的作家，“做编辑很难遇上能信任你的作家，你的意见，人家打心眼儿里尊重，你的建议，人家打心眼儿里采纳。很多人做一辈子编辑，也没遇上一位”。[③] 邓贤和人文社与《当代》编辑可谓珠联璧合。因此，在《大国之魂》一炮打响后，邓贤的《中国知青梦》《落日》（淞沪抗战）、《流浪金三角》《中国知青终结》和《黄河殇》，均由《当代》刊发，人民文学出版社出书。

《白鹿原》能够由《当代》刊发，背后也饱含着编辑和作者间的深厚情谊。1973 年隆冬，陈忠实在西安郊区开会，会议结束时，来自刚刚恢复出版工作的人民文学出版社的编辑何启治拦住了他。何启治当时负责小说北组，重点工作地区在西北。受到《陕西文艺》编辑的推荐找到陈忠实，认为其发表的第一篇短篇小说《接班以后》具备了扩展为长篇小说的基础。“我首先很感动，不单是老何说话的内容，还有他的口吻和神色，在我感到老成的同时也感到了基本的信赖，即

① 周昌义：《邓贤〈落日〉之日落——听老编辑说事之三》，《星火》2009 年第 2 期。

② 邓贤：《我喜欢和不喜欢人民文学出版社的几个理由》，载杨柳等《我与人民文学出版社建社五十周年纪念文集》，人民文学出版社 2001 年版，第 54 页。

③ 周昌义：《邓贤〈落日〉之日落——听老编辑说事之三》，《星火》2009 年第 2 期。

使写不成长篇小说，做一个文学朋友也挺好。”① 陈忠实被何启治所感动，也违心地答应了写长篇小说的要求。何启治回到北京后，将小寨街角的谈话以富于条理化的文字表述出来，继续鼓励陈忠实进行长篇小说创作。其后，陈忠实被派到南泥湾五七干校劳动锻炼，何启治被抽调到西藏工作，在藏工作的三年也未忘与陈忠实通信提及长篇小说创作。直到 1980 年，何启治为创刊不久的《当代》组稿。陈忠实历时三年多，修改重写四次的《初夏》刊于 1984 年第 4 期《当代》。20 世纪 80 年代中后期，距陈、何二人第一次谈话已过十余年后，何启治依然未忘长篇小说写作的事，陈忠实也透露了开始了长篇小说的构思，但要求何启治不要告诉别人、不要催问。后来的几年里，何启治守约如禁，人民文学出版社的编辑去西安组稿都带去何启治的问候，从未催稿。直至 1992 年 3 月，陈忠实写信给何启治，“他在信里说到长篇小说《白鹿原》的创作情况，还说他很看重这部作品，也很看重《当代》杂志和人民文学出版社的态度，在我们表态之前，他不想把这部倾注了他多年心血的长篇交给别的杂志和出版社”。② 由于陈、何二人小寨街头的约定，陈忠实先后拒绝了两家大型出版社约稿，一是在艰难的情况下给他出版中篇小说集子《初夏》的上海文艺出版社，另一个是作家出版社。何启治对《白鹿原》的归处表现出笃定的信心：“事实证明，我和陈忠实始于 1973 年的真挚友谊，以及后续的服务工作，使他在二十年后必然会把惊世之作《白鹿原》交到我手里，一定会交给人民文学出版社和《当代》杂志。”③ 两人自 1973 年相识，何启治就向陈忠实约了部长篇，直到二十年后这部长篇才面世在《当代》上。编辑与作家间以作品为中心的交往是编辑活动的一个组成部

① 陈忠实：《何谓益友》，载丁景唐等《我与人民文学出版社》，人民文学出版社 2001 年版，第 166 页。

② 何启治：《独开水道也风流——纪念陈忠实著〈白鹿原〉面世二十周年》，《当代》2012 年第 6 期。

③ 何启治：《独开水道也风流——纪念陈忠实著〈白鹿原〉面世二十周年》，《当代》2012 年第 6 期。

分，同时，二者之间的私人情感超越了文学生产层面的关系，通过情感关联为“编辑与作者是作品的关系”提供了一种恒久的保证。

第三，保障作者权益。

《白鹿原》创作完成后，人民文学出版社与陈忠实签订出书合同，出版社按照每千字30元的标准一次性支付作者稿酬。根据笔者对人民文学出版社稿酬支付的相关研究，陈忠实《白鹿原》的稿酬属于同期的最高标准，陈忠实在日后的回忆中也确证了这一点，“出版社决定给我当时最高的稿酬标准”①。这笔大宗稿酬令四年没有收入的陈忠实极为兴奋，也使他在20世纪90年代初步入“万元户”的行列。人民文学出版社和《当代》对作家的保护之处在于使作者的利益得到最大化的保障，因此在文学低谷时决意将《白鹿原》起印15000册，后又随作品影响不断扩大，半年时间便加印了五六次。在1993年8月北京召开的《白鹿原》研讨会后，何启治、高贤均主动找到陈忠实，与其讨论修改出书合同的事宜，出版社认为随着书稿印数的增加，签订版税合同更有益于作者的经济收益。“他们已经对比核算过了，考虑到我花五六年时间写这一本书，能多得就争取多得一点吧。……更令我感动的是他们替我所作的谋算，以至于如此细心。作为一本书的作者，面对这样体贴入微的编辑，说什么感谢之类的话都显得多余而俗套。”② 人民文学出版社与《当代》在所及范围内，尽量保障作家的经济收益，这一方面的确源于编辑部需要与作家保持紧密的联系从而保障稳定优质的作者结构，另一方面则确实显示出编辑为作者生活着想的热心和真诚，以及编辑部在艺术品格与经济利益间所表现出的雍容气度。2010年，位于上海地区的《收获》和《上海文学》因得到上海市文化专项资金扶持准备提高稿酬标准，《当代》在没有任何资金支

① 《此〈白鹿原〉非彼白鹿原?》，http：//ent. ifeng. com/zz/detail_ 2012_ 09/15/17639475_ 0. shtml。

② 陈忠实：《何谓益友》，载丁景唐等《我与人民文学出版社》，人民文学出版社2001年版，第175页。

持的情况下也决定根据整个市场的情况有针对性的调整稿费，以尊重作家劳动，促进刊物良性循环。

五 编读互动：强化读者意识

在姚斯的接受理论出现后，读者的审美趣味、阅读期待和阅读反馈影响着整个文学的生存过程，作为文学生产层的一元，读者是作者和编者活动的终端。编者作为连接读者和作者的中介和桥梁，一方面必须保持着与作者的互动，保证刊物的稿件来源，另一方面强化读者意识，将最大限度地满足读者的阅读需求作为编辑工作的准绳。读者是编辑和出版活动进行和发展的基础，它作为编辑出版活动的对象一方与作者和编辑互相渗透，共生共荣。同时，期刊作为一种精神文化消费产品，其消费者是读者（受众），作者的创作活动和编者的编辑活动最终是读者的消费目的。倘若失去读者，整个精神文化消费的过程便不复存在，那么作者和编辑活动便失去了意义，文学生产活动也失去了意义。无论是作为文学生产层面的一元，还是作为文化消费活动的一环，读者显然都是值得重视的。"出版者（或者他的代表）应想到一种可能的读者，并在收到的大量稿件中挑选出最适合这种读者消费的稿件……要对这种可能的读者希望哪些作品，并将购买哪些作品，作出一种事实判断。"①

我们讨论《当代》编者与读者的互动，首先需要确定的是《当代》读者群体，根据《当代》上所刊发的读者调查报告和《当代》官方网站所提供的资料，我们得到以下数据：

1999 年："《当代》读者俱乐部调查问卷刊登后，本刊收到了近千封读者回信。回信的读者年龄最大的 86 岁，最小的 14 岁，职业以文教、卫生、科技、机关工作人员为主，学历大体在高中至大学之间。"②

① ［法］罗贝尔·埃斯卡尔皮：《文学社会学》，符锦勇译，上海译文出版社 1988 年版，第 77—78 页。

② 《当代》编辑部：《〈当代〉读者俱乐部问卷调查揭晓》，《当代》2000 年第 1 期。

2002年："截至12月18日止，总共收到读者寄回的问卷3990份。我们在'个人月收入'一项中，设立了四个档，回答'1千元及以下'的1676份，回答'1千至2千元'的1682份，两档相加，占84%。而回答'2千至3千元'和'3千元以上'两档，不足16%。也就是说，《当代》的读者绝大部分属于中低收入群体，经济都不宽裕。"①

2003年："去年底随刊发出的《读者调查表》，我们回收到1989份，与上年度回收数持平。男性读者是女性读者的三倍。35岁以下的读者超过36—55岁与55岁以上之总和。"②

2005年："收到调查表1315份。其中男性76%，女性24%。说明《当代》在赢得男性读者的同时，还需继续争取女性读者的支持。值得欣慰的是年龄构成：25岁以下24%，26—35岁38%，36—45岁19%，46—55岁9%，56岁以上8%。35岁以下读者占有比例为62%，扣除年轻读者喜欢互动回表多的因素之后，希望也能说明读者年轻化程度提高，刊物正在完成新老读者交替的过程。"③

根据以上四年的读者调查报告，我们发现2000年以后《当代》读者的特点是：第一，年龄大多数在35岁以下（与年轻读者乐于互动回表有关）；第二，在性别划分上男性读者远多于女性读者；第三，工资收入属于中低阶层；第四，职业主要分布在文教、卫生、科技、机关工作领域；第五，学历处于高中与大学之间。

在21世纪之前，《当代》读者的构成又有哪些？由于没有明确的读者调查数据，只能从历年选登的读者来信中观察到一些端倪。1980年杂志刊登部分读者评《命运》的来信，其中包括诗人公刘、诗人沙鸥、作家陈继光、作家峻青，其他职业包括大学教师、中学教师、医生、工人、电影管理站工作人员等。1982年的《部分读者对〈公开的"内参"〉的反应》，刊登了部队战士、织布厂工人、造纸厂工人、舞

① 《当代》编辑部：《感谢读者》，《当代》2003年第1期。

② 《当代》编辑部：《2003年读者调查汇报》，《当代》2004年第2期。

③ 《当代》编辑部：《〈当代〉读者调查汇报》，《当代》2006年第1期。

蹈演员、大学生、中学生对《公开的“内参”》的评论。1988 年读者之页中刊登了读者对所发作品的反馈，包括工程师、大学教师、工艺美术师、医药管理局工作人员。1993 年读者之页，来信的人士包括工业品公司工作人员、齿轮厂工人、批发公司工作人员、化肥厂工人。同年，读者储成新来信就刊物定价问题提问，表明“我及我身边的文学爱好者均属无钱之人……刊物再大提价那就只好忍痛割爱了”，除此之外，历年刊登的读者来信还透露出的这样的讯息，有很多读者自《当代》发刊起便订购阅读，直至退休后还持续订阅，对《当代》抱有很深的感情。这些读者是 20 世纪 80 年代初期文学高峰时期所积累下的读者资源。他们关心国计民生，关注艺术水准，具有一定的文学鉴赏和批评能力。从这些杂志上所刊登的读者来信来分析：第一，《当代》读者群体中有一部分是新时期初期读者群遗留至今的中老年读者；第二，职业主要分布在文教、卫生、科技、部队、机关、工厂等领域；第三，读者工资收入普遍不高。第四，读者具有文学鉴赏力和社会关注力。

综合以上两种分析，可以得到《当代》读者有一部分核心是忠实的中老年读者，还有一部分年轻读者在缓慢地补充进来，这表明读者群正在进行新老更迭。关于《当代》读者的性别，男性数量明显多于女性[①]，这种读者构成与“文学期刊的读者更多为女性”[②] 结论相反，原因在于《当代》“直面人生、贴近现实”的现实主义风格更符合男性审美趣味。读者职业主要有文教、卫生、科技、机关等，工人读者近年逐渐流失，读者工资收入普遍处于中下游水平。

在整个文学生产活动中，读者并非一味被动接受，他们与编辑保持着信息的双向交流，编辑通过一定手段和方式获得来自读者的信息传递。编辑和读者的互动能够增进二者的心灵交流，并了解读者的阅

① 这与《人民文学》的读者构成相似，根据 2001 年第 12 期《人民文学》的《读者调查综述》，男性读者占 88%，女性读者占 12%。

② 张娅娅：《价值与审美取向研究》，文化艺术出版社 2008 年版，第 146 页。

读需求，发现刊物存在的问题和待改进之处。当代文学期刊与读者的互动主要通过发放读者意见调查表、吸收读者参与文学奖项的评选和文学作品的评介、举办读者的交流会、研讨会，设置读者俱乐部等途径。20世纪八九十年代，《当代》与读者的互动主要通过刊物所刊登的读者来信和读者意见来实现的，处于文学黄金时期的20世纪80年代，读者遍布全国各地，从城市中心到农村公社，职业由机关干部到普通工人，这些读者不分地域、职业、年龄、民族，都积极参与文学作品评论活动，热情与编辑部和作者互动。自创刊后，《当代》编辑部经常收到读者来信，有对刊物和具体作品的赞扬，也有一些批评和建议，编辑部将这些来信视作鼓舞、鞭策和帮助。1979—1981年，《当代》不定期选发部分读者来信，针对某部作品的讨论，编辑部如实刊发了读者的各种意见，如《部分读者对〈公开的“内参”〉的反应》，一些读者对文章的否定意见和尖锐的批评也原样照登。在1979—1981年《当代》文学奖评选过程中，来自全国各地的读者主动写信给编辑部提供候选篇目，“大量推荐信件和评选文章雪片似的投送到本刊编辑部”。[①] 个别读者甚至写了长达几千字的作品评介意见，还有读者再三向编辑部寄去补充意见。1982年刊物正式开辟读者之页，该栏目不仅为读者提供了发表非专业文学评论的平台，同时也为编辑了解读者的阅读兴趣和审美心理提供了根据，有助于期刊的改革和发展。读者之页的设置激发读者的阅读热情和交流热情，增进了读者与期刊的情感交流，建立了读者与期刊的纽带关系。二者之间因读者之页而形成的良性互动收效颇佳，编辑部经常收到一些读者的来信表扬：“读者之页是群众性文学短评的园地，我很喜欢阅读，因为你们在选编来自本刊读者的文学评论面比较广，我听到周围好几位读者的赞扬，说这是编辑的‘磁铁精神’，正因为如此，才受到了《中国报刊》及《文学报》等报刊的表扬。我们希望《当代》读者之页能够成为培养业余文

① 《当代》编辑部：《当代人的评判——广大读者积极参加“〈当代〉文学奖”的评选》，《当代》1982年第3期。

学评论者的一块沃土。”[①] 读者之页及读者来信选登板块传统一直延续到2006年，此后将读者意见汇入文学拉力赛来信选登，但不再刊登读者对办刊的建议和意见。2004年以来，《当代》举办“文学拉力赛”，每期附读者的评价意见表，并在每一站拉力赛都选登读者来信，在《当代》文学奖项的评选活动中，在普通大众读者中选取评委，意在提高普通读者在文学评介活动中的主体地位。

《当代》重视读者对办刊的意见和建议，“刊物是办给群众看的，群众是刊物最权威的评判者”。[②] 刊物常附读者意见调查表，读者的反馈是真实并具有代表性的，对于一些读者广泛关注的问题和一些可行性意见，刊物能够做到及时回答和解决，根据读者的要求和意见改进工作。比如，2002年第3期《当代》开辟新栏目《中学生文学社》，后收到读者来信认为“《当代》中出现《中学生文学社》栏目是一个失败，因为《当代》在中学生群体中就没有读者群，这与推出新人没有关系”。[③] 在2003年的读者调查报告中，许多读者在读者调查表中表明最不喜欢的栏目是《中学生文学社》，认为《当代》是高档次的成人文学刊物，刊登中学生的习作不符合《当代》一贯的风格，因此编辑部决定根据读者的意见结束了该栏目。2004年，《当代》推出长篇小说选刊却并未做任何预告和宣传，一些读者来信反映因不知道出版信息，导致只能零购，造成不便。在当年《当代·长篇小说选刊》汇报中，编辑部对因宣传不及时而造成的征订不便向读者致以歉意，并提供了征订方式。在编辑部的行为细节中，我们能看到编辑的读者意识，读者的反馈也确实为刊物的发展方向提供了可靠的理论与实践依据。

尽管《当代》编读二者的互动彼此依赖和渗透，以一种良性互动的方式促进着期刊的发展，但近年以来却暴露出二者逐渐疏离的问题。

① 《当代》编辑部：《读者之页》，《当代》1985年第6期。
② 《当代》编辑部：《编者的话》，《当代》1985年第3期。
③ 《当代》编辑部：《读者来信》，《当代》2004年第1期。

一方面，参与期刊互动的读者逐年减少。2002年读者调查回收到《读者调查表》3990份，2003年回收1989份，2005年回收1315份，2006年回收783份，2008年回收805份，2009年回收785份，2010年回收680份，2011年回收520份，2012年回收470份，2013年回收380份，2014年回收320份。十年左右时间，读者回表数量降幅达10倍之多。参与互动的读者占总读者的比例低，以2005年为例，当年刊物的发行量约在10万本，参与回表人数为1989人，参与比例约为2%。另一方面，《当代》对于读者调查表的结果疏于重视，调查栏目中的"你对《当代》和《当代·长篇小说选刊》有什么建议和意见"在每年的调查结果汇报中均没有呈现和反馈，2008年至今只简单公布最喜欢的《当代》栏目、最喜欢的《当代》和《当代·长篇小说选刊》作品、最喜欢的文坛作品几项。尤其是在2009年至2015年连续6年的读者调查启事中，采取了一模一样的模板："××年度读者调查活动，截至发稿日，收到调查表××份，相比去年，只略有减少。在这个多事的冬天，能得到读者如此关心，我们感激不尽。读者的反馈，价值匪浅，我们将在今后的编辑工作中认真分析体会，以回报读者。现仅就几项调查结果做一个汇报。"几年以来，调查启事的变化只在2012年将"在这个多事的冬天"删除，在2013年将"只略有减少"的"只"字删除。这样模式化的读者调查启事想必也是互动读者逐渐减少的一个原因。

总体而言，《当代》在编辑活动中读者意识较强，自创刊起便视群众（读者）为最权威的评判者。多年辛勤地致力于为读者服务，重视读者的审美兴趣、阅读心理和阅读意见，尤其是《当代》文学拉力赛中选择普通大众读者作为评委（这一点将在后文"文学评介"一节中详细论述），这种编辑与读者的互动在一些期刊研究的论述中被当作正面例证[①]。然而，读者不断流失是近年来文学期刊的整体现状，

① 见李明德《仿像与超越：当代文化语境中的文学期刊》"文学期刊的可持续发展"一节。

在这样的文学生态环境之下，《当代》必须提高自身要求以保证核心读者的稳定性，认真而慎重地对待每一个与之互动的读者。同时需要寻找到更有效的方式吸引新读者的加入，保证期刊的可持续性发展。

第二节　文学评介：民主化诉求

一　《当代》与文学奖：持久与创新

在当代文学进入新时期后，便产生了一种由文学期刊和出版社设置文学奖项的传统。1978 年举办的第一届全国优秀短篇小说奖由《人民文学》独家承办。1981 年《十月》针对期刊上发表的长篇小说、中篇小说、散文等作品的评选和奖励设置《十月》文学奖，1984 年《小说月报》设置评选中短篇小说的“百花奖”，1985 年《小小说选刊》创刊即设立了“全国小小说优秀作品奖”。除《人民文学》外（《人民文学》所承办的奖项由中国作协主办，评奖范围面向全国），其他刊物奖项的评奖范围主要是针对本刊发表的优秀作品，其评奖目的是肯定和鼓励在本刊发表的作者作品，通过评奖扩大作品和刊物的关注度和影响力，其获奖作家作品的奖励方式主要以精神奖励为主。

《当代》自 1982 年起设置了各种奖项（附录四）以鼓励作者的创作热情，致力于逐步实现文学评奖的民主化进程。《当代》的奖项设置大致可分为两个阶段，第一阶段为 2000 年前“《当代》文学奖”的举办，第二阶段为 2000 年以后的“《当代》文学拉力赛”，后发展为长篇小说论坛。前一阶段的评奖在众多刊物设置的奖项中特色并不明显，到了第二阶段则做出了刊物评奖的有效探索，对期刊评奖和文学界评奖具有借鉴意义。

第一届《当代》文学奖的评选活动，评选范围为 1979—1981 年发表的作品，评选的主要意见则是来自全国各地的读者。在此次评选活动中，全国读者积极参与其中，主动写信提供评奖的候选篇目，甚至有读者自己绘制推荐表，读者们自动聚集一处评价分析《当代》发表的作品，又将评价意见寄至编辑部。与此同时，《当代》编辑部在北京、天津、河北和新疆（委托《伊犁河》编辑部召集）四地召开读者座谈会，广泛征集评选意见。第一届《当代》文学奖共评选出二十八部优秀作品，在公布获奖作品的同期，《当代》在“当代人的评判”一文中刊出了读者对获奖作品的热情表扬，又刊发了部分获奖作者的感言。该奖发展至20世纪90年代，评奖方式变更为“经过评委会听取各方面意见，以无记名投票方式投出”。《当代》文学奖后期与其他组织或企业合作而被冠名，如1999年举办“焦作化电”杯《当代》文学奖及“双轮”杯《当代》报告文学奖。1994年后，由于人民文学出版社的“人民文学奖”对长篇小说和纪实文学的评奖，《当代》文学奖评选范围不再包括长篇小说。《当代》文学奖的评选活动特色并不明显，尤其长篇小说缺席评选后，亮点寥寥。

21世纪以来，《当代》着眼于“文学拉力赛”的举办，这是编辑部在面对市场时所作出的内外兼修的发展改革方案，编辑部意在通过这种文学拉力赛评奖“长期利用悬念吸引社会关注”和“触及文坛最不市场化的本质之处”[①]。从评奖形式上，“拉力赛”的形式是文学评奖界前所未有的一种创新，它借鉴于体育竞赛形式，即从若干个分站赛的冠军中参加总决赛评出总冠军。《当代》文学拉力赛每一分站的评奖范围即该期所刊发的所有作品（就目前为止得奖情况而言，获奖作品的文体类型包括长篇小说、中篇小说、短篇小说和纪实文学），每年共六分站的评比，若当年发行小说专号或增刊则另加一分站，年度总决赛的参赛作品包括各个分站的冠军。在获奖作品的奖励方式方面，与20世纪八九十年代不同，受到市场经济冲击的影响以及对其他刊物奖励的借鉴，《当代》文学拉力赛的年度总冠军将获得奖金十万元，奖金来自《当代》编辑部自筹，并规定拉力赛的总冠军绝对不能

① 闻立：《走向市场》，《当代》2000年第2期。

空缺，奖金必须发出。这样硬性规定的目的在于力证《当代》文学奖的真实性，而绝非以高额奖金而掀起炒作热潮。2001 年第一分站，《当代》考虑到各个文体的竞争公平性，为使中短篇小说摆脱长篇小说的压制并获得同等的评奖机会，增设中篇小说大奖和短篇小说大奖，奖金分别为三万元和一万元。拉力赛的评奖原则和评委的构成是评奖的新意所在，《当代》首次在文坛倡导公正透明的原则，其公开程度丝毫不逊色于官方大奖。该奖实行"三公开"原则，包括评委公开、过程公开和评语公开，旨在将评奖的主动权交给读者以克服传统评奖的专家行为和行政行为。

从历年评委构成方面考察，文学拉力赛第一年的评委由五个方面构成，分别是作家评委李国文、毕淑敏，评论家评委雷达、教授评委曹文轩、媒体评委解玺璋和读者评委，其中读者评委是从热心读者中挑选的，当年的读者评委分别是工商管理人员施卫东、俞悦（无法查证具体职业）、《证券市场周刊》主编方泉、《中国青年报》记者徐虹、北大博士张晓峰、《北京日报》副总编辑严力强。《当代》希望这五种类型的读者所代表的不同价值和审美标准能够更为广泛地代表广大读者的阅读趣味和审美心理。2001 年，评委构成有所变化，五位评委均来自媒体行业，分别是《成都晚报》肖幼玮、《羊城晚报》王义军、《武汉晚报》王石、《北京晚报》孙小宁、《新民晚报》曹正文。2002 年评委有对外经济贸易大学副教授冯小虎、《文艺报》文学周刊副主编冯秋子、《南方周末》北京发行人王家骝、社会科学文献出版社社长谢曙光、网络作家俞白眉。2003 年评委分别是新浪文化与网络交流中心主编侯小强、中国人民大学教授吴琼、网络作家邢育森、《北京日报》副总编辑严力强、《人民日报·海外版》记者杨鸥。2004 年评委《北京晚报》记者孙小宁、网络作家邢育森、兰州市作协副主席匡文立、《证券市场周刊》副社长杨浪、对外经贸大学教授冯小虎。从评委构成来看，能够作为《当代》文学拉力赛评委的都可以被定义为高级知识分子，从热心读者中所选取出的读者评委文化水平极高，这样的评委是否能够真正代表普通读者的阅读趣味和审美心理是值得思考的。普通大众读者在读者调查反馈意见中表现出对拉力赛的评委构成并不满意，认为“决定拉力赛冠军的人，应该是读者而不应该是几个‘来历不明’的读者评委”①。“拉力赛评选时可加大读者的参与度。作品的好坏读者最有发言权。比如，通过发信或邮件投票都很好。”② 2005 年第 1 期起，《当代》在读者调查汇报中发表启事，将依据《读者调查》从中选取 50 位热心读者，由读者评选出当期最佳，自 2005 年至 2015 年，历站拉力赛冠军揭晓均注明“由读者 Email、传真、电话、信函投票”。值得注意的是，在 2003 年调查汇报中，有读者建议从《读者调查表》中抽样选取评委，编辑部认为由于上一期发行和下一期付印的时间相距较短，实施起来较有难度。相隔一年，编辑部便改变了这种论调，决定从《读者调查表》回表中选取评委。给出的原因是“评委都很忙，给他们的阅读时间又那么短，匆忙在所难免”③，于是采纳广大读者的意见，将评选权力彻底放交至普通读者手中。每期阅读点评是期刊点评实时性的体现，无论是固定评委还是选取的热心读者都会存在阅读时间较短、点评需迅速等问题。此后设置的各站读者来信选登中，部分读者的名字连续几年都出现在该栏目中，这些热心读者还包括作家，造成了来信选登栏目读者固定化的印象。当然，这种情况的出现应与参与互动的读者连年减少有关。

《当代》文学拉力赛 2000 年的竞赛现场设在书店，竞赛现场完全开放，评奖过程完全公开，书店的顾客可以自由参与其中，既能够现场听到评委的点评发言也可以插入个人意见。在评选过程中，编辑部的各位成员并不参与讨论，以保证评委的投票不受到任何干扰和引导。如果参评作家在竞赛现场，则评委与作家在投完票后方可握手交流以履行公正的承诺，因而会出现作家在现场静听批评的情况。最后，公

① 《当代》编辑部：《2003 年读者调查汇报》，《当代》2004 年第 2 期。

② 《当代》编辑部：《读者来信》，《当代》2003 年第 5 期。

③ 《当代》编辑部：《读者调查汇报》，《当代》2005 年第 1 期。

开评选中各评委的推荐篇目和每篇推荐作品的票数，评委所做的赞扬和批评评语都一字不易地发表在期刊上。评语的公开一方面使读者评委能够自由发表个人观点，另一方面是将评委的意见和评审行为置于广大读者的监督之下。拉力赛评语被编辑部视为得意之作，“该栏目是我们的得意之作，我们以为来自读者评委的评语直接明快，比起专家们的正宗评论，更有阅读快感；而且以为这几乎是所有文学期刊中唯一‘肆无忌惮’的自我点评”。[①] 但在几年的读者调查报告中，读者对拉力赛评语的评价与编辑部的感觉并不一致，不喜欢该栏目的比例较高。由文学拉力赛所评选出的获奖作品分别是，2000 年王蒙《狂欢的季节》，2001 年阎真《沧浪之水》和宁肯《蒙面之城》并列，均分十万元奖金。2002 年因故空缺，2003 年因故空缺，2004 年拉力赛冠军为董立勃《米香》（零奖金），2005 年冠军为杨志军《藏獒》（零奖金）。此后，无年度总冠军的评比。

纵观历年《当代》拉力赛评奖的实践过程，还是会发现一些问题。第一，“拉力赛”形式的特别之处在于每一分站冠军在总决赛中的评比，2006 以后便无总冠军之说。长此以往，拉力赛分站冠军的意义便被削弱，年终也无期待和悬念可言。第二，拉力赛在举办之初，编辑部硬性规定十万元奖金必须发出，而奖金只发了两届便悄然消失。若编辑部坦言经济拮据，想必要比冠军因故空缺更好。第三，评奖既然要突出读者的参与，那么在读者的选择上或许可以更开放一些。如此批评也算是一种苛求，在刊物中呈现出的拉力赛面貌中，还是能够看到编辑兢兢业业并热情地经营这一栏目。这个评奖也对当代文学期刊评奖提供了积极意义，它打破了评论家所主导的对文学作品的“权威评价”，将民间话语引入文学评奖，更具民主气息和平民色彩。“《当代》则以文学拉力赛的形式鼓励创作者、读者广泛参与，这与文学评奖的专家化、权威化、板正化形成鲜明对比，民间话语对获奖的

① 《当代》编辑部：《2003 年读者调查汇报》，《当代》2004 年第 2 期。

发言权更大，在这点上它类似于‘华语文学传媒大奖’的性质，突出读者的参与和奖项的透明度。”① 另一方面，文学拉力赛出现于文学正值低迷的时期，这类评奖也是对文坛沉寂的一种拨动，“文学比赛证明文学还活着，还有活动。虽然这样的比赛有批评有赞扬，但这样的文坛，才是有活力的文坛。文学奖赛至于文坛的意义正在于此”。②

2004 年，由中国出版集团、人民文学出版社主办，《当代》杂志承办，设“长篇小说年度奖”，评奖周期为一年，评选范围为所有当年度出版的全部华文长篇小说，不仅限于《当代》刊发。参选作品最初由媒体读书栏目或读书栏目记者参与长篇小说提名，排名靠前的作品获得候选资格。该奖项分为读者奖和专家奖，分别评选出读者和专家心中的五部该年度优秀长篇小说，一部年度最佳长篇小说，每五年评选五年五佳和五年最佳。读者奖由网络投票和中央人民广播电台及北京人民广播电台的短信投票平台产生。专家奖选取七位国内知名评论家，前四届专家奖的评委分别是白烨、李敬泽、陈晓明、孟繁华、张颐武、阎晶明、雷达。在媒体和公众的监督下记名投票，现场投票、唱票。该评选旨在将本年度国内最优秀的长篇小说推荐给读者，填补年度长篇小说空缺。获奖者奖金为零，该奖项不需任何赞助，以保证评奖不受任何外物干扰，“零奖金”也是要为当前文学奖金之高叫停，毕竟高奖金与作品的含金量未必成正比。编辑部在设立该奖时追求将其打造成最公开透明最具公信力的文学大奖。

2009 年，《当代》长篇小说年度奖更名为“《当代》长篇小说（××）年度论坛”。“中心词从‘年度评奖’改为‘论坛’，是希望参与者或读者在关注评奖结果的同时，更关注评选过程，关注大家对于长篇小说和文学的讨论。”③ 同时，在参选篇目、投票方式等方面做

---

① 李明德：《仿像与超越：当代文化语境中的文学期刊》，中国社会科学出版社 2007 年版，第 69 页。

② 谭海燕：《文学奖：文学期刊的强心针?》，《中国图书商报》2004 年 12 月 10 日。

③ 《当代》编辑部：《我们大家的文学——〈当代〉长篇小说（2009）年度论坛汇报》，《当代》2010 年第 2 期。

以调整。参选篇目在原有媒体推荐的篇目之外，增加了来自全国各省（市）作家协会和各出版单位的自荐、推荐，参加论坛的嘉宾也可以在论坛进行过程中，现场推荐作品。投票方式由七位评论家公开记名投票改为论坛在场的所有来宾均有投票资格，包括评论家、作家和文学界、出版界相关人士以及热心读者。除此之外，论坛安排“最佳竞选”环节，鼓励参与者阐述投票的理由。

《当代》长篇小说年度论坛的公平、公正和公开和零奖金的评奖原则在业界赢得了广泛的好评，在文坛独树一帜。论坛关注的是营造真正自由参与的氛围，实现读书人之间真诚而平等的交流。在已经举办的历届评奖和论坛中，能够看到评选现场有听众自由发表只言片语、不尽成熟的评价意见，有场外人员跑到台上投票给自己喜欢的作品，在投票板上有许多临时添加上去的作品名称以及每部作品明确的得票数目。这些都说明该论坛确实是开放的，它愿意敞开怀抱接纳任何热爱读书的人参与，无论是专业人士还是普通大众。它也是全透明的，现场发表每部作品的评价意见，投票过程和唱票过程全程公开，接受一切观众的监督。历届论坛一如既往坚持“零奖金”“全透明”的举办，为读者推荐了优秀作品，为《当代》积累了高公信力，并扩大了社会影响力，体现了期刊自身的审美追求，也为文坛评奖提供了一种新形式的探索。

二 《当代》文学批评：渗透与导向

在文学活动的整体中，文学批评是一种动力性、引导性和建设性的因素，它既能推动文学创作又能推动文学的传播与接受。期刊的文学批评基本通过以下几个方面实现：一是针对某些文学现象的引导、规定和限制而进行的“编者按”和“编后记”式批评，“编者按”和“编后记”是一种特殊的文学批评视角，主要存在于“十七年”时期的《文艺报》《诗刊》《人民日报》《光明日报》等报刊上；二是针对文学活动的理论建设类批评，引入和介绍中西方文学理论、创作方法，拓宽理论视野。如《上海文学》通过文学批评板块引导了结构主义叙事理论、接受美学理论等思潮的发展；三是专门针对具体作家作品的分析批评，包括召开作品研讨会和发表专业人士评论文章及普通读者阅读意见，这种批评形式广泛存在于文学期刊之中。发表重要或取得强烈反响的作品后组织讨论会和座谈文章意在深入文学接受的过程，并为作家、作品和期刊自身赢得更多的象征资本。

《当代》产生于新时期，类似于“编者按”和“编后记”的栏目确实存在，但是它的功能相较于十七年时期已相当弱化，以这种特殊的批评方式来规范、控制不确定的、移动的文学现象已不是编者的主要职能，《当代》“读者的话”“编者按”“编后记”所体现的内容主要是对杂志重要活动或当期栏目、作家、作品的整体性介绍。《当代》的文学批评板块的职能主要通过文学活动的理论建设和具体作品的介绍来实现。杂志文学批评板块的栏目设置为 1979 年第 1 期“文艺论坛”栏目；1979 年第 2 期至 1981 年第 1 期为“创作（杂）谈”；1981 年第 2 期至 2002 年第 5 期文学批评板块的栏目名为“评论”（个别期栏目名为“评论 · 杂文”“评论 · 文论”），该栏目刊登内容包含文学现象讨论，文学创作体会、文学作品评鉴等；2002 年第 6 期至今无专门文学评论板块，文学作品评鉴文章和意见纳入“文学拉力赛”栏目。其中，1985 年第 1 期至 1989 年第 6 期增设“谈艺录”栏目，“谈艺录”栏目“意在谈论文学作品、写作问题、艺术规律、文坛风气、读书心得、编辑工作等等。一得之见，点滴之论，不尚空谈，提倡切实”。①

《当代》文学批评板块的文章内容可分为几种类型：第一，《当代》文学批评板块的建设首要注重从理论上参与重建当代文学秩序，创刊号的“文艺论坛”中发表了郭因的文艺理论作品《艺廊思絮》（1979 年第 1、第 2 期和 1980 年第 1 期），这篇艺谈涉及艺术的职能、

---

① 《当代》编辑部：《编者按》，《当代》1985 年第 1 期。

艺术的本质、典型化、理想化、政治倾向、道德倾向、艺术创作等根本性问题，在开篇艺术的职能部分，作者表达了对“文化大革命”期间文学艺术受到压抑和控制的极度不满，“艺术！你决不应该成为任何反动派束缚群众的锁链，啖噬人肉的餐巾，打击异己的棍棒，杀害无辜的绞索”。[①] 这份爱憎分明的思絮所表达出的强烈情感，是伤痕反思文学在理论界的映射，文中一些絮语也表现出恳切追求文艺的民主和自由的热望。1979 年第 2 期，发表了陈荒煤的《漫谈“写作家熟悉的”和百花齐放》，文章对“写作家熟悉的就是反对工农兵方向”的僵化思想提出了批评，认为不是只有反映工农兵生活才是正确的文艺方向，同时肯定作家对真实的描写是尊重艺术的客观规律，只有多样化地积极反映现实、反映生活才能实现为人民群众服务。文章呼唤艺术的民主，站在了思想解放的前列，它所反映出的对于当前文艺发展方向的判断的正确性在 1980 年 7 月 26 日的《人民日报》上得到了印证，“文艺为工农兵服务”和“文艺为政治服务”的口号被置换为“为人民服务，为社会主义服务”，明确了我国的社会主义新时期的文艺工作的正确方向。1979 年第 6 期《河北文艺》发表李剑的《“歌德”与“缺德”》引起了广泛的讨论，廖沫沙的《“歌德”与“缺德”的功过》（1979 年第 3 期）以古今事实为据、以正反人物为证表明立场，指出“问题不在文艺作品或其他舆论是‘歌德’还是‘缺德’的形式，而是在‘歌德’与‘缺德’的内容是不是‘实事求是’，是不是对我们的社会主义建设真正有益或有害。凡是对我们国家和人民有益者该歌者歌德，该缺者‘缺德’之。一切以国家和人民的利与害为准。”《当代》创刊第一年所发的批评文章表明了杂志追求文艺自由和解放的立场，以理论批评的方式参与到当代文艺秩序的重建中。第二，探讨文学创作相关问题，通过文艺批评文章的刊发给作者及文学爱好者以培养和指导。1979 年第 2 期的“创作杂谈”栏目中，发表了秦兆

① 郭因：《艺廊思絮》，《当代》1979 年第 1 期。

阳、姚莽、罗君策、方亮的创作谈，其中秦兆阳的《略谈“出乎意外”》指导创作者在创作时必须周密地考虑到作品本身和生活本身的真实性、合理性、逻辑性，在做到“意料之外”的同时更要“尽在情理之中”。罗君策的《从“草船借箭”谈起》一文也强调了创作中真实性的重要，艺术的真实是以生活的真实为基础和前提的，只有来自生活的真实经验才能做出合理的文学创作。1981 年第 4 期刊发丁玲在厦门大学题为《文学创作的准备》的讲话，讲话指出在创作时要坚持无产阶级文艺方向。在创作取材中要把生活当成一座资源宝藏，在体验生活、深入生活和挖掘生活中表现人民群众的喜怒哀乐。在创作态度上要保持严肃对待人生，热爱人民群众。1982 年第 6 期红耘的《套子·模子·路子》针对创作中出现的对某些成功典型的人物关系、表现手法等的模仿问题指出了独创性的重要，创作优秀的作品需要作家去努力探索新的创作思路，以独特性的意义来增强作品独特的艺术魅力和艺术效果。严文井的《给孔捷生的信》（1981 年第 3 期）和《答陈祖德同志》（1982 年第 2 期）以及秦兆阳的《漫谈“格调”（答蒋子龙同志）》，以编辑的视角同作者进行了创作上的交流，通信内容将对读者产生一定的创作指导作用。第三，针对具体作家、作品的评介，包括召开研讨会和发表评论家文章和读者阅读意见。《当代》刊登作品评论始于 1981 年第 2 期，胡月伟、杨鑫基的《疯狂的节日》（1981 年第 1 期）发表后，《当代》发了李景峰的评论《简评〈疯狂的节日〉》，从题材内容、艺术风格、情节结构、人物塑造等角度全方面地分析评价了作品。文章的作者李景峰是《当代》创刊时的组成人员之一，为人民文学出版社小说组编辑。首篇作品评论出自与《当代》渊源颇深的作者之手，因此这篇评价意见在很大程度上代表着《当代》的态度。事实上，文学期刊所刊发的评论意见大多数都是编辑部意见和话语的表达，文学刊物收到的来稿主要为文学小说、散文、诗歌等作品，因此在发表重要作品的文学评论方面，编辑部倾向于主动约稿，或者直接由杂志社编辑撰写评论文章。除专业人士的评论文章外，

《当代》的评论板块偶发作品的序跋，因作序跋者对文本的理解度和独特性也可视作评论的一种。如果某部作品在出版前受到业内的广泛重视或出版后引起强烈反响，编辑部便召开相应作品的讨论会、座谈会或报道其他组织召开座谈会的纪要。根据杂志历年所呈现的内容，在《当代》历史上召开或报道座谈会的作品有《改革者》《故土》《新星》《夜与昼》《蛇神》《活动变人形》《古船》《世界大串联》《衰与荣》《强国梦》《国殇》《大上海沉没》《商界》《希望之海》《神农架之野》《飞向太空港》《高原》《不死的土地》《西边的太阳》《保险启示录》《黄土地、黑土地》《中国知青梦》《澳星风险发射》《以人民的名义》《天有病、人知否》《中国之约》《无梦谷》《中国女杰刘志华》《大国长剑》《淮河的警告》《铁血之旅》《感谢苦难——彦涵传》《我是太阳》《人间正道》等。

组织发表某一作品的评论文章和刊登研讨会纪要，这种评介形式不仅能够更好地为读者推荐优秀作品，深化读者对作品的理解，同时也是对作家和作品的莫大肯定。在一个以奖励机制置换规训机制的文艺背景下，座谈会召开规模的大小、规格的高低均是衡量作品政治影响和意识形态评价的标准，因此诸多场面宏大且热情洋溢的座谈会是作品在获奖之外的另一种肯定。如《大国长剑》座谈会有中国作协书记处书记，二炮司令员、政委、副政委、政治部主任和个文艺界人士参与，与会者认为该作品“是一部展示中国战略导弹部队辉煌历史和精神风貌的史诗”，“是一只鼓壮军威、国威、振奋民族之魂的正气浩歌”，“是近几年军事文学的一个重要收获”。《我是太阳》研讨会有中宣部文艺局副局长、中国作协书记处书记、武汉市委宣传部领导、武汉市文联成员以及评论家参与讨论，评价《我是太阳》为“一曲气贯长虹的英雄壮歌”。《人间正道》的研讨会在人民大会堂举办，出席会议的包括人大常委会副委员长、全国政协副主席、中宣部秘书长、中宣部出版局局长、新闻出版署副署长、人民文学出版社社长、中国作协常务书记、江苏省委宣传部副部长、徐州市委宣传部长以及文艺界、出版界人士。与会者评价《人间正道》“格调高昂，催人奋进，很有思想深度”，是“新时期以来难得的一部反映改革、充满激情的革命现实主义佳作”。这类作品的发表和评介取得了“双赢”的结果，社会需要这类直面现实的力作，《当代》的组织发表顺应了这种要求，当主流意识形态话语以座谈会等形式“奖励”作品时，作品和杂志又获得了“象征资本”。但并非所有作品的评介活动都如此顺利，个别优秀的文学作品通过文学评介的方式获得肯定的路极为艰难，如《古船》《白鹿原》发表后，在杂志最初的评论文章中并就未得到与之相符的评价。

1986 年第 5 期《当代》刊发张炜的《古船》，作品发表后引起了读者和文坛的强烈反响。当年 12 月 27 日，《当代》编辑部邀请了部分文学评论家、作家和编辑在人民文学出版社召开了《古船》座谈会，绝大部分与会者对作品都倍加赞赏。文学评论界人士对作品好评不断，冠之以“史诗”之称。《当代》在对古船的介绍中也表现出了类似评价，认为张炜做出了“对生活作史诗式的表现和创作史诗式作品”（1986 年第 5 期《编者的话》）的努力。然而，在一片激赏之下，1987 年第 2 期发表的《济南、北京举行座谈会讨论长篇小说〈古船〉》中，呈现出的多数意见则是对《古船》的批评。在发刊前，原拟同时刊出济南和北京两地的讨论会纪要，两讨论会纪要预发篇幅分别为三千字和四五千字。在向上级汇报请示的过程中计划受阻，时任《当代》副主编和人文社副社长朱盛昌回复“关于《古船》的评论，包括座谈纪要，我同老孟商量了一下，暂不发”。[①] 时任《当代》主编和人文社社长的孟伟哉对此的意见是“对拿不准的作品暂不进行讨论，多发些作品，会更好些”。[②] 从未看过作品的社长和主编不要公开报道作品评论的决定则来源于“当时某些领导者的口头而未见诸文字的批评（连电

① 何启治：《文学编辑四十年》，人民文学出版社 2001 年版，第 46 页。
② 何启治：《文学编辑四十年》，人民文学出版社 2001 年版，第 49 页。

话记录都没有)”[①]。在何启治的争取下,《古船》讨论会的报道得以公开，但是两地讨论会要合二为一，并压缩在一千多字的篇幅，要突出批评性意见（见刊时占六百多字的篇幅)。所发座谈会内容中突出了作品“两大全局性弱点”,“第一，作者运用了《共产党宣言》作为隋抱朴性格突破的依据，却没有把握好《宣言》的基本主体：阶级斗争。……第二，小说对鲁迅所说的中国脊梁式的人物没有足够的挖掘和表现”。[②] 最终，所发《古船》研讨会的报道文字与当时文坛舆论的好评不断极不相称，整理报道的何启治称其为“违心之作”。

同年第5期,《当代》发表雷达的《民族心史的厚重碑石——论〈古船〉》，这是继研讨会报道之后的第一篇关于《古船》的评论文章。在关于《古船》的评论渐渐平息,《古船》的单行本得以安全面世后，编辑部终可以通过这篇评论来表达对于作品的正面评价。之所以认为这篇评论文章代表了编辑部的评价意见，是由于《当代》在发表重要作品后都会发表雷达的评论，如《芙蓉镇》《白鹿原》《远村》《在苦难的日子里》，这意味着二者在审美心理上存在高度的一致性。同时，作为《古船》原发刊物的《当代》在众多评论文章中选择了《民族心史的厚重碑石——论〈古船〉》作为第一篇专门评论文章，因雷达实地调查了胶东地区土改中乱打乱杀的历史事实，确认消灭地主阶级现象的存在，他的这篇评论建立在实证的基础上，对批评意见中“土改问题”的责难极具说服力。雷达在文章第二部分提出了对于批评意见的质疑,“《古船》发表后，不乏在某一方面精警独拨的评议，也未必没有把作品变形删削使之服从于某种主观的理论虚构的情形。诚然，现代小说审美意识中呈现出多主题多声部多旋律，但‘多’并非‘无’。有多少伟大作品曾被先哲们一语中的砉然而解，至今令人服膺，何以唯独《古船》变得不可言说?”[③] 雷达的质疑在某种意义上也

① 何启治:《文学编辑四十年》，人民文学出版社2001年版，第23页。

② 何启治:《文学编辑四十年》，人民文学出版社2001年版，第22页。

③ 雷达:《民族心史的厚重碑石——论〈古船〉》,《当代》1987年第5期。

代表着《当代》对此的困惑。雷达在文章又对《古船》进行了细致深入的分析并给予了极高的评价，认为“在社会改革的舞台和文学的舞台上，它都堪称一块厚重的基石，一次长篇小说审美意识上的大幅度扩展和变迁，一首雄浑深沉的序曲!”① 文中，他借雨果在《九三年》中的“在绝对正确的革命之上，还有一个绝对正确的人道主义”为《古船》正名。随后的1988年和1989年，《当代》积极组织发表了五篇关于《古船》的评论文章②，分别是陈涌的《我所看到的〈古船〉》(1988年第1期)，冯立三的《沉重的回顾与欣悦的展望——再论〈古船〉》(1988年第1期)，公刘的《和联邦德国朋友谈〈古船〉》(1988年第3期)，汪晖的《〈古船〉的两种历史观》(1988年第4期)和刘再复的《〈古船〉之谜和我的思考》(1989年第2期)。其中几位评论家都为《古船》所受到的批评表示出惶惑并为其正名，“表现现实的矛盾冲突并没有平坦的道路，它会遇到教条主义这种‘传统观念的抵抗’”③，“《古船》绝不是离经叛道之作。相反，它的政治倾向、思想倾向、道德倾向，都经得起马克思主义检验”④。在经过“暂不评论”到“突出批评意见”再到连续发表正面论调，《当代》终于通过这些专门约稿的评论文章，以文学批评的方式还给《古船》一个公道。

《白鹿原》也有类似于《古船》的遭遇，1993年7月16日，人民文学出版社、中共陕西省委宣传部、陕西省作家协会联合召开了《白鹿原》讨论会，文艺理论批评界和文化、新闻界的知名人士共六十多人参加了研讨会，与会者对《白鹿原》给予了高度的评价，尽管个别评论中提出了某些意见，但主流的声音均是对作品的积极肯定。作为《白鹿原》原发刊物的《当代》却未见关于此次讨论会的任何报道，这种奇怪的现象源于当时“某领导机关有一位负责人不喜欢《白鹿

① 雷达:《民族心史的厚重碑石——论〈古船〉》,《当代》1987年第5期。

② 这批评论文章主要是由《当代》的编辑人员专门约稿得来，见何启治《我与〈古船〉八十年代纪事》。

③ 陈涌:《我所看到的〈古船〉》,《当代》1988年第1期。

④ 冯立三:《沉重的回顾与欣悦的展望——再论〈古船〉》,《当代》1988年第1期。

原》，指示不要宣传《白鹿原》，于是批评或赞扬《白鹿原》的文章便都不让发表”。[①] 因此，在《当代》上，只能看到《白鹿原》发表之初并未受到遮蔽时所刊登的两篇评论文章，包括黄国柱的《〈白鹿原〉：给历史注入生命和灵魂》和林为进的《朴素自然 内蕴真实——读〈白鹿原〉》。《当代》所呈现的对《白鹿原》的讨论远远无法与《白鹿原》所产生的巨大价值和意义相匹配，《当代》这种处理不是个例，在一段时期内任何刊物对《白鹿原》都讳莫如深。这部堪称新时期以来最优秀的长篇小说并未像《大国长剑》《人间正道》《我是太阳》等作品一样得到管理机构的重视和关怀，反而被视若无物。值得思索的是，在《当代》刊发《古船》研讨会纪要呈现的批评意见多于赞扬意见，《白鹿原》研讨会召开后连研讨会纪要都未见之时，1987 年第 2 期《上海文学》发表了《张炜新著〈古船〉，文坛反应热烈》，1993 年第 5 期《小说评论》刊登了《白鹿原》讨论会的报道，名为《一部可以称之为史诗的大作品——北京〈白鹿原〉讨论会纪要》。这从一个侧面证明了《当代》在文学批评领域的保守，主流意识形态隐性话语对《当代》的影响和介入较之其他文学刊物更为深刻。

《当代》文学批评板块在 21 世纪以前一直是刊物的固定栏目，该栏目存在最重要的批评手段是对发表在刊物上作品的评鉴，以文学批评的方式提供一种导向性作用，既增强读者对作品的理解和感受力，又为作者提升创作自信。文学批评板块的存在又不只服务于读者和作者，它渗透着刊物自身的理论主张和审美特色，以理论和批评的形式强化杂志的个性和品格，同时也影响着文学创作的走向和文学作品的效能。而期刊文学批评栏目的自主性并非完全由杂志社掌控，正如在编辑话语一节所言，主流意识形态的隐性话语以无处不在的形式支配和介入着所有类型的文学活动，编辑部只能在“限度”之内追求的最大“意义”。21 世纪之后，《当代》不设专门文学批评栏目，将对作

① 何启治：《独开水道也风流——纪念陈忠实著〈白鹿原〉面世二十周年》，《当代》2012 年第 6 期。

品的评鉴置入“文学拉力赛”，主要由“读者来信”呈现，刊发读者的阅读意见。这些读者批评区别于专业化、学院化的批评，读者意见多为直观的阅读感受。

三　文学评介主体力量转化

文学评奖和文学批评作为当代文学生产体制的重要环节，它们从事的是“文学价值”的生产，同时包含阐释功能和意识形态功能。纵观《当代》创刊以来的文学评介领域，文学评介的主体力量已然发生转化，逐步实现民主化诉求。

首先，在文学评奖方面。文学期刊的评奖的目的不仅是对本刊的作家、作品进行鼓励，还有一重考虑是提高刊物的影响力和发行量，因此，文学期刊的评奖是一个相对开放的文学活动。20 世纪 80 年代初期，《当代》文学奖的评选就广泛采纳了读者的意见，第一届文学奖揭晓时刊发了专门文章感谢广大读者参与，将评奖视作为“当代人的评判”。这时期的评奖由《当代》编辑部主持举行，并充分吸收各界读者意见。尽管考虑了广大普通读者的评判意见，但是大众也只能从期刊所刊登的评选结果当中得知获奖作品，评选活动的过程并非完全由读者主宰。反观 21 世纪以来的评奖，2004 年至 2008 年的《当代》文学评奖调动普通读者的广泛参与，获奖作品由读者短信投票和网络投票产生。2004 年至 2008 年《当代》长篇小说年度奖获读者奖的作品分别是《英格力士》《藏獒》《新结婚时代》《山楂树之恋》《藏獒3》，获得专家奖的是《英格力士》《秦腔》《笨花》《我叫刘跃进》《推拿》。除 2004 年外，读者奖和专家奖的获奖作品均未产生重合，这说明读者和专家审美心理的差别。在专家奖之外专门设置读者奖，将读者引入文学评介活动之中，是对于读者阅读趣味的尊重。当读者意识到自身在文学评介活动中地位的转化，不只作为参考系数而是作为评介主体时，读者对于整个文学活动的热情必然随之增长。随着评奖主体力量的转化，文学生产和创作活动自身也因此产生相应变化。

其次，在文学批评方面，20 世纪八九十年代《当代》的文学批评主体是从事文学研究的专业人士，从杂志已发表的文学评论文章来看，作者有雷达、冯立三、阎刚、张同吾、曾镇南、马畏安、陆贵山、季红真、孙武臣、洪治纲、李洁非等。这些评论文章属于传统的文学批评形式，从理论层面对作品加以感性诠释和理性剖析，专业性极强，但这种类型的文学批评易将文学批评固定在作家、评论家和专业研究者的圈层，具有某种自说自话的意味。同时，期刊编辑通过专业的文学批评不只要实现其鉴赏功能，同时也承担着意识形态功能。此种批评通过对文学文本的释义，其评价标准和审美倾向经过潜移默化的作用，能够对普通大众读者的阅读活动产生一定的指导向性，"出版者还通过诱发一些文学习惯来影响读者这些习惯可以蔚然成风，甚至成为对一位作者个性的一时迷恋；或者，这些习惯可以有着更深刻的起因，表现出对某种思维方式、某种风格、某种著作类型的忠诚"。[①] 引导读者审美趣味和阅读心理的改变，影响人的意识和行为，从而维护或批判某一种意识形态。专业化的文学批评文章自有专业性的研究杂志予以刊登，作为以服务众多普通读者为终极目标的文学期刊，严肃、理性、专业的文学批评在承担过多意义之后容易失却其与读者的亲密关联。尤其是在新的文化语境之下，文学期刊的文学批评由学院化走向大众化才能够建立起大众、作品与期刊的桥梁。

新兴媒介的发展导致文学批评话语体系发生革命性的改变，文学批评正在逐渐冲破单纯的学理性和研究型的束缚，文学评介主体力量由专业圈层的评论者逐渐转向普通大众读者。21 世纪以来，《当代》在文学拉力赛板块刊登读者来信，这些来信是一种来自大众的文学批评，读者对于上一期所刊作品的阅读感受以简短、灵动的非专业化形式出现，直接表达阅读的直观感受，未必经过专业化和理性分析，却更具亲和力和灵敏性。读者在书写阅读意见时并不需要考虑行文内容

---

① ［法］罗贝尔·埃斯卡尔皮：《文学社会学》，上海译文出版社 1988 年版，第 78—79 页。

的严谨，也可不必以专业批评的话语方式约束自我，抑扬臧否，是非褒贬如实道来。尽管还存在着一些碎片化、形象化、仓促化的特征，但其直接化、平民化和原生化形成了一个具有亲和力的、开放的批评空间，拉近了读者、作者和刊物的距离。刊登读者意见意味着对学院化批评所承担的阐释功能和意识形态功能的舍弃，文学批评由引导变为交流，构建成一个开放的文学场域。

随着文学场域和文学环境的逐步变化，《当代》的文学评介活动逐步实践其民主化的诉求，在文学评奖方面主体内部向外部推动，文学批评方面由专业向业余扩散，文学活动越发大众化和开放化。尽管民主化诉求的实现需要漫长摸索和实践，而文学评介似乎也无法完全摆脱主流意识形态的影响和介入，但是在某些细节之中，如某部作品文学批评的解禁，某部被遮蔽作品的获奖，某种民主化文学活动的举办，诉求民主的办刊者们似乎已经有所成功。

第三节　刊社共生的出版机制

一　社办期刊

目前，我国文学期刊根据其主办机构的性质，可分为两种类型，一种是由作协、文联的各级组织主办的机关刊物，另一种是由出版社主办的文学期刊。作协、文联所办期刊因其严密的组织性质，以促进经济社会发展和推动社会主义文化繁荣为己任，重视对文艺政策的贯彻和文艺方向的引领。由出版社主办的社办期刊相对而言市场化特征更为明显，更加贴近读者。出版社和其社办期刊二者之间彼此互动、彼此促进。首先，出版社可为文学期刊提供充足的稿源，刊物编辑在组稿过程中有近水楼台先得月的优势，投向出版社的文学作品，如果被认定为符合社办刊物的风格便可由刊物先一步刊登；出版社出版的单行本是对文学期刊所登作品的一种检验，是期刊文学作品的试金石；

出版社是具有营利性质机构，其经济支持能够为期刊提供一定抵御市场风险的能力和追求文学品质的保障。其次，文学期刊也能够为出版社拓展稿源，发掘和培养文学新人；期刊所刊登的文学作品为其单行本的出版起到预告和宣传的作用。出版社和社办期刊的良好互动能够将二者资源优势发挥至最大化，同时扩大出版社和期刊的品质和影响力，强化品牌力量。

成立于1951年3月的人民文学出版社是国家级专业文学出版机构，为当代文学发展做出了卓越贡献。《当代》是人民文学出版社下属的一份文学刊物，被寄予推动出版社及当代文学发展的厚望。人文社将《当代》的创办视作一面代表出版社的旗帜，根据朱盛昌回忆“总编辑韦君宜几次讲到，《当代》是人民文学出版社的一面旗帜，大家要齐心合力把它办好，副总编辑兼《当代》主编秦兆阳也说，大家都来关心这个刊物，因为这个刊物是我们出版社的门面”。[①] 因此，在期刊创办初期，人文社调动了社内的一切资源共同合力为《当代》服务。最初每期出刊前几个月，人文社总编辑韦君宜召集各副总编辑和各编辑部主任共同参加编前会议，各编辑部都拿出最好的稿件，说明稿件内容、特点，经讨论协调后确定目录。除编辑部门参与外，出版部门、发行部门和美编部门都各履其职，齐心协力办好《当代》。1980年6月，成立《当代》编辑组，专门处理《当代》的来稿和编务，刊物拥有独立编辑组后，人文社内各编辑继续向《当代》提供优质稿源。从人文社在创办《当代》过程中的各种资源组织，不难看出出版社对期刊的重视程度。

二 书刊互动形式

《当代》是人民文学出版社下属的一份刊物，但二者之间的关系不仅限于包含与被包含，期刊和出版社的是彼此互动、彼此支持的动

① 朱盛昌：《全社办〈当代〉》，《当代》2009年第4期。

态关系。《当代》的办刊发挥了人民文学出版社主营领域的特长，以长篇小说为主要类型（也包含长篇报告文学和长篇纪实文学）。人文社总编辑韦君宜认为“当代文学创作，特别是长篇小说，是人文社的牡丹花”。[①] 除将《当代》刊发作品出版单行本外，人文社还结集出版部分作品，以及组织出版“《当代》文学丛书”。在书刊互动方面主要有以下几种形式：

第一，《当代》首发作品，人民文学出版社出版单行本。这种合作形式在二者之间较为普遍，尤其是20世纪八九十年代，由于印装技术并未完全发展成熟，导致许多优秀作品不能够及时通过书籍方式与读者见面，因而通过期刊发表便为这些优秀作品寻找到了迅捷出版的平台，同时起到先期预览和宣传的作用，“各编辑部组都拿出最好的稿件，在编前会上极力推荐本部组编辑的作品，都希望通过《当代》把所编的书在出版前就介绍给读者”。[②] 《当代》自创刊到20世纪90年代所刊的长篇小说、长篇报告文学、长篇纪实文学绝大多数都由人民文学出版社出版，出版周期最初为两年左右，即便是当时引起广大读者强烈反响的作品如《新星》《活动变人形》《古船》等出版的周期也长达一年。在这种印刷条件下，期刊之于出版社的意义便凸显出来，《当代》是文学双月刊，这意味着每两个月的印刷周期大大缩短了新作品面世的时间。《当代》同时也起到了试金石的作用，作品由期刊问世后所得到的社会各界的反馈成为出版社出版印刷的参考指数。随着技术力量突飞猛进地发展和市场经济的冲击，期刊和出版社的联动方式不断变化，期刊发表和出版单行本的时间差大大缩短，基本能够做到同年发表，如《白鹿原》1992 年第 6 期和 1993 年第 1 期在《当代》刊载，人民文学出版社出版单行本时间为 1993 年 6 月；《失态的季节》发表时间为 1994 年第 3 期，出版时间为 1994 年 10 月；《疼痛与抚摸》的发表时间为 1995 年第 2 期，出版时间为 1995 年 5

① 黄伊：《编辑的故事》，金城出版社 2003 年版，第 30 页。

② 朱盛昌：《全社办〈当代〉》，《当代》2009 年第 4 期。

月。“按照以往的文学生产方式，文学作品几乎都是先由期刊发表，再由出版社出版。期刊享有垄断性的‘原发权’，出版是发表的延续，也意味着更高一级的资格认定。如《当代》杂志及其所依托的人民文学出版社常用的合作方式就十分典型地体现了这种生产模式，由《当代》选发一部长篇小说的部分章节，再由人民文学出版社出版全书，意味着授予一部作品最高的发表、出版规格。”① 从创刊初期到 90 年代中期，人民文学出版社掌握着《当代》的绝对出版权。著名大型文学期刊可以为作品提供高水准的问世平台，“皇家”文学出版社则为作品的出版发行提供强有力的保证，二者之间的密切联合给作品以双重保障。另一方面，随着市场化经济的推进，这种类似捆绑式的出版模式也在一定程度上限制了出版社与杂志社的发展，一直在《当代》发表作品的阎真在 2014 年将新作《活着之上》交给了《收获》，原因是“发《当代》，意味着要同时把稿子授权给人民文学出版社；发《收获》则可以自由确定出版社”。②

第二，书刊同步发行。随着新兴媒介和技术力量的发展，作家已经无须通过老牌文学期刊获得文学界的入门许可，早期作者通过文学期刊成名并通过出版社得到双重出版保障的时代已不复返。各种类型的宣传和营销来势汹汹，取代和置换了文学期刊所能提供的先期预览和扩大作家作品影响的功用。市场经济的大肆入侵使出版社面临着更大的压力，逐渐失去其领域优势。“人文社有五十周岁，年纪大了，难免有些腿脚不便，对市场的反应总是处于下风。举个例子，几年前我的《大国之魂》起印数两万，不久加印两万，令人费解的是这后两万一直躺在仓库睡觉。原因不是市场饱和，后来某书社租型，一次印了××万。”③ 1999 年，人民文学出版社计划出版王海鸰的《牵手》，

① 邵燕君：《倾斜的文学场——当代文学生产机制的市场化转型》，江苏人民出版社 2003 年版，第 105 页。

② 《〈当代〉背后的当代》，http：//www. infzm. com/content/108058。

③ 丁景唐：《我与人民文学出版社》，人民文学出版社 2001 年版，第 55 页。

起印一万册，这是人文社出版影视同期书的最初尝试。然而，当同名电视剧已经播出了五集的情况下，小说仍然没有投入印刷，王海鸰意欲将出版权交由承诺五万册起印的华艺出版社。人文社社长立即承诺五天内出书，十几天后上市，以“真诚甚至稍带强硬的挽留”保住了《牵手》的出版。自此之后，人文社方建立起灵活、高效的出版意识。2000 年后《当代》发表的绝大多数作品都同时由人文社出版单行本，如毕淑敏《血玲珑》2001 年第 1 期由《当代》刊载，同年 2 月出版单行本，杨志军《藏獒》2005 年第 5 期由《当代》刊发，同年 9 月出版单行本，铁凝《笨花》2006 年第 1 期刊发，同年 1 月出版，张炜《刺猬歌》2007 年第 1 期刊发，2007 年 1 月出版单行本等。这类书刊同步发行的作品在 2000 年以后在数量上占有绝对优势，虽然书刊同步发行在一定程度上分流了《当代》的购买量，但只有如此才能保证人文社在激烈市场中的竞争力。况且，文学期刊的原发权威逐渐削弱，诸多作家更在意单行本的出版营销所带来的影响力和经济效益，因而书刊同时发行在一定程度上是人文社对《当代》稿件资源的支撑。

第三，人民文学出版社出版作品，《当代》刊载。先出版后刊载的形式一方面丰富了《当代》稿件资源，另一方面能够为出版的书籍形成宣传和推广的效果。尤其是 1998 年以后，为适应市场经济的发展和应对其他出版社强有力的竞争，人民文学出版社成立了宣传策划室。策划室第一次全方位策划、营销的作品是阿来的《尘埃落定》，该作品 1998 年 3 月由人文社出版单行本，起印五万本。随后的 1998 年 4 月刊载在《当代》上，由文学期刊作为宣传推广单行本书籍的一个环节。当期《当代》选发了《尘埃落定》开头第一章至第四章的片断，并告知读者“好在全书刚由人民文学出版社出版，有兴趣观其全豹的读者，不妨购来一阅，当谓我们所言不谬”。[①]《尘埃落定》成为恒久不衰的畅销书和长销书与人文社的营销和《当代》刊发时的“饥饿”

① 《当代》编辑部：《〈尘埃落定〉编者按》，《当代》1998 年第 2 期。

策略不无关系。《尘埃落定》是人文社和《当代》书刊互动的一个经典案例，除此之外还有程琳《香水》2006年4月出版，同年第3期刊发。先出版后刊载的书刊互动形式在人民文学出版社与《当代》并不常见，期刊先期发表或书刊同时发表的形式更为普遍。从这方面而言，人民文学出版社在极大限度地保障着《当代》的原发权威，维护其品牌形象。《当代》有时会作为人文社出版书籍的推广、宣传者出现，二者在此种互动中也达成了某种共识，即《当代》必须保存自身的风格和个性。如王安忆的《纪实与虚构》投向编辑部时，只由人文社出版，这部具有实验性质的小说被认为不符合《当代》风格，因而没有通过《当代》做任何性质的推荐。从中能够看到，虽然《当代》隶属于人民文学出版社，但二者之间的互动并非捆绑式的联结，人文社为《当代》保留了独立性。

第四，《当代》发表，人文社未出版。无论是市场经济的发展还是技术力量的革新，都给人民文学出版社这个老牌出版社带来了一定的冲击。虽然21世纪以后以书刊同步发行为出版社和刊物间的主要合作形式，以此适应市场的需要，但依然能够看到一些作品的出版权旁落他家。据笔者统计（见附录五，资源有限，恐有个别遗漏），自2000年至2010年《当代》所刊发的长篇小说、报告文学和纪实文学作品共有72部出版单行本，其中有18部非人民文学出版社出版，占总数的四分之一。1990—1999年《当代》48部长篇小说、报告文学、纪实文学作品有17部由其他出版社出版，非人文社出版比例占总数的三分之一，统计中未包含柯岩《他乡明月》、黄传会《希望工程纪实》、王宗仁《枪响卢沟桥》、魏碧海《铁流东进》、柳建伟《红太阳白太阳》、杨黎光《打捞失落的岁月》6部其他出版社先期出版后由《当代》选载的作品。21世纪以来四分之一的比例相较于1990年至1999年的三分之一比例有所降低，从数据上形势比较乐观。然而考察两个阶段的具体作品，我们发现非人文社出版的作品在20世纪90年代以报告文学和纪实文学居多，而21世纪以来则转移至长篇小说领域，如王芫的《什么都有代价》刊于2000年第1期《当代》，但是单行本却是同年8月由中国青年出版社出版；刘醒龙《痛失》刊于2001年第2期《当代》，单行本于同年4月由长江文艺出版社出版；王芫《你选择的生活》刊于2002年第1期《当代》，单行本于同年5月由北京十月文艺出版社出版；尤凤伟《泥鳅》刊于2002年第3期《当代》，单行本于同年5月由春风文艺出版社出版；程琳《警察与流氓》刊于2004年第1期《当代》，单行本于同年5月由作家出版社出版；贾平凹《高兴》刊于2007年第5期《当代》，单行本于同年9月由作家出版社出版。除此之外，程青的《恋爱课》、王海鸰的《中国式离婚》《新结婚时代》、姚鄂梅的《像天一样高》、严歌苓的《第九个寡妇》、程琳的《香水》、王刚的《福布斯咒语》等《当代》刊发的作品都不是由人民文学出版社出版单行本。人文社以当代长篇创作为其花园中的"牡丹花"，长篇小说是人文社重点发展和保护的领域，长篇小说出版权的旁落是人文社竞争力削弱的表现，或许人文社应当采取一些更为有效的措施以维护和保障其出版权威，才可在文学期刊不断衰落的年代为《当代》提供一重保障。

三　刊社共生意义

第一，社办期刊相较作协、文联办刊的一个重要优势是由出版社为期刊提供有力依托。出版业自1984年以后已经逐步实现了由事业型向企业型的转变，它从行政主办体系当中分出来，掌握了独立产权。在运营过程中主动优化内外部资源配置，对市场的波动具有敏锐的触觉，无论是体制还是机制上都实现全面与市场接轨。在一些文学期刊尝试通过加入出版集团来解决发展问题时，社办期刊已在出版社面向市场的大形势之下，潜移默化地受到其运营方式的影响而及早适应市场，学习出版社的运作经验，依靠出版社的优势带动自身发展。与此同时，出版社的经济支持为期刊提供了一定的自主性。文学期刊长期以来行政拨款的取消严重影响其生存，因而许多期刊走向了刊企联姻之路，寻找企业帮助解决办刊经费问题。刊企联姻在挽救文学期刊方面取得了明显的收效，然而也存在着许多限制性的条件及非稳定性因素。企业资助文学期刊以最大化实现其经济目标为最终目的，因此不可避免地提出许多附加条件，干涉办刊方针和办刊实践，影响刊物自主、良性的发展。当刊物无法为赞助企业带来预期收益时，这种合作关系便极为不稳定，企业随时可能中断对期刊的赞助。企业在刊企联姻中处在主导型地位，造成文学期刊被动办刊的尴尬局面。社办期刊在一定程度上避免了面对这些问题，出版社能够为期刊提供一定的办刊资金，期刊不必因资金断流而被迫寻找联姻企业，摆脱了企业注资所带来的利益交换式的干涉。也不必在刊物中拿出大量版面刊登各类广告和企业宣传文字，使纯文学期刊面目全非。当然，有出版社作为依托并不代表期刊不存在经济困难，即便是社办期刊依然在办刊经费上略显拮据。1998 年，社办期刊工程正式施行，人民文学出版社所属《当代》《中华散文》之类的纯文学刊物由以往出版社总管其财务，改为经营上实行独立财务核算的制度，人文社对其的经济支持大不如前。《当代》在举办文学拉力赛设置十万元奖金时便积极地寻求了企业的支持。尽管如此，《当代》还保有“肯定不登广告，只登画家的画”①的魄力，这种魄力一方面来源于期刊本身能够自负盈亏，另一方面还是因为人文社内部给养。出版社对期刊的经济支持虽不能完全解决目前文学期刊所面临的窘境，但在一定程度上的确缓解了期刊的压力，使刊物保留了一定的自主性，暂能坚守文学的阵地。

第二，出版社丰富的稿件资源能够在刊社共生的机制当中交互配置，多向开发，实现有效资源的优化利用。在作者资源和稿件资源方面，印刷技术并不成熟时，出版社将优质资源向刊物转化，使刊物作品的品质和水准得到有效保障。期刊的时效性为优秀作品的及早面世提供良好平台，使优秀的作家、作品更早地进入大众视野，期刊在编

① 《当代》副主编洪清波：《我们是文坛最后的门槛》，http：//news. sina. com. cn/c/2007 - 03 - 09/194612476234. shtml。

辑稿件过程中对作家的培养保障了出版社作家群体的优势稳定。当文学期刊处于文坛核心并且是作家作品成名的唯一平台时，投向文学期刊稿件资源也为出版社带来一定利好。后期出版业发生变化，当作家基本无法依靠几部中篇小说成名时，长篇小说成为文学出版的核心。因而，国家级专业的文学出版机构能够在此时补给文学期刊衰落期所带来的优质稿件资源不足的缺口。在人才资源方面，出版社运行机构庞大，本身人才济济，期刊编辑部所需要的各类人员均可在出版社的人才中选取。人文社最初创办《当代》时并未成立专门编辑部，而是在出版社内调动各方面人员维持刊物的最初运行。在发行方面，出版社的发行部门熟悉发行规程，已建立起全面完整的发行网络，因而能在此方面对期刊予以助力。出版社还可利用其优势围绕期刊出版相应的图书，做到书刊互动互补。出版社和期刊之间建立起相互呼应和支持的关系，立体化地开发了有限的资源，为双方都提供了多重发展的道路。

第三，综合地建立起出版社和期刊的品牌形象。期刊和出版社的互动共生扩大了二者的影响力，在读者中形成了阅读优势，拥有稳定的读者群体，扩大二者的社会知名度，树立了品牌形象。人民文学出版社将《当代》视为旗帜和门面，自创刊以来一以贯之地认真办刊，优化配置一切优质资源促进刊物成长和发展，使《当代》在文学期刊界占有重要位置，它所产生的象征资本吸引更多资源的加入，形成良性循环。人文社同时有意识地挖掘和激活《当代》所产生的经典资源，以期刊品牌为标志，出版了《当代》系列丛书。出版社和期刊品牌力量所产生的象征资本彼此互动共生，进一步促进其专业化、优质化的品牌形象。

第五章 《当代》的生存策略

布迪厄的场域理论认为文学场在权力场的内部占据被统治的位置，“无论它们多么不受外部限制和要求的束缚，它们还是要受总体的场如利益场、经济场或政治场的限制”①。较之政治场域，经济场域对文学的渗透更为复杂和含混，经济规则通过作用于整个社会肌体驱使文学实现自身的表意策略。纵观新时期以来的中国文学发展，经济场深入文学生产肌理，深刻影响着文学的样貌生成。作为文学生产机制重要构成的文学期刊，受到经济场的冲击、限制和深入，逐步由计划经济体制下主导意识形态生产的承担者转向以市场经济为主导的文化生产者，进行市场化的探索。

第一节 文学期刊的困局

新时期以来的文学期刊受到政治场和经济场的介入，其生存状态表现为短暂繁荣后的长久困境。随着“文化大革命”结束后文艺界的解冻和复苏，文学期刊大量涌现，《人民文学》《诗刊》《收获》等纷纷复刊，《钟山》《十月》《花城》《当代》《百花洲》等杂志创刊。文学期刊在新时期复出的第一步直接迈入繁荣的圣堂，发展为日后追忆

① ［法］皮埃尔·布迪厄：《艺术的法则——文学场的生成与结构》，刘晖译，中央编译出版社2011年版，第193页。

不已的黄金时期。1980 年 11 月举办的全国大型文学期刊座谈会指出“在党的三中全会精神的鼓舞下，大型文学期刊应运而生，由一年前的十几种，发展到目前的二十多种。根据已经出刊的二十种大型文学期刊的统计，每一期发行总额三百三十余万册，一亿二千多万字，对丰富人民群众的文化生活，提高人民的道德情操，激励人民建设四化，起了很好的作用”。① 这一时期文学期刊的发展特征是规模庞大，发行量居高，《人民文学》订数 150 万份②，《收获》120 万份③，《当代》55 万份④，《钟山》30 余万份⑤，《花城》多的一期印刷量达到 60 余万册⑥，《山西文学》的月发行量曾经高达十几万册⑦。面对这样的辉煌，1985 年以后文学期刊的萧条便显得触目惊心。1985 年后，文学期刊新创刊数量下降，1976—1982 年全国复刊创刊文学期刊共 25 种，1985—2000 年共创刊 12 种⑧。同时，期刊发行量大幅减少，许多刊物的发行量不及 20 世纪 80 年代初的零头，如《人民文学》1980 年发行 150 万份，1996 年仅发行 1.7 万份，文学国刊尚且如此，期刊境遇可见一斑。文学期刊萧条背后存在多种动因，如文学的“向内转”在一定程度上消解了其与普通读者的关联，各种新兴媒介的产生和兴起分流了大批读者，包括公费订刊的减少也影响着刊物订数。更为重要的是，新时期文学期刊自出生的一刻起便决定了其困境的必然性，当时的文学场受到政治场的全面影响，主流意识形态话语以各种形式赋予文学以话语权力，文学自身的想象与表达契合着主流话语对其的引导和规

---

① 《当代》编辑部：《全国大型文学期刊召开座谈会》，《当代》1981 年第 1 期。

② 参见邵燕君《倾斜的文学场——当代文学生产机制的市场化转型》，江苏人民出版社 2003 年版，第 27 页。

③ 参见邵燕君《倾斜的文学场——当代文学生产机制的市场化转型》，江苏人民出版社 2003 年版，第 27 页。

④ 参见红耘《面向时代、面向读者的〈当代〉》，《当代》1999 年第 3 期。

⑤ 参见《钟山》编辑部《新春寄语》，《钟山》1981 年第 1 期。

⑥ 参见蔡兴水、郭恋东《九十年代文学与文学期刊》，《文艺报》2001 年 2 月 13 日。

⑦ 参见祝大同《困惑与苦斗中的文学期刊》，《编辑之友》1999 年第 4 期。

⑧ 参见李明德《当代中国文化语境中的文学期刊研究》，博士学位论文，兰州大学，2006 年，第 200—202 页。

范，文学对于意识形态功能的承担引发整个社会对文学的高度关注。可以说，文学期刊的繁荣赖于政治场对其的全面支撑，然而这种并非自主发展而成的繁荣态势在面临外部场域变化，尤其是市场经济的直接冲击时便显得极为脆弱，因而出现其自身发展的困境。

我国社会经济的市场化转型深刻影响着各个领域的发展，20 世纪 80 年代初期的文学场受到政治场的支撑，因此在市场化进程中的反应较为迟缓。随着市场经济逻辑的渗透，国家机器的行为和权力运作与市场和资本活动紧密相连，因而文学生产在国家机器的运作中被推向市场。国家机器将文学期刊引入经济市场的行为包括 1984 年和 1997 年前后实施的两次“断奶”，对文学期刊的生产发展产生巨大影响。1984 年 12 月 29 日，国务院发布《国务院关于对期刊出版实行自负盈亏的通知》，规定文学期刊要“加强管理，改善经营，实行自负盈亏”。其中中央一级文学艺术期刊、各省、自治区、直辖市的文艺期刊在未做到保本经营时仍可以由主办单位给予定额补贴，而除此之外的期刊一律不予补贴，实行“独立核算，自负盈亏”。“独立核算，自负盈亏”意味着杂志社需要承担包括办刊费用、员工工资、医疗保障等一切经济支出，因此各家刊物都出现了办刊经费不足的情形，造成 20 世纪 80 年代末期几乎所有纯文学大型刊物经济上都濒临绝境，难以为继。该《通知》将期刊与“自负盈亏”的经济策略相联系，尽管这一规定在后期实施过程中没有得到充分贯彻，却为期刊提供一种发展新路向，客观上开启了中国文学期刊的市场化进程。1993 年，《当代》在“为提高定价问题答读者”中坦言“我们面临的是相当严峻的经济问题，在商品大潮汹涌、物价不断上扬的态势下，刊物的基本原材料纸张价格在上涨，排印工本费在上涨，稿费标准不能不提高，办公费用也在增加。所有这些，都直接加大了刊物的成本”。杂志社甚至不无悲戚地将所提高的九元涨幅折算为“两斤饼干、三斤半绿豆”以争取读者的继续订阅。以《当代》为代表的社办期刊在一定程度上尚有背后的出版社支撑，而作协办刊在此时则面临着更为困窘的处境。

《中国作家》在为1995年征订刊发的《敬告读者》中直称："本刊是中国作协的刊物，属事业单位，与依托出版社和其他创收或有董事会致辞的刊物不同，其困窘与清贫的状态，超乎一般的想象。"1997年3月10日，新闻出版总署颁布《关于期刊业治理工作的通知》[①]，规定：除学报、学术类期刊外，其他期刊发行量不足一千份的期刊应予停办。为优化期刊结构，控制期刊总量，将期刊压缩比例达到10%左右。以一千份作为衡量基准并非苛刻，在十几亿人口中寻找一千个读者看起来并非难事，但就是这一千份的标准使得一些文学期刊受到当头一击，濒临死线。在文学期刊进行各种"新"实验，被视为文学期刊回潮期的1994年和1995年中，期刊发行量依旧寥寥。统计调查包括省、自治区、直辖市作协主办在内的12家文学期刊中"没一家的月发行量超过5000册，最多的一家为4070册，而少于2000册的有8家，最少有一家只有407册。"[②] 根据《关于期刊业治理工作的通知》，《昆仑》《漓江》《小说》《峨眉》等纷纷停刊，被视为"天鹅之死"。21世纪以来，"我国期刊有9000多家，其中文学报刊、文学期刊占了10%左右，即800至900家。但目前生存状态比较好的不到100家"。[③] 种种迹象表明，文学期刊在经济强力挤压的情况下一直面临严峻的生存困境，必须适应市场经济运作逻辑，进行市场化探索以突围解困。

市场化探索的过程中，一部分杂志真正地面向了市场，适应新的经济法则。《佛山文艺》1992年拒绝财政拨款，进行市场化经营，发行量在20世纪90年代中期就达到百万份之多。《萌芽》为文学找市场，举办"新概念作文大赛"，2004年发行量达到26万份。《收获》在纯文学影响力和经济效益日渐式微的背景下，2013年仍维持着稳定的10万份发行量领跑全国。《天涯》则在市场化改造中发展成了一片不可忽视的思想文化阵地。与此同时，也有一些期刊无法应对市场经

① 参见《新闻出版工作文件汇编（1997年）》，中国ISBN中心。

② 祝大同：《困惑与苦斗中的文学期刊》，《编辑之友》1999年第4期。

③ 术术：《中国文学期刊现状报告》，《西藏日报》2004年2月15日。

济的冲击，一部分如《漓江》等选择停刊，还有一部分刊物在改革中走进了误区，或模仿他人，或不断变脸，均以失败告终。在世纪末的改版潮中，绝大多数文学期刊都在办刊宗旨、结构模式、读者定位、营销策略等多方面进行了不同程度的调整。“《当代》已占有了相当的市场份额，所以改革就必须在不损害老读者利益的前提下，再争取更多的新读者，以追求可持续发展的后劲。”① 尽管《当代》的销量和读者数量在同类文学期刊中令人艳羡，但在“改版潮”中也受到必然的影响。1998 年，社办期刊工程正式施行，人民文学出版社所属《当代》《中华散文》之类的纯文学刊物由以往出版社总管其财务，改为经营上实行独立财务核算的制度。经济上自负盈亏，使得曾经依赖人文社财政收入的《当代》感受到金钱的掣肘。“我们面临的是相当严峻的经济问题……我们出版社是一个自负盈亏的单位，国家不给我们任何拨款，我们必须按时向国家上交税利。因此我们不能亏本。如果亏本，我们的刊物和出版社就不能生存。”② 20 世纪八九十年代的《当代》依托人文社，相对于作协期刊来说，经济上相对余裕，并无过多创收上的压力。使得它一方面刊发精英知识分子的纯文学以提高和保证杂志的艺术品质，另一方面刊发主流意识形态文学，为政治文化权力服务，忽略大众对于通俗文学的诉求，有某些自说自话的意味。人文社在对社办期刊的“断奶”并迫使它们转向市场的同时，自身也进行着面向市场、面向通俗的尝试，它不仅要坚持承担文化积累的使命，也要在市场竞争中有所变通，人文社出版梁凤仪的小说，又引进畅销书《哈利·波特》系列。《当代》的强大依托已经转向市场，更何况其自身乎。

文学期刊在市场经济的丛林法则中优胜劣汰，“死去的天鹅”每每引发悲叹，而大部分挣扎地存活下来的那些文学期刊也依然忧虑重重。“一份文学期刊只有发行量达到每期 5 万份才能基本实现自负盈

① 闻立：《走向市场》，《当代》2000 年第 2 期。

② 《当代》编辑部：《为提高定价问题答读者》，《当代》1993 年第 6 期。

亏，实际上在目前，能突破5万份这一‘生死线’的文学期刊全国只有七八份（《收获》发行量13.5万册，《当代》《十月》8万—10万册，《人民文学》5万—6万册），其余大多数发行量只在几千册，有的甚至只有几百册。”[①] 在全国范围内，能够基本适应市场经济运作规则的文学期刊只有七八份老牌文学期刊。期刊界大规模改版时，《人民文学》《当代》《十月》只进行了小范围内的微调，这些刊物如今发行量能够突破“生死线”有大部分原因在于其长久以来的影响力和稳定的读者群体。而这类稳定的读者群体也仅是一部分专业读者和具有一定文学判断力的知识分子，多数的读者更倾向于选择《故事会》《读者》等通俗的刊物。事实上，这几家纯文学期刊在市场中的成功并不能全部称为市场化改造的成功范例，期刊的发展形势依旧严峻。因此我们看到中国文学期刊的市场化改造并未完成，还需要不断探索。

第二节　生产理念转变：以读者为中心

在文学场仅受到政治场全面引导与影响的历史阶段，文学的生产方式以“作者—编者—读者”的模式建构，此种传统的文学生产模式以作者为中心，读者被动接受作者与编者的审美倾向与艺术趣味，而市场经济语境下，读者自主权的缺失在一定程度上造成期刊订阅量的减少。当文学场同时面对政治场和经济场的共同介入，期刊界转变生产模式，即面向以读者为中心的广阔市场，这里所指称的读者是文化市场中大量的消费者，具有特殊的经济学意义，超越了“大众文艺”中的“大众”。1999年，《作家》的广告语在“作家们的《作家》”基础上补充了一句“读者们的《作家》”。一句广告语的变化背后隐含着在传统文学生产模式中处于被动地位的读者得到了应有的重视。这类

① 蒲荔子：《中国文学期刊调查：遭遇集体困境，仅存几家欢笑》，《南方日报》2005年6月13日。

以读者为中心的转向不仅发生在《作家》中，诸多文学期刊都意识到健康的市场应以买方为中心。实际上，所有期刊的改革举措，都致力于转变读者与作者之间的关系。相关的文化政策客观上推进了“作者—编辑—读者”文学生产模式的变化，编辑作为中介力量在或国家鼓励或紧缩的文艺政策下依靠主体思索发现传统生产模式的核心问题，进而自觉地将以读者为中心作为新的编辑理念。以市场化为特征的经济场为作者提供了自动向读者靠拢的动力，以新媒介为载体的技术场为读者的中心地位提供了技术层面的可能性，具有文学政策制定能力的政治场在客观上促使编辑理念由作者向读者倾斜，由文化市场转向现实的经济市场，文学期刊由计划经济体制下意识形态生产的承担者转向以市场经济为主导的文化生产者。

新的市场经济原则打破原有相对稳定的社会结构，社会阶层开始分化，不同社会阶层的文学消费能力、审美趣味发生差异，因而产生文学生产的文化分层。文学期刊改变理念和策略，面向以读者为中心的广阔市场。各家文学期刊调整自身定位，在广大的潜在市场中确定读者群，针对读者群的需要调整刊办刊思路。一部分文学期刊采取了拓宽话语空间的方式，扩大辐射范围，突破一体化生产体制下形成的一贯栏目设置传统，融入大量文化内容，将专业化的文学期刊改造为综合类的文化期刊。综合类文化期刊具有多样性与丰富性的特征，因此将潜在读者的范围扩大化。其中比较成功的范例如《天涯》《作家》《大家》《小说家》等，《天涯》大幅度增加思想性、评论性和文化性的文章，独创“作家立场”“民间语文”等栏目，“民间语文”的供稿者范围扩大到作家之外的所有老百姓，以其独特的“亲历性”“原生性”和“民间性”受到了读者最为广泛的欢迎。《天涯》“跳出狭隘的旧文学的小天地，走向提倡人文关怀，追求独立自由精神的泛文化、杂文学的大境界”。[①]《作家》改版的重点是由期刊转向综合性文化杂

① 单正平:《跳出小天地 走向大世界——我观〈天涯〉》,《当代作家评论》1999 年第 2 期。

志，跳出纯文学的小圈子，做成“中国的《纽约客》”。《作家》增设了随笔、言论和艺术性栏目，文学作品所占比重为三分之一左右。另一部分期刊则细分读者群，将读者锁定在一定范围内，仅针对这一部分读者确定办刊方向，制定编辑方针。《芙蓉》主编萧元在长沙街头摆摊卖刊，所卖出的25本《芙蓉》的购买者全部为年轻人，因此确定了《芙蓉》的改版方案，将读者定位为20岁左右的文学爱好者。围绕读者定位，《芙蓉》新增艺术与出版等内容，选择与读者同龄的青年作家为创作主体，将封面版式设计年轻化。《芙蓉》改版两年后销量达到14000册，为改版前的二倍。同样以年龄代际作为读者群选定标准的《萌芽》将读者锁定为高中生群体，1999年启动的“新概念作文大赛”成为其转型起点。另一家以抓准读者群著的杂志是“第一打工文学大刊”《佛山文艺》，杂志面向珠三角地区的打工族，关注其生存困境、精神苦闷、内在诉求，同时为打工者的自我表达提供平台。《佛山文艺》挖掘本省市场，尤其是打工群族密集的珠三角地区。作为佛山市委宣传部创办的市级刊物，居高不下的发行量造就了《佛山文艺》现象，引起各方力量的重视，可称为改版的典范。

《当代》刊登闻立的《走向市场》一文中表现出其生产理念的转变：“如今文学期刊面对的市场是以读者为中心的买方市场，而文学期刊与作者的关系又是以作家为中心的卖方市场。任何卖方市场都不是健康的市场经济。中国文学期刊最大的弊端就是刊物为作家而办，而不是为读者办；是读者迁就作家而不是作家迁就读者。”① “实际上所有期刊的改革举措，无非在转变作者与读者的关系。改革前景固然难以预料，但是不改革的前景是必然的，那就是被市场无情淘汰，如那些破产的国企一样。”② 文章申明期刊最为行之有效的改革举措即建立以买方为中心的市场，为读者办刊物。从《当代》所尝试探索的各种生存策略来看，的确在切实践行以读者为中心的新伦理。1998年，

---

① 闻立：《走向市场》，《当代》2000年第2期。

② 闻立：《走向市场》，《当代》2000年第2期。

杂志社开始发放读者调查问卷，根据读者的反馈意见不断改善期刊存在的问题。2000 年始举办的《当代》文学拉力赛邀请普通读者作为期刊文学奖的评委，长篇小说年度评奖专门设立读者奖，并且在期刊评奖结果公布后，随期发布读者的阅读评价意见。这意味着，期刊采纳的读者建议不仅限于栏目设置、封面装帧、内文版式等针对刊物本身的意见，而是将读者的权利扩大至文本当中，读者可以在作品的原发期刊上发表任何阅读意见。这些期刊的策划行为中读者的地位得到了彰显，读者意见能够介入文学期刊当中，影响文学期刊面貌的生成。于此我们能够得出结论，读者意见对《当代》杂志的影响是由表及里的，这也印证了杂志的生产理念已经面向以读者为中心的广阔市场。

第三节 《当代》与新媒介文学互动

市场经济原则改变了编辑理念，形成了以读者为中心的新伦理。以读者为中心的新理念影响了期刊办刊定位与刊物形式的变革，同时深刻介入文本生产的肌理，改变了文本的发展范式与话语方式。影视、网络等新兴媒介在消费市场中的霸权地位强烈挤压着作为传统媒介的文学期刊的生存空间，文学期刊不得不正视新兴媒介给人类精神生活和文化表达带来的全面影响，进而走向与新媒介的共生之路。“每当社会开发出使自身延伸的技术时，社会中的其他一切功能都要改变，以适应那种技术的形式。一旦新技术深入社会，它就立刻渗透到社会的一切制度之中。因此，新技术是一种革命的动因。”① 文学受到新媒体的诱发不断更新观念与成规，其叙事方式和表现形态受到影视、网络媒介的浸染形成新的生产法则。因而文学期刊和影视文学与网络文学联姻，试图从新媒介广大的受众群体中吸引新的读者。

---

① ［加］埃里克·麦克卢汉、弗兰克·秦格龙：《麦克卢汉精粹》，何道宽译，南京大学出版社 2000 年版，第 363—364 页。

一 《当代》与影视文学文本

“电子媒介构成了文化、价值和态度的全局的、几乎是刹那间发生的转换。这种巨变产生巨痛和身份的迷失。只有对巨变的动态获得清醒的认识，才能减轻痛苦，减少迷失。只有了解新媒介引起的革命性转换，我们才能预测和控制这种变化。”① 影视媒介崛起为重要、突出的文化景观，兼容语言、声音、图像等各种传播介质，将文学、音乐、美术、戏剧等元素融为一体，以视觉、听觉的双重融合构成了一种综合的、多样化的艺术形式。影视媒介的出现，改变了文化传播的格局，超越了印刷媒介的视觉感官延伸与广播媒介的听觉感官延伸，视听感官的共同延伸是人类历史上意义重大的一次变革。新时期以来，影视媒介逐渐以前所未有的广度深入至中国普通百姓的日常生活中，成为受众数量最为众多的媒介形式。在由印刷媒介向影视媒介过渡的初期生产过程中，影视媒介的生产在许多方面借助了印刷媒介的力量，新时期之处的影视作品有大部分改编自文学作品。1979 年北京电影制片厂拍摄的电影《小花》，改编自前涉的《桐柏英雄》。此后，出现了《天云山传奇》《小城春秋》《许茂和他的女儿们》《被爱情遗忘的角落》《赤橙黄绿青蓝紫》《人到中年》等电影，均改编自已发表的小说作品。这些作品为电影电视提供了叙事素材、人物形象、故事情节、发展脉络和思想内容，小说的叙事方式和叙事结构也对拍摄产生介入性的影响。小说作为一个成熟的艺术门类在影视媒介发展的最初阶段为其提供了积淀已久的成熟的叙述经验和表达方式，从而带动影视艺术的发展。拍摄过改编作品《秋菊打官司》《大红灯笼高高挂》《菊豆》的张艺谋在谈到文学与电影关系时说“我一向认为中国电影离不开中国文学。你仔细看中国电影这些年的发展，会发现所有的好电影几乎都是根据小说改编的。……我们研究中国当代电影，首先要研究

① ［加］埃里克·麦克卢汉、弗兰克·秦格龙：《麦克卢汉精粹》，何道宽译，南京大学出版社 2000 年版，第 363 页。

中国当代文学，因为中国电影永远没有离开文学这根拐杖。看中国电影繁荣与否，首先要看中国文学繁荣与否，中国有好电影首先要感谢作家们的好小说为电影提供了再创造的可能性”。[①] 然而，优秀当代作品对于影视的给养和影视对文学的认可并无法改变纸质媒介发展的颓势。影视生产在数十年的发展当中生成成熟的生产机制，包含特有的影视化情节设置和叙事策略，此时文学作品对影视的推动和介入逐渐淡化。同时，影视是一个工业化生产过程，工业技术力量不断革新使影视工业的各个环节日臻完善，画面帧数、音轨转换、后期特效等技术消解着文本之于影视的重要作用。在受众方面，由于影视媒介对接受者的文化水平没有要求因而受众广泛，而纸媒在受众领域则显现出精英化的特征。因此，在传播领域，影视媒介以绝对的优势压制着纸质媒介，纸质媒介面对着影视媒介的媒体霸权和接受强权。作为纸质媒介的重要一元，传统文学期刊此时面临着市场经济和新兴技术力量的双重冲击，在二者的挤压下寻找生存之路使得传统媒介与新兴媒介的结合成为必然。

文学期刊与影视的互动大致分为以下几种形式。第一，作品首先发表于传统文学期刊，在引起一定反响或受到影视导演注意后改编为影视作品，这是文学与影视最初互动生成的形式。“小说文本的影视化，即通过电影电视特殊的屏幕造型手段把文字小说转化为具有声画艺术特质的屏幕作品，并最大可能地保留原小说的文学氛围、创作风貌，最终给观众文学审美情趣的‘影视文学’样式。”[②] 如鲁彦周《天云山传奇》（《清明》1979 年第 1 期），张弦《被爱情遗忘的角落》（《上海文学》1980 年第 1 期），谌容《人到中年》（《收获》1980 年第 1 期），古华《芙蓉镇》（《当代》1981 年第 1 期），苏童《妻妾成群》（《收获，1989 年第 6 期》）。第二，在影视作品播出的同时出版文学文本，即影视同期文本。“影视剧片的读本化，它是以影视媒体

① 陈墨：《新时期中国电影与文学》，《当代电影》1995 年第 2 期。
② 李静：《影视小说：“读图时代”的文学“宠儿”》，《文艺争鸣》2007 年第 4 期。

转换成印刷媒体的影视出现，从景物的描写、人物的对白处理等方面都更接近影视剧作的剧情发展；它打破了传统小说—剧本—影视的改编过程，而倒置为剧本—影视—小说，它是传统小说与影视剧作两种艺术形式的衍生物。”① 作家在创作过程中一般先写剧本，再在剧本的基础上创作小说，（某些作家可能将剧本和小说的创作交错进行，如柳建伟的《突出重围》），最后将小说与影视作品同时推向市场。鉴于影视媒介霸权地位，纸质媒介争相发表具有“影视同期书”倾向的作品，如张欣的《深喉》（《收获》2004 年第 1 期），周梅森《我主沉浮》（《收获》2004 年第 2、第 3 期），王海鸰《中国式离婚》（《当代》2004 年第 4 期），王海鸰《新结婚时代》（《当代》2006 年第 5 期）。

据不完全统计，《当代》自创刊至今共有 97 部作品被改编为影视剧作品（见附录六），1979—1989 年共 45 部，1990—1999 年共 13 部，2000 年至 2009 年共 36 部。《当代》与影视文学的互动随年代推移的呈沙漏式变化，20 世纪 80 年代和 21 世纪以来的影视互动比较频繁。尽管两个时期改编为影视作品的小说文本数量都比较多，但是二者的表现形态和产生原因却存在一些差异。20 世纪 80 年代，《当代》被改编为影视的文学文本均是先刊发在杂志上，作品得到广泛认可后方被导演改编为影视作品。从作品发表到影视作品播放，其间经历的周期长达几年，如《芙蓉镇》原作刊发于 1981 年，电影上映时间为 1986 年，张曼菱《有一个美丽的地方》原作发于 1982 年，改编电影《青春祭》上映时间为 1985 年，1985 年发表郑义的《冰河》改编的《冰河死亡线》上映时间是 1986 年，1985 年发表的王朔、沈旭佳《浮出海面》改编的电影《轮回》上映时间是 1988 年。改编后的影视作品最大限度地保留原有文本的文学性和艺术性，这种尊重原作的改编获得了来自专业评审和广大普通观众的认可。由谢晋导演，刘晓庆、姜文主演的《芙蓉镇》获得第七届金鸡奖最佳故事片奖、第十届大众电

① 李静：《影视小说：“读图时代”的文学“宠儿”》，《文艺争鸣》2007 年第 4 期。

影百花奖、最佳女主角、最佳女配角、最佳男演员五项大奖。导演吴天明根据郑义的《老井》筹拍的同名电影，由张艺谋、吕丽萍、梁玉瑾主演，该片获得第二届东京国际电影节故事片奖、美国第七届夏威夷国际电影节评审团特别奖、第八届中国电影金鸡奖最佳故事片，以及最佳导演、最佳男主角、最佳女配角等多个奖项。由柯云路的《新星》改编的十二集电视连续剧1986年在中央电视台播出，成为中国电视剧史上的一座丰碑，它第一次创造了国产电视剧万人空巷的奇迹，未经任何宣传的情况下，其收视率高达92%。“回访当年的亲历者，他们说，每天晚上，只要到《新星》播出的时间，几乎家家户户响的都是该剧的主题音乐。而周里京扮演的‘李向南’不仅成为街谈巷议的话题，更成为从政者学习的楷模，许多地方把这部电视剧作为‘整党’学习的材料。有传媒甚至称这部作品‘改变了中国的某些格局’。后来，香港版本的《新星》在其封面上特别注明‘现代官场现形记’。”[①] 电视剧热播后，许多人排队买过期的刊登过小说《新星》的《当代》杂志。20世纪80年代，由已成名的文学作品改编而成的影剧作品往往具有强烈的文学色彩和诗性特征。二者之间最初的互动生成形式保留了文学的原始状态，文学文本作为影视剧作的范本而存在，为影剧作品提供文化和审美的滋养，这一时期优秀的影视作品在一定意义上是“寄生”在文学之上的。在《当代》与影视互动并不算频繁的90年代，已经出现为影视而创作的小说，柳建伟《突出重围》（《当代》1998年第3期）的创作源于成都军区电视艺术中心的邀请，小说和剧本的创作交错进行，付梓后分别交给人文社和成都军区电视艺术中心。此外，还有一些作品被评论家认为“作品的结构留有明显的分镜头剧本痕迹，小说的一个场景就是电视剧的一个镜头，作家按照摄影机的角度调整和焦点变化来转换场景”[②]，这一时期的当代的某些文学文本显现出了向影视倾斜的端倪，只是这种情形的出现与市场

① 《〈新星〉，那时的万人空巷》，http：//www. sxrb. com/sxwb/bban/31/685890. html。

② 黄发有：《媒体制造》，山东文艺出版社2005年版，第213页。

经济关联无多。

21 世纪以来，被改编为影视作品的文学文本也达到一个繁荣的状态，随着经济场对文学场的介入，文学期刊与影视媒介的互动透露出更为主动的讯息。文学期刊在世纪之交面临着巨大的变局，必须进行市场化改造成为不争的事实，在这种形势下，文学期刊寻求与强势传播媒介的互动是积极拓展其生存空间的表现。影视媒介深入大众日常生活的各个角落，构成全新的文化语境。作为文化场域内的一分子，文学期刊的肌理也被影视媒介所渗入。因此，《当代》与文学期刊的互动也是新兴技术力量发展的必然表现。根据文本刊出时间与影视作品上映时间的比对，此时《当代》与影视互动的基本方式依然是文学作品先刊发在杂志上，获得注意后被改编为影视作品。这种互动方式表面上似乎与 20 世纪 80 年代二者的互动方式并无区别，而事实上却存在着差异。差异的根源来源于期刊所面临的困局以及由此而产生的生产理念的转变，编辑的策略已然发生改变，在选择稿件的过程中倾向于具有改编条件的作品。

2001 年第 1 期，《当代》刊载《血玲珑》，作者毕淑敏曾创作过缉毒、禁毒题材作品《红处方》，并被改编为电视连续剧。《血玲珑》是毕淑敏的第二部长篇小说，小说围绕“血玲珑”计划展开，女主人公卜绣文的女儿夏早早身患绝症，医生钟百行制订了一个铤而走险的计划——让卜绣文再生下一个与夏早早的基因完全相同的孩子，抽取这个孩子的骨髓拯救夏早早。当年近不惑的卜绣文再次怀孕后，腹中胎儿的基因与女儿夏早早的基因不吻合，这个检查结果引出了另一团迷雾，卜绣文十三年前被陌生人强暴，强暴者才是夏早早的生父。为了拯救女儿，卜绣文打掉了腹中属于丈夫的胎儿，与丈夫共同开始寻找强暴者的漫漫长路，侦探般揭开强暴者面纱的时候，却发现对方是卜绣文的商业对手匡宗元。卜绣文终于如愿怀上了与夏早早基因相同的孩子，然而在孩子生下来之后却陷入了艰难的抉择……作品中包含了多重符合大众审美趣味的元素，包括医疗、悬疑、商战、情爱、强暴等，叙事过程扑朔迷离，故事情节突然转折和极度巧合，以及作品中人类情感和医学道德间的矛盾冲突，都极具改编为影视剧的基础。程琳《警察与流氓》刊载于《当代》2004 年第 1 期，警察苏岩目睹了一名男性坠楼身亡的过程，以此为开端展开了一系列的调查活动。作者在叙事过程中设置的悬念引起读者的阅读兴趣，故事情节中环环相扣、步步推进，场景描写的画面感极强，是典型的“好看”小说。作品以“警匪”为题材，这类题材中有侦破案件的逻辑推理、警匪交锋中的动作场面和高度的紧张感，对读者的思维和感官产生刺激感，因此这类小说题材的观赏性要高于普通的常态生活。并且，小说的场景描写、情节设置和结构分层都呈现出某些影视化倾向，具备改编为影视剧本的一切基础。该作品获 2004 年《当代》文学拉力赛第一站的冠军，在评委们众多褒奖之词中，也有人敏锐地发现了小说的影视化倾向，邢育森认为“该作品对人物关系和主要场景的充分利用，更像是电视剧本的写作，情节的跌宕起伏似乎都显得刻意为之”。[①] 2004 年第 4 期，《当代》刊发王海鸰的《中国式离婚》。王海鸰此时已是著名编剧，其长篇小说《牵手》于 1999 年创作完成，由此改编的电视连续剧在中央一套黄金时间播出，人民文学出版社在播出后 5 天内出书，全国各大城市同时到书。收视率创下新高，单行本书籍销量也达到了 26 万册之多。《新结婚时代》由 2006 年第 5 期《当代》首发，10 月出版单行本，占领畅销书榜小说类冠军。2006 年下半年电视剧《新结婚时代》在各大卫视热播。王海鸰的《中国式离婚》和《新结婚时代》是名副其实的电视剧衍生产物。王海鸰直言《中国式离婚》是一道“命题作文”，制片人先定好名字后请她创作，在剧本写完开拍后又改编为小说。两部作品均以家庭伦理生活为核心题材，《中国式离婚》讨论婚姻中身的背叛、心的背叛和身心背叛，《新结婚时代》则讲述了两代人的三段错位婚姻，讨论婚姻关系中两方的城乡差异和物

① 《当代》编辑部：《“〈当代〉文学拉力赛”第一站冠军评语》，《当代》2004 年第 2 期。

质精神差异。这些作品贴近普通百姓的日常生活，发掘大众生活的话题和视点，将日常生活审美化、日常问题戏剧化，契合大众的文化审美和消费精神。借助影视和图书的互动，渲染出版的商业性，影视的娱乐性，注重阅读时轻松的快感，符合大众审美趣味。2004 年《当代》文学拉力赛第四站，长篇小说《英格力士》和《中国式离婚》并列荣获冠军。但《中国式离婚》即使在其支持者那里也收到了不少批评意见，推荐者冯小虎认为“反观《中国式离婚》，有无数缺点：描写琐碎，叙事唠叨，人物虽众多惜乎不鲜明，情节虽曲折而稍落窠臼……情节之设置，对话之众多，又好像畅销电视剧脚本”。[①] 评论家雷达认为“王海鸰的《新结婚时代》是部很不错的小说，但我仍可从中找到影视剧的痕迹”。[②]“王海鸰的《新结婚时代》便和《兄弟》一样，感应的是认同现状、认同环境的大众意识形态。小说名为‘新结婚时代’，但读完全篇，也不知道新在哪里。作品靠极力营造、渲染出来的城乡生活水平、新老价值观念的落后和矛盾来谋篇布局、推进故事，甚至上升到爱情、婚姻的错位高度。”[③]《当代》在 2004 年和 2006 年刊登王海鸰的作品，在很大程度上是取悦读者的表现。在消费文化语境下，期刊这类文学作品载体的销量和影响力在很大程度上取决于文学消费者、接受者。我们从当年《当代》文学拉力赛评奖结果就能看出一二，2006 年获得专家奖的是铁凝的《笨花》，获得读者奖的是不在专家考虑之列的《新结婚时代》。这种结果的出现，表明了《当代》不再仅是精英文学和纯文学的刊发载体，它逐渐融入大的社会语境，尝试选择一些艺术价值上并不突出，但符合大众审美期待的作品。并且，以往《当代》刊发的小说均由人民文学出版社出版，将小说交给《当代》也意味着出版权交给了人民文学出版社，而王海鸰

① 《当代》编辑部：《“〈当代〉文学拉力赛”第一站冠军评语》，《当代》2004 年第 2 期。

② 《第五届原创大赛开赛》，http://book.sina.com.cn/news/c/2007－09－24/1114221532.shtml。

③ 易晖：《2006 年长篇小说观察》，《文艺理论与批评》2007 年第 1 期。

的两部作品分别由北京出版社和作家出版社出版。打破惯常书刊互动的两部作品依然在杂志重要位置出现说明了《当代》杂志为刊登该作所作出的妥协。

文学影视互动的成功为文学期刊寻到一丝新的希望，在可喜的成功的诱发下，编辑策略发生倾斜，借助影视之势促进期刊的市场营销。因此期刊不仅为影视提供范本，而且刊发受到影视逻辑影响的小说。在市场经济的语境下，作家与影视"共谋"掩盖或弥合着传统媒介与新兴媒介的裂隙。编辑则因此显示出对大众读者趣味的倾斜和对商品化的包容，尽管一部分影视文学文本存在对话众多、叙事拖沓、主题直白等鲜明的影剧痕迹，但文学期刊对于此类文本的选择依旧热衷。目前活跃于《当代》中与影视关联的作者如王海鸰、王刚、严歌苓、欧阳黔森、卢江良、鲍十、卢岚岚、裴蓓等作家构成了一种文学期刊内部新结构，深刻地影响着期刊的样貌生成。受到影视逻辑介入的作家的表达方式与审美倾向进一步改变普通受众的阅读趣味，加剧读者对影视化作品的认同，使传统文学期刊对新媒介的依赖越发无法剥离。在传统媒介与影视媒介的互动共生关系当中，作为传统媒介的文学期刊在一定程度上依附新媒介的霸权地位而获得一些生存空间。

文学与影视联姻为小说的生存提供了沃土，新的科技力量的兴起为文学和文学期刊拓展了新的生存空间。大量影视与文学成功合作的例子表明小说与影视之间的转换机制日渐成熟，传统艺术向现代艺术的倾斜和移就给文学作品和文学期刊带来了种种益处。第一，影视媒介与文学的互动合作，通过科学技术力量拓展了文学作品的表现空间，丰富了文学作品的构成和内涵。以往纸质媒介所刊载的文学作品提供给读者以视觉感官的延伸，当读者主观地将视觉感受与想象思维相融合，方可能产生空间感和动态感。纸质媒介的文本呈现为文字符号的线性排列，影视媒介将文本转化为图像、声音的复合排列，其丰富性远远大于纸质文本。文字符号的线性化排列在信息接受的过程中呈现为历时性特征，文本所传达的信息需要读者逐字逐句阅读才能接收到，当它以影视为媒介载体呈现时，则可通过不同表现方式在同一时间传达多种阅读信息。影视媒介相较于传统纸质媒介还有动态感的优势，它通过拍摄者的阅读想象和现代化的工业技术，将固定于纸张上的文字转化为动态化图像。影视媒介同时产生一种真实的空间感，当文本以影视为载体呈现时，包含了音乐、美术、戏剧、雕塑、建筑、舞蹈等各种艺术形式，在传统纸质载体中只能通过文字描述的艺术形式在影视媒介里得到了极大的展开，通过文字排列所呈现的风景、音乐被影视载体赋予了全新的表现形式和生命活力。影视媒介将文字转化为图像、声音，形成空间化、立体化、动态化的综合艺术形式，为读者提供多重感官享受。另外，文学文本的内涵也在一定程度上通过影视媒介得以拓展和深化。当烘托作品氛围的文字被转化为可视、可听、可感的画面和声音，视觉和听觉的双重延伸使作品更为真实，让某些在文字阅读过程中因为概念化和抽象化而被忽略的场景细节得以重新被注意和理解，文本的内涵在这重意义上得以深化。并且，由于文字向影视转化的过程中需要拍摄者的阅读和接受，拍摄者在阅读过程中产生的关于文本解读感受必然会呈现在影视作品之中，因而呈现出的影视作品是一种再阐释的产物，这种影视文本再阐释便丰富和拓宽了文学文本的内涵。

第二，文学与影视的联姻促进了文学文本传播、接受范围的扩大化。在新的文化语境下，传统文学期刊读者的小众化，就目前文学期刊印数和销量不断下降的趋势而言，也在一个侧面证明了文学期刊受众的少数化。文学期刊的阅读还对读者的知识水平和审美趣味有一定要求，文学期刊的受众也是一个精英化的族群。小众化和精英化的受众决定了文学期刊传播范围的固化，在市场经济规则的面前，这危及文学期刊的生存。影视媒介的大众化特征在这一方面弥补了纸质媒介的不足，影视作为深入普通百姓日常生活轨道的文化，对受众的知识水平并无特殊要求，从高级知识分子到目不识丁的农民都能够成为影视文化受众的一分子。影视媒介以其无处不及的触角将小圈子内的文学传播至大众视野内，大大提升了文学作品传播的广度。影视能够促进小说的传播，已成为许多作家的共识，陈忠实在谈到《白鹿原》的改编时说道“包括许多世界名著的改编，也不无遗憾。我作为小说作者，不能不关心，但管不上……比起任何形式的改编，影视无疑是最好的形式。如果把电影和电视比，最好还是电视连续剧……我也寄希望未来的导演，能给读者一个直观的形象，对作品的体现和传播都有好处”。[①] 诸多文学作品被拍摄成为影剧作品后提升了作家和小说的知名度，也进一步促进了小说的流通与消费。周梅森在20世纪80年代走上文坛，其作品十余年间并未受到广泛关注，直至小说被改编为电视剧后名气大增。他说“过去我对小说改编成影视作品不太重视，有人要拍我的小说，我只是把版权卖出去就不管了，现在我感到虽然小说和影视是两回事，但是它们还是可以互动的。影视作品的影响面是很广泛的，对图书销售的作用也相当大。20世纪90年代中期以前，我的15部作品总共发行了不到10万册。而《绝对权力》至今已经发行了近20万册，《中国制造》的发行量累计达到了30万册。《国家诉讼》更是第一版就达到12万册”。[②] 影视对作品传播的影响还包括一些著名作品，茅盾文学奖经典巨著《平凡的世界》在普通读者中具有极大的影响力和感染力，2015年由《平凡的世界》改编而成的同名电视剧在卫视热播后，勾起不少读者阅读原著的愿望，因此各地书店、书摊和网上书店中《平凡的世界》销量大增，甚至出现了卖断货的情况。文学期刊也因小说影响力的增加而获得更多关注，《平凡的世界》电视连续剧播出后，就引起了对《当代》杂志和现实主义的讨论。王海鸰的《新结婚时代》和《中国式离婚》两部影视文学文本的刊登直接结果便是当期《当代》的销售量大幅增长。

第三，文学与影视的互动还可为作家带来经济收益。严肃文学作家进驻影视圈已成为普遍的文化现象，期刊所能支付给作者的稿费实

① 耿翔：《陈忠实坦言改编〈白鹿原〉》，《中华读书报》2001年8月8日。

② 郭珊、贺敏洁：《周梅森：不会为了迎合影视而创作小说》，《南方日报》2003年3月24日。

在微薄。根据笔者所购买的稿酬单可知，1989 年《当代》所支付的稿费为每千字 20 元左右，1998 年为每千字 50 元左右。2010 年，多数纯文学期刊执行的是 1990 年的稿酬标准，即每千字 30—100 元。当文学作品改编为影剧作品后，作家获得的收益远高于稿酬。《康熙王朝》《我的兄弟叫顺溜》《让子弹飞》的编剧朱苏进在谈到进入影视圈的原因时说“一是我觉得中国影视很有可为。影视是很大众化的艺术形式，影响力之奇大，其他任何艺术都无法与它比肩。如果几个严肃作家进入这个圈子，应当是件好事。再一个原因就是物质利益丰厚，这点我从不讳言”。[①] 苏童的《妻妾成群》被改编为《大红灯笼高高挂》收到 4000 元的授权费，1993 年余华改编《活着》的授权费达到 5 万元。王海鸰的《新结婚时代》和《中国式离婚》在《当代》上发表所得稿费均为 1 万多元，而改编电视剧集则可达到每集 10 万元的酬劳。同样的文学文本，以不同的媒介为载体获得不同的收益，二者之间存在着多达十倍百倍的差异，这意味着影视媒介在作家的经济收益方面的巨大优势。经济收益的增长能够改变作家的物质生活，能够保证作家创作的稳定性，为刊物提供更多优质作品。当传统文学期刊为了适应新技术力量带来的文化语境的改变，并试图改善自己生存环境时，便出现了向影视媒介倾斜的倾向。影视与文学互动所产生积极影响，文学期刊选择具有影视倾向的作品大大增加了期刊自身传播的广泛程度，并且由此获得一定的经济收益，一定程度上拓展了期刊的生存空间。

二 《当代》与网络文学文本

1998—1999 年，是中国网络发展的重要时段，网民数量大幅度增长，网络文学进入成长的关键时期。蔡智恒的《第一次亲密接触》在网络上一再被转载，开启了网络小说的先河。安妮宝贝、邢育森、李

① 朱自奋：《影视编剧：我只是客串——作家朱苏进访谈》，http：//www. chinawriter. com. cn/2007/2007 - 03 - 19/62516. html。

寻欢等网络作家大量涌现，新语丝、榕树下、网易等网络文学平台大规模发展。网络文学这个名词集中出现在大众视野当中，它所产生的颠覆性影响也引起了诸方的注意和讨论。当《第一次亲密接触》被知识出版社出版，一时引起了强烈轰动，销量惊人，因此而产生的经济效益也极为可观，这是文学载体由新媒介转化为纸质媒介的成功案例。在整个网络文学不断蓬勃发展，又有成功的出版案例为背景的世纪之交，新媒介和纸质媒介之间逐渐交互。全国最大的专业文学出版机构人民文学出版社在2001年首次尝试网络文学出版，推出了原创网络文学《风中玫瑰》，实现网络文学的纸媒化。上海文艺出版社与“榕树下”网站合作出版的“榕树下系列丛书”年销量达到145万册。网络文学所带来的不仅是市场化的经济收益，同时也以其技术力量影响着文学的发展，甚至深刻地介入文学的文化转型，为文学提供了一种全新的生存模式，给21世纪文学带来颠覆性影响。

此时的文学期刊面临着市场化经济大潮所带来的资金困境，网络文学转化为书籍所带来的经济效益为捉襟见肘的期刊带来了改变生存现状的可能。网络文学对纸质媒体的冲击使得文学期刊需要调适与其间的关系，以吸引更大范围的读者群体和提升其对文学变革的适应能力。1998年第6期《天涯》刊登邢育森的《活得像个人样》，发出主流文学期刊刊载网络文学作品的先声。2000年9月，由《作家》《大家》《钟山》《山花》举办的“联网四重奏”第六届年会决定选取六位有潜力、有影响的网络作家创作一万字左右短篇，并请作家、评论家点评，分别在四家刊物同期推出。遗憾的是这四家传统文学刊物对网络文学的引入未持续太久。一些传统文学期刊紧跟网络热潮，推出网络文学专栏，但所刊作品或与传统文学并无二致，或品质相对粗糙，大都无果而终。

《当代》作为一个以稳重为特征的老牌文学期刊，在面对网络文学这一新生文学形式时显示出了包容和开放的态度，当1999年网络文学刚刚显示出其势头之时，当年第3期《当代》将“民间文学社”专栏改名为“新民间文学”，增设网络文学作品栏目“网事随笔”。编者在该栏目按语表述了对网络由漠不关心到排斥再至享受其中的过程，“因而，就有了创建网上栏目的初衷，拟作‘网络文学’。但在编辑的过程中发现，有那么多的故事和话题不是‘文学’一词就能囊括的。于是，干脆起作‘网事随笔’”①。2000 年，“往事随笔”栏目从“新民间文学”中独立出来，当年第 1 期至第 5 期均发表相关文本。连续两年刊发网友的“网事随笔”后，编辑部认为“去年栏目创建时，我们自以为先锋，已经想到‘网络文学’的发展速度会如此迅猛，会超越了‘随笔’所能涵盖的空间”②，于是 2001 年将其改名为“网络文学”，栏目持续至 2002 年第 3 期。

《当代》刊登网络作品的尝试持续了三年时间，从“网络随笔”附属于“新民间文学”到“网络随笔”独立再到“网络文学”栏目，我们发现《当代》对网络板块的逐渐重视。在文体上从论坛留言、随笔杂文到剧本、小说的变化，从普通网友到知名写手，编辑部在探索的路上提出了不同的可能性。通过每一年栏目名称和所刊文本的变化，能够看到编辑部在做出各种各样不同的努力，以寻找到最适合自己的风格。但所选文本放在《当代》杂志上显得水土不服，有一部分文本本身并非网络文本因而放在该栏目中不伦不类，一部分文本虽属网络范畴却品质相对粗糙，不符合文学的审美标准。自 1999 年第 3 期至 2002 年第 3 期，《当代》杂志发表的网络文本包括《江湖行》《生于一九六九》《爱情方面》《网络时代》《关于男人》《课桌文选》《罗大佑以后》《九十年代的忧伤》《且把此心寄孤独》《网上找骗记》《网名面面观》《流浪在网络》《在中关村的网吧想你们》《契约幻想》《蜉蝣的生命》（一、二）、《歌谣咿呀》《暗黄台灯》《留言板》《蒙面之城》（上、下）、《网虫日记·六天七夜》《露天电影院》《谈“穷”》《全球化时代的木匠》《世俗主义者的黄昏》《小资的精神世界》《女

① 天空：《编者按》，《当代》1999 年第 3 期。

② 天空：《〈蒙面之城〉编者按》，《当代》2001 年第 1 期。

人干嘛要“主义”》《青春前期》等。从文体方面而言，有随笔杂谈、小说、剧本。文本内容涉及面广泛，诸如对网络、爱情、时事的讨论。文本来源包括复旦大学日月光华站、清华大学水木清华站 BBS 系统、四通利方中文论坛、中国摇滚网、《万科》周刊、www. 8848. net、榕树下中文网站等。文本的作者主要包括两类，一是在网络论坛中自由发言的普通网友，如小虫、老网、圣斗士、筋斗云、风过无痕、暮烟、三只钉子等网名，无论是在今天还是在当时都被淹没在茫茫网海中。二是著名网络写手，如邢育森、俞白眉、王小山至今仍活跃在网络界，并从事与文化相关的活动。《当代》杂志选取的杂谈随笔主要来自普通网友，文本简短随意，风格多幽默诙谐、调侃讽刺。按照传统的文学标准衡量，这些文本并非属于“文学文本”，只能算作匿名网友在网络中的随意而语。对于网络这个涵盖颇丰，意义复杂的场域，连编辑都很难拿捏文本的属性，2000 年第 5 期所发的由天空整理的网络留言在编者按语中透露出了对这类文本归属的模糊，“在文本的层面上，我不知道该把这篇东西定义成什么”。针对网友留言的真实性和动态性特征，将其描述为“语言借助网络载体产生的情景剧效果”和“文本的实验”。事实上，栏目编辑的困惑和模糊也代表着编辑部对发展与网络相关栏目方向性的不明确，这种方向不明意味着选取内容不能形成一贯风格，难以形成别具一格的栏目特征，为后期网络相关板块难以为继埋下伏笔。2001 年板块更名“网络文学”后，集中发表宁肯的《蒙面之城》、俞白眉《网虫日记・六天七夜》和小鱼的《露天电影院》。该年度的网络相关板块较之上两年发生了一些积极的变化，以小说和剧本作为主要文体，内容和分类更加明晰。2002 年“网络文学”板块却并未持续保持上一年明晰的风格，转而刊发了来自贵州瑞昌的中学生命题作文《谈“穷”》，该文本没有任何元素能够与网络产生关联，使人费解它为何出现在此板块中。当年第 2 期的四篇文章来自《万科》房地产周刊，其内容未见精彩之处，其出处则显示出选文的草率。

在刊登网络文本的三年中，仅2001年所刊作品初具网络与文学双重特征。俞白眉的《网虫日记·六天七夜》是《网虫日记》剧本中的第四集，该剧本是三位新锐的网络写手宁财神、俞白眉、Mikko在王朔的带领下与英达导演共同合作的情景剧，它是我国第一部以网民视角讲述网络生活的电视剧，也是第一部由网络媒体转换为电视媒体的剧作。剧中角色设置代表了几类不同的网络人种，每集故事围绕一个网络现象，如网恋、网络生存、网络文学、电子商务等，以新趣味主义的形式反映当时网民的日常网络生活。《六天七夜》所表现的是网络生存现象，三个主角为破一项世界纪录而进行了为期六天七夜，依靠网络解决衣食住行问题的体验。剧本天马行空，喜剧性和荒诞性并存，不仅在内容上与网络生活息息相关，语言也充满网络气息。当年第5期小鱼的《露天电影院》选自榕树下中文网站，作品中时辰和水印因一间房子而假结婚，水印因救时辰身亡，时辰在失去后方感可贵，故事情节平淡而庸常，并无新意。但在描写方式上则显示出与传统文学区别的因素，如情节不紧凑，段落之间连贯性不强，刻意造成一种空灵飘逸的阅读感受。又如女主角水印瘦削苍白又歇斯底里，“安静而脆弱，无助又坚强”，这些描写并非为情节和故事提供任何发展性因素，而只是为了形成某种文艺、伤感、纠结的印象。该文叙述手法和文体风格与当时所流行的安妮宝贝的作品极其相似，而安妮宝贝正是以网络写作出道并成名的，因此该文具有了初期颓废阴郁网络文学的明显标志。当年第1、第2期发表的宁肯《蒙面之城》当属网络文学板块最为成功的尝试，该作品在2001年第1站和第2站“《当代》文学拉力赛”中击败著名作家毕淑敏、刘心武、刘醒龙等人获得分站冠军，2001年12月获“《当代》文学拉力赛”总冠军。2002年10月获“第二届老舍文学奖”，成为首部获得中国权威文学奖项的网络文学作品，它的获奖为网络文学通向传统文学开辟了一个崭新的通道。《蒙面之城》完稿于1999年，作者宁肯以自然来稿的形式分章节向《收获》《花城》《钟山》《黄河》等五六家大型文学杂志投稿，只有

《黄河》的谢泳给了回复，其他杂志均没有任何回应。投稿给“布老虎”，因“诗意化”“故事不完整”被拒绝。在投稿给传统媒体的同时，宁肯也将目光投向了新兴的传播媒体——网络，他先在榕树下中文网站连载，广大网友评价有佳。在榕树连载获得成功后，宁肯又联系新浪网的连载。2000 年 9 月 13 日，《蒙面之城》开始在新浪读书频道连载，1 个月后就有 50 多万次的点击量。当时网络用户约为 2250 万人，相对于这个基数而言，50 万次的点击量已相当可观。在网络上获得网友关注形成一定热度以后，宁肯将《蒙面之城》投向《当代》杂志，“杂志社用了一周时间加急审稿，立即决定刊发”。[①]《当代》迅速刊出了《蒙面之城》修订版，编者按语道“宁肯的《蒙面之城》不仅完全超越了以痞子蔡为龙头的《亲密接触》阶段，就是与成熟的文学载体登载的成熟作家的成熟佳作相比，也毫不逊色……他正在给我们树立一个标志——‘网络文学’同‘非网络文学’比肩的标志”。[②]《蒙面之城》2001 年由作家出版社出版单行本后，至今销量 15 万册左右。而在未出版单行本之前，就已出现许多盗版书籍，足见其读者影响力。许多读者是在网络上读到了作品后转而购买纸质期刊和书籍，网络为无名的创作者们提供了一个平等、开放的成长空间，曾经屡被退稿、名不见经传的作者成为权威文学奖的获奖者，进入了传统文学的场域。

《蒙面之城》创作时充分利用了网络资源，作品中涉及了诸多领域，作者遇到不熟悉或陌生的领域就利用网络进行搜索，节省了收集材料的时间又更为全面。作品中关于摇滚和朋克的部分，作者不仅深入酒吧体验，同时也在网上寻找资料与音乐爱好者网上互动，“我泡过北京一些酒吧，看过一些演出，有一些直感，但很不专业，一些基本术语都不掌握，同样一搜索，下载了近 20 万字的资料。摇滚乐是

① 《网络时代的文学写作：一味迎合市场会失去自己》，http：//news. xinhuanet. com/zgjx/2015 -03/20/c_ 134082555. htm。

② 天空：《〈蒙面之城〉编者按》，《当代》2001 年第 1 期。

《蒙》的重头内容之一，光凭下载资料不行，还得泡在网上，我在一些摇滚论坛或站点跟踪泡了好几个月，网上有演出消息还去看演出，去过多次北京著名的‘忙蜂酒吧’，完了上网听网友们评论。网上网下近半年的互动，使我获得了丰富的感性与理性的知识，这同时也是对马格后来作为一个另类歌手的构思过程”。[①]《蒙面之城》在网络连载时已经出现网友参与文学生产的局面，连载过程作者和网友保持在线交流，互动切磋，反复修改，网友的意见影响着情节的走向，作品的结局是作者听从网友建议，在三个结局当中选定的其中之一。此时，作者读者共同参与文本的生产过程，网络技术和网络环境为这种生产方式提供了可能。《蒙面之城》在创作过程和发表过程中充分利用了网络资源，被贴上网络文学的标签。然而，《蒙面之城》所表现出的审美价值和哲学意蕴远远超出了当时网络文学所能涵盖的范畴。首先，早期网络文学内容基本可以分类为情爱、搞笑和武侠（欧阳友权语），而《蒙面之城》并非这三者之一，也没有网络小说常见的伤感情绪、无休止的调侃或悬疑。主角少年马格生长于一个处于文化核心的家庭，然而他对既成的人生道路选择了反叛和出离，他流浪于秦岭、西藏、深圳，在山林、草原、冰川的原始环境中穿行，隐没于劳动生息的人群中风餐露宿。马格的流浪之路没有终点，也模糊了现实和传奇的界限。其次，作品所表现的深邃的哲学思索也极大地区别于早期网络文学的营养匮乏。《蒙面之城》描述了个体的生存困境和精神困境，与此同时又以青年的热血高扬着自由主义的精神旗帜。最后，小说的语言与当时流行的网络文学语言有很大差异，初期网络文学语言具有随意性和诙谐性的特点，也具有直白化、粗鄙化的通病，而《蒙面之城》所显现的是区别于网络语言的文人化气息浓郁的语言风格，语义丰赡、诗意浓郁、哲思丰富。总之，《蒙面之城》不似网络文学般单纯为取悦读者而作，也不以消费和娱乐为目的，它表现出了独特的诗

① 《〈蒙面之城〉访谈录》，http：//wenda. chinabaike. com/html/20101/q1045892. html。

性气质和哲学意味。另外，作品在网络连载之前便已初步创作完成，作者最初属意于投向发展比较成熟的传统文学载体刊登，在没有得到传统文学期刊的认可后方投向网络。《蒙面之城》是一种严肃的文学创作，只是在特定的情况下产生了与网络的关联，“展示出了网络文学可能的高度和‘异质感’”[①]，它是一部在先锋与传统、在新媒体与传统媒体之间寻求到平衡的作品，《当代》在确认其艺术价值和社会效应后才敢于刊载。这部网络长篇小说从方方面面显示出的与网络文学不同的艺术特质，使得网络文学这个颇具先锋和潮流意味的文学类型，在《当代》上却显示出了保守、持重、正统的姿态。《当代》试图通过经营的网络文学进行转型，其中最为成功的《蒙面之城》却凸显了《当代》在网络文学问题上的保守。

网络文学栏目的设置为严肃、深沉的《当代》增添了些许活泼、时尚的元素，这家传统的大型文学杂志对新媒介文学的关注和引入也显示出它对于新媒体技术发展的敏锐反应，和面对市场紧紧压迫时的努力变革。然而这些努力并未取得预期的收效，网络作品的栏目只持续了三年便悄然终止，自 2002 年第 4 期起至今的十余年中，《当代》再无有关网络的专栏。究其尝试失败的原因，笔者认为有二。其一是编辑部缺乏一个整体性的改革思路和完善、长久的策划。三年网络作品的刊载给读者总体的直观感受是种类五花八门，内容纷繁复杂，稿件归属不清，选稿随意性较强。时而刊登网络随笔、论坛留言，时而尝试长篇、剧本，编辑似乎想尝尽一切的可能性，却又不肯深入挖掘，显示出举棋不定的暧昧犹豫。从这一点来看，并没有一个一贯而完整的改革思路来指导栏目的设置和发展，这就导致其计划感和整体感的缺乏。而且杂志社对网络文学的发展程度似乎并未把握明了，这个新锐的栏目选择了一些速朽的网络文本，并未刊登与之匹配并推动其进一步发展的优质作品。没有整体性和持久性的操作规范，最终使杂志

① 《“〈当代〉文学拉力赛”2001 年总决赛评委评语》，《当代》2002 年第 1 期。

社在新锐栏目中表现出浅尝辄止和摇摆不定。其二是传统媒介与新媒介之间的裂隙。二者之间存在着生产方式的不同，在网络作品的生产过程中，创作者与网友的互动交流、切磋修改，在这种平等、交互的过程中文本获得生命活力，连网友之间在留言中的不断对话都可以形成一种全新的文本形式和开放空间。当这种依赖于对话、参与、可修改的网络文本被移植到一个“只读”性的纸质媒介当中，它所独有的鲜活性则被抑制，这意味着网络媒介向纸质媒介转化后将会丧失部分阅读意义。同时，纸质媒介的受众具有固定性，尤其是老牌文学期刊的稳定读者中有大部分是中老年读者，而网络媒体的受众主要是时尚化的青年人，二者之间的审美趣味必然存在一定差别。纸质媒介在选取数量众多的网络文本刊载时需要寻找适合自身读者审美心理和符合期刊固定风格的作品，但这样的选择并非易事。找寻不到能够平衡于纸质媒介和网络媒介、兼顾纸媒受众和新媒介受众审美趣味的作品成为纸媒与网媒在文学领域难以弥合的重要原因。

第四节　市场营运机制的探索

一　刊企合作

在面临市场化生存挑战时，诸多文学期刊采取了与企业联姻的方式缓解生存压力，企业为期刊提供经济资助，解决办刊的经费问题。《人民文学》得到利群集团和茅台酒厂的经济支持，《山花》杂志与贵州卷烟厂合作，《钟山》与徐州卷烟厂联办，刊企合作意味着文学期刊要刊登一些与文学自身无关的广告，也必然会影响文学期刊的样态。

1985 年 7 月中旬《当代》邀请作家刘心武、莫应丰、黄济人和水运宪至宜昌举办文学讲座，同宜昌当地的业余作者交流讨论。座谈会选择在宜昌是由宜昌雪茄烟厂从中牵线，这开启了《当代》杂志与企业合作的先河。《当代》在通讯中指出与宜昌雪茄烟厂的合作为其提供了新的运营经验，“宜昌雪茄烟厂生产搞得很好还不忘为社会公益服务，此举不但为地方做了件大好事，也表现出一种企业家的远见和胆略。《当代》和宜昌雪茄烟厂的这种联合活动，为文学和企业的结合，提供了新的经验”。[①] 1994 年第 1 期，《当代》与海南汇通国际信托投资公司《海潮》期刊社共同举办《海潮杯》中短篇小说和报告文学征文。但《海潮杯》似乎无法达到企业赞助宣传目的，因此将征文名称中突出“汇通”公司，当年第 3 期将征文启事改为“经本刊编辑部与海南汇通国际信托投资公司研究决定，原定名为《海潮》杯的一九九四年中短篇小说和报告文学征文，更名为‘汇通’杯征文，原定的宗旨不变”。1996 年，《当代》举办“扬子江药业杯”征文，为了回报企业的赞助，刊登了刘业勇、刘良鸣的《爱的承诺——江苏扬子江药业集团挖掘祖国传统医药宝库纪实》（1996 年第 2 期）。1998 年，《当代》杂志的封底反复刊登两则征文启事，一是《〈当代〉杂志与河南焦作市化电集团联合举办“焦作化电”杯征文启事》，二是《〈当代〉杂志与安徽涡阳高炉酒厂联合举办“双轮杯”报告文学评奖启事》。杂志的两项评奖分别由焦作化电集团和涡阳高炉酒厂冠名赞助，为获奖作品提供奖金支持。并选载了涡阳高炉酒厂的纪实文学《双轮霸业》（1998 年第 3 期）。部分读者在当年的读者调查中对杂志与企业联办征文提出了疑问，对此杂志社的回复是“本刊因为稿酬微薄，愧对作者，为鼓励创作，特邀请愿意为文学发展出力的企业在年终出资，奖励当年本刊刊发的优秀作品”[②]。1999 年，《当代》得到丹东纸业有限公司的支持，在当年举行了“丹东纸业”杯征文活动，“一九九九年适逢《当代》建刊二十周年，又蒙丹东纸业有限责任公司的鼎力相助，为此两家联合举办一九九九年‘丹东纸业’杯征文活动”[③]。同

---

① 《当代》编辑部：《本刊和宜昌雪茄烟厂联合邀请作家举办文学讲座》，《当代》1985 年第 5 期。

② 《当代》编辑部：《〈当代〉读者问卷揭晓及获奖名单》，《当代》1999 年第 1 期。

③ 《当代》编辑部：《〈当代〉杂志与丹东纸业有限责任公司联合举办“丹东纸业”杯〈当代〉杂志创刊二十周年征文启事》，《当代》1999 年第 6 期。

时，在目录页的下方明确标识“本刊正文用纸由辽宁省丹东纸业有限公司提供”。尽管《当代》并非一个良好的广告载体，冠名文学奖的形式对企业不能达到预期宣传推广的作用，但是杂志社在办刊资金匮乏的境况下依旧像企业投出了橄榄枝。2000年，《当代》编辑部明确表示希望通过招标的方式转让《当代》拉力赛的冠名权，以期为拉力赛的十万元奖金找到一个稳定的来源时，结果是“可惜我们转让拉力赛冠名权的希望落空了。我们以为招标方案能够得到社会的关注，以为我们的努力能够给冠名的企业以相当的回报，却没料到投标者寥寥，拉力赛的十万元大奖和相关费用至今不能落实”。[①] 或许是这次大规模地招标碰壁后，《当代》意识到寻求到企业赞助的可能性极小，因此在2000年后，《当代》再无任何形式的企业冠名。

回顾《当代》与企业间的几次合作，二者之间并未形成长久稳定的合作关系。原因在于企业向《当代》提供了经济支持后，所得回报只有冠名权或刊载一篇与企业相关的报告文学。《当代》杂志坚持不登广告，只登画家的画，尽量不登书讯。在此原则下，任何企业在《当代》杂志的任何投入都无法得到带有企业宣传文字图片广告的版面。对于企业而言，杂志征文或评奖启事中的寥寥几字远远无法达到宣传效果。在市场经济规则下运行的以营利为目的的企业，在投入与产出不能达到预期回报时，必然会撤回资金投入。并且，以上几家企业的财力都不算雄厚，没有余力无偿支援文学期刊的发展。文学期刊并非合适的广告载体，如副主编洪清波所言“首先，没有任何广告公司和我们联系，说明我们这个媒体做广告不合适。而我也相信这个媒体不好，读者群收入很低，只能做低档商品广告，广告能带来的产品销量还不够广告费呢。再说我们是双月刊，太缺乏连续性，倒不是我们有没有操守的问题，我们没操守也没人来啊。那些增高丰胸的广告，他们倒是哪都想登，可我们又不行了，毕竟这些东西和文学的关系太

① 《当代》编辑部：《〈当代〉编辑部告作者读者》，《当代》2000年第5期。

远了”。[1]《当代》杂志在1985年就做出了与企业合作的初步尝试，较早地建立了刊企合作、向经济市场寻求经济赞助的意识，但是在2000年以后杂志便不再与企业互动。相较于一些杂志在获得企业赞助后不得不在庄严的文学期刊中刊登大篇幅的广告，设法为企业做形象宣传，“大量刊登企业广告、企业家照片和各类宣传性文字使文学期刊变得面目不清（而且相当大比例的企业是研究行业的，无论是广告还是宣传文字都与文学期刊的风格很不协调）”[2]。《当代》杂志在企业面前保持了极大的独立性，它对赞助企业本身有要求，不能与文学相去甚远，即使企业提供赞助后，其宣传力度和宣传方式也完全要遵循《当代》的游戏规则。《当代》杂志较早地产生了市场化的意识，在不断的实践探索当中发现，坚守期刊独立性便难以得到企业的赞助，在二者之间，它选择了清贫地捍卫文学期刊的尊严，用近乎执拗的方式保护了文学期刊的纯粹性。

二 畅销机制的借鉴

2003年第1期，《当代》杂志目录页中在重要推介的作品名目后增加了宣传词，这一个微小的变化中潜藏着杂志借鉴畅销机制的用心。《当代》杂志在2000年时已明确表示如今的文学市场是以买方为中心的市场，畅销机制的一个本质特征即迎合读者审美心理和阅读趣味，杂志生产理念的转变与畅销机制本质的内在一致性，构成杂志借鉴畅销机制的基础。畅销机制最重要的构成因素之一是使读者产生极大的阅读期待，因此在畅销书的策划过程中注重作品介绍的刺激性，以激发读者阅读兴趣。畅销机制面对的是大众读者，刺激性建立于世俗性的基础上，因此婚恋、暴力、性、窥视等是畅销的永恒主题。

这一时期目录页的宣传介绍中，“情妇”“二奶”“贵妇”“强暴”

---

① 《〈当代〉副主编洪清波：我们是文坛最后的门槛》，http：//news.sina.com.cn/c/2007－03－09/194612476234.shtml。

② 邵燕君：《倾斜的文学场》，江苏人民出版社2003年版，第36页。

“乱伦”等词语大肆冲入读者眼帘，这些词汇的排列组合将文学作品塑造得极为大众化，事实上，这些作品往往具有更为丰赡、深刻的主题和内涵，远非这些宣传词所能涵盖。宣传词将作品中有关畸恋、情爱、暴力、凶杀的因素放大，意图刺激读者的视觉神经，迎合普通大众读者的审美心理并诱发其阅读兴趣，这正是畅销机制在文学期刊领域内的借鉴和移植。也许宣传词的通俗性和刺激性在一定程度上可能起到了广告的作用，增加了读者的关注程度，读者能够第一时间在目录页定位到感兴趣的作品并决定阅读顺序。但是根据《当代》的读者调查，其读者群体尽管收入不高，但都具有一定知识水平和鉴赏能力，这一类宣传词想必与其读者群体不相匹配。一家以严肃、庄重为品格的文学期刊赫然打出了以上的广告语，似乎模糊了“通俗”和“低俗”的界限。

除具有刺激性的宣传词和广告词外，杂志也利用了大众传媒的名人效应引起读者注意。王刚的《英格力士》是2004年第4期刊登的一部纯文学作品，入围第七届茅盾文学奖，作品“展示了特殊时代隐藏在单一外表下的情爱真相、复杂心灵和动人故事。在少年敏锐、躁动而又无所顾忌的目光中，历史与人生的长卷漫漫铺开”。[①] 这部以文学性和艺术性见长的纯文学作品，目录页的宣传词写道“作为明星导演冯小刚最亲密的文学搭档（电影《甲方乙方》《天下无贼》和电视剧《月亮背面》编剧），并不能成为《当代》读者关注的理由。我们惊叹的是，一个明星编剧，居然能够静下心来写一部纯正的小说，而且真的就无比纯正，纯正到好几年难得一见的程度。要知道，多少著名作家在影视圈红火之后，再度纯正的文学理想，都相继成为南柯一梦”。[②] 宣传词的话语中心在于强调小说的纯正性，但将作者与电影导演冯小刚和几部著名的影剧作品相联系的做法，则意在借大众传媒的

① 第七届茅盾文学奖入围作品《英格力士》，http：//book. sina. com. cn/news/a/2008 - 10 - 25/1123246050. shtml。

② 见2004年第4期《当代》目录。

影响力来提高读者的认知度。

在对一些长篇作品的操作方式上，畅销机制的借鉴表现得更为突出。对于已经畅销或是已获得一定关注度的作品，《当代》积极引进。2002 年第 6 期刊载了麦家的《解密》（目录标为《风之子》），这部以从事破解密码的特殊职业者为主人公的作品，包含逻辑推理、谍战反特等元素，显露出畅销小说的种种端倪。《当代》在其出版后果断刊载，显示出了编辑对畅销作品的判断能力，该作获得了 2002 年中国长篇小说排行榜第一名，不仅在国内长久热销而且创下中国作品海外销量的历史纪录。电视剧《中国式离婚》的播出时间为 2004 年 7 月，在播出之间就已在各媒体进行大规模的宣传，引起了不少观众的兴趣。《当代》杂志在当年第 4 期刊载这部作品，便是看准了电视剧热播所带来的畅销效应。此外，杂志社也尝试自主操作整套畅销机制。2004 年，姜戎的《狼图腾》由长江文艺出版社出版，迄今为止大陆再版 150 多次，正版发行 500 万册，被翻译为 39 多种语言，在全球 110 个国家和地区发行。在《狼图腾》的首发式上，邀请了《人与自然》的解说赵忠祥和出生于内蒙古的主持人白岩松现场解读该作，并邀请海尔董事长张瑞敏为作品题词印于封底。《狼图腾》面世仅五天，销量就攀升至各大书店排行榜首位，半月销完 5 万册，在社会各界读者中引起强烈反响。2005 年第 5 期《当代》杂志刊载了杨志军的《藏獒》，并于同年 9 月出版单行本。《藏獒》和《狼图腾》之间存在相似之处，二者都是以少数民族地区为背景宣扬自然界的生命意识。《藏獒》的发表和出版在《狼图腾》之后，《狼图腾》热销所形成的动物小说的热势无疑为《藏獒》提供了一个良好的传播环境。《藏獒》出版后热销，作者在接受采访时被问及是否有跟风嫌疑时予以否认，然而在作品的宣传中打出“PK《狼图腾》”的旗号确有借助《狼图腾》的热势为自己造势炒作之嫌。2007 年第 1、第 2 期，《当代》杂志推出了李克威的《中国虎》，目录页的宣传词写道“《狼图腾》《藏獒》之后，又一部惊心动魄的动物大片？”《当代》以此为宣传出发点显然借助了

《狼图腾》和《藏獒》所掀起的动物小说热潮。2006 年，广东、陕西等地大规模开启了寻找华南虎的行动，《中国虎》便是书写华南虎的一部作品，在 2007 年推出该作，也是对华南虎研究热点话题的呼应。由王刚创作的被称为“商业无间道”的《福布斯咒语》系列（2009 年第 1、第 3 期，2010 年第 4 期），“富豪榜上大富豪两眼伤心泪？资本师时代资本家一手肮脏血？看旧社会民族资本家的艰辛可读《子夜》，看新社会资本家的宿命可读《福布斯咒语》”。“北京的东三环、东四环、东五环相继亮起来的过程中，冯石那些触目惊心的卖房手段，其实不过是房地产开发商的雕虫小技。”《福布斯咒语》主人公的名字冯石看似是将当今地产大亨的名字串联而成，作品亦虚亦实地书写当今房地产圈内炙手可热的富豪不光彩的发迹史。资本、腐败、情爱、传奇元素构成了《福布斯咒语》的基本要件，使其成为不折不扣的畅销书范本。

2005 年起，《当代》将目录页的宣传词移植到封面，印于重点推介的作品标题下方。2006 年第 4 期开始，杂志封面的作品题目和宣传词出现字体、颜色上的变化。不同字体、不同颜色交错排列，文字内容占据大量版面，呈无规律分布。封面一改往日的素净，显示出色彩斑斓、多样缤纷的面貌，第一时间产生视觉上的冲击力。封面色彩和字体的跳动感和活力感的确可以对书刊的畅销起到一定程度的支持作用，但《当代》杂志的封面设计一度用力过猛而趋向流行杂志，反而丧失了纯正文学杂志的端庄和优雅。随着逐年不断地调整，杂志社已在二者之间寻找到平衡点。

三　《当代·长篇小说选刊》的创办

文学期刊在市场化改造过程中以读者为中心，针对读者所进行的策划行为彼此交叉重合，调整期刊定位与刊物形式，在生存困境中寻找解决之道。《当代》杂志在 2004 年创办《当代·长篇小说选刊》，选刊为双月刊。在对《当代·长篇小说选刊》的特色介绍中，编辑部表明了创办选刊的初衷："每年全国出版的长篇小说，有数千上万部，可谓多如牛毛。而即使是最爱读书的读者，每年所能阅读，也就十部八部。怎样从成千上万里面选出这十部八部，是道难题。市场已经有了中短篇小说选刊，独独缺少长篇小说选刊，是为遗憾。我们希望用我们的努力，借一本选刊，替读者分忧。"① 20 世纪 90 年代以来长篇小说爆炸般递增的出版量给读者造成了许多选择上的困难，选刊的目的是通过编辑的阅读和筛选，为读者提供具有阅读价值的优质作品。同时，在中篇、短篇和小小说选刊发展颇为繁荣的景况下，长篇小说选刊领域是一个空白，《当代》所要做的正是填补这一空白。许多中短篇小说发展形势大好，销售量飙升，大量地分流了原发文学期刊的消费群体。《当代》看好选刊的前景，以期能够在长篇小说选刊领域抢占先机，借此扩大读者群体并增加销量。作为隶属于人民文学出版社的《当代》杂志而言，长篇小说的资源极为丰富，这无疑为选刊日后的发展提供了强有力的支撑。当然，人文社所出版的长篇并非选刊作品的全部来源，《当代》反而在尽量避免为人文社推销的嫌疑。2004 年第 2 期《当代·长篇小说选刊》选发了范稳的《水乳大地》，作品被选发是由于版面临时变化才得以被补充刊登，编者在按语中解释并非作品不好，最初没有被采纳的原因之一是《水乳大地》是由人民文学出版社出版，怕有认稿为亲的嫌疑。本着树立《当代·长篇小说选刊》选家的形象，编辑部在选稿时遵循三个原则："1. 不为接受赠阅的专家选，只为花钱阅读的读者选。2. 少选已经畅销的作品，挖掘被埋没的佳作。3. 每期必选三部，必附作家创作谈和责编手记（或编者按）。"② 杂志社创办选刊的目的之一就是"替读者分忧"，在浩如烟海的长篇小说中帮助读者做出选择。"少选已经畅销的作品、挖掘被埋没的佳作"的原则与《当代》杂志创刊时"发掘新人新作"有异曲同工之妙，可以说《当代·长篇小说选刊》在这一方面延续了《当

---

① 《当代》编辑部：《当代·长篇小说选刊特色》，《当代》2004 年第 5 期。

② 《当代》编辑部：《当代·长篇小说选刊特色》，《当代》2004 年第 5 期。

代》一直以来重视发掘的传统。对此原则，编辑部也做了进一步的解释，即“不选读者已喜欢，只选读者将喜欢”[1]。读者已经喜欢的作品往往热销，也意味着许多读者已经阅读或购买过书籍，若杂志选择此类长篇刊登便意味着一部分读者有可能“花钱买冤枉”。如被广泛宣传和销售的余华的《兄弟》以及获得业内诸多好评的毕飞宇的《平原》便没有被列入选刊名单，而只作为“存目”出现。编辑部解释道“《兄弟》二十万的起印数，说明很多读者在拿到我们的选刊之前，就已经阅读过了”。毕飞宇的《平原》“没能刊登，是考虑到原发刊物是《收获》。虽然《当代》和《收获》各树一帜，双方的读者其实也有大量的重叠，也就是说，在阅读选刊之前，很多读者已经在《收获》上欣赏过了”。[2] 当然，其中可能也会隐含着另一种考虑，长篇小说选刊的创办是杂志社生存策略的一种，若选发被大量阅读和购买过的文本将会降低杂志的购买量。为实现向读者介绍优秀作品的目的，又不与选刊原则相冲突，2006 年起杂志设置“本刊阅读”栏目，以介绍值得选用却未被选用的作品并说明其原因，在推荐的存目后附上作品评论。“不选读者已喜欢”很大程度上是由于《当代·长篇小说选刊》要形成独立的品格，通过独立的见识强化其长篇小说品牌，在小说选刊的领域独树一帜。因此，观察历年《当代·长篇小说选刊》所选作品，为普通读者所熟知的作品为数不多。2006 年编辑部根据读者建议设置“原创选萃”栏目，不局限于从出版物中选取作品，也从原创作品中选发。“原创选萃”栏目的设置在客观上决定了所选作品此前从未被读者阅读过，降低了读者购买选刊后却发现作品已读的可能性，保障读者消费的有效性。原创作品的选发也保障了选刊的独特性，形成选刊自身的品格。

除选发长篇作品外，《当代·长篇小说选刊》还提供了“一信息”和“三排行”，其中“一信息”指最新出版信息，让读者了解国内长

---

① 《当代》编辑部：《2003 年读者调查汇报》，《当代》2004 年第 2 期。

② 《当代》编辑部：《〈佳作存目〉编者按》，《当代·长篇小说选刊》2005 年第 5 期。

篇小说最新出版动态。“三排行”包括读者推荐排行、专家评价排行和市场销售排行，意图为读者呈现真实无虚的排行榜，给读者以阅读的参照。读者排行榜是根据每单月一日前读者的阅读反馈形成的，专家排行榜的生成方式是由七名业内专家阅读后推荐而成，根据推荐者数量排名，在专家排行榜后附专家的推荐意见。《当代·长篇小说选刊》的读者排行和专家排行与《当代》文学拉力赛的形式颇为相似，在提供被推荐篇目的同时如实刊登推荐意见。市场销售排行榜的数据来自“开卷图书市场监测系统”的抽样数据，按照该监测系统推算出的销售数据虽不一定精确，“却可能比版权页上的印数和媒体鼓吹的销售数，更真实。阅读这个排行榜，读者对长篇小说的畅销理解，就有了较为真实的参照”。[①]《当代·长篇小说选刊》提供的三个排行榜，用事实和数据说话，最大限度地保障其真实性和参考价值，这也将《当代》一以贯之的公开、公平的评选原则扩展至长篇领域，树立起非官方长篇小说评选的旗帜。

《当代》和《当代·长篇小说选刊》均是双月刊，这意味着《当代》杂志由每年出刊 6 次增加到 12 次，缩短了杂志的出版周期，提高了出刊频率，通过增加期数间接增加销量，达到增加杂志利润，占有更多市场份额的目的。《当代·长篇小说选刊》每期精选两部至三部长篇作品，定价仅为 10 元，旨在与单行本图书打一场价格战。《当代·长篇小说选刊》另外一重重要意义在于强化了《当代》长篇小说的品牌，《当代》杂志的文类特色就在于长篇小说，在创办一个新的子刊时选择长篇小说这一文体类型，表现杂志本身对长篇小说的自信。创办《当代·长篇小说选刊》后，杂志社刊载的长篇小说每年增加了 12—18 部，设置“原创选萃”栏目后，能够保证每年至少有 6 部长篇小说是从未出版问世过的新作品。选发在《当代·长篇小说选刊》中的原创作品相当于刊登在其母刊《当代》杂志上，原因在于这些小说

---

① 《当代》编辑部:《〈当代·长篇小说选刊〉特色》,《当代》2004 年第 5 期。

并非选取自已公开出版发行的作品中，而是由《当代》杂志编辑在原创来稿中选取而出，这个选取范围意味着《当代·长篇小说选刊》并非纯粹意义上的“选刊”，这种选刊方式也表明选刊与母刊间的密切关联。在这个意义上，《当代·长篇小说选刊》选发的原创作品部分是《当代》杂志的一个拓展，是将《当代》杂志的版面移植到《当代·长篇小说选刊》之中。编者按语道出了《当代·长篇小说选刊》的创办是为了解决“篇幅有限”的问题，“《当代》已经比同类同价刊物多出很多页码了，仍然有不少好长篇因为‘篇幅有限’不能刊登或全文刊登”。[①] 因此，在创办《当代·长篇小说选刊》以后，《当代》杂志事实上拥有了更多版面来刊登长篇作品，版面和数量上的增长为人文社和《当代》杂志强化长篇小说品牌提供了可能性。但是，《当代·长篇小说选刊》所选的一部分长篇作品显出乏力疲软的态势，某些作品在经历一段时间的沉淀之后并没有引起广泛的重视。杂志社“挖掘新作”理念固然是其选载一些未成名作品的原因，但一些被挖掘的作品在《当代·长篇小说选刊》这个长篇小说领域的优势平台上刊载，却并未得到来自专家和大众的广泛认可是值得选刊编辑思索的。也因此，一些读者得到了这样的印象：“《当代》长篇比《当代·长篇小说选刊》所选长篇更优秀。”[②] 并且，选刊还存在删节问题，这也是读者反馈最为突出的问题。《当代·长篇小说选刊》每期容量大约为40万字，最初计划每期选登三部长篇小说，平均分配给每部小说的字符约为13万字，而目前出版的长篇小说字数都远高于13万字，因此《当代·长篇小说选刊》选登的作品都进行了一定量的删节。即使专业的出版社编辑对作品的删节并不影响全文结构，甚至有一些选登作品是由原作者自行删节修改的，但读者却因此无法领略作品全貌，往往造成阅读完选刊又要购买单行本的尴尬。《当代·长篇小说选刊》在2005年以后打破了每期必须选刊三篇的规定，个别期只选载两篇，

① 《当代》编辑部：《编者按》，《当代·长篇小说选刊》2006年第1期。

② 《当代》编辑部：《编者按》，《当代·长篇小说选刊》2006年第1期。

但是由于容量的限制，问题并没有得到根本性解决。《当代·长篇小说选刊》的创办是《当代》的一种生存策略，它在一定程度强化了长篇小说的品牌，但是选刊所出现的问题需要思索和解决，否则这个为生存所寻找的道路将有可能限制其进一步发展。

于《当代》的生存策略而言，我们可以做出这样的总体性描述，它对于生存策略的探索借助了两种力量，即新兴的工业技术力量和市场经济运作逻辑（杂志之所以要不断探索生存策略，也是由于这两种力量的挤压和推动）。在借助新兴工业技术力量的层面，《当代》杂志加强与影视文学和网络文学的互动，借以通过大众传媒的力量来扩大生存空间并焕发生命活力。在借助市场运营机制的层面上，20 世纪 80 年代的《当代》与企业联合举办了一次规模不大的座谈会，表明杂志已经开始探索刊企合作之路，显示出《当代》在文学极度繁荣的黄金时代就开始建立市场意识，可谓文学期刊领域市场化的先驱。随着 90 年代以来，市场经济大潮的不断席卷，《当代》与多家企业进行短暂的合作。此后，畅销机制的借鉴和《当代·长篇小说选刊》的创办成为杂志 21 世纪以来的主要生存手段。

在以上的事实描述之上，我们需要做出一种判断，即《当代》借助新兴工业技术力量和市场运作逻辑而进行的生存探索之意义与局限，及二者分别对杂志产生何种程度的影响，换言之，《当代》的生存策略是意义大于局限还是局限大于意义，以上问题的结论是相对明晰的，尽管《当代》在探索适合自身生存策略的道路上，成功、失败的案例兼有之，但总体而言，它在探索中自我调适和理性坚守的稳中求变的策略对杂志产生的更多是积极且正面的影响。《当代》如今仍活跃在文学期刊领域，保持着不亚于新时期初期的权威地位，尚能与出版社争抢原发作品的实力，及其能够在市场大潮席卷下能够自负盈亏的局面，足以证明其生存策略的有效性。尤其是在其他刊物纷纷寻求外部资金支持的情况下，如前文所述《山花》与贵阳卷烟厂的刊企联姻，《钟山》与徐州卷烟厂的联合办刊，包括《人民文学》与茅台酒厂和利群集团的合作等，或如一些小型杂志寻找广告帮助商家推销商品，《当代》在21世纪以来在企业面前保持其自身的独立性，并非说其他刊物寻求外部资金支持是无益或者对其产生何种负面影响，但《当代》与企业资金的疏离确实为自身的文学性提供了一种保障。《当代》以制造文化热点的方式提升自身的影响力和传播力，比如创办《当代》“文学拉力赛”，设置《当代》长篇小说年度奖，举办《当代》长篇小说论坛，以及增设《当代·长篇小说选刊》等方式，在纯文学领域内部进行微调，使其一贯坚定的现实主义风格进一步延续。当然，《当代》的生存探索过程出现了向市场化和通俗化倾斜的趋向，而这不仅是《当代》个体所面对的问题，整个时代的文学期刊甚至整个时代的文学都需加以警惕。

第六章　启示与反思

《当代》至今已走过四十年的风雨历程，它以真实性话语扎扎实实地记录着中国，自1979年起便高举的现实主义大旗仍高扬在杂志前行的道路上，现实主义深入《当代》的肌理成长为其最根本的文化性格。然而，这种坚定不移的现实主义究竟为这个老牌文学期刊带来了什么？一方面，《当代》的编辑实践在现实主义边界中左右彷徨，时而探索广阔丰富的现实主义，时而固守传统的现实主义，而杂志受到传统现实主义的固守和困囿远大于探索广阔现实主义而产生的失误，传统现实主义追求使《当代》选发的作品显示出一种片面要求宏观覆盖性的倾向，消解了复杂的审美差异，对意识形态话语的倾斜使其受到与之强势共谋的责难。另一方面，现实主义赋予杂志以庄严的使命感和责任感，同时为其提供源源不断的动力，使之在混动纷繁的市场经济大潮和迅速的科技力量革新中葆有生命活力。

第一节　《当代》的现实主义困囿

一　广阔现实主义的现实限度

杂志在20世纪80年代中后期各种主义涌入中国文学界时显示出一种博大包容的态度，在不同场合的理论探讨中《当代》杂志对现实主义的开放性理解使其呈现出对广阔现实主义的追求，开放的现实主义理念是《当代》理论建设的一个成功之处，《当代》的此类理论探索参与并推动了新时期以来现实主义文学的发展。我们可以认为，《当代》作为以现实主义为风格和特征的大型文学杂志在现实主义发展中起到不可忽视的作用，它的某些理论推动赋予现实主义以鲜活的生命力。但与此同时，《当代》对广阔的现实主义的倡导与其编辑实践存在矛盾和差异，如果说它力图构建一种广阔的现实主义，那么它的编辑实践过程则尚未跟上其脚步，显露出广阔的现实主义在现实实践中的限度。

（一）现实主义的理论限度

《当代》对于作品的筛选，对于理论文章和评论文章的选择，以及刊物编辑在不同场合的阐释，都指向其意图在重复叙述和反复确证中形成广阔现实主义的追求，杂志以期用开放性的视野观照丰富的日常生活，通过流动的现实主义认识获得对现实的广阔涵盖。然而，在不断强化的广阔现实主义的追求中仍出现了对广阔现实主义理解的偏差，在本书第一章的“理论建设：广阔的现实主义部分”，我们对《当代》丰富、开放、流动的现实主义观念的阐释止于1996年的现实主义座谈会，之所以未向后延续是由于杂志在21世纪呈现出了对现实主义理解的某些偏执，从而极大地缩小了现实主义所能表现的范围和现实主义所能承担的价值，甚至背离了现实主义的本质。2002年第5期开始，《当代》杂志的封面上出现一行醒目的文字：“宗旨：文学克隆真实”，随后的几年时间中，不定期出现类似字样，尽管表述方式偶有改变，其表述核心始终围绕克隆真实。在这个时期，《当代》所宣扬奉行的真实性宗旨形成了一种绝对的、极端的状态，当然，我们对《当代》现实主义理解限度的考察仅存在于纯粹理论的领域，或者说仅限于对其宣言的讨论，这并不意味着该时期《当代》文学作品的选择丧失以往的水准而下滑和跌落到一种如何低的水平，考虑到杂志对现实主义的一贯把握，以及杂志审美趣味的惯性和不同编辑对于真实性理解的不同，这个简短的宗旨和宣言所产生的影响被限制在了一定的程度和范围之内。不过，相当长一段时期内在显要位置以鲜明显眼的字符刊登的真实性宗旨，事实上显露出杂志的一种审美倾向和艺术偏好，通过这短短的一句宣言，我们看到《当代》杂志在现实主义的理论上一度走向偏隘。“文学克隆真实”的“克隆”显示出对真实性的高度追求，“文学克隆真实”的宗旨取复制之意，意在将当下现实作为范型，并以“克隆”的方式将其分毫不差地复制出来。文学需要通过“克隆”现实来获得真实性，意味着使艺术世界让位于现实世界，即只有通过对现实世界一丝不苟地摹写、复制甚至克隆才能获得真实性的肯定。在“文学克隆真实”这里，真实与否完全取决于对现实的再现程度，完全将真实与现实混淆，这种通过简单直接的模仿而产生的形式逼真事实上是对现实性的极端追寻，“靠单纯的摹仿，艺术总不能和自然竞争，它和自然竞争，那就像一只小虫爬着去追大象”。[①]“如果一位作家只是很被动地、很机械地‘向自然举起一面镜子’，摹仿现实中发生的一切，那将是很枯燥无味的，同时也歪曲了现实主义。”[②] 以逼真复制现实作为铁律的理论追求，尽管高度肯定了现实性、真实性在文学创作中的根本地位，却背离了现实主义的本质。

另外，“文学克隆真实”的宗旨忽视了文艺作品的艺术追求，忽视了文艺创作对于客观自然和生活现实的艺术塑造和审美升华。真实性并非文学作品唯一且无所不包的评价尺度，文学艺术作品不仅需要记录真实，也需要达到外在因素与内在因素的协调统一。“艺术的特性就在于把客观存在（事物）所显现的作为真实的东西来了解和表现，这就是说，就事物对于符合本身和符合自在自为的内容所体现出的适合性来了解和表现。所以艺术的真实不应该只是所谓‘模仿自然’所不敢超越过的那种空洞的正确性，而是外在因素必须与一种内

① ［德］黑格尔：《美学》（第一卷），朱光潜译，商务印书馆 1979 年版，第 54 页。

② ［美］杰姆逊：《后现代主义与文化理论》，唐小兵译，北京大学出版社 1997 年版，第 242 页。

在因素协调一致，而这内在因素也和它本身协调一致，因而可以把自己如实地显现于外在事物。”[①] 早在20世纪80年代初期，我国文艺界就对文艺作品的真实性追求做出理论层面的讨论，认为在客观反映真实的同时，要重视文艺家的主观能动性和创造性，重视文艺的自主性和自律性，“文学需要真实，又不仅需要真实。文学还需要崇高的信念、深层的思索，大胆的想象；文学还需要激情，需要是非心与同情心；文学还需要鲜明生动的形象，精湛完美的艺术形式”。[②] 文学艺术作品在记录真实的同时审美地评价真实，它不仅是一种客观的摹写活动，更是一种情感的活动。在这个意义上，“文学克隆真实”不仅背离了现实主义的本质，也背离的艺术的本质，因此我们认为《当代》杂志所提出的这个宗旨和口号是片面甚至是偏执的，对于一家以现实主义为旗帜的文学刊物，对真实性的狭隘理解使它显现出“观念的陈旧、狭仄、僵化”[③]。其后，《当代》杂志提出了“文学记录中国”的口号，该口号钝化了“克隆”的尖锐性，但“记录”二字仍隐隐标示着复制、再现现实的理论倾向。也许，《当代》杂志所倡导的艺术宗旨仅意在对于真实性的追求，在不断述说中强化杂志的现实主义创作方法和现实主义美学原则，但杂志21世纪以来将重点归于文学作品本身，鲜有讨论现实主义理论的文章和板块，突然在显著位置印刷这样的宗旨不免容易产生联想和歧义。值得庆幸的是，“文学克隆真实”的口号宣言并非杂志社所做出的科学严谨的理论建设，不同编辑主体对于文学真实性理解的不同使杂志并未陷入刻板复制现实的泥沼，就这一时期刊发的作品而言，“文学克隆真实”的宗旨并非对杂志选择作品的审美趣味造成过多负面影响，只在一定程度上增强了对作品真实性的追求。但是，在持续了几年的“文学克隆真实”的口号宣传

① ［德］黑格尔：《美学》（第一卷），朱光潜译，商务印书馆1979年版，第200页。

② 王蒙：《是一个扯不清的问题吗?》，《人民日报》1980年8月27日。

③ 蔡兴水、郭恋东：《宏大叙事的样本——阅读〈当代〉（1979—2000）》，《文艺争鸣》2001年第5期。

中，我们从中可以发觉以现实主义为主要风格的《当代》对现实主义理解和阐释的狭义、片面和偏隘，《当代》需要对此做出必要的自省以免走向一种极端。

（二）现实主义的实践限度

尽管我们认为通过“文学克隆真实”口号透露出《当代》对现实主义理解的片面化和对现实主义范围的束紧，但杂志总体上所倡导的现实主义理论仍倾向于广阔、丰富和开放。在这种广阔现实主义的标举之中，编辑实践与理论倡导也存在着一定程度的偏差，从而或隘化或泛化了广阔的现实主义。

《当代》对广阔现实主义的隘化实践实际上是它的核心问题所在，传统现实主义的固守和困囿切实地影响着杂志的整体发展，有研究者认为“对现实主义近乎狭隘的标举，使《当代》向来注重写什么而忽略了怎么写，在叙述上不能兼收并蓄各种艺术流派尤其是现代主义的形式技巧”。[①] 这种批评并非毫无来由，在编辑实践中，即使最具开放性视野的编辑也表现出对传统现实主义的固执偏爱。在《当代》的历任编辑中，何启治代表着《当代》对现实主义理解的广度，“对现实主义的理解具有更大的包容性的是何启治，他相对注重表现生活的复杂性、深广度与多样化，这给《当代》带来了活力”。[②] 在他的编辑实践中，《古船》《白鹿原》《尘埃落定》，包括被主编秦兆阳退稿的《九月寓言》均显露出他对发展的现实主义的把握。但即便是这样一个被赞誉为“对现实主义的理解有更大包容性”的编辑也仍在内心深处固执地坚守传统的现实主义，在谈到现实主义和现代主义作品时直言“我对于现代主义的东西，就不如对现实主义的东西那么喜爱。如果我只是个读者，我完全可以无视现代主义的存在”[③]。“对于现代主

① 黄发有：《媒体制造》，山东文艺出版社 2005 年版，第 56 页。

② 黄发有：《媒体制造》，山东文艺出版社 2005 年版，第 50 页。

③ 何启治：《文学编辑四十年》，人民文学出版社 2001 年版，第 66 页。

义的东西，我们并不排斥，但我们不负责提供试验田。……我们可以设想，在五十年内，中国的文学主体仍会是现实主义。”[①] 并且，何启治认为长篇小说必须具备传统现实主义的典型性，“我总认为长篇小说没有性格鲜明、突出、形象血肉丰满的人物，恐怕不能说是成功的……典型人物是长篇小说的灵魂”。[②] 尽管典型性是现实主义的重要特征之一，典型人物的塑造和典型环境的描写确能显现现实主义创作方法的妙处，但是对这种传统现实主义创作方法的执拗偏爱和过分坚持则将审美趣味框定在特定的范畴之内，作品的选择也受此影响和局限，这无疑限制了《当代》的广阔视野，其标举的广阔的现实主义在具体的编辑实践过程中受到抵牾。《当代》最具开放视野的编辑在其精神深处对传统现实主义仍葆有深刻的迷恋和偏爱，这无疑反向标示着流动、开放、多样化的现实主义在《当代》中行进的艰难。

在偏窄化的现实主义的理解之下，《当代》对一部分作品的编辑实践必然显现出现实主义的困囿。新生代女作家徐坤两次在《当代》发稿后得到这样的初步认知，“《当代》比较注重写实的传统，注重讲故事，能把故事讲得好，讲得圆满，作品就成功了一半。另一半，是诸如写作热点话题、文章立意的深度、艺术上的创新，以及作者的才气等等”。[③] 她准确地把握了《当代》选稿的现实主义倾向，也委婉地指出了《当代》对于叙事艺术技巧的忽视，并暗示杂志固守窄化的现实主义可能带来的限制。在一定程度上，《当代》的确忽略各种流派的叙事技巧，而且对一些创作方法表现出明显的拒斥态度，这显然与其标举的广阔开放的现实主义理念并不相符。比如，王安忆的《纪实与虚构》被《当代》退稿，理由是与杂志的现实主义风格不符，只将作品推荐到人民文学出版社发表，却并未在杂志中刊发。对此，王安忆回忆说“《纪实与虚构》是被《当代》退稿的。《当代》退我的稿，

① 何启治：《文学编辑四十年》，人民文学出版社 2001 年版，第 65 页。

② 何启治：《文学编辑四十年》，人民文学出版社 2001 年版，第 64 页。

③ 徐坤：《我和〈当代〉的缘分》，《当代》1999 年第 3 期。

我觉得理由特别不充分。第一，他们只看了前四章，根本就没有认真看完。第二，他们没有理解我的作品，以为我在写自传。并且《纪实与虚构》本来是《当代》约稿的，你要退我的稿，我完全能够接受，可你至少要把作品从头看到尾。我把稿子拿回来交给《收获》。我说，你们要发就发；不发，我到别地方去发。肖元敏征求李小林的意见，李小林看到第七章还是第八章，开始激动。她说，看到现在我明白王安忆为什么要这样写。……所以我觉得，《收获》愿意给你提供实验基地，尽管很可能不成功。李小林这个人品位很高，很善于接受新东西"。[①] 王安忆认为《当代》退稿理由并不充分，第一是杂志编辑没有看完作品便退稿，这一点在此姑且不论。第二是作者认为《当代》没有理解她的作品，对比《收获》主编李小林阅读后的激动感受和"我明白王安忆为什么要这样写"的记述，事实上表达出作者对《当代》不善于接受新创作、不愿为作者提供实验基地的微词。《当代》对现实主义的标举事实上是狭隘的，在具体的编辑实践过程中也并未真正实现其建设广阔、开放的现实主义的宏愿。相反，《当代》对现实主义理论上的标举与内在的固守间存在着裂隙，二者间的差异影响着作者对杂志的认知，外在标示的动态发展的广阔现实主义的理论，往往容易给作者造成一种幻象，即《当代》愿以开放的胸襟和视野接纳不同类型的现实主义创作，当创作者对杂志怀抱着如此期待却并未如愿时则有可能表现出对杂志的失望或排斥情绪，类似的误会将在一定程度上影响作者对杂志的信赖进而影响杂志的自身发展。

另一方面，编辑实践与理论标举之间的偏差还在于无限扩大现实主义的范围。《当代》创刊二十周年时，为宣传杂志为不同流派的文学提供园地的胸襟和视野，列举《大气功师》作为具有探索意义的作品实例，"如同生活本身多姿多彩，仪态万千一样，文学作品也应该是丰富多彩、百花争妍的。《当代》也将为不同流派、风格、题材、

① 《在〈收获〉上收获》，http：//news. sohu. com/20070920/n252262617. shtml。

技法……的文学作品提供园地，还要为一些有积极意义的探索性作品（如柯云路的《大气功师》）提供篇幅，以便满足不同层次、不同修养、爱好的读者在精神生活和艺术欣赏趣味方面多样性的需要”。[①] 事实上，被作为重点作品隆重推出的《大气功师》（《当代》创刊十周年全年仅刊登了这一部长篇作品）却显露出杂志探索多样化现实主义的失策，它无限延展了多元化现实主义的外延。《大气功师》前附有编者按语“如同社会在变革中前进，我们多元化的文学也在探索中演变和发展。本刊现在推出的柯云路的长篇新作《大气功师》，就是一部相当独特的、颇具启迪意义而又富有价值的探索性作品”。[②] 编辑部认为《大气功师》有意摆脱了传统文学观念的束缚，在形式和内容上进行大胆突破，融文学、古文化学、医学、哲学、宇宙学等众多学科于一身，同时在表现手法与风格上反对传统、多作创新，是极具探索意义的创作。然而，姑且搁置气功的科学性，《大气功师》中反传统的创作技法并不具有探索性的价值和意义，在所谓的新潮抽象的结构之下潜藏的是中国传奇与武侠神魔小说的传统形式，全篇的抽象玄妙事实上只来源于东方神秘主义的“思辨”。因此，这部被《当代》重推的探索现实主义的力作不仅未在学界引起预期的反响，反而受到颇多质疑。在《大气功师》的发表上，我们觉察到《当代》对于广阔的现实主义的理解似乎有所泛化到险些丧失了现实主义的基本立场。

《当代》以拳拳热情意图构建广阔的现实主义理论，尝试通过个体的实践丰富当代现实主义的发展之路，杂志推动当代现实主义发展的初衷可嘉。然而在其具体实践过程中，对现实主义尺度的把握时松时紧、时宽时严，偶现极端化倾向。在理论倡导和具体实践的裂隙中，《当代》对现实主义探索的空间被缩小、损害和破坏，这在一定意义上阻滞了《当代》现实主义的发展和《当代》自身的发展。

① 红耘：《面向时代面向读者的〈当代〉》，《当代》1999 年第 3 期。

② 《当代》编辑部：《编者按》，《当代》1989 年第 3 期。

二　现实主义的内在桎梏

现实主义作为一种创作手法，强调对世界的客观观察和精确细致的描写，追求外部世界的细腻描摹和社会万象的百科全书式的展现。中国的现实主义在20世纪20年代前后由西方引入，恰逢中国特殊和复杂的社会环境，因而现实主义在引入之初便被赋予反映社会与文化问题和书写时代风云变迁的责任，“不是出于内在的美学要求，而是因为文学的变革有利于更广阔的社会与文化问题。现实主义，另一方面由于它的科学精神，一方面由于它比早先的贵族形式描写更为广阔的社会现象，被当成了最为先进的西方形式……一旦现实主义被成功地引进，它将会激励躲着投入到事关民族危亡的重大社会问题中去”。[①] 可以说，在现实主义被引入中国之日起，它展现社会生活画面的功能就被最大限度和范围地运用。中国作家建立起一种自觉的现实主义文学追求，投入重大的社会问题当中去，书写时代和社会变迁。现实主义在中国语境中被赋予重要的社会责任，因而在题材主题上往往反映包括政治、经济、文化、民族、革命、历史等人类和社会重大问题，题材的深广度决定现实主义需要通过一种全景式和史诗化的方式反映时代社会的风云变幻，同时，现实主义作者善用整体性、统一性和历史理性的思维方式考察社会问题，追求现实批判性、历史性和人性深度，注重普遍价值观与文化精神的内在统一。当以上的现实主义追求投射至文本当中，尤其是当创作者偏离了对现实主义的科学把握，就容易落入现实主义自身的窠臼。在《当代》这里，现实主义叙事对其整体面貌产生了深远影响，同时在某些作品中也显现出了现实主义自身的桎梏从而限制了杂志自身的发展。

第一，现实主义叙事力图在现实的基础上真实再现历史，并追求一种规模大、时空广的整体性观照，达到对历史现实的总体性覆盖。其主题大多涉及重大社会历史问题，如阶级革命、国家命运、民族觉

---

① ［美］安敏成：《现实主义的限制：革命时代的中国小说》，姜涛译，江苏人民出版社2001年版，第27页。

醒等，包括政治、经济、文化领域，时间跨度长、涵盖范围广。《当代》对现实主义文学的倡导和践行，它意图把握或复现社会历史发展的宏愿使之产生了对宏大的现实主义叙事的偏爱，这种审美趣味形成《当代》中意图对社会历史进行整体性把握的作品数量众多的局面，也确因此为《当代》遴选出不少具有艺术高度的作品，《古船》《白鹿原》《尘埃落定》《圣天门口》《笨花》都呈现出国家、历史、民族的风云变幻，辽远阔大，意蕴深广。对于现实主义宏大叙事的追求使《当代》刊发的作品呈现出一致的对于重大题材的关注，邓贤的《大国之魂》书写第二次世界大战滇缅印战区的硝烟岁月，黎汝清的《碧血黄沙——红西路军苦战记》再现红西路军渡黄河进入河西走廊后在青海地区的苦战，王火的《霹雳三年》描写1946—1949 年中国共产党缔造人民共和国的历史阵痛和英勇奋斗，邓一光的《我是太阳》逐一正面书写新中国成立后的“三反五反”“文化大革命”、对越自卫反击战和改革开放等重大历史事件。此类社会、政治、历史的重大题材的呈现涉及国家、民族全局，展现出《当代》杂志宏大开阔的正大气度。但另外，由于部分写作者并不能达到既宏大又深邃的美学追求，因此一些作品出现了通过时间跨度和地域跨度的广泛来实现整体性覆盖历史的倾向，作品形成形式上宏大的外部状态。以刘白羽的《第二个太阳》（1987 年第 3 期）为例，尽管该作品获得第三届“茅盾文学奖”，但仔细考察便会发现作品显示出宏大叙事的局限性。作品描写的是新中国成立前夕，解放大军南下两湖作战保卫武汉追击湘西的辉煌革命历史，塑造了以秦震为首的系列正面英雄形象，谱写出解放军从高级指挥员到普通战士以至普通百姓的英雄诗篇。但作者采取了 20 世纪五六十年代模式化的叙事方法，仅在题材上选择了重大的历史事件和人物，构成庞大的叙事时空，却并未形成丰繁的文本结构，塑造丰富立体的人物形象，传达深邃的艺术思想，如果我们认为作者具有一种宏大的史诗追求的话，作品只具有史的意味却尚未完成诗的升华。事实上，不少作品都显示出这种片面追求宏大的倾向，只追求外部形式上的宏大而忽视历史的复杂质感。此类作品难免出现戏剧化、简单化、修辞化的倾向，将重大历史、事实、现象以块状结构生硬拼凑，宏观地、远景化地覆盖时间、地域，以时空的广阔、庞大来达成社会历史的宏大性，构置一种框架化、粗糙化的叙事结构。然而，作品为追求宏大的规模而有意识地弃置（或无力覆盖）生活中鲜活自然的细枝末节，丰富的历史事实和生活真实被大刀砍伐，只剩历史庞然嶙峋的骨架。这样的叙事非但不能实现崇高伟大的目标，反而图解了生活，“在我个人看来，标志着《当代》艺术高度的作品是《芙蓉镇》《古船》《白鹿原》《尘埃落定》，其余作品大都片面追求大场面、大气象，强调高屋建瓴的总体把握，力求揭示历史规律与时代精神，在思维路向上强调概括和归纳，注重对必然性、最高法则、绝对真理的形象化阐释，却忽略了对复杂性和差异性的审美观照”。①

第二，现实主义叙事的某些强势权力话语使作品产生与意识形态话语的共谋关系，传达普遍价值观的教化功能增强。因执着的现实主义追求，对时代感、现实性的强调和认识时代本质的迫切渴望，以及宏大叙事思维方法及叙事方式的影响和介入，《当代》刊发的一些作品与社会发展形势相关，旨在构建一种理想型的政治构架，产生了与主流意识形态话语的密切关联。《当代》现实主义的审美趣味使它的作品追求思想性与导向作用，试图通过不同的文本传达共同的价值观念，完成理想政治意识形态的构建。刘白羽的《第二个太阳》是《当代》受到主流意识形态话语影响的一个典型范例，这部在艺术水准上显然不高，且备受文学批评界质疑的作品显示出与主流意识形态话语的同构关系，作者本人素来激情澎湃，常以崇高笔调书写时代社会，紧扣时代脉搏，把握社会动态，述说革命激情。作品传达了挥洒着血泪的革命历史筑成了新中国，革命精神给后代提供了丰富宝库的价值观念，意在唤起人们的爱国主义和英雄主义情感，强调社会主义国家

① 黄发有:《媒体制造》，山东文艺出版社 2005 年版，第 53—54 页。

政权的合法性。小说的核心价值符合主流意识形态倡导的价值观念，被主流权力话语的承认（茅盾文学奖）使之获得一种思想导向的资格，在更大范围内发挥这种意识形态的引领作用。无论是中国历史文化传统还是当代社会文化语境，文学都存有“载道”的使命，但如果文学极度追求和刻意表达某种价值观念则将消解其文学美感与艺术价值，《第二个太阳》生硬地将宣导式的语言混杂进叙事过程中，凸显出文本的教化功能，折射出作品与主流意识形态话语的共谋关系。同时，作品中强烈情感宣泄和价值教化打断了故事的正常叙事节奏和人物命运的发展轨迹，破坏基本的叙事法则且颠覆文本话语的统一性。作者紧紧配合不同历史时期的政治形势，意图以文学负担起意识形态使命，构建主流权力话语的理想型价值观念，因此形成了政治说教对文学叙事的消解和破坏，在这个意义上，现实主义叙事所传达的强势话语影响了文学作品的艺术审美和气质格调。

本书在第一章第二节论述《当代》的现实主义立场时已做出这样一种判断，《文学，应当象生活那样丰富多彩》以主流意识形态为基本准则的理论立场在一定意义上阻碍着杂志发展。《第二个太阳》恰是这种论断的实例，这部作品的刊发充分显示着主流意识形态对杂志的干预，从《当代》所发的评论文章《历史的新生——〈第二个太阳〉简评》中可以甄察到杂志社对作品的一种判断（在当代文学语境中，编辑部所选发的作品评论在一定程度上能够代表杂志社的观点），“在长篇小说创作正走向繁荣、优秀之作时有问世的今天，刘白羽的《第二个太阳》也许并不引人注目……它的出现，它的于历史往事中鸣奏出的新声，它的与艰难蜕变中衍化出的生机，就都值得我们予以关注，予以评价……作品是沿着时间和战役发展的顺序进行叙述的，故事的脉络曲折却也无甚新奇，基本没有摆脱五六十年代同类作品的固有模式”①，在以上表述中，《第二个太阳》显然并不是同一时期最

① 张志忠：《历史的新生——〈第二个太阳〉简评》，《当代》1988 年第 2 期。

优秀的作品之一，且其叙事模式固化陈旧，它的价值是建立在一位老作家所代表的一代作家蝉蜕旧我、不断求新的基础上。因此，《当代》刊发《第二个太阳》显然不是因为它达到了何种艺术高度，而是来源于对老作家的尊重，当然，刘白羽显要的政治地位也成为其中一个原因。更重要的是，“他们期待有一种新的文学，通过改变读者的世界观，会为中国社会的彻底变革铺平道路”[①]，作品所传达出同一性价值观念，或者说它作为主流意识形态的幻象性代偿，契合了《当代》迫切渴望认识时代本质、协助主流意识形态构建理想型社会形态的某种现实主义追求。与主流意识形态话语紧密契合的作品在《当代》历史上为数不少，还如周梅森的《人间正道》，“从弘扬主旋律的价值而言，那是足抵‘三驾马车’全部走红中篇了……缺憾也很显眼”。[②] 本书第四章举例论述了主流意识形态话语对稿件处理过程的介入，在此不再赘述。总体来看，诸如黎汝清《碧血黄沙——红西路军苦战记》(1991 年第 2 期)、韶华《三角——红黄白》(1991 年第 3 期)、邓一光《我是太阳》(1996 年第 4 期)、柳建伟《突出重围》(1998 年第 3 期）等长篇小说，以及一部分报告文学作品在不同程度上显现出与主流意识形态话语的关联。当然，这种关联并非对作品的全面否定，但在文学的考察中需要考量二者的紧密程度，当作品对主流意识形态话语的呈现、宣扬超过了一定限度，便有可能消解其文学和艺术的审美意义。《当代》三十余年的历史中刊登不少主流意识形态作品，这引起一些研究者的注意，并对此做出不无尖锐的批评，蔡兴水、郭恋东在《宏大叙事的样本——阅读〈当代〉(1979—2000)》中指出：“《当代》由于与意识形态强势话语的共谋关系，从而解构了刊物所应有的独特品格和艺术情趣，单一地限制在主流文化所圈定的格局中不能自拔。《当代》依靠主流权力的支撑、支持得以生存，而主流话语也通

① ［美］安敏成：《现实主义的限制：革命时代的中国小说》，姜涛译，江苏人民出版社 2001 年版，第 3 页。

② 何启治：《文学编辑四十年》，人民文学出版社 2001 年版，第 63 页。

过话语霸权的渗透参与了管理和制作，限制了其言论豁达、开阔及用稿的自由取舍。虽然后来经济独立，自负盈亏，但在行动上、心理上依然十分贫弱，显得萎缩、卑微，始终难以挺拔、独立。……生活原本是丰富的，艺术手法应该是多样的，而《当代》仅容忍有所限定的现实主义作品，阻止了它的成长与扩大。它倾斜于主流肯定强势话语，而忽略了个人化探索的弱势群体，与主流文化尺度共谋抗拒形式的变革和创新，抗拒几乎包括浪漫、抒情、自由主义情怀、文化寻根等不同品类的各类作品。”① 黄发有在谈论《当代》“现实主义的限制”时提道：“因为一味求大，多数作品都不无理念化倾向，教化和认识价值的膨胀削弱了作品的审美感染力，对社会意识的敏感遮蔽了对人性和灵魂的洞察。这些作品的中心人物总是被塑造成具有‘类’的特征符号，而不是鲜活的、不可替代的‘这一个’。时代精神从来就充满了内在的冲突，具有复杂的内涵与内在的差异性，将它定于一尊不仅会削弱其活力，也会使以表现时代精神为己任的现实主义文学呈现出雷同化趋向。这些作品并没有解决好‘十七年文学’遗留下来的‘大而空’的问题，在预设的框架中填充平面化的人物形象和失真的细节，在观念上也常常陷入历史决定论、目的论和道德优先论的险境。”② 几位研究者对《当代》与主流意识形态强势“共谋”关系、倾斜主流肯定强势话语，以及作品的理念化倾向等批评和指责言辞犀利、话语严苛，但这种批评却不无道理，他们敏锐地洞悉并指出了现实主义美学风格和主流意识形态话语对《当代》造成的某种困囿，意识形态的负载为《当代》提供了毋庸置疑的权威性，却也使其远离鲜活、生动的社会生活，遮蔽了对个体灵魂的洞察和观照，且诸多大规模、大场面、大气象的作品呈现的类同倾向也消解和削弱着复杂的审美差异性。在主流文化格局中的现实主义追求，在现实主义范围内对

① 蔡兴水、郭恋东：《宏大叙事的样本——阅读〈当代〉（1979—2000）》，《文艺争鸣》2001 年第 5 期。

② 黄发有：《媒体制造》，山东文艺出版社 2005 年版，第 54 页。

意识形态话语的倾斜，阻滞了《当代》现实主义美学风格的发展。

《当代》一以贯之的现实主义追求在具体实践过程中确在一定程度上阻滞了它的发展。杂志时而极端地固守传统现实主义，时而试图冲破传统的束缚以探索多样化的广阔现实主义，然而对这两者之间限度的把握却并未摸索出一种成熟之规，反因两种理念的框定和局限而限制了现实主义应有的活力。现实主义在《当代》的发展历程中使之受到了一定的局限，但这种情况的产生是建立在《当代》标举和宣扬现实主义，以现实主义为鲜明风格和理论大旗的基础之上，推动一种主义的发展必经不断尝试、失败、重试的过程，且文学作品的多样性和个体性与现实主义理论的同一性本就存在差异，《当代》在推进过程中出现些许纰漏不可避免。同时，现实主义的局限性带有普遍性的意义，《当代》需要做的是以其现实主义精神直面问题，以自省精神改进和完善杂志的理论建设和具体实践，继续通过文学期刊的力量推进现实主义在当代中国的发展。

第二节　《当代》的现实主义价值

现实主义给《当代》发展造成困囿的事实不可避免，论者对《当代》的批评聚焦于现实主义对其的限制，面对现实主义带来的局限性，《当代》是否应该继续它的现实主义道路，答案不言自明，现实主义之于《当代》的意义远远超越了它所带来的限制，八部“茅盾文学奖”获奖作品正是其坚守现实主义的成功力证。在三十余年的发展历程中，现实主义坚定不移地贯穿《当代》始终，现实主义是杂志最为浓重的底色，它在时移世易的岁月变迁中造就了《当代》成熟的品格和正大的风采。现实主义是杂志最为可靠的生命线，它在市场经济大潮的冲击下保障《当代》岿然不动、屹立不倒。现实主义是杂志最为鲜明的旗帜，它在缤纷多彩的文学潮流中独树一帜，以其包容性赋予《当代》鲜活的生命力。

一 《当代》现实主义的精神价值

《当代》自创刊之日起所坚守的现实主义传统在办刊实践中承担了呈现社会历史、介入当下现实的重任，《当代》以在场精神记忆、还原和见证当代中国的发展历程及精神变迁，它把握时代本质，紧扣现实生活，关注民生疾苦，标示着现实主义的精神担当。

（一）以在场精神有效呈现历史

2015年1月21日，《当代》举办创刊35周年纪念活动，时任《当代》杂志社社长的孔令燕总结道："文学记录中国，是《当代》杂志35年的现实主义坚守。这35年的中国，进行了无比艰辛的探索和不屈不挠的改革，开始了举世瞩目的历史转折和民族复兴。能够切实感受中国的迷惘和阵痛，亲身见证中国的努力和坚持，忠实记录中国的顽强和进步，是《当代》的幸运。"[①] 人民文学出版社社长管士光认为《当代》"以文学的方式见证了新时期我们国家和人民不懈追求的精神。《当代》取得的成就，不仅在一定程度上丰富了新时期的文学史，也是新时期中国历史的记录和思索"[②]。《当代》创刊的35年完整地历经了中国社会迈入新时期，进行改革开放的全部历程，杂志秉承35年的现实主义坚守，以其在场精神忠实有效地呈现中国社会转型，全景式地广阔记录了当代中国顽强的崛起历程。

回顾《当代》三十余年的发展历程，贯穿始终的现实主义追求描绘出中国社会的广阔画卷。创刊初期，《当代》杂志刊发描述和揭露"文化大革命"灾难的作品，诸如《命运》《将军吟》《芙蓉镇》《代价》《洗礼》《一个冬天的童话》等，杂志所刊发的长篇小说和报告文学作品丰富和充实了当代文学的伤痕反思文学潮流，其中部分作品甚

---

① 吴娜、饶翔：《〈当代〉杂志：用文学记录中国35年》，《光明日报》2015年1月22日。

② 舒晋瑜：《〈当代〉：用文学记录改革开放的中国》，《中华读书报》2015年2月11日。

至成为后世了解和回顾特殊历史时期的实际参照。尽管这些创作不免粗疏，但它们作为一个时代的“证言”，真切、忠实地记录着当代中国的痛史。发展到20世纪80年代初中期，《当代》将目光投向中国社会如火如荼的改革建设之中，选取发表大量书写改革的作品，包括《新星》《古船》《改革者》《跋涉者》《励精图治》《应是龙腾虎跃时》等，这些作品描绘和反映中华大地上农村和城市的改革景象，有对社会改革的坚定信念和拳拳热诚，也对改革进程的危机困境进行了深入思索，深刻阐释改革过程之中新旧观念的交叠。20世纪90年代，在其他期刊纷纷转向反映琐屑的日常生活和醉心于形式实验时，《当代》依旧保持其现实主义本色，以宏观眼光关注社会历史变迁，注重反映正在运行的现实生活，毫无掩饰地揭示改革中的问题和矛盾，观照社会经济发展中的世情百态，书写中国社会各阶层在艰难竭蹶中的突围。21世纪以后，《当代》将目光投向现代化进程中人的处境，对社会改革进行反思和质询。通过《当代》的历时性发展，它为当代中国社会提供了一条线性发展的链条，从改革开放伊始至今的社会变迁均能在同时期《当代》中找到与之相应的描述文本，将这些文本总结精练后能够看到中国社会从政治到经济的系列变革发展，其中包含着中国人民在此进程中的热诚、不懈、艰难和突破。其审美距离与当下现实过近，动态且波澜壮阔的当下现实生活充满复杂性和不确定性，叙述者身处其中难免无法把握当下社会的全貌，这种叙述事实上只能提供一些局部的真实，也并不可能打捞历史的本质。然而，将各个时期的文本串联，将各个文本的局部真实拼接，便组织起一幅恢宏广阔的社会画卷，投射出中华民族不懈的精神追求和不竭的发展动力。在这个意义上，我们认为《当代》为当代历史提供了一个样本，是“新时期中国历史的记录和思索”。

（二）以担当精神直面现实

对社会现实有效的呈现和记录是现实主义的方法学意义，而现实主义的终极价值在于现实主义的精神传统。现实主义原则与粉饰现实和逃避生活完全对立，它直接介入当下现实，关注民生疾苦、探索人生境遇，勇敢承担文学的社会责任。《当代》继承现实主义直面现实的精神，表现出文学之于现实生活的责任担当，正如铁凝所言“《当代》这个名字是勇气，是担当，是昂扬面对当代中国社会变革和发展的持久的坚守，是文学不回避现实的责任”。[①]《当代》办刊实践中显示出的责任和勇气来源于现实主义传统所提供的理性批判精神，它普遍适用于人类对生存现实不满而生发的对文学艺术的要求，既抨击揭露社会阴暗，剖析人性救赎人生，又放眼未来寻求精神的超越。

《当代》对社会历史的有效呈现勾画时代的风云变幻，宏观的变幻在微观处投射至人的命运起伏和生活变化，直面现实的担当精神事实上来源于微观上对于人的发现和反思，换言之，建立在对人的叙述和观察的基础上，对社会现实的介入、批判和反思才得以成立，而通过社会批判达到对人的终极关怀才是现实主义的使命，“人道主义特别能够同现实主义的社会批判性联姻，取决于这两者在精神上的趋同性。社会批判固然是对现存社会秩序、社会关系的观照与批判，但此种批判主要是通过对社会关系中的人以及人的命运的关注来完成的，透过这样的批判，在人本主义层面和终极关怀层面达到对人的价值和人生意义的高扬，乃是现实主义的使命”。[②]《当代》直面现实人生的基本精神尺度和价值操守包括对特殊历史时期人生遭际的痛诉，对非理性历史的鞭笞和反思，当然，极左历史伤痕的控诉和反思是共名时代普遍的历史承载，《当代》的责任、勇气和情怀融入宏大的历史河流之中。20 世纪 80 年代末期以后，社会变化日新月异，商品经济蓬勃发展，文学作品显露出明显的消费主义特征，《当代》的价值坚守并未动摇，直面人生、贴近现实的担当精神在纷纭、繁杂、浮躁的社会环境和文学语境中得以凸显，它持续地关注中国社会改革中的新兴

---

① 舒晋瑜：《〈当代〉：用文学记录改革开放的中国》，《中华读书报》2015 年 2 月 11 日。

② 王嘉良：《现实主义："社会批判"传统及其当代意义》，《文艺研究》2006 年第 8 期。

变化和内置矛盾，以大义情怀关切人生命运。如果说小说文体还带有色彩而具有一定虚化现实的作用，那么纪实类的文学因其真实性和直接性而显示出直率无畏，这类文体对现实的介入是直接、客观甚至是尖锐的，此类文本标示出《当代》的责任和勇气。1989 年第 1 期《当代》节选发表冯骥才的《一百个人的十年》，这部纪实作品采写记述一百个普通中国人在“文化大革命”中的心灵历程，意图通过一百个富有个性、内涵深刻又相互区别的人物典型及其心灵史，呈现深邃浩瀚的历史内容。《当代》选发了五个“文化大革命”受难者的故事，包括“拾纸救夫”“搞原子弹的科学家”“一个八岁的死刑陪绑者”“没有情节的人”“绝顶聪明的人”。此文本发表在“文化大革命”终结十二年之后，看似与历史拉开了一些距离，事实上，势如狂潮的“伤痕文学”并未冲破“文化大革命”的写作禁区，作者冯骥才将总体构想、创作意图和部分心灵故事发表在《人民日报》等刊物以后，经历了“一段不愉快的日子”，“被舆论界微妙而难解地冷淡避开”①。在叙写“文化大革命”被搁置、淡化，惧怕揭开伤疤影响现实信心的情势下，《当代》显示出一贯的直面现实的精神力量，以文学的方式清算“文化大革命”，尖锐地揭开被日益忘却的民族苦难和民族教训，廓清“文化大革命”余绪对中国改革的牵绊，以唤起庄严的民族责任并强化中国人对正义、善良、和平和民主的珍惜，以及清醒理性前进的力量，充满浓厚的民族国家关怀意识。在中华民族对伤痛历史的记忆日渐淡化的时候，也许重新揭开伤痕不免残忍，但这种“揭除病苦，引起疗救注意”的理性批判对当代生活的意义不言而喻，它意在清醒而理性地推进社会历史迈向新的进程。正是在这以默然忘却和急速前进为主调的历史语境中，《当代》对于伤痛的记忆和重述便显得尤为珍贵，它以真实厚重对抗缥缈虚空，这恰是现实主义的当代意义。《当代》的价值不仅在于对历史的有效呈现，做社会历史的“书记

① 冯骥才：《一百个人的十年》，《当代》1989 年第 1 期。

员”，更重要的是，它显现出现实主义的内在精神和价值操守，投射出它的时代感、责任感和使命感。通过诸多关注现实的文本，《当代》在文学转向虚空缥缈时赋予其沉重的力感，以文学的方式关切现实可感的人和生命，为民请命、替民立言，以理性批判的精神剖析社会矛盾和现实尴尬，建立起文学与当代社会的联系，《当代》所呈现的广阔丰富的生活内容，及其关注人生、关注现实的理性精神，共同构成了它博大、宏阔、深邃、强健的现实主义品格。

二　《当代》现实主义的市场价值

始终如一的现实主义精神形成了《当代》的品格，使其在众多文学期刊之中树立起鲜明的旗帜，卓然而立。与此同时，现实主义也是《当代》的一条生命线，我们可以做出这样的判断，对现实主义的坚守使《当代》在文学期刊面临市场经济大潮席卷之时屹立不倒，才得以继续实现其对现实主义精神的追寻。文学期刊具有复杂的属性，它既从属于文学场域，承担艺术审美的纯粹使命，又作为文化商品从属经济场域，具有经营性质。在经济市场环境之中，消费者的多寡将决定商品存在的合理性，文学期刊的商品属性意味着期刊生杀予夺的大权掌握在消费者（受众）的手中，对于《当代》而言，现实主义与受众审美趣味在何种程度上形成一致决定着杂志的市场价值。在这个意义上，我们通过受众在现实主义与市场之间构建起一条线索，那么《当代》的现实主义如何通过受众产生市场价值？

（一）现实主义真实性话语的共鸣性

《当代》以“直面人生、贴近现实”为旨归，其现实主义作品生动、真实地切近当下现实，且大都与受众的社会人生紧密相关，文学作品与时下生活的切实相关将使受众产生自外部生活至内心情感的共鸣，拉近刊物与受众的心理距离。《当代》的共鸣性在于同当代社会生活、当代人的思想道德和当代人的情绪发生紧密的交叉联系。首先，社会政治经济改革的历程和进程中的阶段、节点，以及变革中大大小小的现象、事件、人物，《当代》完整地重现着中国人的现实记忆，这些现实书写消解着遥远历史的陌生感，增强受众的现实参与感。《当代》所发表的作品及时地反映读者的现实生活，各个阶层、各个地域的受众均能在刊物中找到相似的个体经验，当受众所熟悉的社会现实和日常生活被审美地呈现，必然会产生一种天然的近缘性，曾在读者来信栏目中出现的“您写的就是我身边的人”等述说便表明了作品真实性与受众人生体验一致所产生的生活共通。同时，《当代》的报告文学、纪实文学作品及时反映读者所关心的社会热点问题，尤其是在新兴技术力量发展并不成熟的历史时期，受众通过杂志深入了解当下社会的重大事件，成为其参与社会的平台和观察世界的窗口。其次，现实主义“把情感包容于对现实、人生事件及人物心理的叙述过程中……它强调了文学作品与现实之间的亲和、依附关系”。[①]《当代》真实地呈现当代人的情绪，表达当代人在社会历史进程中的命运起伏和内心波动，引发受众的情感共鸣。无论是为“文化大革命”受难者发声，关切他们的伤痕痛楚，还是在滚滚改革大潮中代底层弱者立言，观照他们的生存窘境，《当代》都在精神深处与普通受众保持内在的同一性。对情绪的关注所产生的亲和性在于受众在文本叙述中体会到自身言之而不得的情绪状态，受难者、弱者、底层，甚至是知识分子不能完全敏锐且准确地把握和述说无形的情绪，在现实文学作品中体味到个体的情绪体验而引起情感共通，增强受众的归属感。进一步发展，弱势受众有可能感知到以知识分子为代表的精英阶层对其命运及精神状态的关切，甚至是通过共通的情绪感受到文学刊物及其背后的文化机构或政治权利机构对其生存境遇的关注，从而寻求到某种并未被遗忘的内心满足感及社会存在感。任何一种程度的情绪共通，都存在拉近杂志与受众关系的可能性，因而现实主义真实叙写当下的共鸣

① 王光东：《现实精神·现代意识·叙述话语——现实主义重构论》，《时代文学》1995年第10期。

性话语特征具有一种天然吸引读者的亲和力，所带来的是受众在市场经济范围内对其价值的认可。

（二）现实主义叙事形式的大众审美

现实主义的叙事方式更符合广大普通受众的审美心理和阅读趣味。从叙事时间，即故事在文本中具体呈现出的时间状态来看，在多数情况下，《当代》现实主义作品的叙事时间基本呈现为顺时序叙事。这种连贯的叙事方式以时间为线索按部就班向前发展，其间可能融合穿插某一特殊叙事时间的交错，如倒叙、插叙等倒错叙事，但文本的叙事时间主体上遵照故事发生发展的自然时序，呈现历时的线性特征。此类文本时间线索清晰可辨，有助于普通读者把握时间进程及作品发展脉络。连贯叙述的方法简明清晰，受众不必考虑如何重新恢复和排列被打乱的故事时间，通过个体阅读理顺事件流向和文本结构，更容易把握事件之间的因果逻辑。并且，顺时序的线性叙事时间与普通受众的生活流向一致，符合大众日常理解生活的心理习惯；《当代》作品现实主义的叙事视角多采用全知视角，叙事者可从任意视角、任意时空叙事，对人物的过去现在和未来了如指掌，且可以透视人物的思想情绪。此类叙事模式的叙事活动空间延展性强，叙事者可以转换不同的目光、角度，随时介入叙事主体提供事实、概述，或进行人物、事件的评价，还可通过适当控制对情节和人物的交代而控制叙事节奏，有效地调节叙事距离。全知视角在现代叙事理论中常得到操纵读者，破坏逼真感和自然感的批评，然而对于普通大众读者而言，全知视角带来的是阅读的有效性，读者完全可以通过叙述者的眼光观察世界，洞悉人物内心，叙述者交代的一切必要内容，使受众能够全局性地把握事件发生发展全过程、人物的历史来路及其丰富的内心活动等，受众由此获得一种整体掌控感和阅读有效性。事实上，中国古典小说叙述传统中"说书人"的叙事视角影响着中国人的阅读习惯，决定了当代中国读者对全知全能视角的审美倾向；在叙事结构上，《当代》的现实主义叙事作品多以情节为中心结构作品，其特点是讲究故事性、注重叙事技巧。情节结构中心的核心元素是人物和事件，现实主义叙事塑造典型人物形象，描写典型环境氛围，由典型人物推进事件不断向前发展，人物的内容活动围绕情节有计划地展开，读者对于人物命运的关切和事件走向的关注使之产生持续的阅读兴趣。将情节的设置安排作为整体叙事的核心，情节将推动整个叙事变得动态、曲折和丰富，情节的曲折性将产生悬念从而吸引受众。中国人自古以来便有对故事情节的偏好，无论是早期神话寓言还是唐传奇、宋话本及至明清小说，中国的叙事文学异常发达，也形成当代中国读者的情节化审美趣味，因而当代小说以因果关系为基础、以结局为目的的完整演变恰符合广大受众的阅读心理。同时，由情节结构中心发展而成的叙事形构或以线性时间为线索构成紧密连接的链形结构，或以人物为核心发散为多个块状结构，再以时间线索缀连，叙事结构简单明了，避免繁复冗杂叙事形式带来的阅读疲累感；在叙事语言上，现实主义的叙事语言具有当代性和大众性特征，更易进入读者视野。传统的现实主义叙事形式对于这部分普通受众而言，更易被接纳和消化，也更符合大众化的审美习惯。因现实主义文学面向社会人生，意图构建其文学与社会和人类的紧密关联，因此它的叙事语言随社会现实变化而不断变化，且向不同时期的大众审美趣味倾斜，因而有学者认为现实主义文学叙述语言显示出当代性与大众性的特点，“现实主义的文学艺术所面对的是现实人生，其写作目的是与社会、大众对话，因此，我们强调其叙述语言的当代性和大众性特点”。[①] 在当今社会语境中，现实主义文学语言与社会语言环境保持一致的大众性特征，既符合当代人心灵世界的内容，具有创造力和表现力，又平易晓畅，使作品更容易进入当代普通读者的视野。

通过叙事时间、叙事视角和叙事结构的分析，我们认为当代的现

---

① 王光东：《现实精神・现代意识・叙述话语——现实主义重构论》，《时代文学》1995 年第 10 期。

实主义文学作品与其他流派和风格的作品相比较而言，承续了更多中国文学悠久的叙事传统，这也意味着它在更大程度上接近普通中国人的审美趣味，而现实主义作品叙事语言的当代性和大众性符合当代社会日常语言的变化特征，从而使受众获得一种阅读上的晓畅感。因此，现实主义文学的叙事形式与大众审美的贴合决定了它受众群体的广泛性，从而转化为一种市场价值。

（三）现实主义文学的媒介转化性

伴随着技术力量的不断发展，人类文化传播方式和生活方式均已发生根本性改变，影视等视听媒介大规模侵袭印刷媒介而形成霸权局面。在这种社会文化语境之下，以文学期刊为代表的印刷媒介与影视媒介的融合程度影响着它的受众范围和数量，当文学期刊能够借助影视媒介的力量更广泛的传播并吸引更多的读者，那么它在市场经济的逻辑之下将有可能获得新的生机。《当代》具有与影视媒介联姻、融合的天然优势，它的现实主义题材内容与当下影视作品中占主导地位的现实题材相吻合，现实主义叙事模式与影视媒介的表达方式有内在的一致性。

《当代》的现实主义作品与当下社会文化语境紧密相连，丰富、立体地展示现实世界，在描写时代人物、反映时代风貌的基础上发现和厘清生活的真实并加以凝练，表现真实生活的本质特征，探索时代问题、表达当代人共同的情感诉求，对中国现实进行多侧面的解读，这种浓厚的当代气质与当代受众现实生活和共同心理相吻合，能够充分引发受众的共鸣。从接受美学的角度，影视作品的受众理解和接受是其最终实现价值所在，因而影视作品在改编过程中倾向于选择此类与现实生活关联紧密，能够呈现和反映当代人生活流向、心理特征的现实主义文学文本。同时，现实主义作品的叙事方式在转换为影视作品时更具直接性，现实主义文学文本与影视在“讲故事”的层面上产生交汇，两种不同艺术形式的共同目标都在于叙事。面向当代大众的影视作品为吸引大量受众而利用曲折情节构建故事，在叙事过程中包含完整的开端结局和因果关系，这与现实主义作品以情节作为结构中心的叙事方式存在内在的一致性，从而实现了由文学文本向影视作品改编的可能性及合理性。目前一部分影视作品编剧工作采用不读原本的改编方式，编剧者仅听人转述原本的故事情节发展，再以原故事情节作为整体框架生发想象创造生成剧本，类似于此的文本改编方式的可行性便来源于传统的以情节为结构中心的叙事方式。此外，任何一种艺术形式的灵魂核心都在于人物，影视媒介要求所呈现的主要人物具有典型性和代表性，能够通过对个体人物的表现涵盖生活中的一类人，其大众性质要求凸显人物丰富、复杂的情感，关注人物的个体命运。在传统现实主义文学叙述中，塑造典型环境中的典型人物是其基本特征，人物与事件始终缠绕融合为一体，通过事件、情节、动作展现人物的性格、心理和命运。在呈现丰富、典型的人物形象和推进人物命运发展及关注人物个体命运等方面，影视作品对现实主义文学文本的借鉴更为方便和直接。相对于现实主义文学的叙事方式，现代主义的心理分析、意识流色彩较强的文本内容纷繁无定，影视媒介难以将无形的、不确定的情绪和心理外化为有形画面，因而并不完全适合影视改编。现实主义文学作品的主导因素适合影像的表达方式，符合普通中国受众的审美习惯和欣赏趣味，当这些作品被改编为影视作品从而扩大传播范围后，影视媒介给印刷媒介带来的良好效应将随之带来切实的经济收效。

现实主义的确在一定程度上困囿了《当代》的发展，参与刊物运行的编辑个体对于现实主义的理解存在着或偏隘或泛化的倾向，导致杂志在理论倡导上偶尔走向极端，同时，编辑实践与杂志所倡导现实主义理论之间产生某种裂隙而限制了现实主义应当产生的活力。然而，现实主义在《当代》这里所产生的价值远远超出了它的局限和困囿，现实主义赋予《当代》以关切人生、贴近现实的责任感和使命感，形成了它强健、博大、宏阔、厚重、正义的整体品格，现实主义赋予《当代》以生命力，守其于顺境、救其于危局，使之永葆蓬勃。

结　语

新兴媒介彻底地改变了当代人的生活方式，微博、微信、互联网提供了越来越多的介质让当代人表达自我，每个个体都成为记录者和言说者，这是个喧哗热闹的自媒体时代。处在这样纷繁的语境中，文学史家如何在以比特为单位的数据中做出准确的选择，这个时代的文学历史将如何形成？在这样的思索中，对文学期刊的梳理和考察是一种必要性的工作，尽管文学期刊的发展无法囊括文学发展的所有可能性，但作为当代文学生产机制基础性环节的文学期刊在组织和选择中基本确定了主流文学的整体样态，以纸质印刷的形式提供了并非转瞬即逝的历史记忆。

文学期刊投射出政治权力、市场经济、文化资本、传播方式和话语交往彼此影响相互缠绕的样态，它是意识形态总体性规范的载体，遵循主流意识形态话语规约引导政治方向，参与重建当代中国社会主义文化领导权。经济资本以更为复杂和含混的形式，以直接或间接的方式，在文学期刊之外或者进入其内部，转换为构成性因子并规定其可能性，最终使期刊与经济逻辑达成某种共谋关系。技术力量以其理性的强势，渗透并改变着文学期刊的话语形式和生成方式。文学期刊在美学形式的离心作用之下，意图颠覆意识形态的独白体系，反拨经济权力对表意策略的改变，摆脱技术力量的强势介入，超越外部力量获得自身的独立性，而主流意识形态话语提供的生存合法性是期刊无法切割和拒绝的，期刊的市场化属性又使之无法遵循“输者为赢”的颠倒经济逻辑，政治权力、经济权力和技术力量入侵了文学期刊内部，使之呈现出异常复杂的动态图景，在这个意义上，从文学期刊的发展状态来观照文学发展事实和发展态势的可行性得以确认。

对《当代》的考察建立于文学历史的构建和重述的必要性和可行性之上，以文学史视野观照当代文学领域的代表性期刊，探寻文学期刊的复杂性结构与动态性进程，体察期刊格局与文学思潮的深层关联，审视期刊审美趣味对文学创作的渗透和引导，分析当代文学期刊的生存环境、生存策略及当代文学生产体制的生成。就《当代》而言，它参与构建了当代文学场域的多种文艺潮流，推进当代文学的整体性发展，它以现实主义艺术追求双向影响文学作品的生产者与接受者，潜移默化地改变了文学的叙事方式和价值立场，进一步改变接受者的审美趣味，实现了与当代文学审美观念和文体规范的深层互动，有效推进文学内部的自我更新。《当代》所生成的总体面貌来自其内部装置在运行过程中与政治权力及经济资本的相互博弈，几者之间复杂的动态关系不断更新和重塑着《当代》杂志的文化功能和历史命运，为呈现当代文学的整体话语环境提供了有效样本。同时，作为文学史中具有代表性意义的标本，《当代》仍处在开放性的生长进程当中，或许我们做出这样的判断，经历了经济大潮的大规模洗礼和滤淘，多数文学刊物已经经历了市场化探索，《当代》已完成在生产本位与消费本位间的时空转换和艰难选择，但是在新兴媒介的强势霸权面前，我们对《当代》即将生成的样态却是充满惶惑的，在新兴工业技术力量的急速发展中，《当代》的运行将面临更多的矛盾和困惑，如果说目前为止的《当代》以及众多文学期刊仍然可以轻视新媒介的力量，而只采取外部调适的方式来做出与新兴媒介融合的姿态的话，那么在未来的发展进程中，文学期刊需要做出更深刻的改变。

参考文献

一　《当代》杂志

1979—2019 年《当代》250 期，《当代》增刊 20 期，《当代·长篇小说选刊》96 期。

二　中文著作

查建英：《八十年代访谈录》，生活·读书·新知三联书店 2006 年版。

陈晋：《文人毛泽东》，上海人民出版社 1997 年版。

陈黎明：《魔幻现实主义与新时期中国小说》，河北大学出版社 2007 年版。

陈平原：《假如没有“文学史”》，生活·读书·新知三联书店 2011 年版。

陈平原：《中国小说叙事模式的转变》，北京大学出版社 2010 年版。

陈顺馨：《社会主义现实主义理论在中国的接受与转化》，安徽教育出版社 2000 年版。

陈晓明：《中国当代文学主潮》，北京大学出版社 2013 年版。

陈忠实：《寻找属于自己的句子》，上海文艺出版社 2009 年版。

程光炜：《代文学的“历史化”》，北京大学出版社 2011 年版。

程永新：《八三年出发》，云南人民出版社 2004 年版。

崔志远：《现实主义的当代中国命运》，人民文学出版社 2005 年版。

丁帆、许志英：《中国新时期小说主潮》，人民文学出版社 2002 年版。

丁景唐等:《我与人民文学出版社》,人民文学出版社 2001 年版。
董之林:《热风时节——当代中国“十七年”小说史论(1948—1966)》,上海书店出版社 2008 年版。
方厚枢、魏玉山:《中国出版通史·中华人民共和国卷》,中国书籍出版社 2008 年版。
方维规:《文学社会学新编》,北京师范大学出版社 2011 年版。
高江波:《期刊求索录》,北京大学出版社 1998 年版。
龚维忠:《现代期刊编辑学》,北京大学出版社 2014 年版。
何启治:《文学编辑四十年》,人民文学出版社 2001 年版。
何西来:《新时期文学思潮论》,江苏文艺出版社 1985 年版。
洪治纲:《多元文学的律动:1992—2009》,广东教育出版社 2009 年版。
洪子诚:《文学与历史叙述》,河南大学出版社 2005 年版。
洪子诚:《问题与方法:中国当代文学史研究讲稿》,北京大学出版社 2010 年版。
洪子诚:《中国当代文学史》,北京大学出版社 1999 年版。
洪子诚等著,程光炜编:《重返八十年代》,北京大学出版社 2009 年版。
胡经之、王岳川:《文艺美学方法论》,北京大学出版社 1994 年版。
黄发有:《边缘的活力》,吉林出版集团 2009 年版。
黄发有:《媒体制造》,山东文艺出版社 2005 年版。
黄发有:《文学季风——中国当代文学考察》,山东大学出版社 2006 年版。
黄发有:《准个体时代的写作》,上海三联书店 2000 年版。
黄伊:《编辑的故事》,金城出版社 2003 年版。
金汉、冯云青、李新宇:《新编中国当代文学发展史》,浙江大学出版社 1997 年版。
靳大成:《生机:新时期著名人文期刊扫描》,中国文联出版社 2003 年版。
孔范今主编:《二十世纪中国文学史》,山东文艺出版社 1996 年版。

雷达：《近三十年中国文学主潮》，兰州大学出版社 2009 年版。
李洁非：《典型文坛》，湖北人民出版社 2008 年版。
李洁非、杨劼：《共和国文学生产方式》，社会科学文献出版社 2011 年版。
李明德：《仿像与超越：当代文化语境中的文学期刊》，中国社会科学出版社 2007 年版。
李频：《大众期刊运作》，中国大百科全书出版社 2003 年版。
李频：《期刊策划导论》，河北教育出版社 2000 年版。
李运抟：《中国当代小说五十年》，暨南大学出版社 2000 年版。
柳鸣九：《二十世纪现实主义》，中国社会科学出版社 1992 年版。
孟繁华：《1978：激情岁月》，山东教育出版社 1998 年版。
孟繁华：《传媒与文化领导权——当代中国的文化生存与文化认同》，山东教育出版社 2003 年版。
孟繁华：《众神狂欢：世纪之交的中国文化现象》，中国人民大学出版社 2009 年版。
孟繁华、程光炜：《中国当代文学发展史》，人民文学出版社 2011 年版。
南帆：《文本生产与意识形态》，暨南大学出版社 2003 年版。
祁述裕：《市场经济下的中国文学艺术》，北京大学出版社 1998 年版。
钱中文：《现实主义与现代主义》，人民文学出版社 1987 年版。
秦兆阳：《文学探路集》，人民文学出版社 1984 年版。
邵燕君：《倾斜的文学场：当代文学生产机制的市场化转型》，江苏人民出版社 2003 年版。
邵燕君：《新世纪文学脉相》，安徽教育出版社 2011 年版。
申丹：《叙述学和小说文体学研究》，北京大学出版社 1998 年版。
宋应离：《中国期刊发展史》，河南大学出版社 2000 年版。
宋应离、袁喜生、刘小敏：《中国当代出版史料 1949—1999》，大象出版社 1999 年版。
唐小兵：《再解读：大众文艺与意识形态》，北京大学出版社 2007 年版。

童庆炳：《文学理论教程》，高等教育出版社 2007 年版。

王本朝：《中国当代文学制度研究（1949—1976）》，新星出版社 2007 年版。

王嘉良：《中国新文学现实主义形态论》，文化艺术出版社 2002 年版。

王蒙：《漫话小说创作》，上海文艺出版社 1983 年版。

王蒙：《王蒙讲稿》，上海文艺出版社 2001 年版。

王蒙、王元化总主编：《中国新文学大系 1976—2000》，上海文艺出版社 2009 年版。

王诺：《欧美生态文学》，北京大学出版社 2003 年版。

王培元：《在朝内 166 号与前辈魂灵相遇》，人民文学出版社 2007 年版。

王秀涛：《中国当代文学生产与传播制度研究》，文化艺术出版社 2013 年版。

温儒敏：《新文学现实主义的流变》，北京大学出版社 2007 年版。

温儒敏、陈晓明：《现代文学新传统及其当代阐释》，北京大学出版社 2010 年版。

吴义勤：《文学制度改革与中国新时期文学》，文化艺术出版社 2013 年版。

吴元迈：《现实的发展与现实主义的发展》，漓江出版社 1987 年版。

武新军：《意识形态结构与中国当代文学——〈文艺报〉（1949—1989）研究》，中国社会科学出版社 2010 年版。

徐柏容：《期刊编辑学导论》，辽宁教育出版社 1995 年版。

杨剑龙：《现实悲歌：谈歌、何申等新现实主义小说论》，华夏出版社 2000 年版。

杨剑龙：《新世纪初的文化语境与文学现象》，中央编译出版社 2012 年版。

杨聚臣等：《二十世纪中国文学期刊与思潮 1949—2000》，百花洲文艺出版社 2006 年版。

杨庆祥等著，程光炜编：《文学史的多重面孔——八十年代文学事件再讨论》，北京大学出版社 2009 年版。

杨义主编，江腊生执笔：《中国当代文学研究（1949—2009）》，中国社会科学出版社 2011 年版。

袁亮：《中华人民共和国出版史料》，中国书籍出版社 1995 年版。

张钧：《中国当代文学制度研究（1949—1976）》，北京大学出版社 2011 年版。

张丽军：《“当下现实主义”的文学研究》，人民文学出版社 2014 年版。

张学正：《现实主义文学在当代中国》，南开大学出版社 1997 年版。

张娅娅：《价值与审美取向研究》，文化艺术出版社 2008 年版。

赵一凡、张中载、李德恩主编：《西方文论关键词》，外语教学与研究出版社 2006 年版。

中共中央马克思恩格斯列宁斯大林著作编译局：《马克思恩格斯选集》，人民文学出版社 2012 年版。

中国文艺年鉴社编：《中国文艺年鉴》，文化艺术出版社 1982 年版。

周国清：《编辑学导论》，湖南师范大学出版社 2008 年版。

朱栋霖：《中国现代文学史（1917—2010）》，北京大学出版社 2011 年版。

朱国华：《文学与权力：文学合法性的批判性考察》，北京大学出版社 2014 年版。

三　中译著作

［德］H. R. 姚斯、［德］R. C. 霍拉勃：《接受美学与接受理论》，周宁、金元浦译，辽宁人民出版社 1987 年版。

［德］阿尔方斯·西尔伯曼：《文学社会学引论》，魏育青译，安徽文艺出版社 1988 年版。

［匈］阿诺德·豪泽尔：《艺术社会学》，居延安译，学林出版社 1987 年版。

［加］埃里克·麦克卢汉、［加］弗兰克·秦格龙：《麦克卢汉精粹》，何道宽译，南京大学出版社 2000 年版。

［美］安敏成：《现实主义的限制：革命时代的中国小说》，姜涛译，江苏人民出版社 2001 年版。

［德］奥尔巴赫：《摹仿论：西方文学中所描绘的现实》，吴麟绶、周新建、高艳婷译，百花文艺出版社 2002 年版。

［德］本雅明：《单行道》，王才勇译，江苏人民出版社 2005 年版。

［德］本雅明：《机械复制时代的艺术作品》，王才勇译，中国城市出版社 2002 年版。

［俄］别林斯基：《别林斯基选集》，满涛译，上海译文出版社 1979 年版。

［法］布迪厄：《艺术的法则：文学场的生成和建构》，刘晖译，中央编译出版社 2011 年版。

［美］布斯：《小说修辞学》，华明等译，北京大学出版社 1987 年版。

［美］戴安娜·克兰：《文化生产媒体与都市文化艺术》，赵国新译，译林出版社 2001 年版。

［美］丹缅·格兰特、［美］莉莲·弗斯特：《现实主义·浪漫主义——艺术历程的追踪》，郑鸣放译，陕西人民出版社 1989 年版。

［荷］佛克马·蚁布思：《文学研究和文化参与》，俞国强译，北京大学出版社 1996 年版。

［意］葛兰西：《狱中札记》，葆煦译，外国文学出版社 1988 年版。

［美］赫伯特·马尔库塞：《单向度的人——发达工业社会意识形态研究》，刘继译，上海译文出版社 2006 年版。

［德］黑格尔：《美学》，朱光潜译，商务印书馆 1979 年版。

［美］华莱士·马丁：《当代叙事学》，伍晓明译，北京大学出版社 1990 年版。

［美］杰姆逊：《后现代主义与文化理论》，唐小兵译，北京大学出版社 1997 年版。

［美］勒内·韦勒克、［美］奥斯汀·沃伦：《文学理论》，刘向愚、邢培明、陈圣生、李哲明译，江苏教育出版社 2005 年版。

［匈］卢卡契：《卢卡契文学论文集》，中国社会科学出版社 1981 年版。

［美］罗德里克·麦克法夸尔、费正清主编：《剑桥中华人民共和国史（1966—1982）》，上海人民出版社1992年版。

［法］罗杰·加洛蒂：《论无边的现实主义》，吴岳添译，上海文艺出版社1986年版。

［加］马歇尔·麦克卢汉：《理解媒介》，何道宽译，商务印书馆2000年版。

［英］迈克·费瑟斯通：《消费主义与后现代文化》，刘精明译，译林出版社2000年版。

［美］尼尔·波兹曼：《娱乐至死》，章艳译，中信出版社2015年版。

［英］尼克·史蒂文森：《认识媒介文化——社会理论与大众传播》，王文斌译，商务印书馆2001年版。

［苏］苏奇科夫：《现实主义的历史命运：创作方法探讨》，傅仲选译，外国文学出版社1988年版。

［美］韦尔伯·斯拉姆：《报刊的四种理论》，中国人民大学新闻系译，新华出版社1980年版。

［挪］雅各布·卢特：《小说与电影中的叙事》，徐强译，北京大学出版社2011年版。

四　期刊文献

白浩：《新世纪底层文学的书写与讨论》，《文艺理论与批评》2008年第6期。

蔡兴水、郭恋东：《宏大叙事的样本——阅读〈当代〉（1979—2000）》，《文艺争鸣》2001年第5期。

常振家：《特色：文学期刊的生命——谈大型文学期刊〈当代〉的风格》，《中国出版》1997年第10期。

陈墨：《新时期中国电影与文学》，《当代电影》1995年第2期。

陈思和：《试论90年代文学的无名特征及其当代性》，《复旦学报》（社会科学版）2001年第1期。

陈祖军:《论作为文化传播媒介的1980年代文学期刊》,《文艺理论与批评》2006年第5期。

程光炜:《〈文艺报〉“编者按”简论》,《当代作家评论》2004年第5期。

崔志远:《经典的“现在性”——马克思恩格斯的现实主义理论和90年代以来的文学》,《文艺理论与批评》2003年第1期。

何直:《现实主义——广阔的道路》,《人民文学》1956年第9期。

胡德培:《当代人的〈当代〉》,《新文学史料》2009年第1期。

胡德培:《关于文学编辑工作的几点思考》,《编辑之友》1990年第5期。

黄发有:《活力在于发现——〈人民文学〉(1949—2009)侧影》,《文艺争鸣》2009年第10期。

黄发有:《九十年代以来的文学期刊改制》,《南方文坛》2007年第5期。

黄发有:《文学期刊与九十年代小说》,《文艺争鸣》2002年第1期。

李庆勇:《20世纪90年代文学期刊的转型与突围》,《理论界》2012年第4期。

李遇春:《文学史前史的建构:关于编辑与“八十年代文学”的思考》,《文艺争鸣》2013年第6期。

李云雷:《新世纪文学中的“底层文学”论纲》,《文艺争鸣》2010年第6期。

刘增人:《现代文学期刊的景观与研究历史反顾》,《中国现代文学研究丛刊》2005年第6期。

楼岚岚、张光芒:《期刊改版与九十年代以来的文学转型》,《南京师范大学文学院学报》2005年第3期。

卢衍鹏:《文化语境的嬗变与生产主体的选择——论20世纪90年代文学生产机制的建立》,《中南大学学报》(社会科学版)2012年第5期。

陆雪琴:《文学史的见证与参与——论文学期刊在文学生产中的作用》,

《小说评论》2008 年第 2 期。
罗礼贵、吴莉：《论批判现实主义文学的现实意义》，《重庆大学学报》（社会科学版）2002 年第 6 期。
孟繁华：《“到城里去”和“底层写作”》，《文艺争鸣》2007 年第 6 期。
孟繁华：《新世纪文学的当代性》，《文艺争鸣》2010 年第 2 期。
饶龙隼：《中国文学制度论》，《文学评论》2010 年第 4 期。
邵燕君：《传统文学生产机制的危机和新型机制的生成》，《文艺争鸣》2009 年第 12 期。
石培龙：《论新时期文学期刊的“本位回归”》，《出版发行研究》2011 年第 2 期。
术术：《中国文学期刊现状报告》，《西藏日报》2004 年 2 月 15 日。
宋耀良：《意识流文学东方化过程》，《文学评论》1986 年第 11 期。
滕威：《从政治书写到形式先锋的移译——拉美“魔幻现实主义”与中国当代文学》，《文艺争鸣》2006 年第 7 期。
童庆炳：《现实主义的审美范型》，《北京社会科学》1998 年第 1 期。
童燕萍：《多元对立和多元结构小说》，《清华大学学报》（哲学社会科学版）1998 年第 4 期。
汪晖：《当代中国的思想状况与现代性问题》，《天涯》1997 年第 5 期。
王本朝：《文学制度：现代文学的一种阐释方式》，《文艺研究》2003 年第 4 期。
王本朝：《中国现代文学的生产体制问题》，《文学评论》2004 年第 2 期。
王彬彬：《一份备忘录——为未来的文学史家而作》，《文艺争鸣》1994 年第 2 期。
王东明：《关于文学的当代性的思考》，《文学评论》1984 年第 1 期。
王光东：《现实精神 · 现代意识 · 叙述话语——现实主义重构论》，《时代文学》1995 年第 10 期。
王晖：《非虚构文学：影响、异议、正名与建构》，《中国作家》2006 年第 8 期。

王嘉良：《文学与政治联姻：现实主义的独特张力与限制》，《文学评论》2009 年第 5 期。

王嘉良：《现实主义："社会批判"传统及其当代意义》，《文艺研究》2006 年第 8 期。

王晓明：《面对新的文学生产机制》，《文艺理论研究》2003 年第 2 期。

王秀涛：《读者背后与来信之后——对〈人民文学〉（1949—1966）"读者来信"的考察》，《扬子江评论》2009 年第 3 期。

王尧：《文学口述史的理论、方法与实践初探》，《江海学刊》2005 年第 4 期。

巫晓燕、贺绍俊：《当代现实主义文学主潮的五重奏》，《南方文坛》2010 年第 2 期。

吴景明：《新世纪社会转型与底层写作、生态文学的兴起》，《当代文坛》2015 年第 1 期。

吴俊：《中国当代"国家文学"概说——以〈人民文学〉为中心的考察》，《文艺争鸣》2007 年第 2 期。

吴秀明：《主流意识形态文学的历史位置与现实境遇——兼谈主流体制下的中介系统及其角色功能嬗变》，《浙江大学学报》（人文社会科学版）2006 年第 5 期。

熊元义：《沉重的现实与活着的文学——为当前现实主义文学一辩》，《南方文坛》1998 年第 4 期。

徐妍：《我看新世纪之后〈收获〉编选理念的转型》，《扬子江评论》2013 年第 1 期。

徐则臣、张艳梅：《我们对自身的疑虑如此凶猛》，《创作与评论》2014 年第 3 期。

杨彬：《现实主义文学思潮在中国的百年嬗变》，《海南大学学报》（人文社会科学版）2002 年第 1 期。

杨春时：《现代性与中国现实主义文学思潮》，《黑龙江社会科学》2007 年第 4 期。

杨小兰：《现实主义文学在当代》，《文艺争鸣》2012 年第 4 期。
易晖：《2006 年长篇小说观察》，《文艺理论与批评》2007 年第 1 期。
张光芒：《论中国当代文学的第三次转型》，《当代作家评论》2004 年第 5 期。
张钧：《中国当代文学研究中的口述史料问题》，《文艺争鸣》2013 年第 6 期。
张丽军：《文学评奖机制改革与新时期文学》，《小说评论》2010 年第 6 期。
张文东：《“非虚构”写作——新的文学可能性——从〈人民文学〉的“非虚构”说起》，《文艺争鸣》2011 年第 2 期。
赵宪章、邓三鸿：《2000—2004 年中国文学期刊影响力报告》，《东南大学学报》（哲学社会科学版）2006 年第 2 期。
赵学勇：《文学史意义的失构——“新写实”与“五四”现实主义文学传统》，《中国现代文学研究丛刊》1999 年第 1 期。
赵勇：《文学生产与消费活动的转折之旅——新世纪文学十年抽样分析》，《贵州社会科学》2010 年第 1 期。
周根红：《从新世纪文学期刊视觉化转型刊编辑策略的调整》，《中国编辑》2011 年第 1 期。
周根红：《媒介互动与〈当代〉的转型》，《扬子江评论》2008 年第 2 期。
祝大同：《困惑与苦斗中的文学期刊》，《编辑之友》1999 年第 4 期。
宗仁发：《纯文学期刊该如何定位》，《传媒》2010 年第 11 期。

五　报纸文献

蔡兴水、郭恋东：《九十年代文学与文学期刊》，《文艺报》2001 年 2 月 13 日。
陈平原：《文学史家的报刊研究——以北大诸君的学术思路为中心》，《中华读书报》2002 年 1 月 19 日。
耿翔：《陈忠实坦言改编〈白鹿原〉》，《中华读书报》2001 年 8 月 8 日。

韩小蕙：《文学期刊调整思路重振雄风》，《光明日报》1999年11月4日。

黄发有：《虎踞龙盘的重镇——〈钟山〉三十年读记》，《文学报》2008年8月28日。

雷达：《现实主义冲击波及其局限》，《文学报》1996年6月27日。

蒲荔子：《中国文学期刊调查：遭遇集体困境，仅存几家欢笑》，《南方日报》2005年6月13日。

秦兆阳：《在开拓中奋进——首都部分文学期刊主编谈如何提高刊物质量》，《人民日报》1986年2月15日。

舒晋瑜：《〈当代〉：用文学记录改革开放的中国》，《中华读书报》2015年2月11日。

术术：《中国文学期刊现状报告》，《西藏日报》2004年2月15日。

谭海燕：《文学奖：文学期刊的强心针?》，《中国图书商报》2004年12月10日。

王蒙：《是一个扯不清的问题吗?》，《人民日报》1980年8月27日。

吴娜、饶翔：《〈当代〉杂志：用文学记录中国35年》，《光明日报》2015年1月22日。

肖复兴、朱向前：《’96收获与’97展望——关于“现实主义小说回流”的对话》，《文艺报》1997年3月4日。

徐柏容：《编辑选择的二重性与三审制》，《中国新闻出版报》2001年2月1日。

朱穗：《文坛的“四大名旦”》，《文汇报》1981年1月1日。

附　　录

附录一　《当代》创刊号封面、画页、目录

《当代》创刊号封面

《当代》创刊号画页

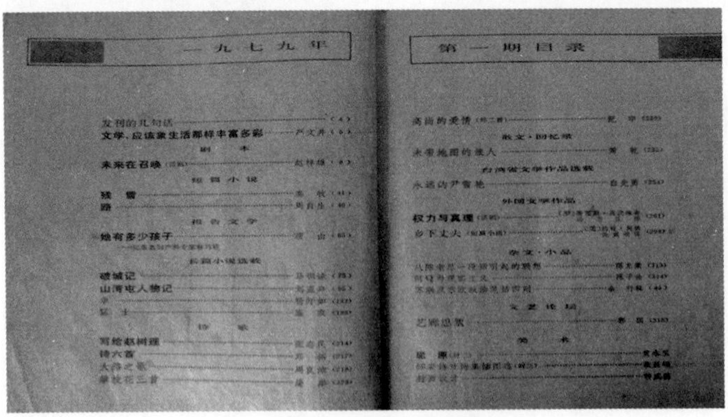

一九七九年

发刊的几句话……（4）
文学，应该象生活那样丰富多彩……严文井
剧　本
未来在召唤……赵梓雄
短篇小说
残　雪
路
报告文学
她有多少孩子
长篇小说选载
山河屯人物记
诗　歌
写给赵树理
诗六首

第一期目录

散文·回忆录
台湾省文学作品选载
永远的尹雪艳……白先勇
外国文学作品
权力与真理
杂文·小品
文艺论坛
美　术

《当代》创刊号目录

附录二　《当代》历任主编

起止年期	主编	副主编	编委[1]
1979 年第 1 期—1986 年第 3 期	严文井、韦君宜[2]	空	空
1986 年第 4 期—1994 年第 6 期	秦兆阳、孟伟哉[3]	朱盛昌、何启治、章仲锷	空
1995 年第 1 期—1997 年第 1 期	朱盛昌	胡德培、常振家、汪兆骞	朱盛昌、刘茵、何启治、汪兆骞、胡德培、郭宝臣、常振家
1997 年第 2 期—1999 年第 6 期	陈早春、何启治	胡德培、常振家、汪兆骞	刘茵、何启治、汪兆骞、陈早春、胡德培、郭宝臣、常振家
2000 年第 1 期—2000 年第 6 期	何启治	常振家、汪兆骞	刘茵、何启治、汪兆骞、陈早春、胡德培、常振家
2001 年第 1 期—2002 年第 6 期	刘玉山、高贤均	常振家	刘茵、刘玉山、汪兆骞、高贤均、常振家
2003 年第 1 期—2007 年第 4 期	刘玉山	常振家、洪清波	刘玉山、常振家、洪清波、杨新岚、周昌义、谢欣
2007 年第 5 期—2012 年第 5 期	潘凯雄	洪清波	潘凯雄、洪清波、杨新岚、周昌义、谢欣
2012 年第 6 期—2014 年第 3 期	洪清波	周昌义	管士光、洪清波、杨新岚、周昌义、谢欣、孔令燕
2014 年第 4 期—2016 第 2 期	周昌义	杨新岚	管士光、洪清波、周昌义、杨新岚、孔令燕
2016 年第 3 期至今	孔令燕	杨新岚	管士光、洪清波、周昌义、孔令燕、杨新岚、石一枫

1. 参考主编就任当期编委成员。

2. 二人均未在刊物上署名，根据红耘《面向时代　面向读者的〈当代〉》一文确认二者为主持人。根据《当代》编辑部《永远纪念我们的主编秦兆阳同志》一文记述为“秦兆阳同志从一九七九年《当代》杂志创刊后就任主编”，据此判断这一阶段《当代》实际主持工作者为秦兆阳。

3. 孟伟哉于 1987 年第 3 期后离任。

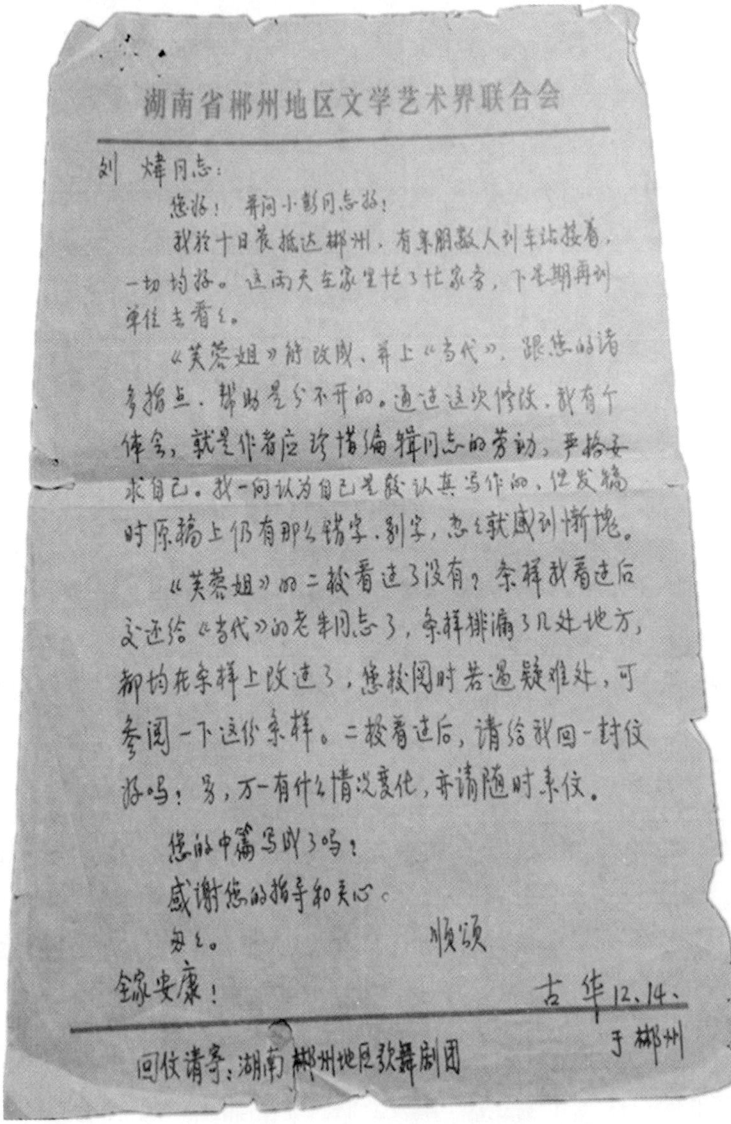

湖南省郴州地区文学艺术界联合会

刘炜同志：

您好！并问小彭同志好！

我于十日晨抵达郴州，有亲朋数人到车站接着，一切均好。这两天在家里忙了忙家务，下星期再到单位去看看。

《芙蓉姐》能改成、并上《当代》，跟您的诸多指点、帮助是分不开的。通过这次修改，我有个体会，就是作者应珍惜编辑同志的劳动，严格要求自己。我一向认为自己是较认真写作的，但发稿时原稿上仍有那么错字、别字，想想就感到惭愧。

《芙蓉姐》的二校看过了没有？条样我看过后交还给《当代》的老朱同志了，条样排漏了几处地方，都均在条样上改过了，您校阅时若遇疑难处，可参阅一下这份条样。二校看过后，请给我回一封信好吗？另，万一有什么情况变化，亦请随时来信。

您的中篇写成了吗？

感谢您的指导和关心。

匆匆。 顺颂

钧安康！

古华 12.14.
于郴州

回信请寄：湖南郴州地区歌舞剧团

古华与刘伟关于《芙蓉镇》的通信（一）

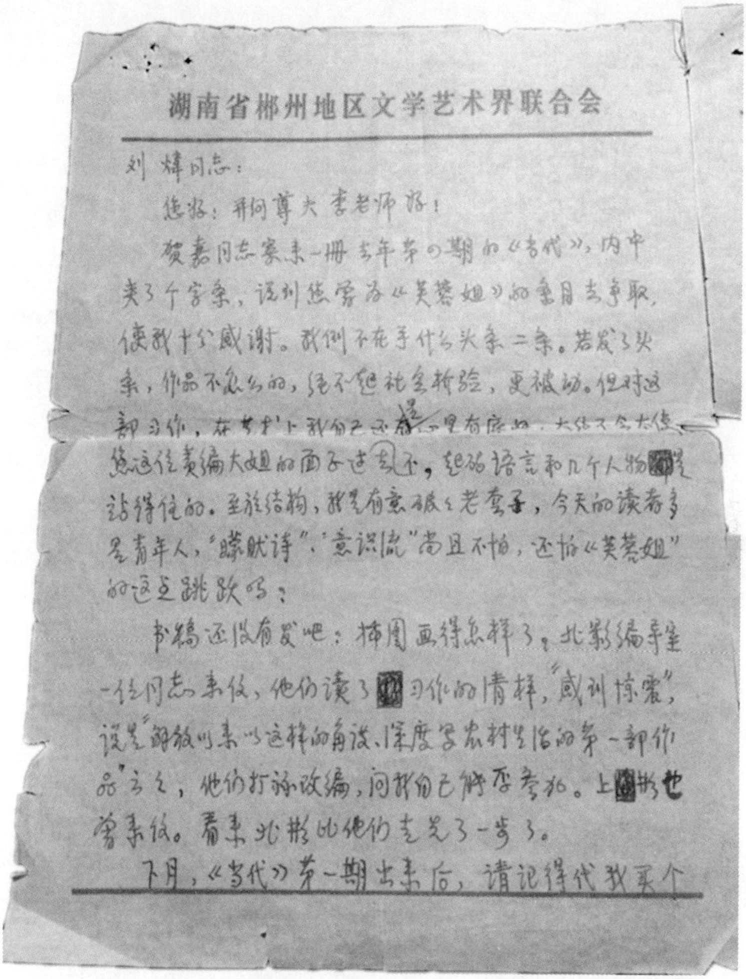

湖南省郴州地区文学艺术界联合会

刘炜同志：

您好！并问尊夫李老师好！

贺嘉同志寄来一册去年第四期的《当代》，内中夹了个字条，说到您曾为《芙蓉姐》的题目去争取，使我十分感谢。我倒不在乎什么头条二条。若发了头条，作品不怎么的，绝不[illegible]，更被动。但对这部习作，在艺术上我们已还是心里有底的，大体不会太使您这位责编大姐的面子过不去，起码语言和几个人物[illegible]是站得住的。至于结构，我是有意破破老套子，今天的读者多是青年人，"朦胧诗"、"意识流"尚且不怕，还怕《芙蓉姐》的这点跳跃吗？

书稿还没有发吧？插图画得怎样了？北影编辑室一位同志来信，他们读了[illegible]习作的清样，"感到惊震"，说是"解放以来以这样的角度、深度写农村生活的第一部作品"云云，他们打算改编，问我们已解否参加。上[illegible]影也曾来信。看来北影比他们走先了一步了。

下月，《当代》第一期出来后，请记得代我买个

古华与刘伟关于《芙蓉镇》的通信（二）

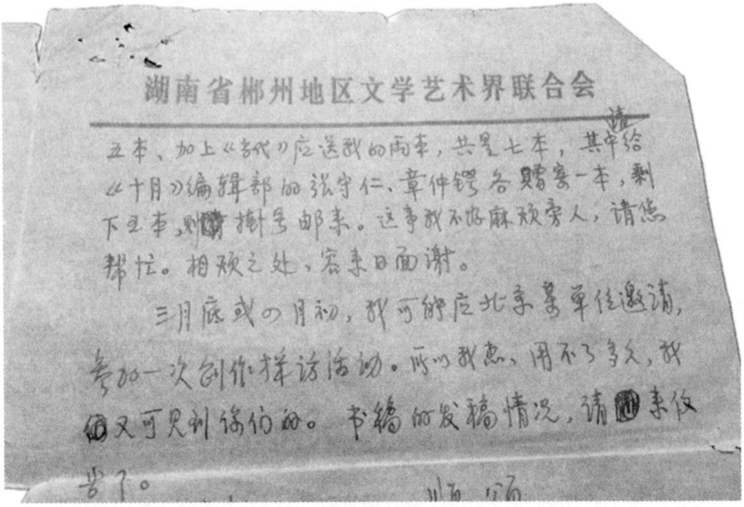

湖南省郴州地区文学艺术界联合会

五本、加上《当代》应送我的两本，共是七本，其中请给《十月》编辑部的张守仁、章仲锷各赠寄一本，剩下五本，则请掛号邮来。这事我不好麻烦旁人，请您帮忙。相烦之处，容来日面谢。

三月底或四月初，我可能应北京某单位邀请，参加一次创作採访活动。所以我想，用不了多久，又可见到您们的。书稿的发稿情况，请来信告了。

顺颂

古华与刘伟关于《芙蓉镇》的通信（三）

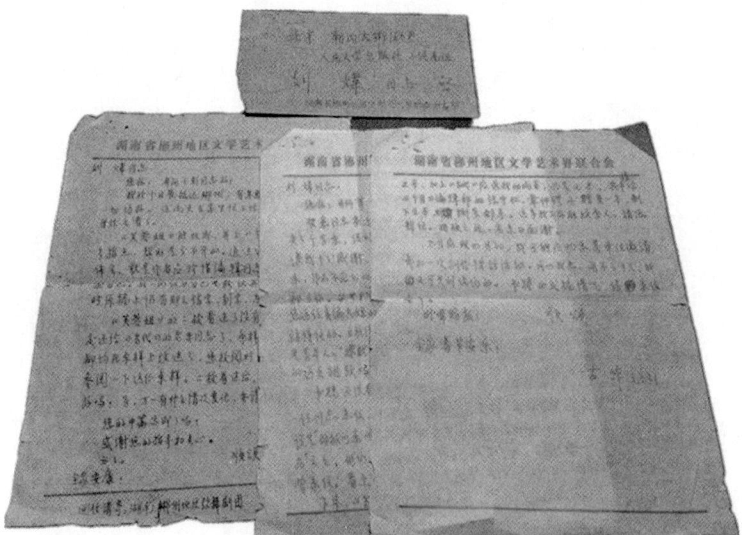

古华与刘炜关于《芙蓉镇》的通信信封及信件

附录三　《当代》文学奖评选结果

《当代》文学奖获奖作品名单（1979—1981 年）

奖项	作品	作者	年期
中长篇小说	《将军吟》	莫应丰	1979 年第 3 期
	《芙蓉镇》	古华	1981 年第 1 期
	《赤橙黄绿青蓝紫》	蒋子龙	1981 年第 4 期
	《代价》	陈国凯	1980 年第 1 期
	《疯狂的节日》	杨鑫基　胡月伟	1981 年第 1、第 2 期
	《年轻的朋友们》	郑万隆	1981 年第 2 期
	《在人海里》	朱春雨	1981 年第 2 期
	《职责》	陈中冀	1981 年第 3 期
	《龙种》	张贤亮	1981 年第 5 期
	《耿耿难眠》	柯云路　雪珂	1981 年第 5 期
	《这里通向世界》	单学鹏	1981 年第 6 期
报告文学	《中国姑娘》	鲁光	1981 年第 5 期
	《黄植诚少校》	刘亚洲	1981 年第 6 期
短篇小说	《复苏》	焦祖尧	1981 年第 1 期
	《能媳妇》	郑九蝉	1981 年第 2 期
	《生命》	陈剑君　徐孝鱼	1981 年第 5 期
	《娘》	京夫	1981 年第 5 期
游记散文	《一个神秘世界的见闻》	哲中	1980 年第 4 期 1981 年第 1、第 2 期
文论	《艺廊思絮》	郭因	1979 年第 1、第 2 期 1980 年第 1 期
荣誉奖	《惊心动魄的一幕》	路遥	1980 年第 3 期 获 1977—1980 年全国 优秀中篇小说奖
	《命运》	杨匡满　郭宝臣	1979 年第 2 期

续表

<table>
<tr><th>奖项</th><th>作品</th><th>作者</th><th>年期</th></tr>
<tr><td rowspan="10">荣誉奖</td><td>《励精图治》</td><td>程树榛</td><td>1980 年第 2 期</td></tr>
<tr><td>《热流》</td><td>张锲</td><td>1980 年第 4 期</td></tr>
<tr><td colspan="3">（以上三篇均获 1977—1980 年全国优秀报告文学奖）</td></tr>
<tr><td>《雕花烟斗》</td><td>冯骥才</td><td>1977 年第 2 期
获 1979 年全国
优秀短篇小说奖</td></tr>
<tr><td>《心香》</td><td>叶文玲</td><td>1980 年第 2 期</td></tr>
<tr><td>《你是共产党员吗》</td><td>张林</td><td>1980 年第 3 期</td></tr>
<tr><td colspan="3">（以上两篇均获 1980 年全国优秀短篇小说奖）</td></tr>
<tr><td>《未来在召唤》</td><td>赵梓雄</td><td>1979 年第 1 期
获建国三十周年
献礼演出创作一等奖</td></tr>
<tr><td>《哦，大森林》</td><td>都郁</td><td>1979 年第 3 期
获建国三十周年
献礼演出创作二等奖</td></tr>
</table>

《当代》文学奖获奖篇目（1982 年）

<table>
<tr><th>奖项</th><th>作品</th><th>作者</th><th>年期</th></tr>
<tr><td rowspan="7">一、荣誉奖</td><td>《洗礼》</td><td>韦君宜</td><td>第 1 期</td></tr>
<tr><td>《太子村的秘密》</td><td>谌容</td><td>第 4 期</td></tr>
<tr><td colspan="3">（以上两篇获得 1981—1982 年全国优秀中篇小说奖。蒋子龙的《赤橙黄绿青蓝紫》已获本刊 1981 年优秀中篇小说奖，此次也在全国获奖，特此说明）</td></tr>
<tr><td>《啊，龙!》</td><td>李君旭</td><td>第 3 期</td></tr>
<tr><td>《继母》</td><td>韩少华</td><td>第 6 期</td></tr>
<tr><td>《播鲁迅精神之火》</td><td>何启治　刘茵</td><td>第 5 期</td></tr>
<tr><td colspan="3">（以上三篇获 1981—1982 年全国优秀报告文学奖。鲁光的《中国姑娘》已获本刊 1981 年优秀报告文学奖，特此说明）</td></tr>
<tr><td rowspan="3">二、长中篇小说奖</td><td>《改革者》</td><td>张锲</td><td>第 5 期</td></tr>
<tr><td>《命运交响曲》</td><td>王安忆</td><td>第 2 期</td></tr>
<tr><td>《百家奶》</td><td>廖西岚</td><td>第 3 期</td></tr>
</table>

续表

奖项	作品	作者	年期
二、长中篇小说奖	《红灯、黄灯、绿灯》	郑万隆	第 3 期
	《有一个美丽的地方》	张曼菱	第 3 期
	《在困难的日子里》	路遥	第 5 期
	《厂长今年二十六》	陈冲	第 6 期
	《走向地平线》	杨镰	第 6 期
	《不肯陨落的星》	陈中冀	增刊 1
	《这一家》	冷杉	增刊 1
三、短篇小说奖	《心祭》	问彬	第 2 期
	《姐姐》	刘文忠	第 3 期
	《“花脚王”开棺》	陈昌本	第 1 期
	《大黑》	吴欢	第 1 期
四、报告文学奖	《国土、民族、士兵》	冯夏熊　罗来勇	第 2 期
	《心儿向着明天》	焦祖尧	第 5 期
五、诗歌奖	《壮丽的凋谢》	白桦	第 5 期
声明	凡本刊所发表之作品，此次与上一次未获奖者，经过时间考验和广大读者之坚定而确属应得到奖励者，在以后的评选中仍可获奖		

《当代》文学奖获奖篇目（1983 年）

奖项	作品	作者	年期
长中篇小说奖	《跋涉者》	焦祖尧	1983 年第 2 期
	《有意无意之间》	曾德厚　木杉	1983 年第 1 期
	《河的子孙》	张贤亮	1983 年第 1 期
	《瓦楞上的草》	姜滇	1983 年第 1 期
	《赝品》	潮清	1983 年第 2 期
	《钢锉将军》	肖马	1983 年第 3 期
	《啊，故土》	李小巴	1983 年第 5 期
	《唐开五家事》	叶宗轼	1983 年第 6 期
	《山色》	晓剑　严亭亭	1983 年增刊 2
	《恰同学少年》	杨飞　杨遐	1983 年增刊 2

续表

奖项	作品	作者	年期
报告小说奖	《惊心动魄……女人的名字是弱者吗》	刘亚洲	1983 年第 3 期
	《冰河》	郑义	1983 年第 6 期
报告文学奖	《塞外传奇》	孟驰北　张列	1983 年第 1 期
	《最后一名选手》	李玲修	1983 年第 1 期
	《因为我爱……》	刘宾雁	1983 年第 3 期
短篇小说奖	《最后一个渔佬儿》	李杭育	1983 年第 2 期
	《新客规今天生效》	姜汤	1983 年第 5 期

《当代》文学奖获奖篇目（1984 年）

奖项	作品	作者	年期
长篇小说奖	《故土》	苏叔阳	1984 年第 1 期
	《新星》	柯云路	1984 年增刊 3
	《钟鼓楼》	刘心武	1984 年第 5、第 6 期
	《崩溃》	黄济人	1984 年增刊 4
中篇小说奖	《雷暴》	水运宪	1984 年第 2 期
	《初夏》	陈忠实	1984 年第 4 期
	《海水下面是泥土》	刘亚洲	1984 年第 4 期
短篇小说奖	《麦客》	邵振国	1984 年第 2 期
报告文学奖	《主人》	张锲　陈桂棣	1984 年第 3 期
	《希望在燃烧》	乔迈	1984 年第 3 期
评论奖	《当代知识分子的心灵造影》	冯立三	1984 年第 3 期
新人新作奖	《张驴儿和他的驴》	喻清新	1984 年第 1 期
	《空中小姐》	王朔	1984 年第 2 期

炎黄杯“《当代》文学奖”（1985—1993 年）获奖篇目

奖项	作品	作者	年期
中篇小说	《秋天的愤怒》	张炜	1985 年第 4 期
	《妯娌》	韦君宜	1986 年第 1 期
	《唱着来唱着去》	张曼菱	1987 年第 1 期
	《对照检查五重奏》	王毅	1987 年第 3 期

续表

奖项	作品	作者	年期
中篇小说	《少将》	乔瑜	1987 年第 5 期
	《甲光》	张驰	1989 年第 2 期
	《幺姑镇》	傅恒	1989 年第 2 期
	《女性三原色》	申力雯	1989 年第 2 期
	《六弦的大圣堂》	莫怀戚	1990 年第 3 期
	《绿色》	王学东	1990 年第 4 期
	《白手绢，黑飘带》	陆颖墨	1990 年第 4 期
	《黑冰》	夏真　王毅	1990 年第 5 期
	《寻父大流水》	蒋子龙	1991 年第 1 期
	《西边的太阳》	赵光鸣	1991 年第 5 期
	《股票市场的迷走神经》	钟道新	1991 年第 6 期
	《孤坟》	郑兢业	1992 年第 2 期
	《二嫫》	徐宝琦	1992 年第 4 期
	《军营里的股民》	何继青	1993 年第 2 期
	《生生不已》	毕淑敏	1993 年第 6 期
短篇小说	《易经专家》	曾毓秋	1985 年第 2 期
	《罢棺》	杜文和	1989 年第 4 期
	《墓碑》	卢群	1990 年第 6 期
	《锁着的抽屉》	裘山山	1992 年第 4 期
	《都市隐居》	刘继安	1993 年第 4 期
报告文学	《“世界第一商品”》	理由	1986 年第 1 期
	《失去了，永不再有》	乔迈	1986 年第 4 期
	《世界大串联》	胡平　张胜友	1988 年第 1 期
	《强国梦》	赵瑜	1988 年第 2 期
	《国殇》	霍达	1988 年第 3 期
	《前门外的新大亨》	罗来勇　陈志斌	1988 年第 4 期
	《权柄的魔术师》	戴煌　宋禾	1988 年第 6 期
	《一百个人的十年》	冯骥才	1989 年第 1 期
	《中国的眸子》	胡平	1989 年第 3 期
	《希望之海》	孟可	1989 年第 5 期
	《解冻》	贾宏图	1989 年第 5 期

续表

奖项	作品	作者	年期
报告文学	《火·冰山·鸽子的壮歌》	秦文玉　昊伏	1991 年第 2 期
	《高原》	文乐然	1991 年第 5 期
	《黄土地　黑土地》	马役军	1991 年第 5 期
	《天地人心》	正言　爱民	1992 年第 2 期
	《“希望工程”纪实》	黄传会	1993 年第 1 期
	《澳星风险发射》	李鸣生	1993 年第 2 期
	《走向伯尔尼》	吴海民	1993 年第 2 期
	《以人民的名义》	卢跃刚	1993 年第 3 期

“双轮杯”《当代》报告文学奖获奖篇目（1996—1998 年）

奖项	作品	作者	年期
“双轮杯”获奖	《淮河的警告》	陈桂棣　春桃	1996 年第 2 期
“双轮杯”获奖	《敦煌之恋》	王家达	1996 年第 4 期
“双轮杯”获奖	《最后的罗布人》	杨镰	1998 年第 3 期
“双轮杯”获奖	《点点记忆》	点点	1998 年第 4、第 5 期
“双轮杯”获奖	《九死一生》	戴煌	1998 年第 2 期
提名奖	《绝无仅有》	杨继仁	1997 年第 3 期

“焦作化电”杯《当代》文学奖获奖篇目（1998 年）

奖项	作品	作者	年期
中篇小说	《致无尽岁月》	池莉	1998 年第 5 期
中篇小说	《夏秋冬》	王跃文	1998 年第 1 期
中篇小说	《乡村英雄》	何申	1998 年第 1 期
中篇小说	《春忙·春茫》	王世春	1998 年第 2 期
杂文	《嘴巴的功能》	李国文	1998 年第 3 期
短篇小说	《枫叶》	王蒙	1998 年第 6 期
短篇小说	《黄站》	谢萌	1998 年第 5 期
报告文学	《民间包公》	陈桂棣　春桃	1998 年第 2 期

“《当代》文学拉力赛”获奖作品

分站 作品 年份	第一站冠军	第二站冠军	第三站冠军	第四站冠军	第五站冠军	第六站冠军	年度总冠军
2000	《什么都有代价》	《狂欢的季节》	《流浪金三角》	《谁家有女初养成》	《春天的叙述》	《库兰》	《狂欢的季节》
2001	《蒙面之城》（上）	《蒙面之城》（下）	《水灾》 《北京》（中篇） 《医生》（短篇）	《沧浪之水》	《梅次记事》 《好大一对羊》 （中篇）	《能不忆蜀葵》	《沧浪之水》 《蒙面之城》
2002	《民工》	《经典关系》	《泥鳅》	《爱人同志》	《龙年档案》（二）	《恋爱课》	空
2003	《白豆》	《生活不可告人》 （中篇）	《蓝衣社碎片》	《十周岁》（中篇）	《中国知青终结》	《中国农民调查》	空
2004	《警察与流氓》	《麻钱》（中篇）	《明天战争》	《英格力士》 《中国式离婚》	《米香》	《我们的爱情》	《米香》
2005	《桥溪庄》	《苦楝树》	《包公遗骨记》	《像天一样高》	《藏獒》	《我的丁一之旅》	《藏獒》
2006	《笨花》	《第九位寡妇》	《香水》	《黄河殇·花园口》	《新结婚时代》	《滑坡》（中篇）	空
2007	《中国虎》（上）	《中国虎》（下）	《白麦》	《中国申奥亲历记》	《高兴》	《因为女人》	空
2008	《藏獒》3	《白沙码头》	《普通话陷阱》	《首席记者》	《零年代》	《问苍茫》	空
2009	《福布斯咒语》Ⅰ	《一九八〇的情人》	《福布斯咒语》Ⅱ	《解放战争》	《解放战争》Ⅱ	《马上天下》	空
2010	《宣传部长》	《人民警察》	《发射将军》	《福布斯咒语》Ⅲ	《中文系》	《古炉》	空
2011	《古炉》Ⅱ	《高官的良心》	《好人难做》	《一九一一》	《1911 之革命》	《西藏的战争》	空
2012	《西藏的战争》Ⅱ	《屋顶上的爱情》	《赎罪无门》	《安魂》	《父亲的一九四二》	《我的昙华林》	空

续表

分站 作品 年份	第一站冠军	第二站冠军	第三站冠军	第四站冠军	第五站冠军	第六站冠军	年度总冠军
2013	《最温暖的寒夜》	《花河》	《时间悄悄的嘴脸》	《家有真经》	《精卫填海》	《耶路撒冷》	空
2014	《精卫填海》（二）	《天使》	《人民警察》（二）	《人民警察》（三）	《老生》	《白衣江湖》	空
2015	《〈马家军调查〉回忆》	《花村》	《回声》	《抗日战争》	《抗日战争》（二）	《瀚海》	空
2016	《喀什噶尔》	《非比寻常》	《前街后街》	《五百年来一大千》	《延安秘密战》	《直立行走》	《望春风》
2017	《精卫填海》	《无神之讼》	《花好月圆》	《一个军的传奇》	《梁光正的光荣梦想》	《静安那一年》	《劳燕》
2018	《艾约堡秘史》	《西行记》	《天开海岳——走进港珠澳大桥》	《固若金汤》	《妈妈，快拉我一把》	《三城记》	《应物兄》
2019	《单筒望远镜》	《圆舞浜黑蜀葵》	《路遥的时间（1991 年 9 月—1992 年 8 月）》	《轻肥》	《锦西卫》	《故宫六百年》	《云中记》

《当代》长篇小说年度奖

年份	专家奖	读者奖
2004	《英格力士》	《英格力士》
2005	《秦腔》	《藏獒》
2006	《笨花》	《新结婚时代》
2007	《我叫刘跃进》	《山楂树之恋》
2008	《推拿》	《藏獒》3
五年五佳	《英格力士》《水乳大地》《我叫刘跃进》《推拿》《小姨多鹤》	

《当代》长篇小说论坛

年份	年度最佳	年度五佳
2009	《一句顶一万句》	《一句顶一万句》《河岸》《福布斯咒语》I、《小团圆》《好女儿花》
2010	《白雪乌鸦》	《白雪乌鸦》《中文系》《天·葬》《你在高原》《少年张冲六章》
2011	《古炉》	《古炉》《春尽江南》《三体3：死神永生》《天香》《陆犯焉识》
2012	《安魂》	《安魂》《我不是潘金莲》《牛鬼蛇神》《隐身衣》《状元媒》
2013	《带灯》	《带灯》《北去来辞》《日月书》《无愁河上的浪荡汉子》《黄雀记》
五年五佳	《一句顶一万句》	《一句顶一万句》《古炉》《安魂》《陆犯焉识》《三体》3

年份	年度最佳	年度五佳
2014	《老生》	《老生》《耶路撒冷》《洗澡之后》《活着之上》《妈阁是座城》
2015	《群山之巅》	《群山之巅》《群终人在》《我们的踟蹰》《桃夭》《一座平原》
2016	《望春风》	《望春风》《极花》《北鸢》《软埋》《陌上》
2017	《劳燕》	《劳燕》《芳华》《平原客》《梁光正的光》《重庆之眼》
2018	《应物兄》	《应物兄》《借命而生》《北上》《牵风记》《人世间》
五年五佳	暂未评选	暂未评选

附录四 《当代》作品出版成书情况

作品	作者	发表时间	出书时间	出版社
《破城记》	马识途	1979 年第 1 期	1983 年 11 月	人民文学出版社
《山湾屯人物记》	刘亚舟	1979 年第 1 期	1980 年 2 月	人民文学出版社
《伞》	杨纤如	1979 年第 1 期	1980 年 8 月	人民文学出版社
《猛士》	盛农	1979 年第 1 期	1980 年 11 月	人民文学出版社
《命运》	杨匡满 郭宝臣	1979 年第 2 期	1980 年 7 月	人民文学出版社
《将军吟》	莫应丰	1979 年第 3 期	1980 年 6 月	人民文学出版社
《秦时月》	刘亚洲	1980 年第 3 期	1982 年 2 月	人民文学出版社
《大地》	秦兆阳	1982 年第 2 期	1984 年 6 月	人民文学出版社
《有一个美丽的地方》	张曼菱	1982 年第 3 期	1984 年 10 月	人民文学出版社
《莽秀才造反记》	巴人	1982 年第 4 期	1984 年 2 月	人民文学出版社
《新星》	柯云路	1984 年增刊 3	1985 年 5 月	人民文学出版社
《南京的陷落》	周而复	1985 年第 4、第 5 期	1987 年 7 月	人民文学出版社
《超越自我》	陈祖德	1985 年第 3、第 4、第 5 期	1986 年 3 月	人民文学出版社
《活动变人形》	王蒙	1986 年 3 月	1987 年 3 月	人民文学出版社
《夜与昼》	柯云路	1986 年第 1、第 2 期	1986 年 8 月	人民文学出版社
《桑那高地的太阳》	陆天明	1986 年第 4 期	1987 年 10 月	人民文学出版社
《古船》	张炜	1986 年第 5 期	1987 年 8 月	人民文学出版社
《白海参》	邓刚	1987 年第 2 期	1987 年 6 月	人民文学出版社
《第二个太阳》	刘白羽	1987 年第 3 期	1987 年 11 月	人民文学出版社
《衰与荣》	柯云路	1987 年第 6 期 1988 年第 1 期	1988 年 9 月	人民文学出版社
《商界》	钱石昌 欧伟雄	1988 年第 3、第 4 期	1989 年 12 月 1994 年 3 月	黄河文艺出版社 人民文学出版社
《大上海沉没》	俞天白	1988 年第 5、第 6 期	1991 年 8 月	人民文学出版社
《世界大串联》	胡平 张胜友	1988 年第 1 期	1988 年 3 月	人民文学出版社

续表

作品	作者	发表时间	出书时间	出版社
《强国梦》	赵瑜	1988 年第 2 期	1988 年 4 月	作家出版社
《国殇》	霍达	1988 年第 3 期	2009 年 7 月	人民文学出版社
《大气功师》	柯云路	1989 年第 3、第 4、第 5 期	1989 年 10 月	人民文学出版社
《一百个人的十年》	冯骥才	1989 年第 1 期	1991 年 7 月	江苏文艺出版社
《中国人的眸子》	胡平	1989 年第 3 期	1989 年 10 月	十月文艺出版社
《江南一叶》	周而复	1990 年第 4 期	1991 年 6 月	人民文学出版社
《大国之魂》	邓贤	1990 年第 6 期	1991 年 1 月	人民文学出版社
《碧血黄沙》	黎汝清	1991 年第 2、第 3 期	1991 年 7 月	作家出版社
《三角——红黄白》	韶华	1991 年第 3 期	1991 年 9 月	解放军文艺出版社
《女巫》	竹林	1991 年第 5 期	1993 年 4 月	人民文学出版社
《飞向太空港》	李鸣生	1991 年第 1 期	1993 年 1 月	作家出版社
《不死的土地》	陈桂棣	1991 年第 6 期	1993 年 4 月	新华出版社
《他乡明月》	柯岩	1992 年第 2 期	1992 年 2 月	中国文联出版公司
《欲是不灭的》	阮海彪	1992 年第 2 期	1992 年 5 月	人民文学出版社
《黎明前的夜色》	周而复	1992 年第 4 期	1993 年 2 月	人民文学出版社
《白鹿原》	陈忠实	1992 年第 6 期 1993 年第 1 期	1993 年 6 月	人民文学出版社
《中国知青梦》	邓贤	1992 年第 5 期	1993 年 3 月	人民文学出版社
《希望工程纪实》	黄传会	1993 年第 1 期	1992 年 10 月	作家出版社
《绿太阳》	丰收	1993 年第 1 期	1993 年 4 月	人民文学出版社
《澳星风险发射》	李鸣生	1993 年第 2 期	1993 年 9 月	人民文学出版社
《以人民的名义》	卢跃刚	1993 年第 3 期	1995 年 6 月	中国青年出版社
《大江向洋去》	贾宏图	1993 年第 4 期	1994 年 5 月	作家出版社
《平型关风云》	胡全福	1993 年第 5 期	2005 年 5 月	中央文献出版社
《战争和人》	王火	1987 年增刊	1993 年 7 月	人民文学出版社
《失态的季节》	王蒙	1994 年第 3 期	1994 年 10 月	人民文学出版社
《露沙的路》	韦君宜	1994 年第 2 期	1994 年 6 月	人民文学出版社
《无梦谷》	叶文玲	1994 年第 4 期	1994 年 8 月	人民文学出版社
《苦木岭上的狼》	杨黎光	1994 年第 4 期	1994 年 8 月	人民文学出版社
《中国山村教师》	黄传会	1994 年第 4 期	1994 年 8 月	人民文学出版社

续表

作品	作者	发表时间	出书时间	出版社
《中国之约》	乔迈	1994 年第 6 期	1995 年 8 月	四川人民出版社
《家族》	张炜	1995 年第 5 期	1995 年 9 月	上海文艺出版社
《疼痛与抚摸》	张宇	1995 年第 2 期	1995 年 5 月	人民文学出版社
《淞沪大决战》	邓贤	1995 年第 1 期	1996 年 3 月	国防大学出版社
《走出地球村》	李鸣生	1995 年第 4 期	1995 年 12 月	人民文学出版社
《枪响卢沟桥》	王宗仁	1995 年第 4 期	1995 年 6 月	解放军文艺出版社
《铁流东进》	魏碧海	1995 年第 4 期	1995 年 7 月	解放军文艺出版社
《红太阳白太阳》	柳建伟	1995 年第 4 期	1995 年 6 月	解放军文艺出版社
《栖凤楼》	刘心武	1996 年第 3 期	1996 年 12 月	人民文学出版社
《大都会》	俞天白	1996 年第 5 期	1997 年 5 月	人民文学出版社
《人间正道》	周梅森	1996 年第 6 期	1996 年 11 月	人民文学出版社
《我是太阳》	邓一光	1996 年第 4 期	1997 年 2 月	人民文学出版社
《走向圣殿》	文乐然	1996 年第 1 期	1998 年 9 月	人民文学出版社
《淮河的警告》	陈桂棣	1996 年第 2 期	1999 年 9 月	人民文学出版社
《敦煌之恋》	王家达	1996 年第 4 期	1996 年 12 月	人民文学出版社
《太阳的队阵》	杨字心 黄国光	1996 年第 4 期	1999 年 7 月	四川文艺出版社
《美丽的泡影》	杨黎光	1996 年第 4 期	1997 年 9 月	中国文联出版公司
《君子梦》	赵德发	1998 年第 6 期	1999 年 1 月	人民文学出版社
《尘埃落定》	阿来	1998 年第 2 期	1998 年 3 月	人民文学出版社
《突出重围》	柳建伟	1998 年第 3 期	1998 年 11 月	人民文学出版社
《点点记忆》	点点	1998 年第 4、第 5 期	1999 年 1 月	南海出版公司
《九死一生》	戴煌	1998 年第 2 期	1998 年 8 月	中央编译出版社
《最后的罗布人》	杨镰	1998 年第 3 期	1999 年 1 月	中共中央党校出版社
《霹雳三年》	王火	1999 年第 1 期	1999 年 3 月	人民文学出版社
《国画》	王跃文	1999 年第 1、第 2 期	1999 年 5 月	人民文学出版社
《家园笔记》	谈歌	1999 年第 4 期	1999 年 9 月	人民文学出版社
《一方水土》	陈国凯	1999 年第 5 期	1999 年 11 月	中国青年出版社
《歇马山庄》	孙惠芬	1999 年第 5 期	2000 年 1 月	人民文学出版社
《国家大事》	李鸣生	1999 年第 2 期	1999 年 4 月	作家出版社
《打捞失落的岁月》	杨黎光	1999 年第 3 期	1999 年 2 月	中国文联出版公司

续表

作品	作者	发表时间	出书时间	出版社
《什么都有代价》	王芫	2000 年第 1 期	2000 年 8 月	中国青年出版社
《狂欢的季节》	王蒙	2000 年第 2 期	2000 年 5 月	人民文学出版社
《欲望之路》	王大进	2000 年第 5 期	2001 年 3 月	人民文学出版社
《协商建国》	郝在今	2000 年第 1 期	2000 年 1 月	人民文学出版社
《流浪金三角》	邓贤	2000 年第 3 期	2000 年 6 月	人民文学出版社
《血玲珑》	毕淑敏	2001 年第 1 期	2001 年 2 月	人民文学出版社
《痛失》	刘醒龙	2001 年第 2 期	2001 年 4 月	长江文艺出版社
《红晕》	梁晓声	2001 年第 3 期	2001 年 5 月	人民文学出版社
《水灾》	刘春来	2001 年第 3 期	2001 年 6 月	人民文学出版社
《沧浪之水》	阎真	2001 年第 4 期	2001 年 10 月	人民文学出版社
《梅次记事》	王跃文	2001 年第 5 期	2001 年 10 月	人民文学出版社
《能不忆蜀葵》	张炜	2001 年第 6 期	2001 年 10 月	华夏出版社
《丹青十字架》	茅山 光明	2001 年第 6 期	2002 年 1 月	人民文学出版社
《你选择的生活》	王芫	2002 年第 1 期	2002 年 5 月	十月文艺出版社
《经典关系》	莫怀戚	2002 年第 2 期	2002 年 5 月	人民文学出版社
《泥鳅》	尤凤伟	2002 年第 3 期	2002 年 5 月	春风文艺出版社
《爱人同志》	艾伟	2002 年第 4 期	2002 年 8 月	人民文学出版社
《龙年档案》	柯云路	2002 年第 4、第 5 期	2002 年 10 月	人民文学出版社
《远嫁》	蕙	2002 年第 5 期	2002 年 10 月	人民文学出版社
《解密》	麦家	2002 年第 6 期	2002 年 1 月	中国青年出版社
《恋爱课》	程青	2002 年第 6 期	2003 年 8 月	十月文艺出版社
《惊天铁案》	杨黎光	2002 年第 1 期	2002 年 1 月	人民文学出版社
《中国法制家》	郝在今	2002 年第 4 期	2003 年 4 月	群众出版社
《长相依》	王火	2002 年第 5 期	2004 年 5 月	十月文艺出版社
《白豆》	董立勃	2003 年第 1 期	2003 年 4 月	人民文学出版社
《蓝衣社碎片》	丁三	2003 年第 3 期	2003 年 6 月	人民文学出版社
《中国知青终结》	邓贤	2003 年第 5 期	2003 年 9 月	人民文学出版社
《中国农民调查》	陈桂棣	2003 年第 6 期	2004 年 1 月	人民文学出版社
《警察与流氓》	程琳	2004 年第 1 期	2004 年 5 月	作家出版社
《明天战争》	徐贵祥	2004 年第 3 期	2004 年 7 月	人民文学出版社

续表

作品	作者	发表时间	出书时间	出版社
《上塘书》	孙惠芬	2004 年第 3 期	2004 年 7 月	人民文学出版社
《英格力士》	王刚	2004 年第 4 期	2004 年 9 月	人民文学出版社
《中国式离婚》	王海鸰	2004 年第 4 期	2004 年 9 月	北京出版社
《米香》	董立勃	2004 年第 5 期	2004 年 9 月	人民文学出版社
《我们的爱情》	荆歌	2004 年第 6 期	2005 年 5 月	人民文学出版社
《原子弹往事》	梁东元	2004 年第 6 期	2005 年 1 月	解放军出版社
《圣天门口》	刘醒龙	2005 年第 2 期	2006 年 12 月	人民文学出版社
《天火》	阿来	2005 年第 3 期	2013 年 11 月	人民文学出版社
《像天一样高》	姚鄂梅	2005 年第 4 期	2006 年 4 月	漓江出版社
《藏獒》	杨志军	2005 年第 5 期	2005 年 9 月	人民文学出版社
《我的丁一之旅》	史铁生	2005 年第 6 期	2006 年 1 月	人民文学出版社
《包公遗骨记》	陈桂棣 春桃	2005 年第 3 期	2005 年 5 月	人民文学出版社
《日本遗孤》	刘国强	2005 年第 4 期	2011 年 9 月	辽宁人民出版社
《笨花》	铁凝	2006 年第 1 期	2006 年 1 月	人民文学出版社
《第九个寡妇》	严歌苓	2006 年第 2 期	2006 年 3 月	作家出版社
《香水》	程琳	2006 年第 3 期	2006 年 4 月	人民文学出版社
《新结婚时代》	王海鸰	2006 年第 5 期	2006 年 9 月	作家出版社
《黄河殇》	邓贤	2006 年第 4 期	2006 年 8 月	人民文学出版社
《晚来香港一百年》	长江	2006 年第 5、第 6 期 2007 年第 2、第 3 期	2007 年 6 月	人民文学出版社
《中国虎》	李克威	2007 年第 1 期	2007 年 3 月	人民文学出版社
《刺猬歌》	张炜	2007 年第 1、第 2 期	2007 年 1 月	人民文学出版社
《白麦》	董立勃	2007 年第 3 期	2007 年 11 月	人民文学出版社
《高兴》	贾平凹	2007 年第 5 期	2007 年 9 月	作家出版社
《因为女人》	阎真	2007 年第 6 期	2007 年 12 月	人民文学出版社
《中国申奥亲历记》	孙大光	2007 年第 4 期	2007 年 7 月	人民文学出版社
《白沙码头》	莫怀戚	2008 年第 2 期	2008 年 5 月	人民文学出版社
《首席记者》	刘国民	2008 年第 4 期	2009 年 1 月	人民文学出版社
《零年代》	钟求是	2008 年第 5 期	2009 年 9 月	人民文学出版社
《问苍茫》	曹征路	2008 年第 6 期	2009 年 2 月	人民文学出版社

续表

作品	作者	发表时间	出书时间	出版社
《一个医生的救赎》	朱晓军	2008 年第 5 期	2009 年 1 月	人民文学出版社
《福布斯咒语》	王刚	2009 年第 1 期	2009 年 4 月	上海人民出版社
《一九八〇的情人》	于晓丹	2009 年第 2 期	2009 年 9 月	人民文学出版社
《马上天下》	徐贵祥	2009 年第 6 期	2009 年 2 月	人民文学出版社
《解放战争》	王树增	2009 年第 4、第 5 期	2009 年 8 月	人民文学出版社
《多少往事烟雨中》	陈愉庆	2009 年第 2、第 3 期	2009 年 12 月	人民文学出版社
《万里长空》	裘山山	2009 年第 3 期	2009 年 5 月	人民文学出版社
《在难中》	阿健	2009 年第 3 期	2009 年 5 月	人民文学出版社
《宣传部长》	吴国恩	2010 年第 1 期	2010 年 4 月	人民文学出版社
《人民警察》	程琳	2010 年第 2 期	2015 年 1 月	人民文学出版社
《发射将军》	李鸣生	2010 年第 3 期	2010 年 7 月	十月文艺出版社
《中文系》	李师江	2010 年第 5 期	2010 年 10 月	人民文学出版社
《古炉》	贾平凹	2010 年第 6 期	2011 年 1 月	人民文学出版社
《高官的良心》	朱晓军	2011 年第 2 期	2011 年 4 月	人民文学出版社
《黑夜飞行》	苗炜	2011 年第 3 期	2012 年 3 月	浙江文艺出版社
《在龙华跳舞的两个原则》	邓一光	2011 年第 3 期	2021 年 2 月	人民文学出版社
《好人难做》	红柯	2011 年第 3 期	2012 年 6 月	人民文学出版社
《在乌鲁布铁》	徐岩	2011 年第 4 期	2012 年 5 月	人民文学出版社
《一九一一》	王树德	2011 年第 4 期	2011 年 9 月	人民文学出版社
《西藏的战争》	杨志军	2011 年第 6 期	2012 年 2 月	人民文学出版社
《屋顶上空的爱情》	许春樵	2012 年第 2 期	2012 年 6 月	作家出版社
《赎罪无门》	吕铮	2012 年第 3 期	2013 年 3 月	外文出版社
《安魂》	周大新	2012 年第 4 期	2012 年 8 月	作家出版社
《父亲的一九四二》	邓贤	2012 年第 5 期	2012 年 9 月	人民文学出版社
《李选的踟蹰》	戈舟	2012 年第 5 期	2017 年 1 月	中国言实出版社
《春季里那个百花香》	侯波	2012 年第 5 期	2014 年 7 月	当代中国出版社
《北环路空无一人》	邓一光	2012 年第 6 期	2014 年 3 月	海天出版社
《最温暖的寒夜》	程青	2013 年第 1 期	2013 年 9 月	安徽人民出版社
《异香》	孙频	2013 年第 1 期	2016 年 7 月	北岳文艺出版社
《花河》	王华	2013 年第 2 期	2014 年 9 月	人民文学出版社

续表

作品	作者	发表时间	出书时间	出版社
《时间悄悄的嘴脸》	阿拉提·阿斯木	2013 年第 3 期	2013 年 9 月	人民文学出版社
《耶路撒冷》	徐则臣	2013 年第 6 期	2014 年 3 月	十月文艺出版社
《太阳宫》	叶广芩	2014 年第 1 期	2015 年 1 月	太白文艺出版社
《天使》	程青	2014 年第 2 期	2014 年 9 月	人民文学出版社
《老生》	贾平凹	2014 年第 5 期	2014 年 9 月	人民文学出版社
《走失的卡诺》	李清源	2014 年第 6 期	2016 年 12 月	作家出版社
《白衣江湖》	高众	2014 年第 6 期	2015 年 4 月	东方出版社
《皆大欢喜》	闵凡利	2014 年第 6 期	2016 年 5 月	山东文艺出版社
《纸牌》	万宁	2015 年第 1 期	2018 年 1 月	湖南文艺出版社
《花村》	王华	2015 年第 2 期	2016 年 11 月	人民文学出版社
《回声》	程青	2015 年第 3 期	2015 年 9 月	北京时代华文书局
《女士们》	张忌	2015 年第 3 期	2018 年 11 月	春风文艺出版社
《抗日战争》	王树增	2015 年第 4 期	2015 年 7 月	人民文学出版社
《喀什噶尔》	王刚	2016 年第 1 期	2016 年 6 月	作家出版社
《非比寻常》	李师江	2016 年第 2 期	2017 年 1 月	人民文学出版社
《前街后街》	何玉茹	2016 年第 3 期	2017 年 4 月	花山文艺出版社
《延安秘密战》	郝在今	2016 年第 5 期	2018 年 5 月	解放军出版社
《直立行走》	宋小词	2016 年第 6 期	2017 年 7 月	东方出版中心
《中关村笔记》	宁肯	2017 年第 1 期	2017 年 4 月	十月文艺出版社
《黑眼睛》	刘建东	2017 年第 1 期	2017 年 6 月	作家出版社
《绿灯笼》	程青	2017 年第 2 期	2017 年 8 月	湖南文艺出版社
《眺望》	高建刚	2017 年第 2 期	2018 年 10 月	青岛出版社
《花好月圆》	李亚	2017 年第 3 期	2017 年 11 月	湖南文艺出版社
《坐着坐着天就黑了》	邓一光	2017 年第 4 期	2019 年 5 月	花城出版社
《猎舌师》	房伟	2017 年第 4 期	2019 年 3 月	作家出版社
《梁光正的光荣梦想》	梁鸿	2017 年第 5 期	2017 年 10 月	人民文学出版社
《安放之年》	周李立	2017 年第 5 期	2018 年 11 月	春风文艺出版社
《静安那一年》	禹风	2017 年第 6 期	2019 年 9 月	上海文化出版社
《艾约堡秘史》	张炜	2018 年第 1 期	2018 年 1 月	湖南文艺出版社
《西行记》	周涛	2018 年第 2 期	2019 年 1 月	花城出版社

续表

作品	作者	发表时间	出书时间	出版社
《甜蜜点》	须一瓜	2018 年第 2 期	2019 年 10 月	浙江文艺出版社
《天开海岳》	长江	2018 年第 3 期	2018 年 9 月	人民文学出版社
《唐山海》	海飞	2018 年第 3 期	2019 年 5 月	花城出版社
《阿基米德定律》	张学东	2018 年第 5 期	2019 年 7 月	北岳文艺出版社
《妈妈快拉我一把》	张雅文	2018 年第 5 期	2018 年 10 月	人民文学出版社
《三城记》	张柠	2018 年第 6 期	2019 年 1 月	人民文学出版社
《冬泳》	班宇	2018 年第 6 期	2018 年 11 月	上海三联书店
《单筒望远镜》	冯骥才	2019 年第 1 期	2018 年 12 月	人民文学出版社
《背光而生》	孙睿	2019 年第 3 期	2020 年 6 月	长江文艺出版社
《锦西卫》	周建新	2019 年第 5 期	2021 年 1 月	人民文学出版社
《故宫六百年》	祝勇	2019 年第 6 期	2020 年 4 月	人民文学出版社

附录五 《当代》(2000—2019)作品影视改编情况

作品	作者	改编情况	发行年份	导演	编剧
《有钱的感觉》	徐贵祥	同名电影	2002 年	谢铁骊	谢蓬松、谢铁骊
《协商建国》	郝在今	更名电影《肝胆相照》;电视剧《开国前夜》	1999 年;2010 年	赵继烈、赵毅军;鲁达;郝在今、朱昭宾	赵继烈、郝在今
《谁家有女初养成》	严歌苓	更名电影《谁家有女》	2008 年	陈洁	陈洁、严歌苓
《血玲珑》	毕淑敏	同名电视剧	2003 年	沈好放	谢丽虹
《沧浪之水》	阎真	更名电视剧《岁月》	2007 年	刘江	全勇先
《好大一对羊》	夏天敏	同名电影	2004 年	刘浩	刘浩、夏天敏
《龙年档案》	柯云路	同名电视剧	2003 年	于庚庚	柯云路
《惊天铁案——世纪大盗张子强伏法纪实》	杨黎光	同名电视剧	2001 年	王亨里	杨黎光
《中国法制家——彭真的一个世纪》	郝在今	更名电视剧《彭真》	2002 年	王力民、林兵	李晓明、郝在今、马继红
《解密》	麦家	同名电视剧	2015 年开拍	安建	冯骥
《民工》	孙惠芬	同名电视剧	2005 年	康洪雷	陈枰
《白豆》	董立勃	同名电影、更名电视剧《烈日炎炎》	2007 年	滕文骥、邱国强	刘跃军、张延纪、李小朴
《钱科钱局》	范小青	电视单本剧	筹拍		
《断河》	欧阳黔森	同名电影	筹拍		
《警察与流氓》	程琳	更名电视剧《一针见血》	2005 年	康洪雷	程琳
《英格力士》	王刚	同名电影	2013 年	陆川	王刚
《中国式离婚》	王海鸰	同名电视剧	2004 年	沈严	陈道明
《狗小的自行车》	卢江良	同名电影	2007 年	梁山	李亦中、杰米

续表

作品	作者	改编情况	发行年份	导演	编剧
《圣天门口》	刘醒龙	同名电视剧	2011 年	张黎、刘淼淼	邹静之、刘亚玲
《像天一样高》	姚鄂梅	同名电影	2015 年	蒋庆民	蒋庆民、郝钢、徐建良
《藏獒》	杨志军	更名动画电影《藏獒多吉》	2011 年	小岛正幸	井上尚登
《乡村无眠》	何申	同名电影	2010 年	刘子铭	刘子铭
《未完成的夏天》	钟求是	更名电影《美丽的错误》	2010 年	吕惠洲	吕惠洲
《第九个寡妇》	严歌苓	同名电视剧	2012 年	黄建勋	冯晓娴、邹越、徐成峰
《香水》	程琳	同名电视剧	2006 年	刘江	程琳
《傩赐》	王华	更名电影《秋秋的太阳》	2013 年	陈鹏翱	陈鹏翱、王华、李力
《新结婚时代》	王海鸰	同名电视剧	2006 年	鄢颇	王海鸰
《滑坡》	韩永明	同名电影	2008 年	于向远	一丁
《街上的阿强》	小牛	同名电影	2008 年	潘镜丞	王海威
《双人床条约》	李铁	同名电影	2011 年	吴卫东	李建设
《高兴》	贾平凹	同名电影	2009 年	阿甘	阿甘
《逆水而行》	胡学文	同名电影	2009 年	张冀平	张冀平
《百鸟朝凤》	肖江虹	同名电影	2013 年	吴天明	吴天明、罗雪莹、肖江虹
《向阳坡》	胡学文	更名电影《向阳坡传说》	2012 年	金舸	金舸、胡学文
《马上天下》	徐贵祥	同名电视剧	2015 年	高希希	董浩宇
《壶王》	徐风	同名电影	2011 年	潘镜丞	徐风
《告别夹边沟》	杨显惠	更名电影《夹边沟》	2010 年	王兵	王兵
《合法婚姻》	铸剑	同名电视剧	筹拍		
《高纬度战栗》	陆天明	同名电视剧	2007 年	郭靖宇	陆天明
《爱情句号》	皮皮	同名电视剧	2009 年	孔笙	皮皮

续表

作品	作者	改编情况	发行年份	导演	编剧
《零炮者》	张者	同名电视剧	2013 年	何群	张者
《青瓷》	浮石	同名电视剧	2012 年	李骏、杨竞泽	浮石、朱洪波
《雄关漫道》	欧阳黔森、陶纯	同名电视剧	2006 年	张玉中	王元平、欧阳黔森
《男人底线》	陈彤	同名电视剧	2006 年	高希希	王海鸰、陈彤
《我是你儿子》	孙睿	同名电视剧	2010 年	唐大年	孙睿
《小姨多鹤》	严歌苓	同名电视剧	2009 年	安建	林和平
《一句顶一万句》	刘震云	同名电影	2016 年	刘雨霖	刘震云
《一句顶一万句》	刘震云	同名电视剧	2015 年	庞好	刘震云
《金陵十三钗》	严歌苓	同名电影	2011 年	张艺谋	刘恒、严歌苓
《陆犯焉识》	严歌苓	更名电影《归来》	2014 年	张艺谋	邹静之
《产科医生》	张作民	同民电视剧	2014 年	李小平	张作民
《远东来信》	张新科	同名电视剧	2019 年	林海	张新科
《三叉戟》	吕铮	同名电视剧	2020 年	刘海波	沈嵘、吕铮
《女神牛开丽》	君婷	同名电影	2020 年	张君婷	张君婷

注：《当代》（1979—1999）影视作品改编情况见 1999 年第 3 期。